Horst Raeder

Spion wider Willen

novum ▲ pro

Dieses Buch ist auch als
e-book
erhältlich.

w w w . n o v u m v e r l a g . c o m

Bibliografische Information
der Deutschen Nationalbibliothek:

Die Deutsche Nationalbibliothek
verzeichnet diese Publikation in
der Deutschen Nationalbibliografie.
Detaillierte bibliografische Daten
sind im Internet über
http://www.d-nb.de abrufbar.

© 2022 novum Verlag

ISBN 978-3-99131-516-2
Lektorat: Leon Haußmann
Umschlagfotos: Aleksandr Korchagin,
Lanski | Dreamstime.com
Umschlaggestaltung, Layout & Satz:
novum Verlag

www.novumverlag.com

Gedruckt in der Europäischen Union
auf umweltfreundlichem, chlor- und
säurefrei gebleichtem Papier.

Climate neutral
Print product
ClimatePartner.com/16547-2201-1002

Das Telefon klingelte, Klaus schaute auf das Display, nein, die Nummer kannte er nicht. „Es war eine lange Nummer, die scheinbar vom Ausland stammen musste", überlegte er. Er nahm den Hörer ab. „Lehmann", meldete er sich. „Hallo Klaus, bist du es?", fragte eine weibliche Stimme. „Ja", antwortete er erstaunt. „Wer will das wissen?", fragte Klaus zurück. „Ich bin es, die Elke." „Elke?", fragte er. „Ja", antwortete die Stimme am Telefon. Klaus überlegte kurz und erwiderte: „Naja, ich kannte mal eine Elke, die mit meinen besten Freund Peter verheiratet war." „Aber die sind vor vielen Jahren, einfach ohne uns zu informieren, in einer Nacht und Nebel Aktion einfach verschwunden," antwortete Klaus ärgerlich. „Das ist richtig, aber glaube mir, das hatte auch einen triftigen Grund", erwiderte Elke am anderen Ende des Telefons. „Klaus, du und deine Frau hatten damals damit nichts zu tun und vor allem wollten wir euch nicht in Gefahr bringen. Ich kann dir auch nicht alles am Telefon erzählen, das würde Stunden dauern", erklärte sie. „Es liegt mir sehr am Herzen, dass wir uns treffen. Ihr habt ein Recht, alles zu erfahren und ich hoffe, ihr werdet verstehen, dass wir aus der DDR flüchten mussten", versuchte Elke die damalige Situation mit ruhiger Stimme zu erklären. „Vor 20 Jahren seid ihr einfach verschwunden, wir hatten geglaubt, dass euch etwas an unserer Freundschaft gelegen hätte. Aber nein, einfach abhauen, ohne uns zu informieren, das tat damals sehr weh, wir können es bis heute nicht begreifen, was ihr uns mit eurem Verschwinden angetan habt. Nein, auch meine Frau möchte keinen Kontakt mehr mit euch haben, da haben wir viel zu viel wegen euch durchmachen müssen. Wie Schwerverbrecher hat man uns damals behandelt und uns verhört", erwiderte Klaus vorwurfsvoll. „Aber ihr hattet doch damit nichts zu tun und wir haben euch doch auch nichts erzählt", versuchte Elke, Klaus zu beruhigen. „Das hat aber die Staatssicherheit nicht interessiert", antwortete Klaus. „Wir hatten bis vor einigen Jahren Angst um unser Leben", erzählte Klaus weiter. „Hätten sie damals gewusst, wo wir sind, hätten sie uns wahrscheinlich umgebracht", erwiderte Elke mit zitternder Stimme. „Warum ruft Peter nicht selbst an?", fragte Klaus. Plötzlich fing Elke an zu weinen. „Was ist mit Peter, ist etwas passiert oder ist er krank?", fragte Klaus besorgt. „Er ist schwer krank und möchte dich, seinen besten und treuen Freund, sowie deine liebe Frau, noch einmal sehen. Peter will euch alles erzählen, was damals vorgefallen ist. Er bittet dich, alles, was er dir zu erzählen hat, in einem Buch aufzuschreiben, damit die Wahrheit ans Licht kommt. Das wäre sein letzter Wunsch. Ihm können sie jetzt nichts mehr antun, denn seine Tage sind gezählt", schluckte Elke und brach in Tränen aus. Plötzlich hatte Klaus Mitleid und ihm tat es jetzt leid, dass er gerade so forsch zu Elke war. „Gut", sagte Klaus vorsichtig nach einer Weile zu Elke. „Dann scheint es sehr schlimm um Peter zu stehen", sagte Klaus besorgt. „Ja, sehr schlimm", schluchzte Elke. „Den letzten Wunsch sollte man ihm auch erfüllen", fügte Klaus hinzu. „Wir sollten uns unbedingt treffen und das so schnell wie möglich, denn Peter hat nicht mehr lange zu leben", erzählte Elke besorgt weiter, die sich einigermaßen gefangen hatte. „Wo seid ihr denn hingezogen?", fragte Klaus neugierig. „Wir sind damals nach Abel Taxman im Nationalpark nach Neuseeland gezogen", antwortet Elke. „Wohin?", fragte Klaus ungläubig. „Das ist eine Weltreise, wie soll ich denn da hinkommen?", konterte Klaus zurück.

Klaus' Gedanken überschlugen sich. Wo sollte er das Geld hernehmen?

Das Geld, das er und seine Frau verdienten, reichte gerade so zum Leben. Klaus wurde in seinen Gedanken unterbrochen, als Elke sich am anderen Ende des Telefons wieder meldete.

„Ich werde das organisieren und euch abholen lassen", erzählte Elke weiter. „Meine Frau würde ich gerne mitnehmen, spricht etwas dagegen?", fragte Klaus. „Natürlich nicht, ich habe mich gar nicht getraut zu fragen, ob Regina mitkommen würde", erwiderte Elke erleichtert. „Welch ein Zufall, heute ist Freitag und am Montag haben wir vier Wochen Sommerurlaub und wir hatten uns diesmal nichts vorgenommen", erzählte Klaus aufgeregt. „Das sind doch bestimmt über 10 000 Kilometer?", fragte Klaus besorgt. „Das reicht nicht, zu uns sind es zirka 20 000 Kilometer", verbesserte Elke. „Mir fällt ein Stein von Herzen", sagte Elke sichtlich erleichtert. „Wenn euch Peter alles erzählt hat, werdet ihr uns verstehen", fügte Elke hinzu. „Wir sind nicht nachtragend und wenn es damals einen triftigen Grund gab, war euer Handeln sicherlich auch korrekt", betonte Klaus. „Ist Peter in einem Krankenhaus oder in einem Heim untergebracht?", fragte Klaus. „Nein", antwortete Elke. „Er bat darum, zu Hause sterben zu dürfen. Nach langen Gesprächen mit den Ärzten stimmten sie unter der Bedingung zu, dass eine Krankenschwester die Betreuung übernimmt. Damit waren wir einverstanden", berichtete Elke. „Was machen eigentlich eure beiden Töchter, die große muss doch schon aus der Schule sein?", fragte Klaus neugierig. Plötzlich fing Elke wieder an zu weinen. „Unsere Große ist bei einem Autounfall ums Leben gekommen", berichtete Elke und hatte Mühe zu sprechen. „Es war damals eine sehr schlimme Zeit, die wir durchmachen mussten. Peter spricht seit dem Unfall nicht mehr darüber. Auch wenn es schon lange her ist, ist es für Peter und mich immer wieder sehr schwer es zu verstehen, dass sie nicht mehr bei uns ist. Deshalb bitte ich dich, darüber nicht zu reden und nicht zu fragen. Jetzt haben wir nur noch unsere kleine Silvia, die uns sehr viel Freude bereitet."

„Es tut mir unsagbar leid, was habt ihr nur durchmachen müssen", erwiderte Klaus mitgenommen.

„Es wird eine sehr lange Fahrt zu euch", bemerkte Klaus besorgt und versuchte, Elke abzulenken. „Die Fahrt ist nicht so lange, bloß zum Flughafen und von da aus 30 bis 38 Stunden mit ein paar Zwischenstationen direkt zu unserem Haus", erklärte Elke weiter. „Wenn ihr in Wellington angekommen seid, steigt ihr in einen Hubschrauber ein, der für euch bereitstehen wird. Der Pilot wird euch dann direkt zu uns in Tasman bringen", erzählte Elke und war sichtlich froh, von etwas anderem als von ihrer Tochter zu sprechen. „Ja, unter anderen Umständen hätte ich mich sicherlich gefreut, aber das mit Peter und eurer Tochter, ich weiß nicht", sagte Klaus nachdenklich zu Elke. „Du hast recht, aber die Zeit drängt und jeder Tag könnte für Peter auch der letzte sein", erwiderte Elke. „Der Flug zu euch wird doch sicherlich sehr teuer werden?", fragte Klaus besorgt. „Darüber mache dir bitte keine Gedanken, ich sagte ja schon, dass ich das alles organisieren werde und wir übernehmen auch sämtliche Kosten", versuchte Elke Klaus zu beruhigen.

„Ja, ich hätte da aber noch eine Bitte", betonte Elke vorsichtig. „Und die wäre?", fragte Klaus zurück. „Ich weiß, dass ihr euch bis jetzt um Peters Mutter gekümmert habt und sie auch sehr oft bei euch zu Besuch war. Wäre es möglich, dass ihr sie mitbringen würdet?", fragte Elke vorsichtig. „Na, wie stellst du dir das vor? Sie ist zwar mit ihren 83 Jahren noch rüstig, aber wie soll ich ihr denn das jetzt auf die Schnelle beibringen?", sagte Klaus nachdenklich. „Ich habe mit ihrem Hausarzt gesprochen und ihm alles erklärt", verriet Elke. „Der Arzt war auch erstaunt und hat es schließlich befürwortet, dass wir so handeln müssen", erzählte Elke weiter. „Wegen der Medikamente, die Peters Mutter benötigt, braucht ihr euch auch keine Sorgen machen. Der Hausarzt wird euch reichlich Medikamente mitgeben", erzählte Elke weiter. „Auch bat ich den Hausarzt, zu meiner Mutter zu gehen, damit ich ihr am Telefon alles erklären konnte. Ich hatte ernsthafte Bedenken, dass meine Schwiegermutter das alles nicht verkraften würde. Der Arzt erklärte ihr, dass sie sich keine Sorgen machen braucht. Nach langem Überlegen stimmte sie unter der Bedingung zu, dass ihr mitkommen sollt", erzählte Elke weiter.

„Hattet ihr auch die ganzen Jahre keinen Kontakt mit eurer Mutter?", fragte Klaus. „Nein, wir haben es uns bis jetzt nicht getraut", antwortete Elke. „Es hätte mich aber auch gewundert", entgegnete Klaus. „Denn wir haben uns viel über euch unterhalten. Da hätte sie doch bestimmt etwas von euch erzählt", sagte Klaus nachdenklich. „Ja, wenn du ihr Bescheid gegeben hast, dann werden wir sie natürlich mitnehmen", warf Klaus ein. „Sie hatte in den unzähligen Gesprächen immer den Wunsch geäußert, ihren Sohn und dich noch einmal zu sehen", berichtete Klaus weiter. „Ich würde sie gerne mitnehmen, aber ich kann das natürlich nicht allein entscheiden, ich muss erst mit Regina über alles sprechen", gab Klaus zu bedenken.

„Ja, mach das", erwiderte Elke am anderen Ende des Telefons.

„Gleich, wenn Regina von der Arbeit kommt, werde ich mit ihr sprechen", antwortete Klaus.

Nun erzählte Elke, wie und mit welchem Flieger die drei fliegen sollten. Klaus machte sich genaue Notizen. „Wenn ich das meiner Frau erzähle, wird sie mir das gar nicht glauben", sagte Klaus zu Elke. „Ja, das kann ich gut verstehen", erwiderte Elke. „Wäre es dann möglich, ein paar Tage bei euch zu bleiben?" fragte Klaus. „Natürlich, ihr könnt auch die ganzen vier Wochen bei uns bleiben", antwortete sie. „Wir haben genügend Schlafmöglichkeiten und ihr seid uns immer willkommen. Wir haben uns auch viel zu erzählen", erwiderte Elke erleichtert. „Bestelle Peter liebe Grüße von uns", sagte Klaus. „Das mache ich gern, da wird Peter sich aber freuen", sagte Elke und fügte hinzu, „bestell auch deiner lieben Frau Grüße von uns." Als Klaus den Hörer aufgelegt hatte, überschlugen sich seine Gedanken. Er hatte viele Fragen, die noch unbeantwortet blieben. Was war das für ein Anruf! Fast zwanzig Jahre hatte Klaus von Peter und Elke nichts gehört und jetzt dieser Anruf. Sicherlich hatten sie geahnt, dass da was nicht gestimmt hatte, aber die beiden hatten nie etwas erzählt. Auf Fragen bekamen Regina und Klaus keine Antworten und Elke schüttelte immer nur den Kopf. Sie sagte immer, dass sie nichts erzählen kann. Eines Tages war die Wohnung versiegelt und Regina und Klaus erfuhren auch nichts von den Leuten in Ledermänteln, die anscheinend viel in der Wohnung zu tun hatten. Im Gegenteil, Regina und Klaus mussten damals auf die Wache und wurden einzeln vom Staatssicherheitsdienst verhört. Man fragte sie, ob sie sagen können, wo ihre Nachbarn verblieben sind. Was sollten sie denn der Staatssicherheit erzählen, sie wussten doch auch nichts. „Sie wissen es nicht? Wir haben Zeit und wenn das Verhör die ganze Nacht andauert", brüllten die Beamten sie jedes Mal an. Man warf Klaus und Regina

Staatsfeindschaft vor und drohte, dass sie an ihre Zukunft und vor allen an ihre Kinder denken sollten. „Sie können uns doch nicht erzählen, dass Sie nicht Bescheid gewusst haben", brüllten die Beamten. Die Verhöre dauerten manchmal mehrere Stunden. Freunde konnten Regina und Klaus auch nicht mehr einladen. Alle Gespräche wurden nur noch auf das Wesentliche beschränkt. Die beiden vermuteten, dass ihre Wohnung verwanzt wurde. Auch während der Arbeitszeit wurden sie zum Verhör gebracht. Die Ausfallzeiten mussten sie natürlich nacharbeiten. Das Ansehen, dass sie bis dahin gewonnen hatten, war von einer Sekunde auf die andere futsch. Die beiden konnten es nicht verstehen. Auch ihre Arbeitskollegen wurden gefragt, ob Regina oder Klaus ihnen was von ihren Nachbarn erzählt hätten. Man behandelte sie wie Vaterlandsverräter. Einige Arbeitskollegen wollten mit ihnen nichts mehr zu tun haben und andere verfolgten sie auf Schritt und Tritt.

Sicherlich hatten sie mit Elke und Peter, als sie noch Nachbarn waren, gemeinsam viel unternommen und waren so oft wie möglich zusammen gewesen. Aber jeder respektierte auch den anderen und lebte auch sein Leben. Peter war manchmal tage- und wochenlang unterwegs.

Klaus wurde in seinen Gedanken unterbrochen, als die Wohnungstür aufging und seine Frau Regina eintrat. „Na, was gibt es Neues?", fragte Regina neugierig. „Woher weißt du es?", fragte Klaus verdutzt zurück. „Das sieht man dir doch an der Nasenspitze an, dass du mir etwas erzählen möchtest", erwiderte Regina grinsend. „Zieh erst einmal die Jacke aus und setz dich hin. Was ich dir jetzt zu erzählen habe, das wird dich umhauen", sagte Klaus. „Jetzt machst du mich aber erst richtig neugierig", erwiderte Regina. Nachdem Klaus Kaffee angesetzt hatte, deckte er eilig den Tisch. Den Kuchen, den seine Frau mitgebracht hatte, stellte er auf den Tisch und wartete, bis seine Frau aus dem Bad kam. Nervös und mit zitternden Händen versuchte Klaus, den Kaffee einzugießen. „Erzähl schon", forderte Rita Klaus ungeduldig auf und setzte sich neugierig an den gedeckten Tisch. Beim Kaffeetrinken erzählte Klaus von dem Anruf. Immer wieder musste er eine längere Pause einlegen. Regina unterbrach ihn nicht, sie wartete gespannt, was Klaus zu erzählen hatte. „Das glaubst du doch selbst nicht, was du mir hier erzählst", sagte Regina ungläubig. „Nach zwanzig Jahren! Sicherlich bin ich auch neugierig, was sie uns zu erzählen haben, aber dann sollen wir da auch noch hinfahren! Nein, ohne mich. Wenn es in unserer Nähe wäre, aber 20 000 Kilometer mit dem Flugzeug, wo ich doch noch nie geflogen bin", überschlugen sich ihre Worte. Klaus musste seine Frau erst beruhigen, aber sie hatte ja recht, dachte er. Das mussten sie beide auch erst einmal verarbeiten, aber dazu hatten sie eben nicht die Zeit. Nach einer Stunde des Diskutierens waren sie sich einig. Der Entschluss stand fest. Die beiden wollten zu Elke und Peter nach Neuseeland. Klaus nahm den Zettel mit der Telefonnummer und rief Elke in Neuseeland an. Klaus verstand kein Wort, als sie sich am Telefon meldete. „Hallo, ich bin es, Klaus", meldete er sich. „Ach, du bist es, hast du mit deiner Regina gesprochen?" fragte Elke ungeduldig. „Ja, das habe ich", antwortete Klaus, „aber du kannst ja selbst mit ihr sprechen." Klaus stellte das Telefon auf Lautsprecher, so dass die beiden Elkes Stimme hören konnten. „Das ist gut", sagte Elke. „Hörst du mich, Regina?", fragte Elke vorsichtig. „Ja, ich höre dich sehr gut", antwortete Regina. „Ach Regina, ich hoffe, dein lieber Mann hat dir schon einiges erzählt?", erkundigte sich Elke. „Ja, das hat er, aber das kann man eben alles nicht ganz glauben. Es ist auch zu viel auf einmal", sagte Regina. „Ja, da stimme ich euch zu, aber die Zeit drängt und ich müsste schon wissen, ob ihr zu uns kommen könntet", fragte Elke besorgt. „Nach langem Hin und Her haben wir uns entschieden", antwortete Regina. „Ja, und?", fragte Elke ungeduldig. „Wir kommen zu euch", bestätigte Regina. Es war einen Moment still am anderen Ende. „Hallo Elke? Bist du noch dran?", fragte Regina. „Ja, ja", schluchzte Elke. „Ich bin so glücklich, dass ihr uns das nicht nachtragt", stotterte Elke leise. „Darüber wird noch zu reden sein", erwiderte Regina scherzend. „Wir haben genügend Zeit zum Reden", erwiderte Elke. „Das Problem ist nur, dass ihr schon morgen früh fliegen müsst", warf Elke ein.

„Was! Morgen früh? Das heißt, wir müssen gleich die Sachen packen und ein paar Anrufe tätigen", sagte Regina erschrocken. „Und da haben wir das nächste Problem. Wie sollen wir es unseren Kindern erklären?", gab Regina zu bedenken. „Da will ich euch nicht länger aufhalten", erwiderte Elke. „Ich werde Peters Mutter noch informieren und ihr erzählen, dass wir mit dir gesprochen haben."

„Auch werde ich ihr berichten, dass wir alle drei gemeinsam zu euch kommen", erzählte Klaus weiter.

„Ja, mach das, da wird sie sich aber freuen", sagte Elke sichtlich erleichtert. „Kann Regina auch noch ein paar Sachen für meine Schwiegermutter mit einpacken?", fragte Elke vorsichtig. „Natürlich mache ich das, ich werde persönlich die freudige Nachricht überbringen und sie auch gleich mit zu uns nehmen", antwortete Regina aufgeregt. „Auf euch ist eben Verlass", sagte Elke und freute sich, dass doch noch alles gut geworden ist. Elke erklärte die Fahrt und den Flug noch einmal genau, danach verabschiedeten sie sich herzlich voneinander.

„Na, was sagst du nun?", fragte Klaus seine Frau. „Ich bin sprachlos", antwortete sie. „So eine weite Reise. Ja, Polen, Slowakei, Ukraine, Belgien, Schweden, Norwegen und Frankreich haben wir gesehen, aber nach Neuseeland wären wir in unserem Leben nie hingekommen." „Ja, ja, sag niemals nie", erwiderte Klaus. „Rede jetzt nicht mehr so viel, wir haben nicht mehr viel Zeit, um die Koffer zu packen", drängelte Regina. Klaus klingelte bei seinem Nachbarn. „Könntest du uns zum Flughafen Berlin Schönefeld bringen? Wir müssen für ein paar Wochen verreisen", fragte Klaus seinen Nachbarn. Mit großen Augen schaute der Nachbar Klaus an. „Ihr wollt verreisen, wo soll es denn hingehen?" „Wir fliegen nach Neuseeland", antwortete Klaus grinsend. „Was, nach Neuseeland, um Himmels willen, was wollt ihr denn da? Ist euch bewusst, dass das ganz schön weit ist? Aber wenn ihr meint, dass ihr dorthin wollt, dann fahre ich euch natürlich zum Flughafen nach Berlin. Wann soll es denn losgehen?", fragte der Nachbar. „Morgen früh um 3:00 Uhr", antwortete Klaus. „Was, morgen früh um 3:00 Uhr?", wiederholte der Nachbar ungläubig. „Na gut, normalerweise schlafe ich um diese Zeit noch, aber für euch fahre ich auch so früh nach Berlin", sagte der Nachbar ziemlich verwundert. „Es kommt aber noch jemand mit", erklärte Klaus. „Das ist schon in Ordnung, wenn ihr nicht gleich die ganze Wohnungseinrichtung mitnehmen wollt, ist in meinem Auto auch noch genügend Platz für eine weitere Person", scherzte der Nachbar. „Na, dann bis später", sagte Klaus und verabschiedete sich von seinem Nachbarn. Schnell waren die Koffer gepackt. Die Kamera mit dem gesamten Zubehör, sämtliche Fotoalben, das Diktiergerät mit allen Bändern und einige Schreibblöcke mussten auch noch verstaut werden. „So, nun wird es aber Zeit, Peters Mutter abzuholen", sagt Regina zu ihrem Mann. „Ja, um Himmels willen, das hätte ich vor Aufregung doch fast vergessen", rief Klaus Regina zu. „Das habe ich mir fast gedacht", erwiderte sie. „Na gut, du machst in dieser Zeit Kaffee und deckst den Tisch, und ich werde Peters Mutter abholen, sie wird sicherlich auch schon aufgeregt sein", erwiderte Regina und verließ eilig die Wohnung. Nach einer halben Stunde klingelte es an der Wohnungstür. „Ja bitte?", fragte Klaus. „Nun mach schon auf", sagte Regina nervös von draußen. Herzlich begrüßte Klaus die Mutter von Peter. Sie zitterte vor Aufregung und Klaus versuchte, sie erst einmal zu beruhigen. „Komm, setzen wir uns und trinken wir erst einmal einen Kaffee, damit wir alle etwas ruhiger werden", schlug Klaus vor und goss den Kaffee ein. Nach dem Kaffee sagte Peters Mutter Else: „Ach, mir ist gar nicht gut, ich werde mich noch ein wenig hinlegen." „Ja, mach das", sagte Regina und half ihr dabei, sich aufs Gästebett zu legen. Auch Regina und Klaus legten sich noch einmal ins Bett, um sich noch ein wenig auszuruhen. Nein, schlafen konnte keiner, dazu waren alle viel zu aufgeregt. Die Hände von Klaus zitterten vor Aufregung, er konnte es immer noch nicht begreifen, was sich vor ein paar Stunden ereignet hatte. „Sag mal, war das ein Traum?", fragte Klaus seine Frau. „Was?", fragte sie schlaftrunken zurück. „Na, das mit dem Anruf von Elke?", wiederholte Klaus. „Nein, das war kein Traum, mir geht das auch nicht mehr aus dem Kopf. Aber das wird sich ja bald alles aufklären", sagte sie. „Du kannst wohl auch nicht schlafen?", fragte Regina ihren Mann. „Nein", antwortete Klaus. „Sobald ich die Augen zumache, dreht sich alles", berichtete Klaus. Da keiner schlafen konnte, zogen sie sich an. „Ich werde noch einen starken Kaffee ansetzen", schlug Klaus vor und ging in die Küche. „Und ich werde Oma Else wecken", sagte Regina und öffnete langsam die Tür, wo sich Else aufhielt. „Ich schlafe nicht", rief Else Regina zu, als sie das Zimmer betrat. „Ja, uns ging es auch so", antwortete Regina. „Aber es hilft nichts. In zwanzig Minuten müssen wir los", sagte Regina und reichte Else die Hand, damit sie aufstehen konnte. „Klaus?", rief Regina. „Ja, was ist?", fragte er zurück. „Du kannst schon einmal dem Nachbarn Bescheid sagen und die Koffer zum Auto schaffen. Die Zeit drängt und wir müssen uns wirklich beeilen." „Ist gut", sagte er und verließ die Wohnung. Müde schaute der Nachbar Klaus an und fragte: „Was, wollt ihr jetzt schon losfahren?" „Ja", sagte Klaus, auch noch mit müder Stimme. „Wir haben zwar noch zwanzig Minuten Zeit, aber bis wir die Koffer verstaut haben, ist es auch höchste Zeit, loszufahren", antwortete Klaus dem Nachbarn. Gemeinsam verstauten sie das Gepäck im Auto. „Ich habe dich doch ganz vergessen zu fragen, ob du auf unsere Wohnung aufpassen würdest?", fragte Klaus den Nachbarn. „Selbstverständlich werde ich mich um eure Wohnung kümmern. Jemand muss auch eure vielen Blumen gießen. Ihr könnt euch auf mich verlassen, ich werde schon aufpassen, dass nichts passiert", beruhigte der Nachbar Klaus. „Ich weiß, dass ich mich auf dich verlassen kann", sagte Klaus und übergab ihm die Wohnungsschlüssel. Um 4:30 Uhr trafen sie in Berlin Schönefeld ein. Regina und Klaus bedanken und verabschiedeten sich von ihrem guten Freund und Nachbarn. Klaus holte einen Gepäckwagen und belud diesen mit den Koffern und Taschen. Im Flughafengebäude war trotz der frühen Zeit schon ein reges Treiben. Einige schliefen auf den Bänken und andere liefen aufgeregt hin und her. Regina, Klaus und Else setzen sich erst einmal auf eine Bank und warteten, bis die Schalter geöffnet wurden.

Die halbe Stunde, die sie auf das Öffnen des Schalters warten mussten, kam ihnen wie eine Ewigkeit vor.

Endlich war es so weit. Alle Leute, die zuvor friedlich auf den Bänken saßen, rannten zu den geöffneten Schaltern. Jeder wollte der erste sein. Lautstarke Unterhaltungen waren zu hören.

„Hoffentlich hatte Elke noch Tickets für uns besorgen können?", gab Klaus zu bedenken und schaute besorgt zu den beiden Frauen. „Das hoffen wir auch", erwiderte Elke. Durch den Lautsprecher wurden die Namen von Regina, Klaus und Else aufgerufen. Verwundert und ungläubig schauten sie sich an. „Es wird schon richtig sein", sagte Klaus zu den beiden Frauen und forderte sie auf, ihm zu folgen. Sie machten sich auf den Weg zu dem ausgerufenen Sonderschalter, wo sie freundlich empfangen wurden. „Für Sie wurden Flugtickets nach Neuseeland hinterlegt", sagte die freundliche Frau hinter dem Tresen. „Ja, das ist richtig", antwortete Klaus aufgeregt. „Sind Sie schon einmal geflogen oder ist das Ihr erster Flug?", fragte die Frau hinter dem Tresen. „Wir fliegen heute das erste Mal", antwortete Regina nervös. „Und dann gleich bis Neuseeland! Da wünsche ich Ihnen einen guten Flug!" Sie bat Regina, Else und Klaus, sich noch einmal auf die Bank zu setzen. „Ein Flugbegleiter wird sie dann abholen", fügte sie noch. Sie erklärte freundlich den weiteren Ablauf und verabschiedete sich. Die Zeit verging nicht, aufgeregt rutschten die drei auf der Bank hin und her. Nach zwanzig Minuten langen Wartens näherten sich zwei Männer. Ein Gepäckträger und ein Mann in Uniform kamen auf die drei zu. Der Mann in Uniform fragte nach den Namen. Als Regina, Klaus und Else ihren Namen gesagt hatten, verglich der Mann in Uniform diese mit seiner Liste. „Ja, das ist so weit korrekt", sagte er. „Ich bin Ihr Flugbegleiter und werde Sie persönlich nach Neuseeland bringen." Alle drei schauten sich an. „Ist das wahr?", fragten alle drei gleichzeitig. „Ja", sagte er. „Auch für mich ist das heute eine Ehre, Sie begleiten zu dürfen." „Wir sind doch einfache Leute und können das auch gar nicht bezahlen", antwortete Regina. Der Flugbegleiter lächelte Regina an. „Machen Sie sich wegen der Bezahlung keine Gedanken, die Tickets und auch Verpflegung, die Sie auf dem langen Flug benötigen werden, sind schon bezahlt. Ich brauche aber noch dringend Ihre Reisepässe", sagte der Flugbegleiter. Wie auf Kommando reichten Regina, Klaus und Else die Pässe mit ausgestreckter Hand dem Mann in Uniform zu. Jetzt verglich er die Reisepässe mit den Flugtickets. „Ja, alles okay, na dann kommen Sie", sagte er zu Regina und Klaus und hackte Else ein. „Und das Gepäck?", fragte Else? „Ach ja, um das Gepäck wird sich der nette Herr kümmern", erklärte er und zeigte auf den immer noch strammstehenden Gepäckträger, mit dem er gekommen war. Nach der Zollabfertigung führte der Flugbegleiter sie in einen Raum. „Setzen Sie sich bitte", sagte er, „ich hole Sie auch gleich wieder ab." Wieder schauten sich die drei ungläubig an. „Könnt Ihr das verstehen?", fragte Klaus. „Nein, ich glaube, wir sind hier im falschen Film oder die haben uns einfach verwechselt", erwiderte Regina. „Verwechselt? Aber der Mann in Uniform hat doch unsere Ausweise verglichen!", wendete Klaus ein. „Wir können ihn ja fragen, ob hier eine Verwechslung vorliegt", konterte Regina. Die Tür öffnete sich und der Flugbegleiter kam auf die drei zu. „Ich hoffe, ich habe sie nicht allzu lange warten lassen", sagte er mit einem Lächeln. „Ich musste noch ein paar Kleinigkeiten organisieren", fügte er hinzu. „In ihrer Abwesenheit haben wir uns unterhalten und sind zum Schluss gekommen, dass hier eine Verwechslung vorliegen muss", sagte Klaus zu dem Flugbegleiter. „Nein, nein, eine Verwechslung liegt nicht vor, ich habe ihre Personalien soeben noch einmal durchchecken lassen und bin mir hundertprozentig sicher, dass das alles seine Richtigkeit hat," erklärte der Flugbegleiter. „Sehen Sie, ich habe auch Fotos von Ihnen, so dass eine Verwechslung ausgeschlossen ist", fügte er hinzu. Er holte einige Fotos aus seiner Jackentasche und zeigte sie Klaus. „Tatsächlich, das sind wir. Beim Einkauf in einem Supermarkt mit Peters Mutter", bemerkte Klaus erstaunt.

„Nun zeige uns auch endlich mal die Bilder", forderten die beiden Frauen ungeduldig Klaus auf.

Nachdem sich auch die beiden Frauen die Bilder genau angesehen hatten, fragte Klaus den Flugbegleiter, wie er zu den Bildern gekommen sei. „Das ist eine lange Geschichte", antwortete er. „Aber wir haben ja genügend Zeit und wenn Sie möchten, erzähle ich Ihnen, wie die Bilder zustande gekommen sind. Ich bin Werner", stellte er sich vor und streckte seine Hand aus. „Das freut uns", sagten die drei und stellten sich auch einzeln vor. „Peter ist auch ein guter Freund von mir", berichtete Werner weiter. „Du kennst Peter?", fragte Klaus. „Ja, schon viele Jahre. Ich arbeite auch als Hubschrauberpilot im Nationalpark in Abel Tasman und Peter ist der Chef von dem Ganzen", erzählte er weiter. „Aber nun kommt erst einmal mit, sonst wird das Essen noch kalt", forderte Werner die drei auf. „Was für Essen?", fragten sie. „Na, kommt und folgt mir, dann werdet ihr es sehen", sagte Werner freundlich. Nach ein paar Minuten klopfte es an der Tür. Zwei Butler begleiteten die vier zu dem reichlich gedeckten Tisch. Das Personal goss Sekt in die Gläser. Alle vier stießen an und prosteten sich zu. Nach einer gemütlichen Unterhaltung sagte Werner: „Ich möchte ja nicht drängeln, aber der Flieger geht um 7:30 Uhr, also in 30 Minuten. Schaut einmal aus dem Fenster. Mit diesem Flugzeug geht es nach München, dann nach Los Angeles und dann direkt nach Auckland in Neuseeland. Von Auckland nach Wellington und mit dem Hubschrauber nach Abel Tasman im Nationalpark. Also wir werden zirka 39 Stunden fliegen oder unterwegs sein." Wie auf Kommando schauten sie sich ungläubig an. Alle drei schauten aus dem Fenster. Sie sahen ein riesiges silberglänzendes Flugzeug. Aufgeregt tranken sie noch ein Glas Sekt, ehe sie sich erhoben. „Kommt einfach immer hinterher", sagte Werner zu Regina und Klaus und hakte die Mutter wieder ein. „Na gut, wenn du das sagst", antwortete Regina nervös. Nachdem sie einige Gänge und Flure durchquerten, wurden sie vom Flugpersonal persönlich begrüßt. „Na, das wird aber Zeit, wir haben schon auf Sie gewartet", begrüßte sie eine Stewardess und begleitete sie ins Flugzeug. Im hinteren Teil des Flugzeugs waren jeweils zehn Sitzreihen mit fünf Sitzen auf jeder Seite. „Sollen wir uns hierhersetzen?", fragte Klaus. „Nein, kommt einfach hinter mir her", sagte Werner grinsend. Werner öffnete eine Tür, sie konnten nicht fassen, was sie da sahen. Der Bereich hatte keine Sitzgruppen, sondern Sitzecken. Der gesamte Bereich war mit einem weichen Teppich ausgelegt. Die zwei Sitzecken und die kleine Bar mit dem Tresen waren farblich perfekt abgestimmt. In jeder Sitzecke war ein Fernseher. „Werner, gehört das Flugzeug vielleicht einem Scheich oder einem Millionär?", fragte Regina neugierig. „Ja, Peter und Elke haben das Flugzeug von einem guten Freund gechartert", erzählte Werner mit einem Lächeln. „Aber kommt, wir müssen uns beeilen", forderte Werner die drei auf. „Nehmt in den bequemen Sesseln Platz und lasst euch verwöhnen", forderte Werner die drei auf. Die Tür zum Cockpit öffnete sich. Der Kapitän kam auf die drei zu und begrüßte sie persönlich. „Na, sind Sie schon aufgeregt?", fragte der Kapitän. „Ja", antwortete Regina spontan. „Dann setzen Sie sich erst einmal hin und lassen Sie sich alle von unserem Personal verwöhnen", sagte der Kapitän, mit ruhiger Stimme. „Aber jetzt muss ich wieder nach vorn, wir müssen gleich starten", sagte der Kapitän und ging eilig wieder ins Cockpit. Erleichtert setzten sich die drei wieder in die bequemen Sessel und schnallten sich an. Nachdem noch einige Fluggäste im hinteren Teil des Flugzeuges Platz genommen hatten, setzte sich der Flieger langsam in Bewegung. Kurz vor der Rollbahn stoppte das Flugzeug, um auf die Starterlaubnis zu warten. „Else, bist du aufgeregt?", fragte Klaus besorgt. „Nein, ich bin die Ruhe in Person und freue mich schon auf die lange Reise und das Wiedersehen mit meinem geliebten Sohn", antwortete sie. Jetzt heulten die Düsen auf und der Flieger setzte sich langsam in Bewegung. Als das Flugzeug genügend Geschwindigkeit aufgenommen hatte, stieg es langsam in den Himmel auf. Unfähig, etwas zu sagen, saß Klaus versunken in seinem Sessel. „Geht es euch gut, alles in Ordnung?", fragte Werner die drei. „Ja, alles in Ordnung", erwiderten sie. Als das Flugzeug die Flughöhe von 10 000 Metern erreicht hatte, erklärte Werner, dass sie die Gurte jetzt wieder ablegen können. Erst jetzt betrachteten sie die Wolken, durch die sie hindurchflogen. Nach einer Weile waren keine Wolken mehr zu sehen. Der Ausblick war einfach unbeschreiblich, die Sonne, die teilweise über die Wolkendecke schien, war fast weiß. Begeistert und wie erstarrt von dem schönen Anblick schliefen sie vor Übermüdung ein. „Wollt Ihr einen Kaffee trinken?", fragte Werner, als sie nach einer langen Zeit wieder wach wurden. „Na, wie spät ist es", fragte Regina. „Und wie lange fliegen wir noch?", hakte Klaus gleich mit ein. „Wir werden in einer Stunde in Los Angeles sein", erwiderte Werner grinsend. „Ja, ein Kaffee und etwas Kuchen wäre jetzt nicht schlecht", erwiderten Regina und Else. „Und du, Klaus, möchtest du gar nichts?", fragte Werner. „Ja natürlich, Kuchen esse ich doch leidenschaftlich gerne", gab er zur Antwort. Nach einer Weile brachte die Stewardess das Gewünschte. Alle drei ließen es sich schmecken. „Sag mal Werner, wie war es nun mit dir und Peter, und woher kennst du ihn?", fragte Klaus. „Ich sagte schon in Berlin, dass es eine lange Geschichte wäre, aber Peter bat mich, nicht zu viel zu erzählen. Ich habe euch schon erzählt, dass ich einen Hubschrauber im Nationalpark fliege. Ich bin Peters und Elkes persönlicher Pilot, mehr möchte ich dazu im Moment nicht sagen. Peter wird euch dann Genaueres erklären", berichtete Werner. „Wie geht es denn Peter gesundheitlich?", fragte Klaus weiter. „Ja, wie ihr sicherlich von Elke erfahren habt, geht es Peter gar nicht gut. Das möchte euch Peter aber alles persönlich erzählen. So, genug davon, wie geht es euch, gefällt es euch bis dahin?", erkundigte sich Werner. „Ja, uns geht es gut", antworteten alle drei. „Wir sind nur überwältigt von dem bisher Gesehenen", antwortete Regina. „Das ist noch gar nichts gegen das, was euch in Neuseeland erwarten wird", bemerkte Werner. „Jetzt machst du uns aber erst richtig neugierig. Nun erzähl doch mal und beschreibe uns doch ein bisschen den Nationalpark in Abel Tasman", forderten sie Werner auf. „Na gut, dann werden ja Peter und Elke nichts einzuwenden haben, wenn ich euch die Schönheit und einzigartige Landschaft von Tasman beschreibe", schwärmte Werner. „Kennt ihr

Neuseeland gar nicht oder habt ihr vielleicht etwas von diesem Land gelesen?", fragte Werner die drei. „Ja, gelesen haben wir einiges von Neuseeland, aber das ist schon viele Jahre her", sagte Regina. „Unser Wunsch war schon immer, Neuseeland etwas näher kennenzulernen, aber wir konnten es uns bisher nicht leisten. Aber wie das Schicksal es will, sitzen wir in einem Flieger und unser Wunsch geht in Erfüllung. Leider ist der Anlass des Besuches nicht so erfreulich und es macht uns doch etwas traurig, dass wir unter diesen Umständen nach über 20 Jahren Elke und Peter wiedersehen werden", erzählte Regina weiter. „Glaubt mir, es wird alles wieder gut und alle Fragen werdet ihr beantwortet bekommen", erzählte Werner mit ruhiger Stimme. „Dann müssen wir halt warten, bis uns Peter alles berichtet", erwiderte Klaus. „Nun erzähle uns doch bitte, wie es ist im Nationalpark?", drängelte Klaus. „Dann werde ich euch ein wenig über das Land berichten", antwortete Werner und fing an zu erzählen:

„Die Region Tasman umfasst ein 9 771 Quadratkilometer großes Gebiet an der nordwestlichen Spitze der neuseeländischen Südinsel. Weiter umfasst die Region Tasman den landschaftlich sehr reizvollen Nelson-Lakes-Nationalpark, den Abel-Tasman-Nationalpark und den Kahhurangi-Nationalpark. All die landschaftlichen Vorzüge des Gebietes ziehen jährlich viele tausend Touristen an. Ungefähr 47 700 Menschen leben in der Region Tasman. Trotz des großen Zuwachses der Bevölkerung in Richmond gehört die Region zu den dünner besiedelten Gegenden Neuseelands, was vor allem daran liegt, dass es keine großen Ballungsräume gibt und dass ein großer Anteil der Gesamtfläche von Nationalparks eingenommen wird. Im Abel-Tasman-Nationalpark kann man eigentlich drei Sachen machen. Entweder im Backpacker relaxen, die Tracks im Nationalpark besuchen oder Kajak fahren. So hat der Nationalpark auch Traumbuchten mit glasklarem Wasser. Für jeden Erholungssuchenden ist etwas dabei, ob zu Land oder zu Wasser. Jeder kann auf seine Weise Land und Wasser erkunden. Die schönen Sehenswürdigkeiten können so von jeder Seite betrachtet werden. Ihr werdet von dem schönen Anblick überwältigt sein."

Eine Lautsprecheransage unterbrach Werners Erzählungen. Der Kapitän kündigte die Zwischenlandung in Los Angeles an und bat darum, dass sich alle wieder anschnallen sollten.

Als der Flieger die Wolkendecke durchbrach und sich im Sinkflug befand, sahen sie die riesige, dicht besiedelte Stadt Los Angeles.

Die Uhr zeigte 19:00 Uhr, als der Flieger auf der Landebahn aufsetzte. Während das Flugzeug aufgetankt und verschiedene Koffer und Kisten außen eingeladen wurden, durften sie das Flugzeug nicht verlassen. Erst kurz nach 21:00 Uhr wurde der Flug freigegeben. Erst dann konnten sie weiter in Richtung Neuseeland fliegen. Zehn Stunden Flug lagen noch vor ihnen.

„In zirka fünf bis sechs Stunden werden wir die Tasmanische See überqueren", erklärte Werner. „Und das heißt?", fragte Regina zurück. „Werner, kannst du das erklären?", fragte nun auch Klaus aufgeregt. „Ja, das kann ich", erwiderte Werner. „Ich war gerade beim Piloten und habe mich nach dem Wetter erkundigt", erklärte Werner. „Ja, und?", fragte Klaus ungeduldig. „In Sydney tobt ein Unwetter und es ist noch nicht entschieden, ob wir nach Auckland durchfliegen oder noch einmal einen Zwischenstopp einlegen müssen. Meistens sieht das Unwetter landeinwärts, aber das ist durch die besonderen Luftströmungen in Australien ganz anders und muss deshalb kurzfristig entschieden werden. Aber bis wir in Sydney sind, haben wir ja noch zirka fünf Stunden Zeit und da kann sich noch vieles zum Guten ändern", erklärte Werner und versuchte, die drei etwas zu beruhigen. „Na gut", sagten Regina und Else und stellten die Sitze wieder nach hinten, um sich noch ein wenig von den Strapazen auszuruhen. „Wie kann man nur so viel schlafen?", fragte sich Klaus und schaute besorgt zu seiner Frau. Lächelnd drehte sie den Kopf zu Klaus und sagte nur knapp: „Kann man." „Na gut", dachte sich Klaus, „ich verpasse auch nichts, dann werde ich eben auch noch ein wenig schlafen." Auch er stellte seine Sessellehne um und schlief rasch ein. Gegen 4:00 Uhr wurden sie von der Lautsprecheranlage geweckt. „Sehr geehrte Damen und Herren, hier spricht der Kapitän. Bitte bleiben Sie auf Ihren Plätzen sitzen und schnallen Sie sich an. Wir durchfliegen gleich eine schlechte Wetterlage. Bleiben Sie ruhig und folgen Sie den Anweisungen des Personals." Die Stewardess, die gerade mit dem Decken unseres Frühstückstisches beschäftigt war, schaute sich erschrocken um. „Na, auch das noch", sagte sie und räumte hastig den Tisch wieder ab. „Meinen Sie, dass das so schlimm wird?", fragte Regina die Stewardess ängstlich. „So schlimm wird es sicherlich nicht, aber wenn wir in Luftlöcher geraten und das Flugzeug geschüttelt wird, da fliegt das Gedeck in alle Richtungen und könnte Sie verletzen", erwiderte die Stewardess. „Wo befinden wir uns denn jetzt ungefähr?", fragte Regina. „Wir überfliegen gerade die Tasmanische See und sind gerade in zwei Unwetter geraten", antwortete sie nervös. „Der Kapitän hat auch keine Möglichkeit gehabt, dem Unwetter auszuweichen", erzählte die Stewardess weiter. Sie gab Regina Else und auch Peter vorsichtshalber Beutel, damit sie sich im Fall des Falles bei Übelkeit entleeren können.

Die Stewardess hatte gerade alles wieder auf den Servierwagen gepackt, als sich das Flugzeug plötzlich schüttelte. Wie ein Stein fiel das Flugzeug unaufhaltsam in Richtung Erde. Alle drei nahmen sich die Beutel, die ihnen zuvor die Stewardess gegeben hatte. Klaus war kreideweiß im Gesicht und es drehte sich alles um ihn. Auch den beiden Frauen ging es nicht besser. Werner sah besorgt zu ihnen rüber und fragte vorsichtig: „Ist alles in Ordnung bei euch?" Unfähig, etwas zu sagen, saßen sie zusammengesackt auf ihren Sitzen. Die Stewardess hatte in der Zwischenzeit den Servierwagen in einem Sicherheitseingang geschoben und sich auch hingesetzt. Vorsichtig öffnete sie die Vorhänge vor den Bullaugen. Es blitzte von allen Seiten, die Tragflächen wackelten, als ob sie gleich abfallen würden. Das Flugzeug rüttelte und schüttelte sich wie ein Pferd, das den Reiter wie im Rodeo loswerden wollte. Ständig fiel das Flugzeug in Luftlöcher und alle drei hatten mit Übelkeit zu kämpfen. Sie waren froh, dass sie angeschnallt waren, da sie sonst wahrscheinlich aus den Sitzen gerutscht wären. Besorgt schaute Regina zu Else. „Mir geht es gut", sagte sie und machte ihre Augen wieder zu. Nachdem das erste überstanden schien, verabschiedete sich die Stewardess und ging zu den anderen Passagieren, um auch sie zu beruhigen. Nach ein paar Minuten war der ganze Spuk vorbei. Die Maschine lag wieder ruhig in der Luft, als ob gar nichts vorgefallen war. „War das alles?", fragte Klaus und schaute fragend zu Werner. „Nein, das war erst der Anfang, es wird gleich richtig ungemütlich werden", sagte er besorgt.

„Aber bleibt ruhig, der Kapitän hat alles im Griff und wird uns sicher nach Auckland bringen", antwortete er nervös und zupfte an seinem Anzug herum. „Ich werde mich mal nach der Wetterlage erkundigen", sagte er zu den beiden Frauen und schaute besorgt zu Klaus herüber. Nachdem Werner hinter der Tür zum Cockpit verschwand, sagte Klaus: „Na großartig, jetzt sind wir ganz allein!" „Hast du auch Angst?", fragte Regina. „Nein", erwiderte Klaus. „Aber einen gewissen Respekt habe ich schon vor diesem Unwetter. Ich habe das auch nur in Filmen gesehen und habe niemals gedacht, dass ich das jemals live erleben werde", antwortete Klaus. Er schaute gerade besorgt aus dem Fenster, als ein Blitz in die Tragfläche einschlug. Das Flugzeug rüttelte und schüttelte sich wieder, kreideweiß sah Regina Klaus an. „Hast du das auch gesehen?", fragte Regina erschrocken. „Ja", antwortete Klaus, nahm Reginas Hand und zog sie noch dichter an sich ran. „Den ersten Flug habe ich mir aber anders vorgestellt", flüsterte Regina ängstlich. „Ja, ich auch, der ganze Unterleib und sämtliche Glieder schmerzen", berichtete Klaus. Er schaute besorgt zu Else, die sich nun auch ängstlich an den Sessellehnen festhielt. Endlich betrat Werner wieder das Abteil. „Wo warst du denn so lange? Wir haben dich schon vermisst!", rief Regina ängstlich. „Ich hatte doch gesagt, dass ich zum Kapitän gehe, um mich über die Wetterlage zu erkundigen", sagte er. „Erzähle nun", forderte Werner ihn auf. „Wie ich schon sagte, ist das erst der Anfang. Wir müssen unbedingt auf 11 000 Meter ansteigen, um nicht direkt in die Gewitterfront zu fliegen. Denn bei dieser Höhe sind wir sicher vor dem Unwetter. Aber das Problem es eben, dass das Gewitter zu schnell auf uns zukommt und wir es wahrscheinlich noch streifen werden", berichtete Werner weiter. „Hast du das auch mitbekommen, dass ein Blitz die Maschine getroffen hat?", fragte Klaus ihn aufgeregt. „Ja, das wurde im Cockpit sofort angezeigt, aber ihr braucht euch deshalb keine Sorgen zu machen. Die Maschine ist vor Gewitter geschützt", versuchte Werner, sie zu beruhigen. „Und wenn die Maschine wieder wie gerade eben vom Blitz getroffen wird und dann brennt?", fragte nun auch Else ziemlich aufgeregt. „Auch da braucht ihr euch keine Sorgen machen, das Flugzeug hat eine Löschvorrichtung und die kann vom Cockpit ausgelöst werden", erklärte Werner weiter. „Na, das kann ja noch was werden", bemerkte Klaus und rückte noch dichter an Regina ran. „Lasst uns doch einen Beruhigungsschnaps trinken", schlug Werner vor. „Ja, ein Kräuterschnaps wäre jetzt nicht schlecht", stimmten sie Werner zu. „Na, dann werde ich mich mal aufmachen und darum kümmern", sagte Werner und ging zur Stewardess. Nach einer Weile kam Werner mit einer Flasche Kräuterlikör in die Kabine zurück. Nachdem die Gläser gefüllt waren, prosteten sich alle zu. „Der Likör war noch nicht einmal in meinem Magen angekommen, da wollte er auch schon wieder raus." Alle hatten wieder mit dem Würgereiz zu tun. „Da hilft nur noch ein zweiter. Denn auf einem Bein kann man doch nicht stehen", schlug Werner grinsend vor und goss die Gläser noch einmal voll. „Schlechter kann es mir nicht mehr werden", erwiderte Klaus. „Dann los", sagte Werner und gab jedem ein volles Glas. Wieder prosteten sie sich alle zu. Tatsächlich beruhigten sich ihre Mägen. „Ja, manche Situationen sind eben nur mit Alkohol zu ertragen", scherzte Werner. Plötzlich ging es wieder los, das Flugzeug wackelte und schüttelte sich. Wieder schauten sie ängstlich zu Werner, der grinste sie nur an und sagte: „Keine Sorge das geht gleich vorbei." Tatsächlich nach ein paar Minuten war wieder alles ruhig. Durch den Lautsprecher erklang wieder die Stimme vom Kapitän. „Sehr verehrte Damen und Herren, wir haben das Unwetter durchquert und befinden uns in einer sicheren Flughöhe. Sie können sich nun wieder abschnallen und das vorbereitete Frühstück zu sich nehmen. Wir werden voraussichtlich in zwei Stunden unser Ziel erreichen." „Sag mal, wo her kennst du den Kapitän?", fragte Klaus und schaute zu Werner rüber. „Ja, du hast recht, ich kenne den Kapitän", antwortete Werner und schaute Klaus an. „Und woher kennst du ihn, wenn ich fragen darf?", hakte Klaus noch mal ein.

„Er hat auch ein kleines Häuschen in Abel Tasman und wohnt nicht weit weg von mir und Peter", erzählte Werner weiter. „Das heißt, du wohnst auch in Tasman im Nationalpark?", fragte Klaus überrascht. „Ja", antwortete Werner. „Wir sind alle drei gute Freunde und so es die Zeit erlaubt, auch immer zusammen", berichtete Werner mit einem Lächeln. „Ich werde mich mal um unser Frühstück kümmern", sagte Werner und verschwand. „Verstehst du das?", fragte Klaus seine Frau. „Nein, das kann man nicht verstehen", sagte sie nachdenklich. „Statt dass Werner uns über alles aufklärt, türmen sich immer mehr Fragen auf", sagte Else und schaute Regina und Klaus fragend an. Nach einer Weile kam Werner mit dem Frühstück und deckte den Tisch. „Wo sind die Stewardessen?", fragte Regina Werner und schaute ihn erwartungsvoll an. „Ich habe Peter und Elke versprochen, mich persönlich um euer Wohl zu kümmern und das mache ich auch gern", antwortete Werner und fügte hinzu: „Peters Freunde sind auch meine Freunde." „Es tut gut zu wissen, dass es noch wahre Freunde gibt", antwortete Regina und lächelte ihm zu. Sie ließen sich alle das Frühstück schmecken und waren zufrieden, dass das Flugzeug jetzt beim Frühstück ruhig war. Man merkte gar nicht mehr, dass man im Flugzeug saß. Nach dem Frühstück fragte Klaus: „Werner, ist es nicht möglich einmal ins Cockpit zu gehen und den Piloten über die Schulter zu schauen? Denn ich habe ein Cockpit noch nie gesehen." „Eigentlich ist es ja verboten, aber ich kann ja mal nachfragen", antwortete Werner und verschwand. Nach einem kurzen Augenblick kam er wieder zurück und sagte: „Na, dann wollen wir mal, ich habe gefragt und die Erlaubnis bekommen." Werner öffnete die Tür und forderte die beiden Frauen und Klaus auf, ihm zu folgen. Alle erhoben sich und liefen Werner hinterher. Im Cockpit angekommen, waren sie überwältigt von den vielen Armaturen und Schaltern, so etwas haben sie noch nie gesehen. Überall blinkten kleine Lampen. Das Spannendste war aber, was sie durch die großen Fenster im Cockpit beobachten konnten. Was für ein einzigartiges Naturschauspiel sie da sahen. Diesen Anblick werden sie im ganzen Leben nie vergessen. Das Gewitter schien überall zu sein. Überall blitzte und leuchtete es in den Wolken. „Ist das vor uns auch noch ein Gewitter?", fragte Klaus den Kapitän besorgt. „Ja, durch diese Gewitterfront müssen wir auch noch durchfliegen, ja leider", sagte der Kapitän besorgt. „Da durch?", fragte Klaus erschrocken. „Ja", sagte der Kapitän. „Aber das Schlimmste ist, dass wir in zehn Minuten in den Sinkflug gehen müssen, um zur Landung anzusetzen. Denn über Neuseeland tobt ein Unwetter und besonders über dem Flughafen", fügte der Kapitän besorgt hinzu. „Wir kreisen wegen dieses Unwetters nun schon eine Stunde über Neuseeland und langsam geht uns der Sprit aus", erklärte der Kapitän weiter. „Deshalb bitte ich Sie, wieder Platz zu nehmen, Ruhe zu bewahren und sich anzuschnallen." Alle bedanken sich beim Kapitän und gingen wieder in ihre Kabine zurück und setzten sich in ihre bequemen Sessel. Eilig schnallten sie sich wieder an, als auch schon die Ansage des Kapitäns zu hören war. „Sehr geehrte Fluggäste, wir durchfliegen gerade ein schweres Unwetter, bitte schnallen sie sich an und folgen sie den Anweisungen der Stewardessen."

„Hoffentlich wird das nicht so schlimm wie es aussieht, denn mit so ein Unwetter ist nicht zu spaßen", erklärte Werner besorgt. „Na, du bist gut, wir haben so schon Angst", sagte Klaus besorgt. „Ach, Angst braucht ihr nicht zu haben, runter gekommen sind bis jetzt noch alle", scherzte Werner. „Ha, ha, aber wie? Das ist wohl die Frage", sagte Else aufgeregt. „Es wird schon alles gut gehen", versuchte Werner, die drei zu beruhigen. „Wir haben aber nicht erwartet, dass das unser erster und letzter Flug sein soll", stotterte Regina vor Anspannung. „Es wird schon alles gut werden, ihr werdet sehen", beruhigte Werner.

Kaum dass Werner es zu Ende gesagt hatte, ging es erst richtig los. Wenn sie meinten, das Unwetter vor einer Stunde war schlimm, wurden sie gleich eines Besseren belehrt. Das Flugzeug musste sich, so wie der Kapitän es schon erklärt hatte, im Sinkflug befinden. Denn die Maschine neigte sich nach vorn. Überall blitzte es, ein Rütteln und Schütteln überzog den Rumpf. Alle wurden regelrecht durchgeschüttelt. Es war ein Glück, dass Werner den Frühstückstisch schon abgeräumt hatte. Sonst wären sicherlich alle Gegenstände umhergeflogen. Über ihnen öffneten sich die Klappen und die Sauerstoffmasken fielen raus. Instinktiv griffen sie nach den Masken und setzen diese auf. Ja, es war angenehm, frischen Sauerstoff einzuatmen. Langsam wich der Druck in ihren Köpfen, nur der Mageninhalt schien wieder rauskommen zu wollen. Werner kümmerte sich liebevoll um Peters Mutter und reichte ihr ein Glas Wasser. Bei diesem Rütteln und Schütteln hatte Else Mühe, etwas zu trinken. Werner schien das alles nichts auszumachen. Mitleidig schaute er zur ihnen rüber. „Es tut mir sehr leid, dass ihr das hier alle durchmachen müsst", sagte er besorgt. „Das habt ihr euch sicherlich anders vorgestellt", versuchte er zu trösten. „Ich denke, in zwanzig Minuten werden wir landen und dann haben wir alles geschafft", machte Werner ihnen Hoffnung. „Zwanzig Minuten, die können aber noch lang werden", erwiderte Klaus. „Ja, das ist richtig, ich bin auch froh, dass wir bald unten sind", antwortete Werner mit besorgter Stimme. Ständig rüttelte und schüttelte sich die Maschine. „Wie lange kann das ein Flugzeug verkraften, ehe es auseinanderbricht?", fragte Klaus besorgt. „Die Flugzeuge können schon durch solche Unwetter fliegen, ohne ernsthaften Schaden zu nehmen", beruhigte ihn Werner. Je tiefer sie flogen, desto schlimmer wurde das Flugzeug geschüttelt. Blitze schlugen in die Tragflächen ein. Wieder und wieder, doch plötzlich fing das Triebwerk an zu brennen. Werner, der auch aus dem Fenster schaute, sagte besorgt: „Das war jetzt ein Volltreffer", und machte ein sorgenvolles Gesicht. Erschrocken schauten sie sich alle an. „Ein Triebwerksausfall ist nicht so schlimm, das Flugzeug kann selbst mit nur zwei Antrieben weiterfliegen", versuchte Werner sie zu beruhigen. Tatsächlich schaltete der Kapitän nach einem vergeblichen Löschversuch das beschädigte Triebwerk ab. Es wurde nicht besser, es musste draußen sehr stürmisch sein. Wie ein Ball wurde die Maschine hin und her geschleudert. Sie wurden alle in ihre Sitze gepresst und konnten sich nicht mehr rühren. Wieder schaute Werner sie sorgenvoll an. „Was ist?", fragte Regina. „Ich habe ein ungutes Gefühl", sagte Werner und schaute besorgt zu ihnen rüber. Das nächste Triebwerk verabschiedete sich nach einem weiteren Blitzeinschlag und einem weiteren vergeblichen Löschversuch. „Das heißt, wir fliegen nur noch mit zwei Triebwerken?", fragte Klaus und schaute Werner fragend an. „Ja, das ist wohl so", erwiderte Werner leise. „Jetzt wird es aber langsam Zeit, dass wir in den Landeanflug gehen. Noch einen Triebwerksverlust können wir uns nicht leisten. Denn eine Notlandung auf dem Wasser würde bei dem hohlen Wellengang zur Katastrophe führen", sagte Werner und runzelte nachdenklich die Stirn. In Klaus' Kopf schoss das Blut, sein Leben lief wie ein Film an ihm vorbei. „Sollte das das Ende sein? Nein, das kann doch nicht sein", überlegte Klaus. Seine Frau schien wohl dieselben Gedanken gehabt zu haben, denn sie schaute ihn ängstlich an. Er nahm ihre Hand und versuchte, sie zu beruhigen. Das Gewitter hörte nicht auf. Ängstlich schauten sie gerade wieder aus dem Fenster, als wieder ein Blitz in die Tragfläche einschlug. Wieder schauten sie ängstlich und Hilfe suchend zu Werner rüber, als die Tragfläche Feuer fing. Vom hinteren Teil des Flugzeuges war ein Geschrei zu hören. Regina fragte Peters Mutter: „Else, hast du auch Angst?" „Nein, antwortete sie mit ruhiger Stimme, ich habe keine Angst. Ich habe den Zweiten Weltkrieg überlebt und bin heute 83 Jahre. Ich habe mein Leben gelebt, es wäre nur nicht gerecht, dass ich so weit gekommen bin und jetzt kurz vor dem Ziel sterben soll. Ich möchte doch noch einmal meinen Sohn sehen und ihn in die Arme nehmen", fügte sie besorgt hinzu. „So schnell stirbt es sich nicht", beruhigte Werner. „Ich werde dafür Sorge tragen das du nicht nur den Sohn siehst, sondern dass du auch bei ihm bleiben kannst", versuchte Werner sie zu trösten. Die Stewardessen versuchten, die Passagiere im hinteren Teil des Flugzeuges zu beruhigen. Aber dieses Mal schien das vergeblich zu sein. „Das Flugzeug brennt, wir stürzen ab", waren die ängstlichen Rufe der Passagiere durch das ganze Flugzeug zu hören. Panik brach aus und alle schrien durcheinander. Die beruhigenden Worte der Stewardessen gingen in dem Angstgeschrei der Passagiere unter. Erst jetzt sahen sie die tobende See, die immer schneller auf sie zukam. „Das war das wohl mit unserem Leben", sagte Klaus und schaute Werner fragend an. Endlich war die Landebahn in Sicht. Die Tragfläche brannte noch immer, als die Maschine unsanft auf die Landebahn aufsetzte. Die rechte Tragfläche berührte die Landebahn, Funken sprühten nach allen Seiten und eine Stichflamme schoss aus der Tragfläche. Ein ohrenbetäubender Knall und eine Explosion riss die halbe Tragfläche ab. Wie versteinert saßen sie alle in ihren Sesseln, unfähig, etwas zu sagen. Durch Klaus' Kopf schossen tausende Gedanken und er dachte an seine Kinder und Verwandten. Ängstlich schaute Klaus zu Werner rüber, der zusammengesunken und kreideweiß in seinen Sessel saß. Auch Regina saß wie versteinert neben ihrem Mann und schüttelte nur den Kopf, als Klaus besorgt zu ihr schaute. Als das Flugzeug endlich zum Stehen kam, kamen der Kapitän und die Stewardessen eiligen Schrittes und öffneten die Türen. Während die Notrutschen zu Boden gelassen wurden, versuchte die Feuerwehr, die Tragfläche zu löschen. Wie erstarrt und unfähig etwas zu sagen, saßen sie immer noch in ihren Sesseln. „Na los, kommt, hier ist Endstation, wir müssen sofort aussteigen", rief Werner ihnen zu. Mit zitternden Händen öffneten sie die Sicherheitsgurte. Regina saß immer noch wie versteinert im Sessel, während Klaus eilig aufstand. Besorgt reichte Klaus seiner Frau die Hand und half ihr aufzustehen. Ihre Beine waren wie Gummi und sie hatte Mühe zu gehen. „Ist alles in Ordnung?", fragte Werner besorgt. „Naja, wir haben schon bessere Tage gesehen", antwortete Klaus und schaute wieder ängstlich zu seiner Frau und Else. „Wir müssen uns wirklich beeilen, damit wir aus der brennenden Maschine kommen", mahnte Werner und nahm Peters Mutter und ging zum Ausgang. Als sie an der Tür angekommen waren, peitschte ihnen der Regen ins Gesicht. Der Sturm, der vom Meer reinkam, war so stark, dass sie Mühe hatten, sich an den Halteriemen festzuhalten. Draußen herrschte Panik, sodass die fleißigen Helfer zu tun hatten, die Passagiere zu beruhigen. Das hatten sie bisher nur in Filmen gesehen, wie solche Rettungsaktionen abliefen. Und da sage einer noch mal was Schlechtes über das Fernsehen. Fernsehen bildet, nur durch solche Filme wussten sie, wie sie sich zu verhalten hatten. Nämlich Ruhe zu bewahren und den Anweisungen des geschulten Personals zu folgen. Nachdem Werner Peters Mutter auf die Rutsche setzte, drehte er sich zu Regina und Klaus um sagte: „Los, wollt ihr hier Wurzeln schlagen", und schob sie auf die Rutsche. „Und du?", fragte Klaus besorgt. „Ich komme auch gleich nach, ansonsten treffen wir uns im Flughafengebäude", rief er ihnen hinterher. Unten angekommen wurden sie von der Feuerwehr und dem medizinischen Personal in Empfang genommen und sofort in Busse gebracht. Durch die Busfenster konnten sie sehen, dass die Feuerwehrleute das Feuer inzwischen gelöscht hatten. Erst jetzt konnten sie das ganze Ausmaß der Katastrophe überblicken. Die halbe Tragfläche war zerfetzt. Die beiden Triebwerke waren auch nicht mehr zu sehen. Hektisch liefen die Rettungskräfte hin und her und halfen, die Passagiere in den bereitgestellten Bussen zu kommen. Als der erste Bus, in dem sich auch die drei befanden, voll war, fuhr er schnell zum Flughafengebäude. Im Gebäude wurden sie alle von medizinischem Personal empfangen. Warme Decken und heißer Tee wurde gereicht. Sanitäter und Ärzte befragten sie nach Beschwerden und Verletzungen. Während sie und besonders Peters Mutter gründlich untersucht wurden, versuchten sie vergeblich, sich zu beruhigen. Nachdem sie von dem medizinischen Personal etwas zur Beruhigung bekommen hatten, wurde ihr Zustand etwas besser. Ein Priester kam zu ihnen, um seelischen Beistand zu geben. Schnell füllte sich die Halle und jeder Eintreffende wurde gleich medizinisch versorgt. Klaus stellte sich auf eine Bank, um nach Werner Ausschau zu halten. Nein, auch von hier oben konnte er Werner nicht entdecken. „Was machen wir nur?", fragte Klaus und schaute sorgenvoll zu den beiden Frauen. „Weg können wir nicht, wir müssen hier auf Werner warten", sagte Regina und versuchte, Klaus zu beruhigen. Wieder öffnete sich die Tür zum Haupteingang. Der Kapitän und die gesamte Crew betraten die Halle. Ein tosender Beifall ertönte und jeder wollte sich persönlich beim Kapitän für die sichere Landung bedanken. Nur mit Mühe gelang es dem Sicherheitspersonal und deren Helfern, die Leute zu beruhigen. Nachdem der erste Ansturm der Freude verklungen war, kamen der Kapitän, die Crew und Werner zu Else und Klaus. „Ich bin so froh, dass alles so gut aus gegangen ist und niemand verletzt oder gar ums Leben gekommen ist", sagt der Kapitän erleichtert und streckte ihnen die Hand entgegen. Nachdem sich jeder noch einmal persönlich beim Kapitän bedankte, fragte Klaus den Kapitän, wie viel Passagiere denn am Board waren. „Laut Liste waren es 59 Passagiere", antwortete der Kapitän spontan. „Kommt, wir müssen uns um den Weiterflug für morgen früh kümmern", drängelte Werner. „Mir ist schon schlecht, wenn ich auch nur daran denke, wieder in ein Flugzeug zu steigen", sagte Klaus nervös. „Wir haben es jetzt 21:00 Uhr und bis morgen früh hat sich die Wetterlage sicherlich beruhigt", versuchte Werner sie alle zu beruhigen. „Und Sie, was werden Sie jetzt machen?", fragte Klaus den Kapitän. „Ja, für mich war das heute der letzte Flug, aber nicht, weil heute so einiges schief ging. Nein, ich hatte mich schon vor längerer Zeit entschieden, mich zur Ruhe zu setzen", berichtete er sichtlich erleichtert. „Am besten, ihr geht alle in das Flughafenrestaurant und ich kümmere mich um alles weitere. Sobald ich alles geklärt habe, komme ich nach", sagte Werner und verschwand. „Kommen Sie mir einfach hinterher", sagte der Kapitän zu den dreien. „Was wird eigentlich mit unserem Gepäck?", fragte Regina den Kapitän. „Darum wird sich mein Copilot kümmern", sagte er und klopfte Regina beruhigend auf die Schulter. Im Restaurant angekommen, wartete schon die Crew auf uns. „Na, setzen Sie sich erst einmal hin", sagte eine Stewardess und fügte hinzu: „Der erste Flug und bald auch der letzte." „Woher wissen Sie, dass es unser erster Flug war?", fragte Regina zurück. „Ich glaube wir müssen erst einmal einiges aufklären", erwiderte die Stewardess. „Ich heiße Sabine und das ist Martin, mein Mann und Kapitän. Wir sind schon seit dreißig Jahren verheiratet. Die deutsche Sprache kennen wir so gut, weil wir vor einigen Jahren noch in Deutschland gelebt haben. Um genauer zu sagen, in Ostberlin. Mein Mann und ich arbeiteten damals auf dem Flughafen in Berlin Schönefeld. Und unseren gemeinsamen Freund Peter lernten wir während der zahlreichen Flüge kennen. Auch wir mussten damals genau wie Peter die DDR verlassen. Aber das wird Ihnen Peter alles noch genauer erzählen.

Werner hat Ihnen doch sicherlich schon einiges berichtet, und erzählt, dass wir auch in Abel Tasman in der Nähe des Nationalparks unser Häuschen haben?"

„Nein, von Ihnen hat er uns nichts erzählt", erwiderte Regina und schaute Sabine fragend an.

„Okay, wir haben ja noch genügend Zeit über alles zu sprechen."

„Also wie gesagt, ich bin die Elke, es wäre sehr nett, wenn wir die Förmlichkeiten lassen könnten. Peters Freunde sind auch unsere Freunde", fügte sie hinzu und streckte ihre Hand aus. „Wir haben auch nichts dagegen uns mit dem Vornamen anzusprechen, im Gegenteil es ist uns eine Ehre", erwiderte Regina und drückte Sabines ausgestreckte Hand. Nachdem sich auch Klaus und Elke vorgestellt und jedem die Hand gegeben hatte, fragte Klaus neugierig: „Was war eigentlich mit dem Flugzeug, hätte es nicht explodieren können?" „Ja", antwortete Martin. „Ich habe schon während des Anfluges Kerosin abgelassen, um eine Explosion zu vermeiden. Aber das Gewitter und die Sturmböen waren so heftig, dass wir Mühe hatten, die Maschine unter Kontrolle zu bekommen, um zu landen. Tja und dann waren noch die heftigen Blitzeinschläge. Wir haben viel Glück gehabt, dass nichts Schlimmeres passiert ist", berichtete Martin weiter, schaute zu Sabine und nahm sie in den Arm. „Aber dann ist es doch zur Explosion gekommen", erwiderte Else und schaute fragend zu Martin rüber. „Da hast du recht, Else", antwortete Martin und begann zu erzählen: „Wie ihr vielleicht gesehen habt, hat die rechte Tragfläche die Landebahn berührt. Dadurch entstanden Funken, die zur Explosion geführt haben. Aber zum Glück war nicht mehr viel Kerosin in den Tanks, sondern nur die Gase, die explodierten. Eine Wasserlandung hätten wir wahrscheinlich bei der aufgewühlten See und dem Sturm nicht überlebt. Zurück konnten wir auch nicht mehr, weil nicht nur der Treibstoff fehlte, nein auch weil die Entfernung zum Festland nach Sydney viel zu groß war. Also musste ich mich entscheiden und bin in Auckland notgelandet."

„Alle Hochachtung, da haben wir alle aber sehr viel Glück gehabt, dass so ein erfahrener Pilot wie du es bist, uns sicher runtergebracht hat", lobte Klaus. „Ich glaube, jeder andere Pilot, und da bin ich mir sicher, hätte genauso gehandelt", erwiderte Martin.

„Aber nun genug davon", sagte Martin und fügt hinzu: „Ich lade euch alle zum Essen ein. Aber bevor wir zum Essen gehen müssen wir erst auf Werner warten." Erwartungsvoll schauten alle zum Eingang. „Ich hoffe nur, dass Werner alles erledigen konnte", sagte Martin nachdenklich.

Nach einige Minuten des Wartens betrat Werner das Flughafengebäude und ging mit eiligen Schritten auf die Wartenden zu.

„Ja und, nun erzähle schon, konntest du alles erledigen?", fragte Martin ungeduldig und schaute Werner fragend an.

„Naja, da gibt es ein Problem", erwiderte Werner und sah besorgt zu Martin. „Nein, nicht schon wieder", rief Martin und schüttelte den Kopf.

„Der Flughafen hier in Wellington ist durch den Sturm verwüstet worden und kann mindestens zwei Tage nicht angeflogen werden", berichtete Werner weiter. „Das heißt?", unterbrach ihn Klaus ungeduldig. „Das heißt, dass wir von hier aus die zirka 900 Kilometer nach Airport Takaka allein fliegen müssen.

Ich habe in der Zwischenzeit mit Elke und Peter sprechen können und sie kurz von der jetzigen Situation, in der wir uns hier alle befinden berichtet. Die beiden haben sich auch gleich mit ein paar Leuten in Verbindung gesetzt und alles weitere organisiert, so dass wir morgen, wenn der Sturm nachgelassen hat, in seine Privatmaschine steigen können. Um 9:00 Uhr werden wir nach einem gemeinsamen gemütlichen Frühstück losfliegen", berichtete Werner weiter. „Wie, in seiner Privatmaschine?", fragte Else ungläubig. „Ach ja, das habe ich euch ja noch nicht erzählt, Peter besitzt ein zweimotoriges Flugzeug und einen Hubschrauber und er wollte die Maschine auch gleich herschicken, so dass wir morgen früh pünktlich zwischen 9:00 und 10:00 Uhr losfliegen können", erzählte Werner weiter.

Nun verstanden die drei nichts mehr. Ihre Gedanken kreisten und sie hatten viele Fragen, die immer noch unbeantwortet blieben. Wie kann sich Peter ein Flugzeug und ein Hubschrauber leisten?

In Elses Kopf arbeitete es, fragend schaute sie zu Werner und Martin. „Mein Sohn besitzt ein Flugzeug und dann auch noch ein Hubschrauber, könnt ihr mir das erklären?", fragte Else und fügte hinzu: „Mit Arbeit kann man sich doch nicht solchen Luxus leisten." „Liebe Else, dein Sohn wird dir alles genauestens erzählen", erwiderte Werner und streichelte Else liebevoll über ihr graues Haar. „Ja, ja, das habe ich in letzter Zeit sehr oft von euch gehört", erwiderte Else ärgerlich und schüttelte den Kopf.

„In ein paar Stunden werdet ihr alles erfahren, hab noch ein wenig Geduld", versuchte Werner die drei zu beruhigen.

„Es bleibt uns wohl nichts anderes übrig als geduldig auf Antworten zu warten", erwiderte Else etwas enttäuscht. „Wollt ihr auch gleich mitkommen?", fragte Werner und schaute Martin und Sabine erwartungsvoll an. „Na klar kommen wir morgen früh mit, schließlich wollen wir doch auch nach Hause. Ich hoffe, die Berge konnten das Unwetter etwas abhalten und unser Haus hat keinen Schaden genommen", sagte Sabine besorgt.

Draußen beruhigte sich langsam der Sturm und das Gewitter verzog sich, nur der Regen wollte nicht aufhören. Wie aus Eimern lief das Wasser die großen Scheiben vom Flughafenrestaurant herunter. Alle verabschiedeten sich von den restlichen Besatzungsmitgliedern, die mit der nächsten Maschine nach Sydney zurückfliegen mussten.

„Willst du bei uns schlafen?", fragte Regina und schaute Else fragend an. „Ja, das wäre nett, ich möchte heute nicht allein sein", erwiderte sie und war froh, dass Regina sie gefragt hatte. „Na, dann kommt", forderte Werner die drei auf. „Ich möchte euch jetzt das Hotel zeigen, indem ihr diese Nacht schlafen könnt." Werner, Klaus, Regina und Else stiegen in den Kleinbus ein, der schon vor dem Flughafengebäude auf sie wartete. Nach einer kurzen Fahrt hielt er vor einem Hotel. Eilig kam ein uniformierter Hoteldiener auf sie zu und öffnete die Autotüren. Sehr freundlich wurden die drei in Empfang genommen. „Um das Gepäck braucht ihr euch keine Sorgen zu machen, darum wird sich der Hoteldiener kümmern", sagte Werner und hakte Else wieder ein.

Mit dem Fahrstuhl fuhren sie dann in dem neunten Stock. Werner, der den Zimmerschlüssel vorher schon an der Rezeption in Empfang genommen hatte, schloss das Zimmer auf. Das Zimmer war auf das modernste eingerichtet, aber das interessierte die drei in diesem Moment überhaupt nicht. Sie wollten sich nur noch hinlegen und in Ruhe gelassen werden. Zu viel mussten sie in den letzten Stunden durchleben. Nachdem sich alle drei etwas frisch gemacht hatten, legten sich die beiden Frauen in das große Bett. Regina wollte Else nicht allein lassen. Zu viel hatten sie in den letzten Stunden erleben müssen. Nachdem Klaus in der Bar noch einen Beruhigungsschnaps getrunken hatte, legte auch er sich auf die Couch im Wohnzimmer.

„Ich kann noch nicht schlafen", sagte Else zu Regina. „Mir geht es genauso", antwortete Regina. Zu Ereignisvoll waren die letzten Stunden gewesen. Den beiden Frauen standen die Tränen in den Augen.

„Sag mal, war das ein böser Traum oder haben wir das tatsächlich gerade alle erleben müssen?", sagte Else nachdenklich mit zitternder Stimme.

Erst jetzt wurde ihnen das Glück, dass sie das Ganze überlebt, hatten klar.

„War das das Schicksal, von dem man immer spricht?", flüsterte Else.

Wie schnell ein Leben vorbei sein kann, wurde ihnen erst jetzt richtig bewusst.

Sie nahmen die Beruhigungstabletten, die ihnen der Arzt bei der Untersuchung gegeben hatte. Nach kurzer Zeit schliefen sie übermüdet ein. Um 8:00 Uhr früh klopfte es an der Tür. „Herein", rief Klaus. Mit einem Lächeln betrat Werner das Zimmer. „Na, konntest du ein wenig schlafen?", fragte Werner besorgt. „Von schlafen kann keine Rede sein, immer wieder musste ich daran denken, was gestern während des Fluges alles passiert ist. Es wird alles wieder gut", versuchte Werner Klaus zu beruhigen.

„Konnten die beiden Frauen wenigstens schlafen?" „Das kann ich dir nicht sagen", im Schlafzimmer ist alles noch ruhig, antwortete Klaus.

„Dann wollen wir mal nachschauen", sagte Werner und klopfte Klaus liebevoll auf die Schulter. Leise klopfte Werner an die Tür und rief: „Es wird Zeit aufzustehen, wir müssen bald los. Das Flugzeug, das Peter geschickt hat ist auch schon gelandet und wartet auf uns."

„Moment, wir kommen gleich", waren die Stimmen von Regina und Else aus dem Zimmer zu hören. „Okay", antwortete Werner, „wir werden im Wohnzimmer auf euch warten."

Nachdem die beiden Frauen sich etwas frisch gemacht hatten, betraten sie das Wohnzimmer. „Konntet ihr wenigstens etwas schlafen?", fragte Werner besorgt. „Nachdem wir die Beruhigungstabletten, die uns der Arzt bei der Untersuchung gegeben hatte, eingenommen hatten, sind wir eingeschlafen", antwortete Regina. „Wollen wir alle erst mal frühstücken gehen, es ist alles schon vorbereitet", sagte Werner und hakte Else wieder ein. „Oh ja, ein starker Kaffee, der wird uns jetzt guttun", erwiderte Regina. „Was macht das Wetter?", fragte Else besorgt und schaute Werner erwartungsvoll an. „Das Wetter, das kann nicht besser sein", antwortete Werner. Klaus schaute durch die großen Fenster des Hotels und sagte:

„Tatsächlich, die Sonne scheint und es ist am Himmel kaum eine Wolke zu sehen." Gemeinsam gingen sie alle in das Restaurant, um ihr Frühstück einzunehmen. Sabine und Martin warteten schon ungeduldig und kamen auf sie zu.

„Ich hoffe, ihr konntet euch ein wenig ausruhen?", begrüßten sie die drei. „Ich habe fast gar nicht geschlafen", antwortete Klaus, immer noch müde. „Aber die beiden Frauen haben wohl nach der Tablette etwas schlafen können", fügte er hinzu.

„So, nun nehmt doch erst einmal Platz", schlug Werner vor. Nachdem jeder Platz genommen hatte, goss die Kellnerin für jeden den Kaffee ein.

„Jetzt wollen wir doch erst einmal das Frühstück genießen", sagte Werner mit einem Grinsen im Gesicht.

„Was für ein Frühstück?", fragte Else erstaunt. „Der Tisch ist doch leer", fügte sie hinzu. „Lasst euch überraschen", sagte Werner und gab der Kellnerin ein Zeichen.

Die Kellnerin ging zur Tür und öffnete sie. Vier Kellner betraten das Restaurant und schoben Servierwagen an den Tisch.

Kaffee, Brötchen und frisch gekochte Eier wurden auf den Tisch gestellt.

„Wie zu Hause!", rief Regina begeistert.

„Ach wirklich?", sagte Werner grinsend. „Dann schaut einmal, was uns Peter und Elke mit ihrem Flugzeug mitgeschickt haben."

„Wie, ihrem Flugzeug, und was haben die beiden geschickt, ich verstehe nur Bahnhof", sagten Klaus, Regina und Else gleichzeitig.

„Ich hatte doch gestern erzählt, dass ich mit Peter und Elke telefonieren konnte", erzählte Werner weiter und fügte hinzu: „In dem Zusammenhang habe ich ihnen auch berichtet, was wir alle gestern durchmachen mussten. Sie waren sehr besorgt und haben gleich nachgefragt, wie es euch geht und ob ihr deshalb wieder nach Hause fliegen wollt. Auch wenn sie für die Ereignisse nichts können, haben er und Elke mit ihrer Privatmaschine die besten Speisen und Getränke geschickt, als Entschädigung für die Unannehmlichkeiten, die euch und uns entstanden sind", berichtete Werner weiter.

„Das haben wir uns doch gar nicht verdient?", erwiderten Regina und Else gleichzeitig. „Ich glaube doch, Elke und Peter haben euch tief ins Herz geschlossen", antwortete Werner und fügt hinzu: „Ich habe die Anweisung von Peter, alles für euer Wohl zu tun, egal was es auch kostet." „Und nun schaut was das

Personal alles gebracht hat.", sagte Werner weiter und gab dem Personal ein Zeichen. Frisch zubereitetes Lamm, Spanferkel und Rinderfilets, dazu Muscheln und verschiedene Meeresfrüchte, allerlei Säfte und alkoholische Getränke wurden gereicht. Und die Krönung vom Ganzen: jeder bekam eine Flasche mit einem 150 Jahre alten Wein. Regina, Else und auch Klaus waren sprachlos. Sie wussten nicht mehr, was sie davon halten sollten. Werner und Sabine prosteten ihnen zu.

„Was für ein edler Geschmack, da stimmt auch alles", sagten die Frauen begeistert. „Was wird wohl so eine Flasche kosten?", fragten sie sich. „So eine Flasche muss wohl ein Vermögen wert sein", erwiderte Else kopfschüttelnd. „Macht euch darüber keine Gedanken, Peter und Elke haben eine eigene Kelterei und ein altes Weinlager geerbt", erklärte Werner.

„Wer soll denn das alles aufessen, da sind wir ja bis morgen noch nicht fertig und wollten wir nicht zwischen 9:00 und 10:00 Uhr weiterfliegen?", sagte Klaus und schaute Werner fragend an. „Immer mit der Ruhe, die Maschine muss erst einmal aufgetankt werden, ehe wir einsteigen können", erklärte Werner. „Wer fliegt eigentlich Peters Maschine?", fragte Klaus weiter. „Der Pilot, der Peters Flugzeug gebracht hat, musste auch hier in Airport Takaka notlanden. Nicht nur wegen des Unwetters, sondern weil auch seine Maschine repariert werden muss. Er muss aber noch weiter nach Los Angeles, so dass er nicht mit uns zurück fliegenkann." „Und wer fliegt Peters Maschine jetzt", fragte Klaus noch einmal. „Wir sind doch zwei Piloten und haben genügend Flugerfahrungen, sodass Martin und ich uns mit dem Fliegen abwechseln können. Also esst und trinkt in Ruhe", sagte Werner und goss die Kaffeetassen wieder voll. „Wie lange wird der Flug dann dauern?", fragte Else und sah Werner fragend an. „Ich hatte schon gesagt, dass wir zirka 900 Kilometer Luftlinie bewältigen müssen, wir werden am späten Nachmittag im Airport Takaka ankommen."

„Ich werde dann Peters Hubschrauber fliegen und Sabine und Martin vor ihrem Haus absetzen, dann fliegen wir direkt weiter zur Farm von Peter und Elke. Das Wetter ist hervorragend, sodass wir einen ruhigen und angenehmen Flug haben werden. Vor allem könnt ihr das wunderschöne Neuseeland mit seiner einzigartigen Landschaft in Ruhe von oben betrachten", erzählte Werner weiter und nahm sich noch ein leckeres Brötchen.

In aller Ruhe genossen sie das gute Frühstück. So was Schönes und Schmackhaftes hatten Else, Regina und auch Klaus noch nicht erlebt.

Vor allem die ausgewählten Meeresfrüchte, von denen sie nicht genug bekommen konnten. „Wie man sieht, schmeckt es euch?", sagte Werner lächelnd. „Ja, es schmeckt sehr gut, aber es ist ein Jammer, dass wir nicht von allem kosten konnten und hier alles zurücklassen müssen", erwiderte Else traurig und schaute Werner vorwurfsvoll an. „Ach, das ist gar nicht so schlimm, bei Peter gib es auch was zu essen und ihr werdet nicht verhungern", scherzte Werner. „Nein, es ist nicht wegen des Hungerns, sondern wegen dem schönen und schmackhaften Essen, das wir hier stehen lassen müssen", erwiderte Else traurig.

„Seid Ihr denn wenigstens alle satt geworden?", erkundigte sich Werner und schaute alle an.

„Satt ist kein Ausdruck, wir platzen bald und können uns kaum noch bewegen", erwiderte Regina und sprach für alle. „Dann bin ich ja beruhigt", scherzte Werner.

„Wenn ihr alle fertig seid, können wir in zirka dreißig Minuten losfliegen", sagte Werner und stand auf.

„Und unser Gepäck?", erkundigte sich Regina und schaute Werner fragend an. „Ach ja, euer Gepäck ist schon im Flugzeug verstaut worden. Ihr müsst nur noch euer Handgepäck mitnehmen", antwortete Werner.

„Ich habe ein flaues Gefühl in der Magengegend", sagte Else nervös.

„Mir geht es auch so", erwiderte Regina. „Davon habe ich aber beim Frühstück nichts gemerkt", scherzte Klaus. „Wenn ihr erst einmal im Flugzeug Platz genommen habt, geht das schnell vorbei", versuchte Werner die beiden Frauen zu beruhigen.

„Und wie geht es nun weiter?", fragten Else und Regina und schauten Werner und Martin fragend an.

„Wie ich gestern schon sagte", erklärte Werner, „werden wir zirka 900 Kilometer Luftlinie bewältigen müssen, da werden wir am späten Nachmittag in Airport Takaka ankommen." „Wir werden dann alle in Peters Hubschrauber umsteigen und Sabine und Martin zu ihrem Grundstück fliegen. Das Wetter ist hervorragend, sodass wir einen ruhigen und angenehmen Flug haben werden. Vor allem könnt ihr das wunderschöne Neuseeland mit seiner einzigartigen Landschaft in Ruhe von oben betrachten", erzählte Werner weiter.

Nachdem alle ihre persönlichen Sachen aus dem Zimmer geholt hatten, verließen sie gemeinsam das Hotel, wo Werner schon ungeduldig auf sie wartete. Wieder stand der Kleinbus, der sie gestern ins Hotel gebracht hatte, vor der Eingangstür.

Als alle eingestiegen waren, fuhren sie wieder zum Flughafengebäude.

Am Flughafen angekommen, wartete schon das Sicherheitspersonal und öffnete ein Tor. Der Kleinbus fuhr direkt zu einem Flugzeug, das abseits der Rollbahn stand.

„Das ist eine zweimotorige Let L-410 Turbolet, in einem schönen weißblauen Anstrich", rief Klaus begeistert. „Richtig!", sagte Werner. „Du kennst dich wohl ein bisschen damit aus?", fragte Werner überrascht und schaute Klaus an. „Nein, auskennen, das wäre übertrieben, aber bei uns auf dem Flugplatz landen das Öfteren solche Maschinen von großen Unternehmen." „Gefällt dir Peters Flieger?", wollte Werner wissen. „Ja, das Flugzeug sieht sehr gepflegt aus", erwiderte Klaus begeistert. „Das ist auch Peters und Elkes ganzer Stolz, erwiderte Werner." „Das Fliegen wird aber Martin übernehmen", fügte Werner hinzu.

„So ein schönes Flugzeug zu fliegen, muss doch etwas Wunderbares sein", schwärmte nun auch Else. „Oh ja, ich kann mir auch nichts Schöneres vorstellen", erwiderte Martin begeistert. „Die Welt von oben betrachten zu können, ist nicht jedem vergönnt", sagte Regina ergriffen und fügte hinzu: „Die Freiheit und die unendlichen Weiten, die ein Pilot während des Fluges betrachten kann, müssen was Wunderschönes sein."

„Aber das ist doch trotzdem eine Transportmaschine, oder nicht?", sagte Klaus nachdenklich und schaute Martin und Werner fragend an. „Das ist richtig, sagte Werner, lasst euch einfach überraschen, denn diese Maschine wurde von innen für Elke und Peter umgebaut", erklärte Werner. „Steigt alle ein und seht selbst, dass ich nicht übertrieben habe", forderte Werner alle auf und ging die Gangway des Flugzeugs hoch.

Als Else, Regina und Klaus das Flugzeug betraten, trauten sie ihren Augen nicht.

„Nein, das hätte ich nicht gedacht, dass Flugzeug so geräumig ist. Sogar an einen Waschraum und an eine Dusche hatte man gedacht. Die bequemen Clubsessel und eine kleine Küche. Ja, und dann das Cockpit, überall die blinkenden kleinen Lämpchen, die vielen Schalter und Armaturen." Klaus war sprachlos und schüttelte nur noch den Kopf.

„Sagt einmal, blickt ihr hier bei den vielen Armaturen noch durch?", fragte Else. „Alles eine Frage der Übung", antworteten Werner und Martin zugleich. „Ich hätte da meine Schwierigkeiten", sagte Regina nachdenklich. „Das glaube ich nicht", erwiderte Martin. „Nach so vielen Jahren kann man das", fügte er hinzu.

„Nun erzählt doch erst einmal, was das für eine Maschine ist. Ein paar Eckdaten würden schon reichen", fragte Klaus neugierig. „Wie Werner euch schon erzählt hatte, ist das eine Let L-410 Turbolet, die in der Tschechoslowakei in großen Serien gebaut und in der ganzen Welt ausgeliefert wurde. Der Flieger wurde in der Wüste berühmt, genauso auch hinter dem Polarkreis. Es haben neun Fluggäste und eine Stewardess Platz. Die Flughöhe ist mit 4200 Meter und die Reisegeschwindigkeit mit 330 Kilometern in der Stunde angegeben.

Das Audioprogramm und der Imbiss können vor dem Flug den Wünschen der Fluggäste angepasst werden. Die Toiletten und den Waschraum konntet ihr ja schon bestaunen", berichtete Werner voller Stolz.

„Nun hör schon auf zu schwärmen und setz dich endlich hin", scherzte Martin und schaute Werner grinsend an. „Ja, ja, du kannst es wieder mal nicht erwarten, endlich wieder zu fliegen", sagte Sabine.

„Na gut, dann werden wir uns alle hinsetzen, damit der Herr Pilot endlich starten kann", sagte Regina lachend.

Nachdem alle auf ihren bequemen Sessel Platz genommen und sich angeschnallt hatten, startete Martin die Maschine.

Langsam und vorsichtig rollte das Flugzeug zur Startbahn und blieb einen Moment stehen. Martin meldete sich im Tower an, um eine Starterlaubnis zu bekommen. Nachdem Martin die Starterlaubnis bekam, setzte sich das Flugzeug in Bewegung. Während das Flugzeug im Steigflug war, konnten sie die gesamten Schäden, die das Unwetter angerichtet hatte, genau betrachten.

In wenigen Augenblicken hatten sie die Flughöhe von 4000 Metern erreicht. „Wie klein ist doch die Welt von hier oben, in dem großen Flugzeug hatten wir nicht solch ein schönen Ausblick nach unten", sagte Regina, von dem schönen Anblick überwältigt.

„Ja, das ist richtig, wir fliegen auch bedeutend niedriger und haben heute eine außergewöhnlich gute Sicht", erklärte Sabine.

„Die kleinen zweigeteilten Stückchen Länder unter uns, das ist Neuseeland", fügte Sabine hinzu.

„Ringsherum ist nur Wasser", flüsterte Klaus begeistert vor sich hin. „Ja, da hast du recht", antwortete Sabine schmunzelnd. Vom Cockpit riefen Martin und Klaus aufgeregt. „Kommt doch mal alle ins Cockpit!" „Was ist denn los?", fragten alle neugierig. „Wir wollen euch doch nicht die herrliche Aussicht zum Südpol vorenthalten", rief ihnen Werner zu. „Südpol?", fragte Regina ungläubig. „Schaut doch nur halb links vor uns, das Weiße am Horizont."

„Das ist der Südpol?", wiederholte Else und fügte hinzu: „Das ist ja nicht zu glauben, der ist ja zum Greifen nah." „Ja, aber die Entfernung täuscht gewaltig. Mit dieser Maschine können wir nicht dorthin fliegen, bis dahin ist es viel zu weit", erklärte Martin. „Jetzt kann ich euch erst richtig verstehen, die beste Sicht haben natürlich nur die Piloten und die Crew", sagte Klaus überwältigt. „Bei so einem schönen Anblick kann man auch mal für einen kurzen Augenblick die Seele baumeln lassen", schwärmte Werner.

„Dann wollen wir die großen Jungs nicht länger stören", sagte Else und Regina. „Was heißt stören, die Maschine fliegt doch von ganz allein. Wir haben doch einen Autopiloten, der das Fliegen für uns übernimmt", antworteten Werner und Martin zugleich. „Wenn es so ist, dann können wir gemeinsam Kaffee trinken", schlug Sabine vor. „Das ist ein sehr guter Vorschlag, geht doch schon nach hinten, wir kommen auch gleich nach", sagte Werner und überprüfte mit Martin die Einstellung der Maschine noch einmal.

„Was ist nun, kommt ihr jetzt?", forderte Sabine Martin und Werner auf, sich zu beeilen. „Ja, ja, wir kommen ja schon, wir müssen doch erst alle Armaturen überprüfen", antwortete Martin. „Ja, das ist wichtig", erwiderte Sabine, „schließlich wollen wir auch alle gesund und heil unser Ziel erreichen." Viel zu schnell verging die Zeit beim Kaffeetrinken.

Else und Regina fragten Martin: „Könntest du nicht etwas tiefer fliegen, damit wir von der Landschaft ein wenig mehr zu sehen bekommen?" „Ja, das wollte ich euch gerade vorschlagen", erwiderte er. „Ich wollte doch nur den Kaffee in Ruhe austrinken." „Wenn wir tiefer fliegen, müssen wir aber auf die Berge aufpassen, damit wir nicht dagegen fliegen", scherzte Werner. „Macht das Umstände?", fragte Else besorgt. „Das macht keine Umstände, wir fliegen höchstens eine halbe Stunde länger, da wir einigen Gebirgen ausweichen müssen. Aber darauf kommt es auch nicht mehr an", erklärte Werner. „Wie lange werden wir noch fliegen, bis wir den Flughafen erreichen werden?", fragte Klaus ungeduldig. „Zirka eine Stunde, wenn nichts dazwischenkommt", antwortete Werner. „Ich kann es gar nicht mehr erwarten, Elke und Peter zu sehen. Wie und vor allem wie sie leben? Wie sie sich in den vielen Jahren verändert haben? Ich habe noch viele Fragen, die glaube ich nicht nur mir auf der Seele brennen", sagte Klaus und schaute Werner fragend an.

„Wie ich euch schon mehrmals gesagt habe, werden euch Elke und Peter alles erzählen."

Werner und Martin tranken den letzten Schluck Kaffee aus.

„Dann werde ich wieder ins Cockpit gehen", sagte Martin und fragte Werner: „Kommst du wieder mit nach vorn?" „Na klar, du schaffst es doch wieder nicht allein", scherzte Werner. „Vergesst bitte nicht, dass ihr euch jetzt alle anschnallen müsst", rief Martin den Frauen und Klaus noch zu.

„Bevor du in den Sinkflug gehst, lass mich noch den Tisch abräumen", sagte Sabine zu ihrem Mann. „Okay, dann sage Bescheid, wenn du damit fertig bist", erwiderte Martin und lächelte seine Frau liebevoll an. Nachdem Sabine alles erledigt hatte, legten sie die Sicherheitsgurte an.

„Wir sind so weit!", rief Sabine den beiden im Cockpit zu.

„Na gut, dann haltet euch fest, wir werden auf 800 Meter gehen", rief Martin ihnen zu.

Nach wenigen Augenblicken hatten sie die gewünschte Flughöhe erreicht.

Jetzt konnten sie die weiten offenen Flächen mit den atemberaubenden wilden Landschaften und den herrlichen Stränden sehen. Die unterschiedlichsten Landschaftsformen und Ökosysteme lagen so nah beieinander. Jetzt verstanden sie die Menschen, die voller Begeisterung über das Land berichteten. „Die einzigartigen und faszinierenden Pflanzen- und Tierwelt muss man selbst gesehen haben, um davon schwärmen zu können. Wo sind wir ungefähr?", fragte Else. „Wir sind gleich über Wellington und werden in zwei Stunden in Takaka landen", antwortete Werner. „Jetzt haben wir es bald geschafft, nur noch über das Wasser und dann ist es so weit", kam prompt die Antwort von Werner. Regina und Else schauten links aus dem Fenster. Von hier oben konnten sie die große Stadt mit ihren unzähligen kleinen Häusern und Straßen sehen. Auch hier hatte der Sturm ganze Arbeit verrichtet. Überall sahen sie abgedeckte Dächer und umgekippte Bäume. Auch der Flughafen war noch verwüstet, die Maschinen standen immer noch kreuz und quer auf der Landebahn. Auch hier war das Flughafengebäude abgedeckt und lag noch halb versetzt neben dem Hauptgebäude. Sie kamen gar nicht zum Nachdenken, ständig strömte immer wieder etwas Neues und Schöneres auf sie ein. Klaus bekam von allem nichts mit, er war in der Zwischenzeit tief eingeschlafen. Wecken wollte ihn auch keiner, zu anstrengend und aufregend war das Erlebte in den vergangenen Stunden gewesen.

Es dauerte auch nicht lange, bis sie alle vor Übermüdung einschliefen.

„Aufwachen!", rief Werner ihnen zu und rüttelte Klaus liebevoll an seiner Schulter. Als Klaus die Augen aufmachte, schaute er in drei grinsende Gesichter. „Na, du hast aber schön geschlafen", sagte Sabine, immer noch grinsend. „Habe ich wieder geschnarcht?", erwiderte Klaus. „Geschnarcht?", sagte Regina. „Martin und Werner haben schon gedacht, dass die Geräusche aus dem Flugzeug kommen", scherzte sie. „Wir sind gleich da, schaut einmal aus dem Fenster", rief Werner vom Cockpit. Wie auf Kommando schauten alle aus dem Fenster. Tatsächlich, sie sahen jetzt das Festland. Also hatten sie so lange geschlafen und nicht mitbekommen, wie sie das Meer zwischen den beiden Inseln überquerten. Jetzt sahen sie auch den kleinen Flugplatz mit nur einer Landebahn. „Na, dann wollen wir mal", rief Werner und setzte zur Landung an. Die Landebahn kam mit rascher Geschwindigkeit auf sie zu, erst jetzt bemerkten sie die enorme Geschwindigkeit des Flugzeuges. Nach wenigen Augenblicken berührten die Räder die Fahrbahn, dann bremste Martin die Maschine ab. Mit Schrittgeschwindigkeit steuerte Martin das Flugzeug zu dem einzigen großen Gebäude. „So, jetzt haben wir es geschafft! Ich werde mich gleich um den Hubschrauber kümmern", sagte Werner und stieg eilig aus dem Flugzeug. Alle nahmen ihr Handgepäck und stiegen aus der Maschine. Gemeinsam gingen sie in das Flughafengebäude. „Was machen wir in der Zwischenzeit, bis Werner den Hubschrauber organisiert hat?", fragte Klaus und schaute Sabine fragend an. „Na, wie wäre es mit einem kleinen Imbiss?", schlug sie vor. „Das wäre gar nicht so schlecht", erwiderten alle. „Ich muss mir aber erst einmal die Füße vertreten", sagte Else deren Beine schon etwas geschwollen waren. „Selbstverständlich, das verstehe ich", sagte Sabine und hakte sie ein.

Nachdem alle etwas hin und her gelaufen waren, gingen sie gemeinsam ins Restaurant.

„Sag mal, Martin, wie weit ist es jetzt noch zu Elke und Peter?", fragte Else.

„Knapp 100 Kilometer, also zirka vierzig Minuten werden wir mit dem Hubschrauber noch fliegen müssen. Dann haben wir es geschafft", erzählte Martin und zwinkerte ihnen aufmunternd zu. Strahlend betrat Werner das Restaurant. „Alles in Ordnung, es hat alles funktioniert", berichtete er. „Du weißt doch, wenn Peter etwas in die Hand nimmt, dann funktioniert es auch." „Wo steht der Hubschrauber?", fragte Martin. „Der wird gerade aus der Halle gezogen", antwortete Werner. „Wir sind gerade beim Kaffeetrinken, möchtest du auch einen Kaffee haben?", fragte Sabine und schaute Werner fragend an. „Ja natürlich, beim Kaffee sage ich nicht nein", antwortete Werner.

Im Restaurant waren sie allein.

„Ganz schön was los hier", ulkte Klaus. „Sei froh, das ist eben nicht Berlin. Es leben in Neuseeland 16 Einwohner pro Quadratkilometer, davon 86 Prozent in der Stadt und 14 Prozent auf dem Land. Da ist viel Platz und man wird nicht so schnell überrannt", ulkte Werner zurück. Nachdem sie ein paar Kleinigkeiten zu sich genommen hatten, erhoben sie sich wieder und gingen gemeinsam zum Hubschrauber. „Ich glaube, so einen Hubschrauber habe ich schon einmal gesehen", sagte Klaus und schaute Werner an. „Ja das glaube ich dir, denn der Hubschrauber Alouette III ist vor allem für die Präzisions- und Rettungseinsätze bestens geeignet und wird vielfältig eingesetzt. Peter hat ihn von einer aufgelösten Rettungsstation erworben und umbauen lassen. Jetzt haben sieben Personen im Hubschrauber Platz. Wie ihr sehen könnt, können drei Personen im Cockpit Platz nehmen, ohne sich gegenseitig zu behindern", erklärte Werner stolz. Als alle ihren Platz eingenommen und ihr Gepäck verstaut hatten, startete Werner die Maschine. Klaus hätte auch so gern in Cockpit Platz genommen. Aber

Regina hatte Werner und Martin zuerst gefragt, ob sie etwas dagegen hätten, dass sie vorn sitzen darf.

Das war für alle drei ein neues Gefühl, als der Hubschrauber langsam abhob. „Und ich mit meiner Platzangst, aber bloß nichts anmerken lassen", dachte sich Klaus.

Fasziniert schauten sie aus dem Fenster und kamen aus dem Staunen nicht mehr raus. Immer wieder diese schönen und einzigartigen Naturlandschaften, an denen man sich einfach nicht satt sehen konnte. „Wo wohnt ihr eigentlich?", fragte Klaus und schaute Sabine, die neben ihm Platz genommen hatte, fragend an. „Wir haben nur ein bescheidenes Haus in einem kleinen Park", antwortete sie und fügt hinzu: „Da wir sehr viel unterwegs waren, konnten wir uns auch nicht so viel um unser Anwesen kümmern. Aber bei uns wohnen noch Einheimische, die sich liebevoll um alles notwendige kümmern."

„Habt ihr Kinder?", fragte Klaus weiter. „Nein, das Glück war uns leider nicht vergönnt, ich kann keine Kinder bekommen. Wir hätten gerne einen Jungen oder ein Mädchen gehabt, aber das sollte wohl nicht sein. Die ersten Jahre waren schon schwer, aber mit der Zeit und der Arbeit, die wir beide hatten, konnten wir uns immer ablenken. Nur wenn ich allein Hause war, fiel mir die Decke auf den Kopf. Martin war die erste Zeit auch fast immer eine Woche unterwegs. Dann habe ich auch bei der Flughafengesellschaft als Stewardess angefangen und war mit Martin seitdem zusammen", berichtete Elke weiter.

„Wie seid ihr eigentlich nach Neuseeland gekommen?", wurde sie nun von Else gefragt, die die ganze Zeit aufmerksam zugehört hatte.

„Wir sind durch Peter und Elke hierhergekommen, die beiden haben uns auch das Haus gekauft. Sie haben für uns sehr viel gemacht", sagte Sabine und man sei ihr an, dass sie glücklich war. „Was machen Peter und Elke beruflich?", fragte Else. „Ach, lass dich überraschen, du wirst staunen, was die beiden sich alles geschafft haben. Sie haben viel durchmachen müssen. Peter hat durch einen Zufall die richtigen Menschen kennengelernt. Die beiden sind so wunderbare Freunde und jetzt die schwere Krankheit von Peter, nein, das hat er sich wirklich nicht verdient", erzählte Sabine weiter und ihr Kopf senkte sich, als sie sich mit dem Taschentuch die Tränen abwischte.

„Gibt es da keine Hoffnung?", fragte Else mit Tränen in den Augen. „Ich glaube nicht", erwiderte Sabine schluchzend. „Ja, keiner will uns die Wahrheit sagen, was mit Peter ist", sagte Else und konnte ihre Tränen nicht mehr verbergen.

„Nein, das soll ich auch nicht, denn Elke hat uns darum gebeten, dass ihr es von ihr persönlich erfahren werdet", erwiderte Sabine und wischte sich wieder die Tränen ab.

„Wir sind gleich da", unterbrach Martin das Gespräch. „Da vorne ist unser bescheidenes Anwesen." Else, Regina und Klaus schauten aus dem Fenster und sahen zwei Häuser sowie eine Stallanlage. In drei Koppeln weideten Schafe und Rinder. Viele Leute winkten ihnen zu, als Werner auf einer Wiese vor einem Haus zur Landung einsetzte. „Sind das eure Leute, die sich um euer Anwesen kümmern?", fragte Else und schaute Sabine fragend an. „Ja, das sind die beiden mit ihren Kindern. Der Mann ist für das Vieh und die Frau für den Haushalt zuständig. Dafür können Sie auch umsonst bei uns wohnen und bekommen noch Anteile vom Viehverkauf. Aber was erzähle ich, ihr werdet sie ja gleich persönlich kennenlernen", erklärte Sabine und drückte Else herzlich.

Als Werner die Turbine vom Hubschrauber ausgeschaltet hatte, stiegen alle aus. Eilig kam die Familie auf Martin und Sabine zu. Sie umarmten sich herzlich. Alle hatten Tränen in den Augen. Die beiden sprachen beruhigend auf sie ein. Da sie Englisch sprachen, verstanden Regina, Else und auch Klaus überhaupt nichts.

Erst als Sabine Else, Regina und Klaus vorgestellt hatte, wurden auch sie freundlich begrüßt. „Ist die Begrüßung immer so herzlich?", fragte Regina und schaute Sabine erstaunt an. „Ja, eigentlich schon, aber heute ist es noch intensiver, weil sie im Radio von dem schweren Unwetter gehört haben. Sie hatten große Sorge um uns", erklärte Sabine weiter. „Habt ihr sie nicht von unterwegs anrufen können?", fragte Else und schaute Sabine an. „Nein", erwiderte Sabine, „ich habe es auch einige Male versucht, aber leider ist keine Verbindung zustande gekommen."

„Sind diese Leute Neuseeländer?", fragte Regina. „Ja, das sind Maoris", erklärte Sabine und fügt hinzu: „Die Maoris besiedeln Neuseeland schon seit über 1000 Jahren und sind ein polynesisches Volk, das irgendwann mit seinen Kanus die Inselwelt des Pazifiks auf der Suche nach neuem Land verlassen hatte", berichtete Sabine. „Ihr habt euch sicherlich wegen der Nasen-Begrüßung gewundert?", fragte Sabine und schaute die drei an. „Das ist hier traditionell bei den Maoris", erklärte Sabine mit einem Lächeln.

„Wollt ihr nicht auf einen Sprung mit reinkommen?", fragte Martin und schaute Else, Regina und Klaus fragend an. „Warum nicht?", antwortete Regina und sprach für alle.

„Aber Elke und Peter werden sicherlich doch schon auf uns warten?", gab Klaus zu bedenken. „Ach Nonsens, ich werde sie gleich anrufen und Bescheid geben, damit sie sich keine Sorgen machen", erwiderte Sabine.

Martin und Sabine bewohnten ein kleines idyllisches Landhaus, das sehr bescheiden eingerichtet wurde.

„Ja, so hektisch wie in einer Großstadt ist es hier nicht, aber dafür ist es hier sehr ruhig. Gerade diese Ruhe haben wir immer nach den anstrengenden Flügen genossen", schwärmte Sabine und war sichtlich froh, endlich wieder zu Hause zu sein. Die Haushälterin hatte einen Kuchen gebacken und stellte diesen gerade auf den Tisch. Lächelnd schaute sie Sabine an und zeigte auf die Uhr. Tatsächlich, es war schon 18:00 Uhr und zum Kuchen essen doch etwas zu spät. „Macht nichts, für einen Kaffee und ein Stückchen Kuchen ist es nicht zu spät", sagte Werner und schnitt den leckeren Kuchen an. Es dauerte auch nicht lange, bis das Kuchenblech leer war. Nur noch ein paar Krümel waren auf dem Blech zu sehen. „Jetzt werden wir euch unser bescheidenes Anwesen zeigen", forderte Martin alle auf, ihm zu folgen.

Sabine und Martin bewohnten ein Haus mit acht Zimmern. Von der Terrasse war der große Garten und der Swimmingpool zu sehen. „Wie viele Schafe habt ihr in eurem Besitz?", fragte Klaus neugierig. Zirka 500 Merinoschafe, 100 Rinder und 100 Gänse", antwortete Martin stolz. „Aber gegen Peters und Elkes Viehbestand ist unser Vieh eine winzige Herde", erwiderte Sabine lachend. „Lasst euch überraschen, ihr werdet es ja gleich sehen", fügte sie hinzu. „Auf geht's, jetzt müssen wir aber wirklich zu Elke und Peter", drängelte Werner. Nachdem sie sich von Sabine und Martin verabschiedet hatten, stiegen sie in den Hubschrauber ein.

Langsam erhob sich die Maschine. Werner flog noch eine Runde um Sabines und Martins Grundstück. Beide standen draußen und winkten ihnen zum Abschied zu. Else schaute zu Regina rüber und sagte: „Ich bin ganz schön aufgeregt." „Mir geht es ebenso", erwiderte Regina und sah nachdenklich zu Klaus rüber, der immer noch staunend auf das Grundstück von Sabine und Martin schaute.

„Ich bin gespannt, wie sich Elke und Peter verändert haben und ob sie uns überhaupt noch erkennen werden", fügte Klaus in Gedanken versunken zu. „Wie lange müssen wir noch fliegen?", fragte Else und schaute Werner fragend an.

„70 Kilometer müssen wir noch zurücklegen, das sind mit dem Hubschrauber zirka 30 Minuten Flugzeit." „Ich werde Elke jetzt anfunken, damit sie Bescheid weiß, dass wir gleich ankommen werden", fügte Werner hinzu.

„Wie hoch fliegen wir jetzt?", wollte Klaus wissen. „900 Meter", antwortete Werner.

Vor ihnen lag eine unbeschreiblich schöne und einzigartige Landschaft. Diese Berge und vor allem der Tasman-Gletscher, der noch immer mit einer Schneedecke überzogen war, spiegelten sich in der Abendsonne. Die kleinen Häuschen, die mitten im Wald errichtet wurden. Die vielen Schafe, die einsam im Gebirge auf den kleinen grünen Flächen nach Futter suchten. Sie konnten sich nicht satt sehen, so schön war der Anblick. So verharrten sie staunend in ihren Sitzen, als Werner rief: „Schaut nach links, das ist die Farm von Elke und Peter." „Die Farm? Das ist doch ein kleines Dorf", sagte Klaus ungläubig. „Ich werde zwei oder drei Runden drehen, damit dir die ganze Farm von hier oben bestaunen könnt", schlug Werner vor.

Sie sahen ein sehr großes Gebäude. Regina zählte sechs Häuser und zwölf große Ställe. „Gehören diese Wiesen, der Wald und das Ackerland und dann die unzähligen Koppeln auch zu dem Eigentum von Peter und Elke?", fragte Else ungläubig. „Ja, soweit ihr schauen könnt, gehört alles Elke und Peter", antwortete Werner. „Irgendetwas müssen wir in unserem Leben falsch gemacht haben", erwiderte Regina und schaute zu Else und Werner rüber. Werner grinste sie nur an und schüttelte den Kopf. Nun waren sie erst recht sprachlos und konnten gar nicht mehr klar denken. Regina hob nur die Schultern und sagte: „Das ist mir zu hoch, ich verstehe das nicht, wie man zu so viel Reichtum kommen kann."

Werner steuerte den Hubschrauber wieder in Richtung der Häuser und setzte zur Landung an. Vor einem Haus mit hellblauen Dachziegeln war ein Hubschrauberlandeplatz. Jetzt sahen sie einige Leute, die ihnen freundlich zuwinkten. Werner öffnete die Türen des Hubschraubers und half beim Aussteigen.

Ob es die Aufregung oder die Strapazen waren, sie wussten es nicht. Ihnen war nur schlecht und alles drehte sich um sie. Ihre Knie zitterten und waren so weich wie Gummi.

Eine Frau kam eilig auf sie zu und rief schon von weitem: „Ihr habt uns aber lange warten lassen."

„Ist das Elke?", flüsterte Regina und schaute Werner fragend an. „Ja", antwortete er ebenso leise. „Mutti, dass ich das noch erleben darf, dass wir uns wiedersehen", begrüßte Elke ihre Schwiegermutter und nahm sie in die Arme. Die Tränen flossen über ihre Wangen und sie konnte sich nicht mehr beruhigen. Auch Regina und Klaus kämpften mit den Tränen. „Ach Regina! Ich freue mich so, dass du mit Else und Klaus endlich angekommen bist." „Glaube mir Elke, auch wir sind froh, dass wir hier sind", erwiderte Regina erleichtert. Beide konnten die Freudentränen nicht mehr unterdrücken. „Ja und ich?", fragte Klaus und schaute Elke erwartungsvoll an. „Du kommst auch noch dran", erwiderte Elke und drückte und küsste Klaus herzlich auf die Wange. Nachdem sie auch Werner begrüßt hatte, sah Elke zu Else und Regina und sagte: „Lasst euch erst einmal anschauen. Gut seht ihr aus und verändert habt ihr euch in den Jahren auch fast nicht." „Gut, etwas älter geworden, aber das sind wir ja alle", stellte sie nach genauer Betrachtung fest. „Dir scheinen die Luft und das Klima hier in Neuseeland auch gut zu tun, denn du siehst blendend aus", bemerkte Klaus. „Ja, ja, ich weiß ja, dass Elke schon immer dein Schwarm war", scherzte Regina und gab Klaus einen Klaps. Elke hakte ihre Schwiegermutter ein und sagte: „Genug mit dem Schleimen und kommt alle mit ins Haus."

Vor dem Haus standen noch immer die vielen Leute. „Wir sind diese Menschen?", sagte Regina und schaute Elke fragend an. „Das sind unsere Angestellten, die für uns arbeiten", erklärte Elke. Nachdem Elke die drei Gäste den Angestellten vorgestellt hatte, gingen sie alle gemeinsam ins Haus. „Was für freundliche Menschen, die uns so herzlich in Empfang genommen haben", dachte sich Regina.

„Sabine, wo ist Peter?", fragte Klaus vorsichtig. „Der ist schon seit Tagen aufgeregt und kann es nicht erwarten, euch zu sehen", erwiderte Elke und forderte sie auf, mitzukommen. „Na kommt, Peter liegt im Bett und hat von der Terrasse aus dem Hubschrauber schon von weitem gesehen", erzählte Elke weiter. „Dann wollen wir ihn nicht länger warten lassen", erwiderte Regina und ging Elke hinterher. Sie durchquerten einige Räume, die alle gefliest und sehr modern und großzügig eingerichtet waren. Elke öffnete eine große Glasschiebetür, das Glas war mit herrlichen Tier- und Landschaftsmotiven verziert. Hinter der Schiebetür befand sich ein großes Wohnzimmer, das mit herrlichen Tier- und Landschaftsfotos verziert war. Hinter der Schiebetür befand sich ein großes Wohnzimmer mit einem Kamin. Vor dem Kamin lag ein großes weißes Bärenfell. „Wo ist denn nun Peter?", fragte Else ungeduldig. „Der steht mit seinem Bett auf der Terrasse", antwortete Elke. Erst als Elke die Terrassentür geöffnet hatte, sahen sie Peter. Über dem Bett war ein großes Moskitonetz gespannt. Peter lag in einem modernen Intensivbett, wie sie es schon einige Male auf einer Intensivstation gesehen hatten. An den Flaschenhalterungen hingen etliche Infusionen. Die Schläuche und Geräte zur Beatmung waren nicht zu übersehen. Da Peter gerade zur Sonne schaute, die über die schneebedeckten Berge unterging, bemerkte er sie nicht. Elke nahm ihre Schwiegermutter noch fester in den Arm und ging langsam zu Peter. „Schau Peter, wen ich dir alles mitgebracht habe", sagte Sabine und streichelte Peter liebevoll über das Haar. Langsam drehte sich Peter um. Erschrocken schauten sie ihn an. Seine komplette Haut war gelb und das Weiße von seinen Augen war stark entzündet. Vor ihnen lag ein gebrochener Mann, dem der Tod im Gesicht geschrieben stand.

Von dem Peter, den sie vor langer Zeit kannten, war nichts mehr zu sehen. „Bloß nichts anmerken lassen", schoss es Klaus in den Kopf. Nachdem Peter seine Mutter unter Tränen begrüßt hatte, sah er zu Regina und Klaus und flüsterte leise zu ihnen: „Ja, das habe ich mir auch anders vorgestellt, aber es ist eben nicht mehr zu ändern.

Leider kann auch ich die Uhr nicht mehr zurückdrehen.

Wenn ihr nichts dagegen habt, so könnt ihr unser Haus auch als das eure betrachten." „Das können wir doch gar nicht annehmen", erwiderte Regina schluchzend. Peter streckte seine Hand Elke und Klaus entgegen. „Ihr braucht keine Angst zu haben meine Krankheit ist nicht ansteckend", flüsterte Peter leise und fügte hinzu: „Jetzt kommt schon her, ich habe so lange auf diesen Moment warten müssen."

In diesem Moment war es den beiden egal, was sie wegen Elke und Peter alles durchmachen mussten.

Wieder liefen die Tränen über das Gesicht, als sie Peter vorsichtig drückten.

„Ich habe euch so viel zu erzählen und habe nur noch wenige Tage zu leben. Ist das nicht verrückt und ungerecht, wie das Leben einem mitspielt?", flüsterte Peter leise unter Tränen. Unfähig, etwas zu sagen, nickten Regina und Klaus Peter zu.

„Ach, weint nicht, ich lebe ja noch, und vielleicht gibt es doch noch eine kleine Hoffnung", sagte Peter unter Tränen.

So kannten sie ihn von früher, wenn es Peter mal nicht gut ging, machte er sich immer noch Sorgen um seine Freunde.

„Du möchtest sicherlich auch nach Hause?", fragte Peter und schaute zu Werner rüber. „Ja, es war wirklich ein anstrengender Flug und wir hatten sehr viel Glück gehabt, dass wir gesund angekommen sind", antwortete Werner. „Wir haben uns auch große Sorgen gemacht, als die Nachrichten eine Unwetterwarnung durchsagten", erzählte Peter.

„Aber Martin hat es gut gemeistert", antwortete Werner.

„Ich gebe dir eine Woche frei, ich brauche dich vorläufig nicht, nutze die Zeit zur Erholung. Elke wird dich bei Bedarf anrufen. Ist das okay für dich?", fragte Peter und schaute Werner fragend an. „Ja, das ist in Ordnung und danke dafür", erwiderte Werner und reichte Peter freundschaftlich die Hand. „Ist schon gut, nun verschwinde schon", scherzte Peter. Nachdem sich Werner von allen verabschiedet hatte, fragte Peter: „Klaus, hast du alles mitbringen können, worum wir dich baten?" „Ja, ich habe alles mitgebracht, leere Tonträger und viele Schreibblöcke sind noch im Koffer verstaut", antwortete Klaus.

„Elke hatte mir erzählt, dass du dein ganzes Leben offenlegen möchtest und ich es dann in einem Buch veröffentlichen soll, ist das richtig?", fragte Klaus und wartete auf Peters Antwort. „Ja, das stimmt, ich wäre dir sehr dankbar, wenn du das machen würdest", antwortete Peter erleichtert. „Es wäre mir viel lieber gewesen, wenn die Umstände nicht so traurig wären", erwiderte Klaus.

„Ja, das ist wohl wahr, aber es ist eben nicht mehr zu ändern", antwortete Peter traurig und hatte wieder Tränen in den Augen. „Elke wird euch erst einmal die Zimmer zeigen. Ihr werdet doch sicherlich müde von der anstrengenden und langen Reise sein. Nach dem Abendbrot legt ihr euch erst einmal hin und schlaft aus. Morgen ist ein neuer Tag und dann sehen wir weiter", erklärte Peter.

Peter hatte Mühe, seine Augen aufzuhalten, während des Gesprächs fielen sie immer wieder zu. „Ja, so werden wir es machen", erwiderte Regina die auch sah, wie sich Peter zusammenreißen musste, um nicht einzuschlafen. „Wenn du nichts dagegen hast, gehen wir erst unsere Sachen in die Zimmer bringen", sagte Else, die Peter von der Anstrengung erlösen wollte. „Ja, ja, macht das, könntet ihr nach dem Abendbrot noch mal zu mir kommen?", flüsterte Peter und schaute alle erwartungsvoll und traurig an. „Aber Peter!", erwiderte Regina, „meinst du wir lassen dich jetzt allein?" „Klaus kann bei dir schlafen und Regina kann, wenn sie möchte, bei mir schlafen", schlug Elke vor. „So machen wir das!", erwiderte Regina begeistert. Wieder hatte Peter Tränen in den Augen, als er sagte: „Ich habe es nicht gewagt zu fragen, ob Klaus bei mir schlafen könnte." „Wir haben uns lange nicht gesehen, deshalb werde ich dich jetzt nicht allein lassen", antwortete Klaus und drückte Peter vorsichtig. „Bis gleich, Peter", verabschiedeten sich die Frauen und umarmten ihn noch einmal.

„Ist gut, nun geht erst einmal, ich muss mich nur kurz ausruhen", flüsterte Peter leise. „Möchtest du auch bei mir schlafen?", fragte Elke die Mutter. „Nein, nein, ich möchte allein sein und mich erst einmal ausruhen", antwortete Else. „Na gut, aber wenn du etwas brauchen solltest oder einem Wunsch hast, dann brauchst du nur das Telefon abheben. Ich werde gleichkommen und nach dir sehen."

Klaus konnte nicht schlafen, viel zu viel war auf ihn eingeströmt und dann noch Peter. Wie friedlich und ruhig er schlief. Klaus beobachtete ihn die halbe Nacht und konnte es immer noch nicht fassen, dass sie sich nach so einer langen Zeit wieder gesehen haben. Jede Stunde kam die Krankenschwester und sah nach Peters Befinden. Es wurde langsam hell und Peter schlief immer noch. Die Krankenschwester sagte zu Klaus: „So gut hat er die ganzen letzten Monate nicht geschlafen." „Wieso?", fragte Klaus. „Er machte sich Sorgen um seine Mutter und über Sie und Ihre Frau. Er hatte Bedenken, dass Sie sich alle nicht mehr wiedersehen würden."

Von der Unterhaltung wach geworden, schaute Peter zu Klaus rüber. „Na Peter, du hast aber schön geschlafen!", sagte Klaus zu ihm. „Ja, das ist auch der glücklichste Tag seit Jahren. Ich habe meine Mutter wieder und ihr seid auch hier bei mir", fügte Peter glücklich hinzu und versuchte zu lächeln.

„Männer, habt ihr gut schlafen können?", begrüßten sie die drei Frauen, die gerade zur Tür reinkamen. „Ja", antwortete Klaus. „Peter hat durchgeschlafen." „Das kann ich bestätigen", ergänzte die Krankenschwester. „Ja und du?", fragte Elke und schaute Klaus an. „Nein, ich musste an so viel denken, deshalb habe ich sehr unruhig geschlafen."

„Aber über Peter freue ich mich, dass er die Nacht so gut verbracht und keine Schmerzmittel gebraucht hat", berichtete die Krankenschwester.

„Jetzt kommt alle frühstücken!", rief Elke.

„Was wird mit Peter?", wollte Klaus wissen. „Die Schwester wird ihn gleich fertig machen und ihn dann im Rollstuhl nachbringen", erklärte Elke. „Muss Peter nicht im Bett bleiben?", wollte Else wissen. „Nein, nur wenn er Infusionen bekommt", erklärte Elke weiter.

Nachdem alle ausgiebig gefrühstückt hatten, fragte Peter: „Klaus, bringst du mich zur Terrasse?" „Natürlich", erwiderte Klaus, „das mache ich sehr gerne."

„Wenn ihr Lust habt, könnt ihr ja nachkommen", sagte Peter und schaute zu den Frauen rüber. „Ja, das interessiert uns auch, was du zu erzählen hast", erwiderten Else und Regina.

Klaus schob den Rollstuhl nach draußen. Sie gingen in den Garten, der wie ein Park angelegt war. So etwas Schönes hatte Klaus nur auf Postkarten gesehen. Als sie an der Terrasse ankamen, sahen sie, dass die Sonne unerbittlich darauf schien. „Schade, da können wir uns erst am Nachmittag hinsetzen", sagte Peter traurig. „Aber wie du gesehen hast, sind im Park große Laubbäume, unter denen werden wir es uns gemütlich machen", schlug Peter vor. Peter winkte seinen Angestellten zu, die sich immer in Peters Nähe aufhielten. Nachdem er einige Anweisung gegeben hatte, brachten sie bequeme Gartenmöbel und stellten diese unter einen großen Baum. Klaus baute seine Technik auf und Peter legte sich mit Hilfe der Krankenschwester auf die Liege, die inzwischen auch eingetroffen war.

Die Frauen, die auch nachgekommen waren, setzten sich und ließen sich von den Angestellten kühle Getränke reichen. Elke stellte das Kopfteil der Liege etwas höher, damit Peter auch alle sehen konnte. Alle schauten Peter erwartungsvoll an, als er anfing zu erzählen:

„So, nun ist es soweit, ich freue mich, dass ihr alle hier bei uns seid. Ich möchte mich für die Unannehmlichkeiten, die euch entstanden sind, entschuldigen. Es war sicherlich nicht immer leicht für euch, aber ihr könnt es uns glauben, wir haben immer an euch gedacht. Ihr werdet es nicht bereuen, dass ihr den weiten Weg hierher zu uns gemacht habt, wir haben noch einige Überraschung für euch vorbereitet.

Und nun zu mir, ihr seid sicherlich schon gespannt, was ich euch zu berichten habe?

Einiges wird euch bekannt vorkommen, aber ich werde von ganz vorn anfangen, um nichts zu vergessen. Wenn ihr etwas benötigen solltet, dann sagt es Elke, die wird sich um alles kümmern. Es ist unmöglich, dass ich die ganze Geschichte an einem Tag erzähle! Zu viel hat sich in der Zwischenzeit ereignet. Ich bin beruhigt, dass ihr noch nicht gefragt habt, wie wir hierhergekommen sind und warum sich für euch unverständliche Dinge ereignet und abgespielt haben. Ihr habt sicherlich alle viele Fragen mitgebracht, aber glaubt mir, nachdem ich euch alles erzählt habe, werdet ihr uns verstehen und es auch mit ganz anderen Augen betrachten können. Ich werde euch von der Krankheit, die ich bekommen habe, berichten. Aber unterbrecht mich bitte nicht, sonst könnte ich den Faden verlieren, und das wären nicht gut."

Es war im Jahre 1954, als meine Mutter einen verheirateten Mann kennengelernt hatte. Aus der kurz andauernden Beziehung wurde ich gezeugt. Es war der 2.1.1955 gegen 17:00 Uhr, als meine Mutter hochschwanger mit Wehen auf dem Sofa lag, als es an der Tür klingelte. „Komm schon rein!", rief meine Mutter. „Lehne, ich kann doch nicht einfach ohne zu klingeln in deine Wohnung kommen!", sagte ihre Nachbarin. „Vor meiner besten Freundin habe ich keine Geheimnisse, also komm rein und mach die Tür von innen zu", erwiderte meine Mutter. Meine Brüder, sie waren zwei und vier Jahre alt, freuten sich wie immer, wenn Tante Erica zu Besuch kam. „Was würde ich bloß ohne deine Hilfe machen?", erwiderte meine Mutter und schaute ihre Nachbarin dankend an. „Könntest du Holz und Kohle aus dem Keller holen?", fragte meine Mutter die Nachbarin. „Ja, ja, ich alte Frau muss wieder die schwere Arbeit verrichten", erwiderte Mutters Nachbarin mit einem Lächeln.

Als sie mit Holz und Kohle aus dem Keller kam, heizte sie den Kachelofen an und stellte eine Schüssel mit Wasser auf den Ofen. Gegen 19:00 Uhr wurden meine Brüder von der Nachbarin gebadet und anschließend ins Bett gebracht. Draußen tobte ein Schneesturm und es war bitterkalt. Durch die einfachen Fenster konnte man nicht mehr durchschauen, das Glas der Fenster war komplett mit Eisblumen bedeckt. „Oh je", stöhnte die Nachbarin besorgt, „ich muss die Hebamme informieren." Ein Telefon hatte zu dieser Zeit nicht jeder, die nächste Möglichkeit zum Telefonieren war zirka einen Kilometer entfernt. Die Nachbarin gab meiner Mutter noch einen heißen Tee und zog sich warm an. „Ich gehe die Hebamme holen!", sagte ihre Nachbarin. „Ist gut", erwiderte meine Mutter erleichtert. Erschöpft legte sich meine Mutter wieder hin und schlief auch gleich ein. Es muss eine reichliche Stunde vergangen sein, als es wieder eine Tür klopfte. „Hast du was erreichen können?", fragte meine Mutter die Nachbarin, die zur Tür reinkam. „Ja, die Hebamme hat noch eine Geburt und dann kommt sie auch gleich bei dir vorbei", erwiderte Erica und zog sich den Mantel und die Handschuhe aus. „Ich muss mich aber erst einmal aufwärmen", sagte Erica und lehnte sich an den warmen Kachelofen. Es muss gegen 23:00 Uhr gewesen sein, als meine Mutter ungeduldig ihre Nachbarin fragte: „Erica, sag mal wo bleibt bloß die Hebamme?" „Ich habe aber Bescheid gesagt", antwortete sie.

„Hast du immer noch Schmerzen?", erkundigte die sich die Nachbarin bei meiner Mutter. „Ja, was soll ich bloß machen?", antwortete meine Mutter und war ratlos. Meine Mutter muss voll eingeschlafen sein, als sie kurz vor 24:00 Uhr durch starke Wehen wach wurde.

„Was ist los?", erkundigt sich ihre Nachbarin, die es sich inzwischen auf dem Sessel gemütlich gemacht hatte. „Geht es jetzt los, Lehne?", wollte die Nachbarin wissen und erhob sich aus dem Sessel. „Ich weiß auch nicht, mir ist komisch!", erwiderte meine Mutter. „Ich muss erst einmal auf die Toilette gehen", fügte sie hinzu. „Dann werde ich gleich Wasser ansetzen, Handtücher habe ich ja schon zurechtgelegt. Dann müssen wir das Kind eben allein auf die Welt bringen", sagte Erica und ging eilig in die Küche. Als meine Mutter vorsichtig das rechte Bein aus dem Bett nehmen wollte, bekam sie eine Sturzgeburt und ich erblickte das Licht der Welt. „Na, der Kleine hat es aber eilig gehabt", rief Erica, die schnell aus der Küche kam, erschrocken. Meine Mutter und ihre Nachbarin betrachteten mich aufmerksam von allen Seiten. „Ein strammer Bursche, den du zur Welt gebracht hast", sagte die Nachbarin und drückte meine Mutter. „So wie der schreit, scheint er auch gesund zu sein", sagte meine Mutter, die sichtlich erleichtert war, dass sie jetzt alles hinter sich hatte. „Jetzt haben wir das ganze ohne Hebamme geschafft!", sagte die Nachbarin voller Stolz. Zwanzig Minuten später stand die Hebamme in der Tür. „Oh Gott, was ist denn hier passiert?", rief sie voller Erstaunen. „Na, das wird ja auch Zeit, dass Sie endlich kommen!", erwiderte meine Mutter. „Eigentlich habe ich Feierabend, aber die diensthabende Hebamme hat sich auf dem Weg zu ihnen das Bein gebrochen, so dass sich für sie einspringen musste", erklärte die Hebamme. „Sie haben das Kind allein geboren und alles richtig gemacht, wie ich sehen kann", sagte die Hebamme erleichtert. „Es ist auch mein drittes Kind, da habe ich auch schon ein wenig Übung darin", scherzte meine Mutter. „Dann werde ich die Nabelschnur durchtrennen und Sie beide erst einmal richtig versorgen", erwiderte die Hebamme. Als sie mit allem fertig war, fragte sie meine Mutter: „Soll ich den 2. oder den 3. Januar schreiben?" „Ist mir egal", antwortete meine Mutter und machte einen schrecklichen Fehler. „Na gut, wenn es Ihnen egal ist", schreibe ich den 3. Januar, erwiderte die Hebamme. Der 2. Januar 1955 war ein Sonntag und der 3. Januar ein Montag, so wurde ich schon bei meiner Geburt betrogen.

„Haben Sie schon einen Namen für den neuen Erdenbürger?", erkundigte sich die Hebamme bei meiner Mutter. „Ja, ich habe zwei und kann mich nicht entscheiden", antwortete meine Mutter. „Das ist gar nicht so schlimm, dann nehmen wir beide und Sie sagen mir, was ich als Rufname eintragen soll", erwiderte die Hebamme. So bekam ich meinen Namen: Klaus-Peter und der Rufnamen war nun Peter. Als die Nachbarin sah, dass meine Mutter gut versorgt war, verabschiedete sie sich. Meine Mutter lebte mit uns drei Jungs allein in einer zwanzig Quadratmeter großen Wohnung. Von 6:00 bis 15:00 Uhr arbeitete sie in einer großen Fabrik. So mussten meine beiden Brüder jeden Morgen in den Kindergarten und ich in die Krippe gebracht werden. Um 15:30 Uhr holte uns Mutter wieder ab. Die Jahre gingen so ins Land. Da unsere Mutter auch am Samstag arbeiten musste, blieb uns nur der Sonntag für gemeinsame Spiele. Wir spielten Mensch Ärgere dich nicht, Hütchen oder Mikado. Eines Tages, es war an einem Sonntag, rief uns unsere Mutter zu sich. „Ich habe heute einen schönen Traum gehabt!", begann sie zu erzählen. „Ich habe geträumt, dass wir Lotto gespielt und eine große Summe gewonnen haben", erzählte sie aufgeregt. „Du!", sagte sie, und schaute meinen großen Bruder an, „ja du, du schaffst morgen ein Lottoschein in die Annahmestelle, Geld werde ich dir hinlegen." Ja, ja, das mache ich, gleich, wenn ich aus der Schule komme, werde ich den Lottoschein abgeben", antwortete mein großer Bruder. Als Mutter nach der Arbeit nach Hause kam, fragte sie: „Hast du den Schein weggeschafft?" „Oh je, nicht dass ich es vergessen hätte, aber wir hatten so viel Hausaufgaben auf, dass ich es heute nicht geschafft habe. Aber morgen werde ich es gleich erledigen", antwortete er. So verging die Woche, jeden Tag dasselbe Spiel, immer hatte mein großer Bruder eine Ausrede. Jeden Tag vergaß er, den Schein abzugeben. Es war Freitag 18:00 Uhr, die Geschäfte hatten schon alle geschlossen, als

Mutter fragte: „Hast du es nun geschafft?" „Nein", antwortete mein Bruder kleinlaut. „Ist das schlimm?", fragte er meine Mutter. „Nein, es ist nicht schlimm", antwortete sie.

„Nein, wenn die Zahlen, die ich getippt habe, nicht gezogen werden, ist das gar nicht schlimm", erwiderte sie enttäuscht. Wieder war es Sonntagabend um 19:00 Uhr, als im Radio die Zahlen bekannt gegeben wurden. Unsere Mutter wurde bei jeder Zahl, die sie aufschrieb, immer blasser. „Holt mir doch bitte den Lottoschein", bat sie. Sie verglich die Zahlen und schüttelte immer wieder den Kopf. „Das kann doch nicht sein!", murmelte sie. „Was ist, Mutti?", fragten wir. „Schaut euch das einmal an, alle Zahlen, die ich angekreuzt habe, wurden auch gezogen. Wir könnten so reich sein, wenn der Große denn Lottoschein abgegeben hätte", antwortete sie und Tränen liefen ihr über das Gesicht. „Kommt alle drei zu mir", forderte sie uns auf und nahm uns in ihre Arme.

„Bist du mir böse?", fragte mein großer Bruder reumütig. „Warum soll ich dir böse sein, hättest du den Schein abgegeben, wären die Zahlen bestimmt nicht gezogen worden", antwortete sie und tröstete meinen großen Bruder, dem die Tränen über die Wangen liefen.

Am darauffolgenden Mittwoch wurde die Gewinnsumme bekanntgegeben. „Von dem Geld hätten wir uns so viel kaufen können und wir hätten alle ausgesorgt. Aber es sollte wohl nicht sein", meinte unsere Mutter traurig.

Nach ein paar Wochen fragte unsere Mutter: „Wollen wir noch einmal Lotto spielen?" „Ja", riefen wir alle begeistert. „Aber dieses Mal wird der Mittlere den Schein wegschaffen", sagte unsere Mutter. „Ja, ja", das mache ich, antwortete er. „Na gut, dann sagt mir doch jeder zwei Zahlen, die ich ankreuzen soll", forderte unsere Mutter uns auf. Gesagt getan, es war wieder Montag, als unsere Mutter wieder von der Arbeit kam und meinen Bruder fragte: „Hast du den Lottoschein weggeschafft?" „Nein Mutti, das habe ich vergessen. Aber morgen werde ich es gleich machen", antwortete er. So verging auch diese Woche. Auch mein anderer Bruder schaffte es nicht, den Lottoschein abzugeben. Dabei befand sich der Lottoladen nur auf der anderen Straßenseite.

Es war Freitag, als Mutter wieder von der Arbeit kam und meinen Bruder erneut fragte: „Was ist, haben wir es nun geschafft, den Schein abzugeben?" „Nein, es tut mir leid, aber ich habe keine Zeit gehabt. Wenn ich den Schein weggeschafft hätte, wären bestimmt die Zahlen nicht gezogen worden. Wir müssen doch sparen, Mutti", antwortete mein Bruder. „Ja, da hast du recht, wir müssen sparen, aber gegen einen Lottogewinn hätte ich nichts einzuwenden", erwiderte meine Mutter. „Recht hast du, warum sollte ich dir böse sein, dann spielen wir eben gar nicht mehr", sagte sie abschließend.

Wieder war es Sonntag, als die Lottozahlen gezogen wurden. Unsere Mutter saß mit uns drei Jungs im Wohnzimmer und verglich die Zahlen. Wieder waren es sechs Richtige und wieder hätten wir gewonnen. „Das ist doch nicht auszuhalten", rief unsere Mutter enttäuscht und fügte hinzu: „Ich werde in meinem Leben nie wieder Lotto spielen!" „Hätten wir die Scheine abgegeben, wären wir um Millionen reicher gewesen", sagte sie und schaute uns traurig an.

Unsere Mutter wohnte mit uns drei Jungs allein, so wurden wir von Anfang an zur Selbstständigkeit erzogen. Bei einem Bauern half sie, so gut es ging, um uns mit Milch und Nahrung zu versorgen. Im Sommer ging es aufs Feld. Im Herbst wurde die Ernte eingeholt. Damals gab es noch keine Mähdrescher. Mit Sensen und später mit Mähbalken wurde das Getreide geschnitten. Dann wurde das Getreide zu Garben gebunden und diese zu Puppen aufgestellt, damit sie trocknen konnten. Je nach Wetter wurde dann die Ernte eingefahren. Mit der Hand oder der Gabel wurden die Getreidegarben auf Pferdefuhrwerke geladen und zum Dreschen zu einem Mähdrescher geschafft. Das daraus gewonnene Getreide musste in Säcke gesackt und eingelagert werden. Bei der Rübenernte war es genauso schwer. Erst musste das Feld gepflügt und vorbereitet werden, damit der Bauer den Samen mit der Hand ausbringen konnte. Bis zur Ernte musste das Feld von Unkraut, besonders von Disteln, befreit werden. Es gab so viel zu tun, dass wir, auch wenn wir noch Kinder waren, unserer Mutter am Wochenende bei der Feldarbeit halfen. Von den Bauern bekam unsere Mutter zwar kein Geld, aber immer reichlich zu essen und zu trinken. Nach der Schule sammelten wir Altstoffe und kauften uns dafür eine große Eisenbahnplatte. In meiner Freizeit trainierte ich Judo und Karate. So vergingen die Jahre und ich kam aus der Schule. Mein großer Bruder hatte Bäcker gelernt und war in einer Bäckerei angestellt. Mein anderer Bruder arbeitete in demselben Werk, in dem auch meine Mutter beschäftigt war. Auch ich fand eine Anstellung in diesem großen Werk. Als ich mit der Lehre fertig war, legte ich die Meisterprüfung ab und leitete eine Abteilung. In meiner Freizeit war ich in verschiedenen Sporteinrichtungen tätig.

Anfang 1972 lernte ich meine damalige Frau kennen und heiratete sie. Wir waren gerade aus den Flitterwochen zurück, als ich einen Einberufungsbefehl bekam. Meine Frau war zu dieser Zeit hochschwanger. Deshalb fragte ich bei der zuständigen Behörde nach, ob es denn nicht möglich wäre, die Einberufung zu verschieben, um bei der Geburt meiner Tochter dabei zu sein. Aber die damalige Behörde hatte dafür kein Verständnis.

Es war Herbst, als ich mich zur Einberufung um 2:00 Uhr nachts am Bahnhof zur Sammelstelle melden musste. Am Bahnhof angekommen, wurden wir in LKWs verladen und in eine vierzig Kilometer entfernte Stadt gebracht. Dort wurden alle in einen großen Saal gesperrt und mussten eine Stunde warten. Einzeln wurden wir dann aufgerufen und mussten in Gruppen Aufstellung nehmen. Keiner hat uns in der ganzen Zeit gesagt, wo wir hinkommen würden. Auch auf Fragen bekamen wir keine Antwort. Wir wurden nur angeschrien und hin und her geschubst. Ich kam mir vor wie in einem Strafgefangenenlager. „Oh je, das kann ja noch was werden", dachte ich damals. Einige waren sehr stark betrunken, die hatten bei den Aufsehern gar nichts zu lachen, sie wurden regelrecht schikaniert. Nachdem alle im Gruppen aufgeteilt wurden, mussten wir den Saal verlassen und eine Stunde im strömenden Regen draußen auf der Straße stehen bleiben. Die Offiziere hielten sich in dieser

Zeit in der angrenzenden Kneipe auf und betranken sich. Alle waren durchnässt und dem Spott und dem Gelächter der Unteroffiziere, die uns bewachten, ausgesetzt. Endlich kamen die Herren Offiziere zurück und trieben uns an. Mit Gebrüll, Beleidigungen und Beschimpfungen wurden wir wie Vieh zum Bahnhof getrieben. Am Bahnhof angekommen, wurden wir in einen Sonderzug verfrachtet, der uns in eine größere Stadt brachte. Wieder mussten wir Aufstellung nehmen und wurden durch einige Straßen getrieben. Vor einer großen abgelegenen Halle mussten wir wieder im strömenden Regen warten. Einzeln wurden wir aufgerufen und mussten dann in der Halle in verschiedenen Trupps Aufstellung nehmen. Erst jetzt gab man uns bekannt, in welchem Regiment jeder seinen Wehrdienst leisten muss. Wieder mussten wir alle im strömenden Regen auf der Straße warten. Nach einer Weile wurden wir alle zum Bahnhof geführt, wo schon Sonderzüge auf uns warteten. So erfuhr ich ganz nebenbei, dass ich in Berlin in einem Grenzkommando meinen Dienst leisten sollte. Bei der Musterung hatte man mir gesagt, dass ich eventuell zur Grenze komme, aber genau konnte mir das auch damals keiner sagen.

Gegen früh kamen wir durchnässt und erschöpft in der Kaserne an.

Wieder mussten wir im strömenden Regen so lange draußen stehen, bis man uns den Eintritt in der Kaserne gewährte. Drei Monate Grundausbildung lagen nun vor mir. In dieser Zeit wurden wir einige Male aussortiert und verteilt.

Da bekannt war, dass ich Judo und Karate auch während der Ausbildung trainierte, versetzte man mich in ein Sonderkommando. Diese Ausbildung in diesem Kommando war sehr hart. Wir waren in dieser Kompanie etwa 160 Soldaten. Die Ausbilder sagten uns, dass nicht alle die Spezialausbildung schaffen und nur wenige das harte Training durchhalten werden. Wir wurden in Selbstverteidigung und Nahkampf ausgebildet. Weitere Fächer waren: Physik, Chemie, Aufklärung, Waffenkunde, Psychologie, Anatomie, Wetterkunde, Überwachung und Abhörmethoden. Weiters gehörten noch Gifte, Chemie, Bekämpfung und selbstverständlich Politik zu unseren Ausbildungsfächern. Ich hatte auch in den ersten Monaten Spaß daran, so viel zu lernen und vor allen so intensiv trainieren zu können. Einige meiner Kameraden brachen sich die Beine oder die Arme oder zogen sich andere gesundheitliche Schäden zu. Ich bemühte mich, in eine andere Kompanie versetzt zu werden, aber vergeblich. Urlaub und Ausgang wurden gestrichen. Briefverkehr und Telefonate wurden verboten. Wir wurden von der Außenwelt komplett isoliert. Schlimmer konnte es im Gefängnis auch nicht zugehen. Ich habe mich auch nicht mehr gewundert, als von den anfangs 160 Soldaten nur noch 16 übrigblieben. Erst dann informierte man uns, dass wir für eine Spionagetätigkeit ausgebildet wurden. Die Abschlussprüfung sollte zeigen, was wir gelernt hatten, um es in die Praxis umzusetzen. Wir hatten gerade einen 30-Kilometer-Gewaltmarsch hinter uns und lagen gegen 22:00 Uhr nach dem Reinigen der Waffen und der Ausrüstung vollkommen kaputt und müde im Bett. Es war gegen 1:00 Uhr nachts, als die Türen zu den Zimmern aufgerissen wurden. Mit Gebrüll wurden wir aus unseren Betten geholt. „Aufstehen! In fünf Minuten antreten", brüllten die Ausbilder weiter. Keiner wusste, was die Ausbilder eigentlich von uns wollten. Schlaftrunken und immer noch mit Schmerzen von dem langen Marsch vom Vortag zogen wir uns an und rannten raus. Jeder Ausbilder brüllte uns an. Ich war stocksauer, keiner sagte, was los war, auf gestellte Fragen wurden wir nur angebrüllt. In Dauerlauf ging es raus. Vor unserer Unterkunft stand ein Hubschrauber, vor dem wir strammstehen mussten. Sämtlichen Inhalt unserer Taschen mussten wir in einen Behälter werfen, nicht einmal Taschentücher konnten wir behalten. Erst jetzt fiel mir ein, was die Ausbilder gesagt hatten, dass wir eines Tages irgendwo in Thüringen ausgesetzt werden sollten.

Dann verteilte man für jeden Unterwäsche und Trainingsanzüge. Wir mussten alles, was wir hatten, ausziehen und die uns gereichten Sachen unter Beobachtung anziehen, nur die Sportschuhe ließ man uns. Nachdem uns die Augen verbunden wurden, mussten wir in den bereitgestellten Hubschrauber einsteigen. Als wir in der Luft waren, bekamen wir den Einsatzbefehl. Unsere Aufgabe war es, uns so schnell wie möglich von dem Absatzpunkt an einem uns genannten Haus bei Rostock zu melden. Man gab uns 24 Stunden Zeit dazu. Es wurde uns mitgeteilt, dass wir ab sofort auf eine Ringfahndung gesetzt werden und uns jeder jagen werde. Auch wurden wir gewarnt, wer erwischt wird, fällt durch die Prüfung und muss sich einem unangenehmen Verhör unterziehen und wird aus dem Dienst entlassen. Da man uns während des Fluges ein Sprechverbot erteilte, konnten wir uns auch nicht untereinander verständigen. Als wir nach einer geraumen Zeit unser Ziel erreichten, informierte man uns, dass wir einzelnen in jeweils fünf Kilometer Abstand abgesetzt werden und uns dann durchkämpfen müssen. Nachdem alle 15 Kameraden abgesetzt wurden und ich als letzter auf meinen Einsatz wartete, sagte der Ausbilder zu mir: „Für dich habe ich ein besonders schönes Plätzchen ausgesucht, jetzt kannst du beweisen, dass du der beste bist." „Die anderen haben 24 Stunden Zeit. Du dagegen hast nur 12 Stunden, um dein Ziel zu erreichen. Deine Kameraden haben nur Straßenkontrollen zu erwarten, aber auf dich warten schon einige Einheiten. Lass dich einfach überraschen und ich wünsche dir viel Glück. Bis jetzt hat es noch keiner geschafft, auch du wirst kläglich versagen. Ich freue mich schon, dich in die Mangel zu nehmen", sagte er ironisch.

Tausend Gedanken gingen mir durch den Kopf und es drehte sich alles um mich. Endlich nahm mir der Ausbilder die Augenbinde ab. Der Ausbilder bot mir ein Glas Orangensaft an. Da stimmt doch etwas nicht, dachte ich. „Warum soll ich den Saft trinken?", fragte ich. „Es könnte der letzte sein, den du von uns bekommst", antwortete er. „Na gut", sagte ich, „ich trinke den Saft aber nur unter einer Bedingung." „Und die wäre?", fragte der Ausbilder neugierig. „Wenn Sie zuerst trinken, dann trinke ich den Rest", erwiderte ich. „Nun hab dich nicht so, deine Kollegen haben alle ein Glas Saft bekommen und keiner hat sich so zickig gab wie du, also trink!", antwortete er mit einem Grinsen im Gesicht. „Wissen Sie, ich habe eine Allergie und bekomme

Ausschlag und Schüttelfrost von Orangensaft", erwiderte ich. „Na, wenn es so ist, dann gebe ich dir eine Flasche Wasser mit", erwiderte er, immer noch grinsend. „Hier stimmt irgendetwas nicht, warum soll ich unbedingt etwas trinken und warum ist mein Ausbilder plötzlich so freundlich zu mir?", fragte ich mich. Ich bedankte mich für die Flasche Wasser und wollte mich gerade wieder hinsetzen. „Nein, da wird nichts daraus, deine Zeit ist gekommen!", brüllte der Ausbilder mich an. Er führte mich zur Tür des Hubschraubers. Es war stockdunkel, der Mond war gerade wieder hinter einer dicken Wolke verschwunden. Unter uns war nur Wald. Vorsichtig schaute ich mich um, aber von der Umgebung war nichts zu erkennen. Auf einer Lichtung musste ich mich aus dem Hubschrauber abseilen. Weder Taschenlampe, Feuerzeug, Kompass oder eine Karte hatte ich zur Orientierung bekommen. Nur der Mond und die Sterne, die ab und zu hinter den Wolken vorschauten. Langsam entfernte sich der Hubschrauber wieder. Jetzt war ich allein in einem mir fremden, unbekannten Wald.

„Die Wasserflasche, ja was war mit der Wasserflasche?", fragte ich mich.

Vorsichtig öffnete ich den Verschluss der Flasche und roch daran.

Ich konnte keinem Fremdgeruch erkennen, der Inhalt der Flasche roch neutral. In diesem Moment schaute gerade wieder der Mond hinter den Wolken hervor. Schnell nahm ich die Wasserflasche und hielt sie in das Licht des Mondes. Jetzt erkannte ich, dass sich auf dem Flaschenboden kleine weiße Flocken abgesetzt hatten. „Nein das trinke ich nicht, mein Ausbilder war ja sonst nicht so großzügig zu mir", dachte ich und goss den Inhalt der Flasche aus.

Ich musste nach Norden, also orientierte ich mich an der Wetterseite der Bäume und nach den Sternen, die ab und zu durch die Wolken zu sehen waren. Ich lief durch den Wald, immer bedacht, dass ich auf keinen trockenen Ast drauftrete, um mich nicht zu verraten. Da das Thüringer Land nicht gerade flach ist, musste ich auch einige Anhöhen und Bäche überqueren. Außer

Atem kam ich an einem Waldrand an und ruhte mich einen kurzen Moment aus. Mein Blick schweifte gerade über die große Wiese, die sich zwischen mir und dem Dorf befand. In diesem Moment schaute der Mond gerade wieder hinter einer Wolke vor. Da ich auf einer Anhöhe lag, konnte ich das etwa 800 Meter entfernte Dorf genauer betrachten. Ich sah im Mondschein die LKWs, die auf der Dorfstraße fuhren und plötzlich anhielten. Die LKWs standen noch nicht still, als Soldaten von der Ladefläche sprangen und sich in zwei Reihen aufstellten. Leider war die Entfernung zu groß, so dass ich die Befehle der Offiziere nicht genau verstanden habe. Nachdem noch zwei weitere LKWs und ein großes Transportfahrzeug eintrafen und hielten, sprangen noch weitere Soldaten von den Ladeflächen und verteilten sich auf der gesamten Straße. Eilig wurden aus dem Transportfahrzeug große Kisten und Gegenstände ausgeladen.

Da der Mond wieder hinter den Wolken verschwand, konnte ich nicht genau beobachten, was die Soldaten entluden. Die Einsatzfahrzeuge wurden hinter den Häusern abgestellt. Es verging einige Zeit, bis der Mond wieder hinter einer Wolke vorkam. Im Schein des Mondlichts sah ich Soldaten, die mit dem Zeltaufbau beschäftigt waren. Andere trugen Kisten und Gegenstände in die bereits aufgestellten Zelte. Jeweils zwei Motorräder wurden quer auf die Straße gestellt, um die Durchfahrt zu versperren. Von meiner Anhöhe hatte ich den perfekten Überblick. Die Offiziere und Soldaten schienen sich ziemlich sicher zu sein, denn jegliche Vorsichtsmaßnahmen wurden ignoriert oder nicht beachtet. Wenn ich jemand auflauere oder ihn in eine Falle locken möchte, kann ich nicht wie die Soldaten da unten mit der Taschenlampe umherleuchten. Vor allem muss ich mich ruhig verhalten. Wahrscheinlich schienen sie mich noch nicht zu erwarten. Zwischen dem Wald und der Straße lagen auf der Wiese zehn Heuballen, die einen Durchmesser von einem Meter hatten. Diese Heuballen waren etwa 40 Meter von meinen Beobachtungspunkt entfernt. Schnell versteckte ich mich hinter einem Busch, als ich bemerkte, dass einige Soldaten mit Ferngläsern die Gegend absuchten. „Wie komme ich unbemerkt zu diesen Heuballen?", überlegte ich angestrengt. Mir fiel ein, dass unsere Ausbilder uns gezeigt hatten, dass man in Schuhsohlen einiges verstecken kann. Vorsichtig trennte ich die Schuhsohlen ab und entnahm ein kleines Messer, Klebstoff und ein Feuerzeug, das ich darin versteckt hatte.

Danach klebte ich mit den Spezialkleber meine Sohlen wieder ein. Es dauerte einen Moment, bis diese fest genug waren, um sie nicht zu verlieren. „Mir muss schnell etwas einfallen, wie ich die Soldaten ablenken kann, um den Weg überqueren zu können", überlegte ich. Endlich verschwand der Mond wieder hinter einer Wolke. Schnell sprang ich auf und nahm mir einen langen starken Ast, rannte zu den Heuballen und versteckte mich dahinter. Dann zog ich eine Hand voll Heu heraus und wickelte das Heu für eine Fackel um den Ast, zündete diesen an und setzte alle Rollen in Brand. Ich musste meine gesamte Kraft mobilisieren, um die Rollen in Bewegung zu setzen. Natürlich sahen die Soldaten unten an der Straße auch die brennenden Heuballen. Laute Befehle waren von den Offizieren zu hören. Als alle Heuballen zu rollen begannen und immer schneller wurden, sprang ich auf und rannte hinterher. Als sich die brennenden Heuballen der Straße näherten, sprangen die Soldaten, die zuvor auf der Straße standen, hektisch zur Seite.

Die Offiziere gaben laute Befehle, aber jeder brachte sich erst einmal selbst in Sicherheit. „Fahrt den verdammten LKW endlich zur Seite", schrie ein Offizier aufgeregt. Es war aber nicht mehr möglich, denn die Heuballen rollten zu schnell auf die Straße zu. Zwei Heuballen trafen den LKW, der sofort in Flammen aufging. Ich nutzte die Verwirrung und das Durcheinander, um die Straße zu überqueren.

Alle hatten mit sich zu tun und rannten wie aufgescheuchte Hühner kreuz und quer durcheinander. Es war immer noch stockdunkel und die Soldaten waren mit den Löscharbeiten beschäftigt. Ich nutzte diesen Augenblick und rannte zu einem der drei Zelte und nahm mir zwei Taschen und einen Kleidersack.

Da alle Soldaten und Offiziere abgelenkt waren, rannte ich zu den nicht bewachten Motorrädern, entfernte von drei Maschinen die Benzinschläuche und warf diese weit weg. Dann nahm ich mir die vierte Maschine, band die beiden Taschen auf dem Gepäckträger fest und legte den Kleidersack auf die Sitzbank. Lautlos schob ich das Motorrad und entfernte mich von dem Lager.

Als ich zirka 150 Meter im Dauerlauf mit der Maschine zurückgelegt hatte und ein Waldstück erreichte, machte ich erst einmal eine kleine Pause. Dann schaute ich zurück, erst jetzt mussten sie den Verlust der Maschine bemerkt haben, denn mit Taschenlampen suchten sie das Gelände gründlich ab. Nachdem ich die Maschine gestartet hatte, fuhr ich ohne Licht langsam auf einem Waldweg davon. Am Ende des Waldes erstreckte sich eine große Wiese, die sich vor dem nächsten Dorf befand.

Der Mond kam gerade wieder hinter einer dicken Wolke vor, als ich in Richtung Dorfstraße schaute. Ich erkannte einige Leute, die hektisch in Autos sprangen und diese quer auf die Straße stellten, um den Weg zu versperren. Ohne Licht zu machen, fuhr ich ein Stück zurück und bog in einen anderen Weg ein. Nach zirka zehn Minuten erreichte ich eine Landstraße. Endlich sah ich auch einen Wegweiser und wusste somit, dass ich die richtige Richtung eingeschlagen hatte. Die erste Hürde hatte ich geschafft. Bis zu meinem Ziel waren es aber laut Wegweiser noch etwa 550 Kilometer. Eine Aufgabe, die mir fast unlösbar schien. Erbarmungslos lief mir die Zeit davon. Ich befuhr einige Landstraßen und jedes Mal, wenn ich eine Straßensperre sah, befuhr ich Feld- und Waldwege. So konnte ich fast 200 Kilometer zurücklegen, bis der Tank fast leer war. Als ich wieder durch ein kleines Dorf fuhr, sah ich eine offene Garage, in der ich mir Benzin besorgte. „Ich muss eine Pause machen", überlegte ich. In einer bewohnten Gegend konnte ich mich nicht ausruhen, das war für mich zu unsicher. Also entschied ich mich für eine Scheune, die mitten auf einer Wiese stand. Nachdem ich das Motorrad auch in der Scheune abgestellt hatte, schaute ich neugierig in die beiden Taschen und den Kleidersack, den ich mir angeeignet hatte. Im Kleidersack war eine komplette Uniform eines Oberstleutnants. Die eine Tasche war mit Unterwäsche gefüllt. In der anderen waren ein Fernglas, ein Kompass, eine Karte, eine Pistole der Marke Makarow mit Munition, zwei Schachteln Zigaretten und etwas zu essen. „Da habe ich den richtigen Riecher gehabt", freute ich mich. Eigentlich war es ja verboten, Waffen in einen Rucksack zu verstauen, aber das war mir in diesem Moment auch egal. Beim Ausziehen meiner Unterwäsche bemerkte ich eine kleine Wulst im Saum. Ich öffnete diesen und entdeckte einen kleinen Sender. Eilig zog ich meine Sachen komplett aus und zog mir die Unterwäsche und die Uniform aus den Taschen an. Ich hatte Glück, dass die Sachen meiner Konfektionsgröße entsprachen. Ich nahm mir das Silberpapier von den Zigarettenschachteln und wickelte den Sender damit ein. „Diese Schweine und hinterhältigen Säcke", schimpfte ich leise vor mir hin. Eilig vergrub ich die Sachen und deckte die Stelle mit Stroh ab. Von meiner Ausbildung wusste ich, dass der Sender, wenn er in Silberpapier eingewickelt ist, keine Signale senden kann. Ich war gerade mit allem fertig, als sich ein Hubschrauber der Scheune näherte. Nachdem er einige Runden über mir kreiste, flog er wieder in Richtung Wald zurück, wo er herkam. Ich schaute zwischen den Brettern der Scheune durch und konnte in der Morgendämmerung einige Soldaten sehen, die auf mich zukamen. Schnell rannte ich zur entgegengesetzten Seite und beobachtete durch einen Bretterspalt die Gegend. Nein, von dieser Seite konnte ich nichts erkennen. Eilig löste ich einige Bretter, um mit dem Motorrad durch den Spalt zu fahren. Ich hatte mich erst wenige Meter von der Scheune entfernt, als auch schon wieder der Hubschrauber über mir kreiste. Ich fuhr, was das Motorrad hergab. Aber gegen den Hubschrauber hatte ich schlechte Karten. Mir fiel ein, dass ich auf einem Hinweisschild gesehen hatte, dass sich ganz in der Nähe ein Tunnel befand. „Aber in welche Richtung?", überlegte ich angestrengt. In meinem Kopf überschlugen sich die Gedanken, bis es mir wieder einfiel und ich die Richtung einschlug. Ich konnte den Hubschrauber nicht abschütteln. „Wenn ich nicht bald den Tunnel erreiche, bin ich verloren", überlegte ich. Es war mein Glück, dass ich schon seit meinem 16. Lebensjahr Motorrad und besonders Motocross-Strecken fuhr. Nach fünfminütiger rasanter Fahrt mit dem Motorrad erreichte ich die Straße mit dem lang geschlängelten Tunnel. Ich raste in den Tunnel. Es fiel auf, dass mir plötzlich keine Autos mehr entgegenkamen. Das kam mir sehr verdächtig vor, deshalb hielt ich an einem Notausgang an. Schnell öffnete ich die Tür und stieg die Leiter nach oben. Oben angekommen, schob ich vorsichtig die Abdeckung zur Seite und schaute mich um. Nein, es war niemand zu sehen, der Hubschrauber war auch weg. Erleichtert atmete ich durch. Etwa 20 Meter entfernt von mir sah ich eine Gaststätte. Auf dem Parkplatz standen Autos und etwas abseits eine Crossmaschine.

Diese Maschine hatte es mir angetan. Ruhig und gelassen ging ich auf die Maschine zu. Ich schaute mich nach allen Seiten um, es war weit und breit niemand zu sehen. Es war mein Glück, dass der Parkplatz der Gaststätte nicht einzusehen war. Mit beiden Händen hielt ich den Lenker fest und riss ihn mit aller Kraft nach rechts, um das Lenkerschloss zu zerstören. Nachdem ich die Zündung kurzgeschlossen hatte, sprang ich auf die Maschine und gab Gas. Keiner hatte etwas mitbekommen und Verfolger konnte ich auch nicht feststellen. Mir fiel ein Stein vom Herzen und ich musste schmunzeln, dass ich es wieder geschafft hatte. „So etwas Hinterhältiges, mir eine Wanze einzunähen", überlegte ich. Kein Wunder, dass sie immer wussten, wo ich bin und mir ständig auf den Fersen waren. Aber das wird sich ab jetzt ändern, denn jetzt können sie mich nicht mehr anpeilen und feststellen, wo ich mich aufhalte. Sicherlich haben sie auch meine Kollegen verwanzt. „Wenn sie die Wanze nicht durch einen Zufall bemerken, haben sie keine Chance und laufen direkt ins offene Messer", überlegte ich weiter. „Ich muss nur an mich denken", schoss es mir durch den Kopf. Es blieben mir noch acht Stunden, um mein Ziel zu erreichen. Ich hatte aber noch nicht einmal die Hälfte der Strecke geschafft. Nur kurze Pausen konnte ich einplanen, um schnell an den Bestimmungsort zu gelangen. Da ich mich um und in Berlin sehr gut auskannte, fuhr ich nur Straßen und Wege, die wenig befahren wurden. Hier lag der Vorteil auf meiner Seite. Benzin besorgte ich mir von Kanistern, die sich in abgestellten Autos befanden. Damit das aber nicht auffiel, legte ich die Kanister immer wieder zurück. So kam ich bis Binz. Ich wollte nicht direkt von Berlin nach Rostock fahren, um mich nicht noch kurz vor dem Ziel erwischen zu lassen. „Wenn ich zurück von Binz nach Rostock fahre, werden sie mich nicht vermuten und die Richtung wird sicherlich nicht überwacht sein", überlegte ich. Mittlerweile waren zirka neun Stunden vergangen und mir blieben nur noch drei Stunden. Nach meinen Berechnungen musste mein Ziel sich in zirka zwei Kilometer Entfernung befinden. Wieder kämpfte ich mich durch einen frisch geholzten Wald und legte mich am Waldesrand hinter einen Strauch. Dann suchte ich mit meinem Fernglas gründlich die Gegend ab. Endlich entdeckte ich ein einzelnes Haus, das ungefähr 500 Meter von mir entfernt war. Rechts und links neben dem Haus waren Maisfelder. Zwischen dem Haus und meinem Standort am Waldesrand, befand sich eine große Wiese, auf der Schafe weideten. Der Schäfer saß gemütlich vor seinem Bauwagen und rauchte eine Pfeife. „Seltsam, es waren keine Hunde zu sehen", dachte ich und wurde misstrauisch. Weit und breit konnte ich auch keine weiteren Häuser feststellen. Es gab nur einen Feldweg, der direkt zu diesem Haus führte. „Von welcher Seite kann ich mich dem Haus nähern?", überlegte ich gerade, als ich hinter mir ein Geräusch wahrnahm.

„Hände hoch und ganz langsam umdrehen", forderte mich eine Stimme im scharfen Ton auf. Ich erhob mich langsam, während tausend Gedanken durch meinen Kopf schossen. „So ein Mist, bis hier habe ich es geschafft und nun kurz vor dem Ziel werde ich festgenommen", ärgerte ich mich. Langsam drehte ich mich um und sah zwei junge bewaffnete Soldaten, die mir unsicher gegenüberstanden. „Ihr seid wohl verrückt geworden!", zischte ich die beiden an. „Stillgestanden!", schrie ich weiter auf sie ein und forderte sie auf, die Parole zu nennen. Verdutzt und mit großen Augen schauten sie mich ungläubig an und nannten mir die Parole. „Genosse Oberstleutnant, wir haben doch nicht damit gerechnet, Sie hier anzutreffen!", stotterten sie. „Wie lautet Ihr Befehl?", fragte ich. „Ein Staatsfeind ist hier unterwegs, um die Kommandozentrale da unten zu stürmen. Er soll bewaffnet und sehr gefährlich sein, deshalb ist äußerste Vorsicht geboten", erzählten sie bereitwillig. „Sind Sie allein?", fragte ich nun etwas freundlicher. „Nein, in den beiden Maisfeldern ist unsere Kompagnie in Stellung gegangen", bekam ich zur Antwort. „Wer befindet sich in dem Haus?", fragte ich in einem scharfen Ton. „Das dürfen wir nicht sagen", antwortete einer der beiden Soldaten. „Wollen Sie den restlichen Dienst in Schwedt verbringen?", brüllte ich ihn an. „Sechs Offiziere und zwei Leute von der Staatssicherheit sind im Haus und warten auf den letzten Verräter", erzählte er mit zitternder Stimme. „Was heißt, der letzte Verräter?", fragte ich weiter. „Fünfzehn Verräter haben sie schon festgenommen." „Woher wissen Sie das?", wollte ich wissen. „Wir haben doch Funk, da konnten wir alles mit anhören. Wir waren gerade in dem Haus, als sie einige Verräter gebracht haben. Die wurden dann in die Zellen im Keller eingesperrt und einzeln zum Verhör gebracht. Die Schreie vom Verhör waren sogar bis zum Maisfeld zu hören", erzählten sie nun drauflos. „Welches Geschrei?", fragte ich nach. „Na, das Geschrei der Verräter, wenn sie verhört wurden", erzählten sie weiter. „Wer hatte denn nun geschrien?", fragte ich ungeduldig. „Wenn die Verräter nicht aussagen wollten, hat man eben so lange nachgeholfen, bis sie geredet haben. Man wollte wissen, wo sie herkommen und was sie für einen Auftrag hatten. Schadet ihnen auch nicht", fügte er grinsend hinzu. Erst jetzt schaute er zu mir runter und sah meine Turnschuhe. Erschrocken und mit aufgerissenen Augen schaute er mich ungläubig an. Mit einem Schlag war sein Grinsen aus seinem Gesicht verschwunden und er riss seine AK 47 hoch. „Hände hoch!", brüllte er mich unsicher und nervös an. „Bist du jetzt verrückt geworden?", wurde er von seinen Kollegen gefragt. „Schau doch auf die Schuhe des Oberstleutnants", erwiderte er nervös. Erst jetzt bemerkte auch er meine Turnschuhe und riss seine Maschinenpistole hoch. „Da werden wir Sonderurlaub bekommen, wenn wir den letzten Verräter festnehmen konnten", freuten sich die beiden. „Wenn ihr wüsstet, mit wem ihr es zu tun habt, würde euch der Arsch auf Grundeis gehen", schoss es mir durch den Kopf. „Bist du nun der Gesuchte?", fragten sie mich unsicher. „Ja, dachtest du, ich bin der Weihnachtsmann?", erwiderte ich ärgerlich. „Dann nimm schön die Hände hoch", forderten sie mich auf. „Gut, ich ergebe mich", sagte ich und nahm die Hände hoch. „Widerstand leisten ist zwecklos, wir sind in der Überzahl", klärte er mich auf. Mit Handschellen wurden meine Hände auf dem Rücken fixiert. „Ich hätte da noch eine Bitte!", sagte ich. „Und die wäre?", wurde ich gefragt.

„Habt ihr was dagegen, dass wir noch eine gemeinsame Zigarette rauchen, bevor ihr Meldung macht und mich abführt?"

„Na gut, dagegen spricht nichts", willigten sie ein. „Könntet ihr mir eine Zigarette von euch geben? Meine habe ich verloren", bat ich. „Das können wir machen", erwiderten sie. Nachdem sie meine Handschellen hinter dem Rücken lösten, konnte ich meine Hände nach vorn nehmen, wo sie wiederum mit Handschellen fixiert wurden. Dann sprach ich beruhigend auf sie ein. „Eure Gewehre könnt ihr wieder entsichern, ihr seid zu zweit, da habe ich doch keine Chance", redete ich weiter auf sie ein. „Ja das ist wohl wahr", erwiderten sie und stellten ihre AK-74 an einem Baum. Dann gab mir der eine die gewünschte Zigarette und reichte mir Feuer. In diesem Moment wandte ich die mir bekannten Griffe an, die ich unzählige Male trainiert hatte und überwältigte die beiden. In wenigen Sekunden lagen beide bewusstlos auf dem Waldboden und rührten sich nicht mehr. Ich wusste, dass die Bewusstlosigkeit nur einige Sekunden andauert. Deshalb musste ich schnell den Schlüssel für die Handschellen finden, um mich wieder befreien zu können. Nachdem ich mich meiner Handschellen entledigen konnte, knebelte ich die beiden mit ihren eigenen Socken. Die Hände band ich mit ihren großen Riemen auf dem Rücken fest. Langsam erwachten die beiden, sie schaute mich ganz verstört und ungläubig an. „Wenn ihr meiner Anweisung nachkommt, werde ich euch am Leben lassen", sagte ich zu den beiden. Die Angst stand ihnen ins Gesicht geschrieben, als sie mir zunickten. Ich zog meine Uniform aus und warf sie auf den Waldboden. „Du wirst jetzt deine Uniform ausziehen und sie mir geben", forderte ich den Soldaten, der mir von der Figur am ähnlichsten war, auf. Er nickte mir ängstlich zu. „Hast du verstanden?", fragte ich. Wieder nickte er ängstlich. Nachdem ich seine Hände losgebunden hatte, kam er meiner Aufforderung nach und stand in Unterwäsche mir gegenüber. „Anziehen!", forderte ich ihn auf und zeigte auf meine Sachen. Zitternd und nervös zog er die Uniform an. „Na bitte, die passt sogar", erwiderte ich. „Hände auf den Rücken", forderte ich ihn auf. Ohne Widerstand ließ er sich die Handschellen, die ich gerade getragen hatte, anlegen. Dann zog ich mir seine Uniform an und entfernte die Schlagbolzen von den Gewehren. „Wir werden jetzt gemeinsam zum Haus gehen. Du wirst vor uns laufen", forderte ich den Soldaten auf, der die Offizierssachen anhatte. „Deine Hände bleiben auf dem Rücken gefesselt, mach keine Dummheiten, sonst ist das das Letzte, was du in deinem Leben gemacht hast", klärte ich ihn auf. „Ich werde dir jetzt die Fesseln abnehmen und dann werden wir den Verräter in der Kommandozentrale abgeben, sagte ich zu dem anderen Soldaten und grinste ihn an. Langsam setzen wir uns in Bewegung. Der Gefangene lief langsam vor uns her. „Macht beide keine Dummheiten", warnte ich noch einmal. „Ich habe noch die Pistole und werde sie auch benutzen, wenn es nötig ist, habt ihr verstanden?", fragte ich. Ängstlich nickten sie wieder. „Hoffentlich wird nicht bemerkt, dass hier etwas nicht stimmt", überlegte ich. Als wir über die Weide liefen, achtete ich immer darauf, dass die Sicht zur Kommandozentrale durch den Bauwagen versperrt wurde. Im Schutz des Bauwagens näherten wir uns der Schafherde. Als wir uns den Schäfer näherten, begrüßte er uns freundlich. „Habt ihr den letzten auch endlich erwischt?", fragte er ironisch. Erst jetzt sah ich die AK-74 unter seinem langen Mantel. „So, so, auch der ist hier als Wachposten aufgestellt worden und hat mit dem Schäfer rein gar nichts zu tun", überlegte ich. „Hast du schon Meldung gemacht und in der Zentrale Bescheid gegeben?", fragte der Schäfer weiter. „Nein, aber das werde ich gleich machen", erwiderte ich. „Hast du ein Funkgerät hier?", fragte ich den Schäfer. „Ja, das ist im

76

Wagen", antwortet er bereitwillig. „Dann lasst uns die freudige Nachricht gemeinsam durchgeben", sagte ich zu ihm. „Nichts dagegen, komm mit", erwiderte der Schäfer und forderte mich auf ihn zu folgen. „Die beiden können draußen so lange warten", schlug er vor. „Nein, nein, das geht nicht, der Genosse ist noch neu und unerfahren, da möchte ich ihn lieber nicht allein mit dem Gefangenen lassen", gab ich zu bedenken. „Daran habe ich gar nicht gedacht", antwortete der Schäfer und nickte mir zu. „Gut, dann kommt er eben alle mit rein", fügte er noch hinzu.

Es war gut, dass wir von dem Bauwagen geschützt waren und uns niemand aus dem Haus sehen konnte.

Als erster ging der Schäfer in den Bauwagen, gefolgt von den Soldaten mit dem Gefangenen und ich betrat den Wagen als letzter. Den Bauwagen hatte man erstaunlicherweise sehr gut eingerichtet und er hatte mit einer Unterkunft eines Schäfers rein gar nichts gemeinsam. Wie in einer kleinen Wohnung, mit einem Tisch, einer Sitzbank und einer kleinen Küche. Das Funkgerät stand auf einem Eckschrank am Ende des Wagens. Als wir uns alle im Wagen versammelt hatten, forderte ich den Soldaten auf, er solle sich mit dem Gefangenen auf die Bank setzen. Nachdem sie Platz genommen hatten, verlangte ich, dass sie ihre Hände flach auf den Tisch legen sollten. Ohne Kommentar kamen sie meinen Anweisungen nach. Dann schob ich den Tisch so dicht an ihre Körper, dass sie sich nicht mehr bewegen konnten. „Was soll das?", fragte mich der Schäfer verwundert. „Das wirst du gleich erfahren", antwortete ich, nahm meine Pistole und zielte auf ihn. Kreideweiß und ungläubig schaute er mich fragend an. „Du bist doch nicht etwa der Gesuchte?", stotterte er. „Was meinst du, wer ich sonst bin?", antwortete ich und grinste ihn an. „Leistest du Widerstand oder kommst meinen Anweisungen nicht nach, werde ich dich gleich hier an Ort und Stelle kalt machen", fauchte ich ihn an. „Habe ich mich verständlich genug ausgedrückt?", fragte ich noch einmal eindringlicher. „Ja, ja, ich mache alles was du sagst", jammerte er ängstlich. „Bloß nicht schießen, ich habe Frau und Kinder zu Hause", flehte er mich an. „Dir wird nichts passieren, wenn du machst, was ich dir sage", beruhigte ich ihn. Auf einer Kiste lagen Stricke, die sicherlich für die Schafe gedacht waren. Ohne Widerstand ließ er sich seine Hände und Beine Fesseln. Nachdem ich ihm auch seine Augen verbunden hatte, begann ich mit dem Verhör. „Was für einen Dienstgrad hast du und wie lautete dein Auftrag?", fragte ich ihn in scharfem Ton. „Ich sage nichts", stammelte er und schüttelte ängstlich den Kopf. „Damit habe ich kein Problem, ich kann auch noch anders", erwiderte ich. Die beiden auf der Bank rückten nervös hin und her.

Ich richtete meine Pistole auf die beiden Soldaten und sagte: „Wagt es nicht noch einmal, euch zu bewegen." „Ich muss aber dringend auf die Toilette", erwiderte der in Offizierskleidung. „Du bist wohl verrückt geworden, wenn du es nicht mehr aushältst, dann lass es einfach laufen", sagte ich und grinste ihn an. „Willst du mir nun endlich sagen was ich wissen will?", brüllte ich den Schäfer an. „Du kannst mich mal", antwortete er. „Na, dann eben nicht", erwiderte ich. „Ich sehe, du hast einen Spirituskocher in deiner Küche stehen. Da wird auch noch eine Reserveflasche zu finden sein", sagte ich und begann, die Schränke zu durchsuchen. Eine Flasche Wasser und eine Flasche Spiritus fand ich nach kurzer Zeit und stellte sie auf den Küchenschrank. Nachdem ich den Spiritus geöffnet hatte, ließ ich ihn an der Flasche riechen. „Wenn du immer noch nicht reden willst, dann werde ich dich mit dem Spiritus übergießen und anzünden", klärte ich ihn auf. „Mach, was du willst, von mir erfährst du nichts", erwiderte er und blieb stur. Ich drehte meinen Kopf und schaute zu den beiden Soldaten, die auf der Bank saßen. Drohend richtete ich die Pistole auf die beiden und legte meinen Finger auf den Mund. Die beiden verstanden mich und nickten mir ängstlich zu. Jetzt nahm ich die geöffnete Spiritusflasche und hielt sie dem Schäfer unter die Nase. „Ich frage dich zum letzten Mal! Wirst du mir nun erzählen, was ich wissen will?", brüllte ich ihn an. „Und ich sage dir auch zum letzten Mal, dass ich dir nicht zu sagen habe", erwiderte er. „Wie der Herr wünscht!", antwortete ich und goss ihm den Spiritus über seinen Kopf. Der Geruch von Spiritus verbreitete sich rasch im gesamten Raum. Geräuschlos stellte ich die Flasche wieder auf den Schrank zurück, nahm mir die geöffnete Wasserflasche und goss sie auf seinem Rücken aus. Der Trick schien zu funktionieren, denn er zitterte am ganzen Körper und bettelte, dass ich damit aufhören solle. Ängstlich und nicht mehr so sicher wie Minuten zuvor begann er zu erzählen. „Mein Dienstgrad ist Major und ich arbeite als verdeckter Ermittler für die Staatssicherheit. Mein Befehl lautete, die Verräter und Staatsfeinde unschädlich zu machen." „Hast du auch einen Schießbefehl bekommen?", fragte ich weiter. „Ja, wenn es die Situation erfordert, ist von der Schusswaffe Gebrauch zu machen, wurde mir befohlen", erzählte er bereitwillig weiter. Ich schaute auf die beiden Soldaten, die immer noch eingeschüchtert auf der Bank saßen und fragte: „Ist das wahr?" Sie nickte mir zu. „Wird das Haus von Kameras überwacht?", wollte ich von dem Schäfer wissen. „Ja, an jeder Seite ist eine Kamera montiert." „Wo ist die Hauptsicherung?", fragte ich nach. „500 Meter vor dem Haus ist ein Stromverteiler, da ist auch der Hauptanschluss für das Haus", berichtete er nun etwas zügiger. „Wie viele Personen befinden sich noch im Haus und wo sind die Gefangenen untergebracht?", fragte ich weiter. „Es sind nur noch drei Personen im Haus und die fünfzehn Gefangenen sind im Keller eingesperrt worden." „Hat das Haus einen Kellereingang und ist der Eingang von außen zugänglich?", fragte ich und setzte mein Verhör fort. „Ja, man kann den Keller auch von außen betreten", antwortete er. „Wo halten sich die drei auf?", war meine nächste Frage. „Im ersten Stock, sie beobachten alle drei Seiten", antwortet er wieder. „Musst du dich zu einer bestimmten Zeit melden?", wollte ich nun wissen. „Ja, jede Stunde muss ich eine Meldung abgeben", sagte er abschließend.

Ich schaute auf meine Uhr. „Mir verbleiben nur noch dreißig Minuten", überlegte ich. Ich durchsuchte alle Schränke nach Werkzeug. Nach einiger Zeit fand ich einen Schraubendreher, Meißel und das Beste und das Nützlichste waren ein Nageleisen und eine Taschenlampe. Nachdem ich alles in meinem Rucksack verstaut hatte, fragte ich den Schäfer: „Ist das auch die Wahrheit, was du mir jetzt erzählt hast?" „Warum sollte ich mit einer Pistole am Kopf lügen?", erwiderte er gereizt. „Wenn das nicht stimmt, komme ich wieder und liquidiere dich, hast du verstanden?", brüllte ich den Schäfer an. Er nickte nur kurz. Eilig überprüfte ich seine Fesseln und knebelte ihn anschließend. Nachdem ich ihm einen kräftigen Handkantenschlag gegeben hatte, fiel er besinnungslos wie ein nasser Sack um. Ich fing ihn auf und legte ihn flach auf den Fußboden. Dann zog ich den Tisch von den beiden eingeklemmten Soldaten, die immer noch ängstlich auf der Bank saßen, weg und forderte sie auf, langsam und ohne hektische Bewegungen aufzustehen. „Du wirst jetzt brav vor uns hergehen", sagte ich zu dem Soldaten, der die Offizierskleidung anhatte, „dann wird dir und deinen Kameraden auch nichts passieren." Ohne ein Wort zu sagen, nickte er mir bereitwillig zu. Dann nahm ich mir das Fernglas und suchte den Stromverteiler. Die Beschreibung schien zu stimmen, denn der Verteiler stand tatsächlich einige 100 Meter vom Haus entfernt. „Dann wollen wir mal losgehen", forderte ich die beiden auf. Langsam setzten wir uns in Bewegung und kamen nach einigen Minuten an den Stromverteiler an. „Ihr werdet euch jetzt vor der Tür des Stromverteilers stellen und so tun, als ob ihr Wasserlassen müsst", sagte ich leise zu den beiden. Bereitwillig stellten sie sich vor der Eingangstür des Verteilers. Mit geübten Handgriffen öffnete ich die Tür. Mit den Nageleisen entnahm ich die Sicherung und steckte sie in meine Tasche. „Ich muss mich jetzt beeilen und unbemerkt das Haus erreichen", überlegte ich. Zügig legten wir den Weg zum Haus zurück. Wahrscheinlich waren sie abgelenkt und suchten nach der Ursache des Stromausfalls. Jedenfalls war weit und breit niemand zu sehen. „Das konnte nur gut für mich sein", überlegte ich. „Was mache ich bloß mit euch? Ich habe keine weitere Verwendung", sagte ich zu den beiden Soldaten. Mit aufgerissenen Augen sahen sie mich ängstlich an. „Sie werden uns doch nicht wirklich umbringen wollen?", fragten sie mich mit zitternder Stimme. „Nein, natürlich nicht, das hatte ich eigentlich nie vorgehabt, aber es liegt an euch. Ich muss dringend zum Kellereingang und bräuchte eure

Hilfe!" „Aber wenn wir einem Verräter helfen, dann werden sie uns vor das Armeegericht stellen", antworteten sie. „Ihr müsst nicht alles glauben, was man euch erzählt hat", erwiderte ich. „Die fünfzehn Gefangenen im Haus sind ebenso wenig Verräter wie du und ich", berichtete ich. „Das alles ist nur ein Spiel der Offiziere und wir sind nur Marionetten", klärte ich die beiden auf. „Ist das wahr?", fragten sie ungläubig. „Ja, das könnt ihr mir glauben", erwiderte ich. Die Erleichterung stand ihnen ins Gesicht geschrieben. „Ja, wenn es so ist, dann werden wir die Herrschaften befreien", erwiderten sie nun sichtlich erleichtert. „Warum haben Sie das uns nicht gleich gesagt?", fragten sie mich. „Hättet ihr mir das geglaubt?", fragte ich und schaute die beiden an. „Nein", sagten sie und schüttelten den Kopf. „Na also", erwiderte ich. Im Schutz der Hausmauer schlichen wir uns in Richtung Kellereingang. Ich klopfte an der Kellertür. Keine Reaktion, so klopfte ich noch einmal. Alles war ruhig. „Ist das ein gutes oder ein schlechtes Zeichen?", überlegte ich. Vorsichtig öffnete ich das Sicherheitsschloss mit der Nagelpfeile, die mir der Soldat vorher gegeben hatte, und öffnete die Tür. „Ihr kommt mit mir, es könnte für euch hier draußen sonst gefährlich werden", sagte ich zu den beiden Soldaten. Wieder nickten sie mir zu. Nachdem wir im Keller waren und die Tür hinter uns wieder zugezogen hatten, standen wir im Dunkeln. Es dauerte einen Moment, bis sich meine Augen an die Dunkelheit gewöhnten und ich mich ein wenig orientieren konnte. Von oben waren hastige Schritte zu hören. „Ihr beide bleibt an der Tür und bewacht diese, damit keiner raus oder rein kommen kann", flüsterte ich ihnen zu. „Okay, das machen wir", flüsterten sie mir ebenso leise zu. „Wie oft habe ich im Dunkeln trainieren müssen, um mich orientieren zu können. Jetzt war ich dankbar, dass die harte Ausbildung nicht umsonst gewesen war", dachte ich. Vorsichtig tastete ich mich an der Wand entlang, bis ich an eine Stahltür kam. Langsam drückte ich die Klinke nach unten, aber die Tür ließ sich nicht öffnen. In diesem Moment fiel mir ein, dass sich noch die Taschenlampe in meiner Tasche befand. Dann griff ich in meine Hosentasche, holte die Lampe heraus und machte Licht. Jetzt sah ich zwei Stahltüren, in die Spione eingebaut waren. Ich machte die Taschenlampe wieder aus und legte mein Ohr an eine Tür, es war nichts zu hören. Dann schaute ich durch den Spion, auch in diesem Raum war es stockdunkel und ich konnte deshalb nichts erkennen. Leise klopfte ich an die Stahltür, jetzt konnte ich von drinnen Stimmen hören. Ich gab mich zu erkennen und sagte leise: „Verhaltet euch ruhig, ich werde euch jetzt hier rausholen." Ich machte meine Taschenlampe wieder an und öffnete die Tür, die von außen verriegelt war. Ein Gestank von Kot, Urin und Erbrochenem schlug mir entgegen. In meinem Hals würgte es und mein Magen spielte verrückt. Ich musste mich zusammenreißen, um mich nicht auch noch zu übergeben. Ich hielt mir mit meinem Ärmel Mund und Nase zu. Mit der Taschenlampe beleuchtete ich den Raum. Auf dem gefliesten kalten Fußboden lagen meine fünfzehn Kameraden. Ihre Hände und Beine waren gefesselt. Es sah schlimm aus, nicht nur, dass einige Gesichter blutverschmiert waren, nein auch ihre Hosen waren von den Ausscheidungen gezeichnet. Ich versuchte, sie zu beruhigen und sagte leise, dass ich sie gleich hier rausholen werde. „Wie viele Personen halten sich in dem Haus auf?", fragte ich. „Es sind nur noch drei, die sind aber ziemlich angetrunken", flüsterten sie mir leise zu. „Wer sind diese Leute?", wollte ich wissen. „Das sind unsere Ausbilder", bekam ich zur Antwort. In mir stieg die Wut hoch. „Wurdet ihr von ihnen gefoltert?", fragte ich weiter. „Ja, wir wurden alle verhört und geschlagen, wie du siehst", antworteten sie. „Ich werde jetzt zwei Soldaten holen, die ich gefangen genommen habe. Sie wissen nichts von unserem Einsatz und so soll es auch bleiben, habt ihr verstanden?", fragte ich. Alle nickten. Ich schlich mich zurück und holte die beiden. „Ist alles okay?", fragten sie mich. „Bei mir ist alles in Ordnung, aber meine Kameraden brauchen eure Hilfe", antwortete ich. „Ist gut", sagten sie und kamen mir hinterher. „Was stinkt denn hier so fürchterlich?", fragten sie mich. „Das werdet ihr gleich sehen, und stellt bitte keine weiteren Fragen", antwortete ich. „Ist gut", erwiderten sie und nickten mir zu. „Könntest du mich von meinen Fesseln befreien?", fragte mich der Soldat, der die Offizierskleidung immer noch anhatte. „Ja natürlich, das habe ich doch glatt vergessen", erwiderte ich. Ich nahm mein Messer und durchtrennte den Strick. Tatsächlich verbreitete sich der beißende Gestank im gesamten Keller aus. Auch ich fing wieder an zu würgen. Als wir uns bis zum Keller vorgetastet hatten, machte ich meine Taschenlampe wieder an. Dann leuchtete ich in den Raum, in dem sich meine Kameraden befanden.

Mit weit aufgerissenen Augen betrachteten sie meine Kameraden. „Das ist unmenschlich! Was haben die nur mit euch gemacht?", stammelten sie ungläubig vor sich hin. Ihre Gesichter wechselten die Farbe wie bei einem Leguan. Auch sie konnten sich nicht mehr beherrschen und erbrachen sich. „Wenn ihr euch beide beruhigt habt, befreit ihr meine Kameraden von den Fesseln und wartet hier unten, bis ich wieder komme", sagte ich zu den beiden. „Ja, ja, das werden wir machen, wir warten alle hier auf dich", antworteten sie verstört. „Sollen wir nicht lieber mitkommen und dir helfen?", wurde ich gefragt. „Nein, das mache ich allein", antwortete ich. Ich gab den Soldaten die Sicherung, die ich eingesteckt hatte, und erklärte ihm, dass er sie auf mein Zeichen wieder am Verteiler anbringen soll.

Zur Orientierung leuchtete ich den Kellergang ab und suchte die Tür, die nach oben führte. Von oben waren laute Stimmen zu hören. Ich war gerade in der Höhe eines Stützpfeilers, als die Tür zum Keller aufgerissen wurde. Schnell machte ich meine Taschenlampe aus und versteckte mich hinter dem Pfeiler. Jemand stolperte mit einer Taschenlampe in der Hand die Treppe runter. „Was stinkt denn hier so fürchterlich?", schrie er laut vor sich hin. Als er bei mir vorbei ging, versetzte ich ihm zwei Handkantenschläge. Wie ein nasser Sack sackte er in sich zusammen. Vorsichtig zog ich ihn in den Kellerraum, in dem sich meine Kameraden aufhielten. Ungläubig schauten sie mich an. „Das ist der erste!", sagte ich zu ihnen. Nachdem er gefesselt war, leuchtete ich ihm ins Gesicht und erkannte meinen Ausbilder, der ziemlich angetrunken war. „Du rufst jetzt einen deiner Freunde runter", sagte ich im scharfen Ton zu ihm. „Hast du mich verstanden?" Er nickte nur. „Haben die anderen auch so viel getrunken wie du?", wollte ich von ihm wissen. Wieder nickte er nur. „Dann los, rufe einen. Er soll in den Keller kommen und wehe du warnst ihn", drohte ich. „Ja, ja, ich mache schon", antwortete er ängstlich. „Erwin! Komm mal runter, ich finde die Sicherung nicht", rief er laut. „Knebelt ihn jetzt", sagte ich zu meinen Kameraden, die in der Zwischenzeit alle von den Fesseln befreit wurden. Von oben hörte man Schritte, schnell nahm ich meine Taschenlampe und sagte, dass sich alle leise verhalten sollen. Dann versteckte ich mich wieder hinter dem Betonpfeiler. Wieder kam einer torkelnd die Kellertreppe runter. „Jörg, was hast du hier gemacht? Es stinkt mörderisch", rief er laut. Auch ihn überraschte ich mit ein paar gezielten Schlägen. Zwei Kollegen kamen mir, nachdem ich sie gerufen hatte, zu Hilfe. Gemeinsam trugen wir unseren beleibten Ausbilder in den Keller, wo sich auch noch meine Kameraden aufhielten. Auch er wurde gefesselt. Als er nach einer kurzen Zeit wieder aufwachte, fragte ich ihn wie viele Personen sich noch oben im Haus aufhielten. Er schüttelte nur den Kopf und wollte gerade anfangen zu schreien. Mit einem Schlag versetzte ich ihn ins Land der Träume und knebelte ihn. „Passt auf diesen ganz besonders auf", sagte ich zu meinen Kameraden.

Dann gab ich dem Soldaten, dem ich vorher die Sicherung gegeben hatte, die Anweisung, diese wieder reinzuschrauben.

Leise schlich ich mich wieder zur Treppe, die nach oben führte, und öffnete die Kellertür ein wenig. Vorsichtig schaute ich durch den Spalt. Nein, es war nichts zu erkennen. Ich nahm den Handfeger, der auf der Kellertreppe lag, und warf ihn in den Raum. Es blieb ruhig und es war nichts zu hören. Dann öffnete ich die Tür, legte mich auf den Bauch, kroch etwas in das Zimmer und schaute nach rechts und links. Es war nichts zu hören und niemand zu sehen. Dann ging ich vorsichtig von einem Zimmer in das andere. Unten im Parterre konnte ich keine weitere Person feststellen. „Also konnte sich die letzte Person nur noch im ersten Stock aufhalten", überlegte ich. Leise schlich ich mich nach oben. Im ersten Stock angekommen, legte ich mich wieder auf den Bauch und schaute mich nach allen Seiten um. Endlich entdeckte ich die gesuchte Person, die regungslos auf einer Liege zu schlafen schien. Ich richtete mich auf und ging leise zu der Person hin.

Ein fürchterlicher Geruch von Alkohol und Zigaretten schlug mir entgegen. Erst jetzt erkannte ich ihn. Es war einer unserer Ausbilder. Ich nahm die Handschellen, die auf den Tisch lagen, legte sie um seine Hände und drückte zu. Dann holte ich aus und gab ihn eine kräftige Ohrfeige. Sein Kopf flog von der Wucht meines Schlages auf die andere Seite. „Was es los, wer bist du und was willst du von mir?", stammelte mein betrunkener Ausbilder. Mit weit aufgerissenen Augen schaute er mich ungläubig an. „Wie bist du hier reingekommen?", fragte er mich erstaunt. „Was für eine Frage, ihr habt mir das doch alles beigebracht", antwortete ich mit einem Grinsen im Gesicht.

Nachdem ich ihm auch noch die Beine gefesselt und ihn geknebelt hatte, durchsuchte ich noch einmal gründlich das Haus. Um mich zu vergewissern, ob sich wirklich keiner mehr darin aufhielt. Als ich mir sicher war, ging ich in den Keller zu meinen Kollegen und bat sie, mir zu folgen. Alle gingen wir nach oben. Gemeinsam setzten wir unseren Ausbilder auf einen Stuhl und banden ihn daran fest.

„Mach ihn fertig, so wie sie es mit uns getan haben!", forderten sie mich auf. „Das werde ich nicht machen, ihr wusstet, dass das eine harte Prüfung werden wird. Wir sind hier nicht im Krieg und das sind unser Ausbilder, die auch nur ihre Arbeit gemacht haben", erklärte ich ihnen. „Für uns ist es eh vorbei und wir haben nichts mehr zu verlieren", antwortete einer. Alle nickten zustimmend. „Er hat doch recht, sieh doch, was sie mit uns gemacht haben", riefen einige. „Vielleicht habt ihr recht und sie haben ein wenig übertrieben. Aber glaubt mir, sollten wir jemals in einem anderen Land in Gefangenschaft geraten, wo wir vielleicht auch eingesetzt werden, werden wir nicht so rücksichtsvoll verhört wie hier", versuchte ich meine Kameraden zu beruhigen. Dann wandte ich mich wieder dem Ausbilder zu, der ein leichtes Grinsen in seinem Gesicht hatte. „Du

brauchst dich nicht zu freuen, ich kann noch andere Saiten auf-
ziehen", brüllte ich ihn an. Ich fragte nach seinem Auftrag und
wo er sich melden musste. Als er mir die geforderten Informationen gegeben hatte, setzte ich mich an das Funkgerät und gab
einen Funkspruch ab. „Alle 16 wurden festgenommen und verhaftet, warte auf weitere Anweisungen!" Nach einer Weile kam
auch prompt die Antwort! „Die in Stellung gegangenen Trup-
pen werden abgezogen!"

„Super", sagte ich erleichtert. „Schaut, ob ihr etwas Essba-
res findet und etwas zu trinken wäre auch nicht schlecht", sagte ich zu meinen Kameraden. „Beobachtet die Gegend", forderte ich meine Kollegen auf. „Wenn die Soldaten verschwunden
sind, werden wir das Haus verlassen", sagte ich abschließend.
Es dauerte auch nicht lange, bis ich eine Meldung bekam, dass
vier Militärfahrzeuge an den Maisfeldern angehalten hätten.
Ich nahm mir das Fernglas und beobachtete die Maisfelder. So
konnte ich genau sehen, dass alle Soldaten auf die LKWs verladen wurden. Nachdem die vier LKWs zurückfuhren und nicht
mehr zu sehen waren, wandte ich mich wieder an den Ausbilder.
Ich fragte ihn, ob nun der Auftrag und die Prüfung damit erledigt wären. Er schüttelte den Kopf und sagte zu mir: „Du hast
die Prüfung als einziger geschafft, aber da du dich deinen Kameraden angeschlossen hast, wartet noch eine schwierige Prüfung auf euch." „Und die wäre?", fragte ich. „Lasst euch überraschen, wir sprechen und sehen uns in euren Unterkünften",
erwiderte er. „Na gut, wenn das so ist, bleibst du gefesselt", erwiderte ich. Gemeinsam gingen wir alle in den Keller und öffneten die andere Stahltür. In diesem Raum befanden sich unsere
Wechselsachen und Verpflegung. Nachdem sich alle gewaschen
und umgezogen hatten, schafften wir die anderen zwei Ausbilder nach oben und banden sie an den Heizkörpern fest. Zu meinen Kameraden sagte ich, dass wir in einer halben Stunde das
Haus verlassen werden. „Warum?", fragten sie und schauten
mich verwirrt an. „Ihr habt doch gehört was uns unser Ausbilder gesagt hat. Auf uns wartet noch eine weitere Prüfung und
ich vermute, dass das mit den LKWs, die uns abholen sollen, et-

was zu tun haben könnte. Ich denke, dass wir wieder irgendwo ausgesetzt werden und womöglich noch gegeneinander antreten müssen. Eine andere Möglichkeit wäre, dass man uns mit Waffen überwältigt. Bevor ich nicht genau weiß, was sie vorhaben, verstecken wir uns im Maisfeld und warten auf das Eintreffen der Fahrzeuge", erklärte ich. „Seid ihr mit meinem Vorschlag einverstanden?", fragte ich.

Alle nickte mir zu. „Okay, dann werden wir es so machen", erwiderte ich. „Durchsucht das Haus nach Funkgeräten und bringt sie alle mit", forderte ich meine Kollegen auf.

„Schraubt die Sicherung wieder raus und werft sie weit weg", sagte ich abschließend zu ihnen. Nachdem sie alles erledigt hatten, gingen wir alle nach draußen und versteckten uns in dem Maisfeld. „Wie hat euch eigentlich der Orangensaft geschmeckt?", fragte ich und grinste alle an. Alle schimpften und regten sich auf. „Durchfall haben wir bekommen", erzählten sie. „Was sagt euch das? Ihr seid alle viel zu gutgläubig und fallt auf jeden Trick rein", sagte ich kopfschüttelnd zu meinen Kameraden. „Ach ja, da habe ich doch noch eine Frage. Habt ihr euch Gedanken gemacht, warum ihr schon nach wenigen Kilometern verhaftet wurdet?", fragte ich. Wieder schüttelten alle den Kopf. „Ja, das stimmt, die haben regelrecht auf uns gewartet", erzählten sie. „Ich habe auch nur durch Zufall bemerkt, dass ich verwanzt war", erzählte ich. „Den Sender hat man uns in den Saum der Unterhemden eingenäht", berichtete ich. Wieder schüttelten sie ungläubig den Kopf. Unser Gespräch wurde durch das Annähern eines LKWs unterbrochen. Aufmerksam beobachteten wir die Umgebung und sahen, wie der LKW vor dem Haus hielt und zirka zwanzig Soldaten das Haus stürmten. Als alle im Haus verschwunden waren, nutzten wir diesen Augenblick und rannten zu dem LKW. Alle außer einem Kameraden und mir sprangen auf die Ladefläche. Eilig nahm ich hinter dem Steuer Platz und startete den LKW. „Bloß schnell fort von hier", sagte ich zu meinem Kameraden, der neben mir Platz genommen hatte. Ich drückte das Gaspedal durch, schnell entfernten wir uns. Im Rückspiegel konnte ich sehen, wie die Soldaten und auch unsere Ausbilder aus dem Haus kamen und sich auf die Straße stellten.

So schnell wir konnten, fuhren wir in unser Quartier. Dort angekommen, aßen und tranken wir uns satt. Dann duschten wir uns ausgiebig und zogen uns neue Uniformen an. Danach versammelten wir uns im Klubraum, um auf die Ausbilder zu warten. Nach kurzer Zeit trafen auch alle drei ein. Mit einem Lächeln im Gesicht begrüßten sie uns. „In einer halben Stunde treffen wir uns wieder hier", sagten sie und verschwanden. Jeder war gespannt, was uns nun erwarten würde. Keiner sprach in dieser Zeit einen Ton, es war Totenstille. Endlich kamen unsere Ausbilder und stellten sich vor uns.

„Kommen wir zur Auswertung!", begann der eine Ausbilder zu berichten.

„Im Großen und Ganzen war eure Prüfung für alle fünfzehn ein kompletter Reinfall. Schon nach wenigen Metern konnten die ersten auch schon dingfest gemacht werden. Den Rest griffen Einheiten nach Straßenkontrollen oder nach kurzer Verfolgung auf. Wir haben sie dann verhört und haben so den Ernstfall demonstriert. Bei Gefangenschaft werden die Gefangenen nun auch nicht mit Samthandschuhen angefasst. Widerstandslos, ohne Gegenwehr, ließen sie sich einfach und unkompliziert einsperren. Das war ziemlich einfach für uns. Natürlich haben wir euch einen Sender eingenäht, um zu testen, ob ihr es bemerkt. Aber alle fünfzehn haben es nicht gecheckt. Diese Prüfung habt ihr gründlich vermasselt. Ihr habt sicherlich mitbekommen, dass ich einen vergessen habe, denn es wurden ja sechszehn Prüflinge abgesetzt. Der eine hat es tatsächlich geschafft, uns alle auszutricksen. Nicht nur, dass er mit Bravour alle Sperrungen umgehen konnte. Er bemerkte seinen Sender und vernichtete ihn, so dass wir kein Signal mehr bekamen, um ihn zu orten. Er überwältigte auch den Schäfer, der zu einer Spezialeinheit gehörte und nahm auch noch zwei Soldaten, die zur Beobachtung abgestellt waren, fest. Obwohl die beiden Soldaten ihm schon Handschellen angelegt hatten, konnte er sie überwältigen und sich befreien. Nachdem er alle gewünschten Informationen von ihnen bekam, verhielt er sich korrekt und fair. Ihr hattet alle vierundzwanzig Stunden Zeit, ihm haben wir aber nur zwölf Stunden gegeben, um das geforderte Ziel zu erreichen. Er dachte nicht nur an sich, sondern befreite euch und nahm auch noch uns in Gewahrsam. Ich muss gestehen, dass das noch nie jemand zuvor geschafft hatte. Und zum Schluss ist es ihm auch noch zu verdanken, dass ihr alle hier seid, denn wir hatten eigentlich noch ein paar Überraschungen für euch geplant."

„Peter, vortreten", befahl man mir. Nachdem mir die drei Ausbilder die Hand geschüttelt hatten, sagte der Ausbilder, der die ganze Zeit gesprochen hatte: „Peter darf morgen beim Appell die Fahne küssen." „Was für eine Ehre, und dafür habe ich mir den Hintern aufgerissen", schoss es mir durch den Kopf. „Hätten sie mich lieber ein paar Tage nach Hause geschickt, meine Familie habe ich schon ein ganzes Jahr nicht mehr gesehen und telefonieren war mir auch verboten worden", überlegte ich ärgerlich.

„Ich muss euch mitteilen, dass das eure letzte gemeinsame Nacht ist. Morgen werdet ihr alle in andere Einheiten verlegt. Aus diesem Anlass haben wir einen Umtrunk vorbereitet", erzählte uns der Ausbilder. Der Alkohol floss in Strömen und je mehr davon getrunken wurde, desto mehr wurde diskutiert. Da ich keinen Alkohol trank, sah ich, wie sich die Ausbilder untereinander Zeichen gaben. „Die haben doch noch was vor", überlegte ich und wurde noch misstrauischer. Es war schon Mitternacht, als ich mich müde und kaputt in meinem Trainingsanzug ins Bett legte. Es war noch früh und dunkel, als die Tür aufgerissen wurde und vier vermummte Personen in mein Zimmer stürmten. Sie überwältigten und fesselten mich. Dann verbanden sie meine Augen und mir wurde ein Sack über den Kopf gestülpt. Ich wurde aus dem Zimmer geführt und musste in ein Auto einsteigen. Nach einer langen Fahrt zerrten sie mich wieder raus. Ich wurde eine Treppe runtergeschliffen und in einen Raum geschubst. Nachdem sie mich auf einen Stuhl setzten, nahmen sie mir den Sack, der immer noch über meinem Kopf war, und die

Augenbinde ab. Vorsichtig sah ich mich um. Ich befand mich in einem hohen gefliesten Raum. Der Raum war mit einem Tisch und einem Stuhl, die an den Fußboden befestigt waren, ausgestattet. Außerdem mit einem Bett, das eingeklappt an der Wand montiert war. In der Ecke befanden sich ein Waschbecken und eine Toilette aus Stahl. Ein Fenster konnte ich nicht erkennen. In der Zimmerdecke hatte man eine Lampe eingebaut und in jeder Ecke des Zimmers waren oben die Strahler sowie Lautsprecher eingearbeitet worden. Gefesselt saß ich auf dem Stuhl und wartete. Neben mir standen immer noch zwei Personen in schwarzer Kleidung mit Gesichtsmasken. Schritte näherten sich und ein Offizier in russischer Uniform betrat den Raum. „Oh Gott", dachte ich, „ist das die letzte Prüfung, von der der Ausbilder in der Nacht erzählte?" „Ich muss einfach warten und stark sein", überlegte ich. „Hast du dich schon ein wenig eingelebt?", fragte der Offizier mich ironisch auf Russisch. „Wenn nicht, hast du ja noch genügend Zeit dazu", fügte er hinzu. „Das wird für die nächsten Jahre dein Zuhause werden", brüllte er mich weiter an. „Für unseren Ehrengast haben wir uns etwas Besonderes einfallen lassen, denn es soll dir doch an nichts fehlen", fügte er grinsend hinzu. „Na, dann viel Spaß", fügte er noch hinzu und verschwand. Man nahm mir die Fesseln ab, verschloss die Tür und ließ mich in dem kalten Raum allein zurück. Die Eingangstür war aus stabilen Eisen und ringsherum mit Gummi abgedichtet. „Was haben die mit mir vor?", überlegte ich, als plötzlich Wasser aus dem Abwasserkanal quoll. Die Strahler begannen zu leuchten. Die Deckenlampe wurde ausgeschaltet.

Jetzt fingen die Strahler an, ständig wie Discolampen aus und an zu gehen. Meine Augen schmerzten schon nach wenigen Minuten und mir wurde schwindlig. „Was ist mit mir?", fragte ich mich. „Sie werden schon wissen, was sie machen", hoffte ich. „Die wollen mich mürbe machen, damit ich klein beigebe, aber nicht mit mir", schoss es mir durch den Kopf. Inzwischen reichte mir das Wasser bis zum Bauch und der Stuhl war auch nicht mehr zu sehen. „Wenn ich den Stuhl aus der Verankerung löse, könnte ich ihn auf den Tisch stellen und mich da oben aufhalten", überlegte ich. Ich trat einige Male gegen den Stahlstuhl, bis er sich löste. Ich sammelte meine Kräfte und riss ihn einfach aus der Verankerung raus. Nachdem ich den Stuhl auf dem Tisch platziert hatte, setzte ich mich darauf. Da das Wasser immer noch stand, war ich gezwungen, mich auf den Stuhl zu stellen.

Erst jetzt sah ich an den Wänden etwa einen Meter von der Decke entfernt ringsherum einen schwachen Strich. „Also bis dahin werden sie das Wasser in diesem Raum pumpen", überlegte ich. Ich kam noch nicht einmal an die Zimmerdecke, obwohl ich auf dem Stuhl stand und meine Arme ausgestreckt hatte. „Das wird eng, da werde ich wohl auf Zehenspitzen stehen, um nicht die ganze Zeit schwimmen zu müssen", überlegte ich. Tatsächlich wurde das Wasser bis zur Markierung in den Raum gepumpt. Das Wasser stand mir im wahrsten Sinne bis zum Hals. „Wie lange werden sie das Wasser in diesem Raum belassen?", überlegte ich. Noch immer war das Discolicht an. Nach zirka einer Stunde wurde das Wasser wieder abgepumpt. „Na großartig, und was sollte das jetzt?", fragte ich mich. „Wo sollte ich mich jetzt hinsetzen, geschweige hinlegen?", überlegte ich. Erst als kein Wasser mehr im Raum war, wurde die Tür geöffnet. Mit einem höhnischen Grinsen im Gesicht wurde ich von dem Offizier in russischer Uniform in seiner Heimatsprache gefragt: „Hat dir das kleine Bad gefallen?" Ich gab ihm keine Antwort und grinste ihn ebenso höhnisch an. „Ich sehe, dir gefällt es hier." Und er fügte hinzu: „Du scheinst dich schon richtig eingelebt zu haben?" „Wenn es so ist, dann wünsche ich dir noch eine ruhige Nacht", sagt er auf Russisch zu mir. „Warte bitte! Ich möchte noch ein paar trockene Sachen?", fragte ich ihn ebenfalls auf Russisch. „Jetzt hat er auch noch Wünsche! Wir sind doch nicht in einem Hotel", antwortete er. „Du hast doch Sachen an und gewaschen haben wir sie auch schon", erwiderte er und verließ grinsend den Raum. Nachdem die Tür verschlossen wurde, wurde auch das Licht abgeschaltet. In dem Raum war es stockdunkel, sodass ich alles erst ertasten musste. Da das Bett an der Wand fest verschlossen war und aus der Matratze das Wasser lief, setzte ich mich mit meinen nassen Sachen auf den Stuhl und schlief ermüdet ein. Erst durch ein lautes Pfeifen wurde ich wach. Das Pfeifen wurde immer lauter und schmerzte in meinen Ohren. In meinem Kopf hämmerte und stach es. Die Strahler nahmen wieder ihre Tätigkeit auf und das Licht beleuchtete den Raum im Intervall. Das Ganze ging eine Weile, bis die Deckenbeleuchtung eingeschaltet und die Lautsprecher und Strahler abgestellt wurden. Mir war kalt und ich zitterte am ganzen Körper. Die Tür wurde geöffnet und zwei vermummte Personen und der russische Offizier betraten wieder den Raum. „Eine gute Nacht gehabt?", wurde ich wieder in seiner Heimatssprache gefragt. „Ich kann mich nicht beklagen", antwortete ich. „Ist dir kalt oder zitterst du etwa vor Angst?", wurde ich höhnisch gefragt. „Warum und vor wem sollte ich Angst haben?", gab ich ihm zur Antwort. „Deine Späße werden wir dir noch austreiben, glaube mir", brüllte er mich an. „Zuerst wirst du etwas Sport machen, bevor du Frühstück bekommst", sagte er und grinste mich wieder an. Auf meine Schultern wurde ein Gewicht gelegt und meine Arme und Hände daran festgebunden. Der Tisch und auch der Stuhl wurden aus dem Raum geschafft. Nachdem meine Füße zusammengebunden wurden, verschwanden die drei und verschlossen die Tür. Aus dem Gully kam wieder Wasser und der Raum füllte sich mit dem edlen Nass. Das Wasser ging mir schon bis zu den Schultern, als es endlich aufhörte zu steigen. Die Lautsprecher knackten und eine Stimme forderte mich auf, 100 Kniebeugen zu machen. Wenn ich der Aufforderung nicht nachkomme, so werde er mit Stromstößen nachhelfen, gab er mir zu bedenken. „Sie können dich also beobachten", überlegte ich. Ich schaute mir die Strahler genau an und entdeckte tatsächlich kleine Kameras, die an den Strahlern befestigt waren. „Keine Pause machen, sonst fängst du gleich noch mal von vorne an", forderte mich die Stimme auf. Kurze Stromstöße zuckten durch das Wasser und ich hatte Mühe, mich auf den Beinen zu halten. Endlich schaffte ich die geforderten 100 Kniebeugen. Nachdem ich fertig war, wurde auch das Wasser wieder aus dem Raum abgepumpt. Die Tür öffnete sich wieder und die drei betraten den Raum. „Na, hat es dir gefallen", wurde ich wieder gefragt. „Nicht schlecht", antwortete ich mit einem Grinsen im Gesicht. „Dir wird das Lachen noch vergehen!", sagte er und befahl den beiden, mir das Gewicht abzunehmen. In Handschellen wurde ich aus dem Zimmer geführt und in einen anderen Raum gebracht. In diesem Raum war nur ein Flaschenzug an der Zimmerdecke befestigt. Nachdem die Tür verschlossen wurde und die beiden mich an den Flaschenzug angebunden hatten, zogen sie mich hoch. Wie ein geschlachtetes Schwein hing ich an dem Haken. Mit nassen, verknoteten Handtüchern schlugen die beiden auf mich ein. Meine Wut stieg immer mehr, aber ich ließ mir nichts anmerken. Da ich seit meiner Ausbildung mit Selbsthypnose angefangen hatte, um mir alles erträglicher zu machen, schaltete ich mich einfach ab. Verschwommen und verzerrt nahm ich jetzt nur noch das Gebrüll und die Schläge war. Als sie die Sinnlosigkeit des Verhörs einsahen, ließen sie von mir ab und verschwanden. Nun hing ich allein in diesem Raum und mir schmerzten alle Glieder. Ich wusste nicht, was sie von mir wollten, und konnte es mir auch nicht erklären. Da ich jegliches Zeitgefühl verloren hatte, konnte ich auch nicht mehr einschätzen, wie lang diese Tortur andauerte. Irgendwann öffnete sich die Tür wieder und ich wurde auf eine Krankenstation gebracht. Die blauen Flecken, die ich am ganzen Körper hatte, waren nicht das Schlimmste. Schlimmer waren die inneren Verletzungen, die man mir bei den langen Verhören zugefügt hatte. Nach drei Monaten hatte ich mein altes Gewicht wieder erreicht und konnte mit meinem Training wieder beginnen. „Das war deine letzte Prüfung", sagte man nur zu mir. „Wir haben nach unserem besten Wissen versucht, dir alles beizubringen, um dich für deine zukünftigen Aufgaben vorzubereiten", erklärte mir der Ausbilder. „Soll ich mich jetzt bei Ihnen bedanken und vor Freude an die Decke springen, dass ich teilweise Unmenschliches ertragen musste?", erwiderte ich gereizt. „Du wirst es erst verstehen und uns danken, wenn es so weit ist!", erklärte mir der Ausbilder und fügte hinzu: „Du wirst in Situationen geraten, die dir scheinbar aussichtslos erscheinen, dann wirst du uns dankbar sein, dass du das Gelernte anwenden kannst. Auch das harte Training ist notwendig gewesen, um deinen Körper und deinen Geist auf die noch anstehenden Aufgaben vorzubereiten. Das harte Trainingsprogramm wurde extra für dich zusammengestellt, weil du in Zukunft spezielle und gefährliche Aufgaben erledigen musst." „Hättet ihr mich lieber nach Hause gelassen, damit ich meine Familie endlich sehen kann. Meine Tochter habe ich auch ein ganzes Jahr nicht zu sehen bekommen", erwiderte ich ärgerlich.

„Deine Frau hat sowieso einen anderen und deine Tochter kennt dich eh nicht mehr, also was willst du da", sagte mein Ausbilder und schaute mich an. „Das kannst du dir aus dem Kopf schlagen und versuche erst gar nicht Kontakt mit deiner Familie aufzunehmen. Erst wenn du den ersten Auftrag erledigt hast, kannst du zu deiner Familie gehen", warnte mich der Ausbilder. „Wann bekomme ich meinen ersten Auftrag?", fragte ich. Mein Ausbilder schaute mich lange an, ehe er mir antwortete. „Du wirst ab sofort in Zivil den Dienst verrichten und bekommst von der Zentrale auf geheimem Weg einen verschlüsselten Auftrag." „Dein neuer Wohnort wird ab sofort an einem geheimen Ort sein. Die genaue Adresse bekommst du von der Einsatzzentrale. Wir haben deine persönlichen Sachen in eine Tasche gepackt und deinem Einsatzleiter übergeben", klärte er mich auf. „Was wird mit meinen 15 Kameraden?", fragte ich. „Die haben fast alle die Prüfung geschafft und wurden an geheime Orte versetzt", antwortete er. „Nachdem du jetzt deine neuen Sachen von uns bekommst, wirst du auf einen Anruf warten."

„Wieso einen Anruf?", fragte ich erstaunt. „Es wird dir telefonisch mitgeteilt werden, wo du dich für den nächsten Einsatz beziehungsweise Auftrag zu melden hast."

Lange schaute mich mein Ausbilder schweigend an und sagte: „Dich auszubilden, hat mir sehr viel Freude bereitet." Er streckte mir die Hand entgegen, verabschiedete sich und ließ mich einfach stehen.

Ich bekam neue Bekleidung, in der ich mich endlich wohl fühlte. Dann setzte ich mich in ein Büro und wartete auf den angekündigten Anruf.

Endlich hatte ich es geschafft und ich hoffte, dass für mich eine schönere Zeit beginnen würde. Zu diesem Zeitpunkt wusste ich aber noch nicht, was noch alles auf mich zukommt, und was ich noch alles erleben musste.

Ich war gerade in Gedanken bei meiner Familie, als das Telefon klingelte. „Ja bitte", meldete ich mich. „Gehen Sie sofort in den Park, unter der Bank am Springbrunnen steht ein Papierkorb, heben sie den Korb hoch, an dessen Boden ist ein Briefumschlag befestigt, folgen Sie den Anweisungen", befahl mir die Stimme am Telefon. Ich ging in den besagten Park. Tatsächlich fand ich den Briefumschlag am Boden des Papierkorbs, der mit Klebeband befestigt wurde.

Ich setzte mich auf die Bank, öffnete den Briefumschlag und las, was darinstand.

„Gehen Sie in die Bahnhofstraße Nummer 22, dort hat Herr Dr. Müller eine Arztpraxis, bei der haben sie 18:00 Uhr einen Termin. Nehmen Sie den Termin wahr. Sie werden alles weitere von ihm erfahren.

Wenn Sie alles gelesen und verstanden haben, verbrennen Sie diesen Umschlag."

„Okay", dann werde ich mich mal dorthin gegeben", überlegte ich. Nachdem ich den Umschlag vernichtet hatte, ging ich zu der mir genannten Adresse. Der Arzt hatte seine Praxis in einem Mehrfamilienhaus mitten in einem Wohngebiet. Ich betrat den Hausflur, unten links befand sich ein Schild, auf dem stand: Dr. Otto Müller, Psychiater, Facharzt für Neurologie. „Was soll ich bei einem Nervenarzt?", überlegte ich kurz und klingelte. In der Wechselsprechanlage erklang eine weibliche Stimme: „Ja bitte." Nachdem mir die Tür geöffnet wurde, betrat ich den Raum. „Haben Sie einen Termin?", fragte mich eine Schwester in scharfem Ton. „Ja, ich habe um 18:00 Uhr einen Besprechungstermin", erwiderte ich ebenso unfreundlich. „Nehmen Sie einen Moment Platz", forderte sie mich auf. Nach einer Viertelstunde sagte die Schwester, dass ich ins Sprechzimmer des Arztes gehen soll. Ich öffnete die Tür und sah einen älteren Mann, der einen weißen Kittel anhatte und eine Hornbrille trug. „Setzen Sie sich", forderte er mich auf. „Ich habe einen Brief für sie, den sie in meiner Anwesenheit lesen und vernichten müssen", berichtete der Arzt. Er übergab mir den Brief. Ich las den Brief, in dem stand:

Ihr vorläufiger Aufenthaltsort ist die Villa Schön in Berlin Baumschulweg.

„Das hätten Sie mir auch am Telefon sagen können", sagte ich verärgert zu dem Arzt. „Nein, das konnte ich nicht, denn die Stasi hört doch alles ab", erwiderte er.

Ich konnte das Lachen nicht mehr verbergen und fragte höhnisch: „Arbeiten Sie nicht auch für den Staatssicherheitsdienst?" Ein klägliches „Ja" kam über seine Lippen. „Das ist peinlich, wenn die Stasi selbst ihre Mitarbeiter kontrollieren muss. Aber solange die Stasi mit sich zu tun hat, haben sie nicht zu viel Zeit, um andere Leute zu bespitzeln", sagte ich mit einem Grinsen im Gesicht. Nachdem ich den Zettel vernichtet und mich verabschiedet hatte, fuhr ich mit dem Taxi zur angegebenen Adresse. „Das kann doch alles nicht wahr sein", überlegte ich. „Da ist eine Arztpraxis als toter Briefkasten getarnt und keiner bekommt etwas davon mit. Was wird mich in dieser Villa erwarten und was für Aufträge werde ich noch bekommen?", überlegte ich angestrengt. Mir gingen so viele Fragen durch den Kopf: „Ob ich von der Villa meine Frau erreichen kann, oder ob ich sie lieber von einer öffentlichen Telefonzelle anrufen soll? Ob das Telefon und die Wohnung meiner Frau und deren Eltern verwanzt wurden? Was ist mit meinen Brüdern und vor allem meiner Mutter, wie wird es ihnen allen gehen? Was werden meine Freunde und lieben Nachbarn machen? Sie alle fehlen mir so sehr, vor allem die gemeinsamen Grillabende mit meinen Verwandten und lieben Nachbarn." Ich wurde in meinen Gedanken unterbrochen, als der Taxifahrer sagte: „Wir sind da, Sie können jetzt aussteigen." „Ach ja, ich habe für Sie noch etwas", sagte der Taxifahrer und grinste mich an. Er gab mir einen Brief. Neugierig öffnete ich den Brief, in dem ein Reisepass steckte.

Ich öffnete den Reisepass, in den ein Passbild von mir einge-
klebt war. In dem Reisepass las ich: Peter Lehmann wohnhaft
in Merseburg, Bahnhofstraße 140.

„Das ist aber nicht mein richtiger Name!", murmelte ich leise vor mich hin.

„Natürlich nicht, aber für den nächsten Einsatz ist er das",
antwortete der Fahrer. „Es ist besser, wenn Sie sich die Anga-
ben zur Person so schnell wie möglich merken", fügte der Taxifahrer noch hinzu.

„Das kann doch wohl nicht wahr sein", dachte ich, „auch der
ist von der Staatssicherheit und als Taxifahrer getarnt." „Ich
kann niemanden trauen und muss in Zukunft sehr vorsichtig
sein", überlegte ich. „Bin ich nun auch ein Mitarbeiter von denen oder habe ich mit der Stasi nichts zu tun und arbeite in-
tern? Nein, ich wollte mit der Stasi nichts zu tun haben", schoss
es mir durch den Kopf.

In aller Ruhe betrachtete ich die große Villa. Es war ein sehr
gepflegtes Grundstück, das mit einem hohen eisernen Zaun gesichert wurde. Ich klingelte, eine gutaussehende Mitte Fünfzig
öffnete mir die Tür. „Guten Abend, Herr Lehmann, eine gute
Fahrt gehabt?", begrüßte sie mich freundlich. Als ob ich schon
immer hier wohnte. „Ja, die Fahrt war sehr angenehm, nur die
Umstände sind etwas verwirrend", antwortete ich. Ich betrat
die Villa und war angenehm überrascht. Modern und luxuriös
war diese eingerichtet worden. „Gefällt Ihnen, was Sie sehen?",
fragte mich die nette Dame und nahm mir meinen Mantel ab
und verließ den Raum. Eine Tür öffnete sich und ein gut gekleideter Mann im mittleren Alter betrat den Vorraum. „Guten
Abend, Herr Lehmann, auch ich möchte Sie in Ihrem neuen Zuhause herzlich begrüßen. Die Hausdame bereitet Ihr Abendbrot
zu. Wenn Sie sich in der Zwischenzeit etwas frisch machen wollen, dann haben Sie jetzt die Möglichkeit dazu."

Nach dem reichhaltigen Abendbrot bat der Mann um ein
Gespräch.

Nachdem ich es mir im Wohnzimmer etwas bequem gemacht
hatte, sagte er zu mir:

„Herr Lehmann, es wird Zeit, dass ich Sie aufkläre. Wie Ihnen schon bekannt ist, heißen Sie jetzt Peter Lehmann, wohnen in Merseburg in der Bahnhofstraße und sind in Leuna als Abteilungsleiter beschäftigt. Ihre hauptsächliche Aufgabe in diesem Werk wird der Einkauf von Rohstoffen im Ausland sein. Ihr Familienstand ist geschieden. Sie haben keine Geschwister. Ihre Mutter und Ihr Vater sind vor zehn Jahren bei einem Autounfall ums Leben gekommen.

Ruhen Sie sich für ein paar Tage aus und lesen Sie die Bücher, die Ihnen unsere Mitarbeiterin noch geben wird. Vor allem lassen Sie sich verwöhnen. Die Mitarbeiterin wird Ihnen jeden Wunsch erfüllen. Die Telefone sind nur für Anrufe von außen geschaltet, so dass Sie nicht anrufen können. Es ist Ihnen nicht gestattet, die Villa zu verlassen. Deshalb ist ein Kontakt nach außen nur über mich möglich."

„Haben Sie verstanden?", fragte er und schaute mich fragend an. Ich nickte nur zustimmend. „Okay, dann werde ich Ihnen Ihr Zimmer zeigen und lasse Sie dann allein."

Nachdem er gegangen war, überschlugen sich meine Gedanken.

„Das kann doch nicht wahr sein, wieder wurde ich eingesperrt, nur dass es mir diesmal besser erging. Wieder kann ich keine Verbindung zu meiner Familie aufnehmen. Es muss doch eine Möglichkeit geben, mit meiner Frau Kontakt aufzunehmen. Irgendwie muss es mir gelingen. Vielleicht finde ich einen Weg, wenn ich mir die Villa jetzt genau anschaue", überlegte ich krampfhaft.

Die ganze Villa war mit einer Holztäfelung verkleidet. Auch die Fußböden waren mit edlem Holz ausgelegt. Ich zählte im ersten Stock sechs Zimmer und ein großzügiges Badezimmer. Fünf nummerierte Zimmer waren verschlossen und versiegelt worden. In dem sechsten Zimmer wohnte ich. Parterre waren drei nummerierte Zimmer und ein sehr großer Wohnbereich. Vor dem Kamin lag ein Bärenfell. In der Küche waren zwei Küchenfrauen beschäftigt, die mich auch gleich begrüßten, als ich die Küche betrat. Ich ging in das Wohnzimmer und setzte mich an den großen alten Holztisch. Der Mitarbeiter und die Hausdame bedienten mich wie einen König. Müde und kaputt suchte ich mein Zimmer auf und legte mich auf das Bett, wo ich auch gleich einschlief. Ich hatte fürchterliche Träume, alles was ich in den letzten Monaten erlebte hatte, kreiste in meinen Kopf. Schweißgebadet wachte ich auf. Erschrocken schaute ich auf den Wecker, es war schon 10:00 Uhr morgens. Ja, das tat gut, sich endlich mal ausschlafen zu können. Nachdem ich mich ausgiebig geduscht hatte, ging ich ins Parterre ins Wohnzimmer, wo der Tisch schon gedeckt war.

„Guten Morgen Herr Lehmann, haben Sie gut geschlafen?", begrüßte mich der Mitarbeiter. „Setzen Sie sich und genießen Sie das Frühstück", forderte er mich auf.

Der Duft des frisch gebrühten Kaffees verteilte sich im ganzen Raum. Die frischen und noch warmen Brötchen schmeckten vorzüglich. „Wie lange hatte ich das vermisst, wären doch meine liebe Frau und meine Tochter bei mir, dann wäre meine Welt wieder in Ordnung", überlegte ich. Mit dem Mitarbeiter wollte ich kein vertrautes Gespräch anfangen. Ich traute ihm nicht über den Weg. So vergingen zwei Wochen und jeden Tag legte mir die Hausdame neue Bücher zum Lesen hin. Die Bücher, die sie mir gab, kamen mir bekannt vor. Es waren genau dieselben Bücher, die ich auch in meiner Ausbildung in den unzähligen Schulungen als Lehrmaterial bekommen hatte. Physik, Chemie, Waffenkunde usw. Als ich alle Bücher gelesen hatte, sagte die Haushälterin zu mir: „Lesen Sie bitte auch diese Bücher", und zeigte auf das Bücherregal an der Wand. „Sie werden die Informationen für den nächsten Auftrag brauchen", gab sie zu bedenken. Es waren Bücher, die die Arbeit eines Spiones des russischen Geheimdienstes beschrieben. Ein anderes Mal gab sie mir Fachbücher für Deutsch-Russisch, Deutsch-Englisch und Deutsch-Arabisch.

„Russisch und Englisch kann ich doch sprechen! Soll ich jetzt auch noch Arabisch lernen?", fragte ich die Hausdame und schaute sie fragend an. „Ja, ich weiß, dass Sie die beiden Sprachen fließend sprechen können. Diese Bücher sind auch nur zur Auffrischung gedacht", erwiderte sie und fügte hinzu: „Arabisch werden Sie für ihre weiteren Tätigkeiten brauchen." „Ach ja, polnisch kommt irgendwann auch noch dazu", erklärte sie und grinste mich an. „Ich kann diese Frau nicht leiden", dachte ich. Aber was sollte ich jetzt machen. Es wäre ein Leichtes, sie zu überwältigen und zu fliehen, dann wäre aber noch die Frage, wohin ich gehen sollte. Zu meiner Familie konnte ich nicht, ich würde sie nur in Gefahr bringen. Ich war in diesem Haus gefangen und konnte einfach nicht mehr allein raus. In einem Keller hatten sie einen Kraftsportraum mit allen möglichen Geräten eingerichtet. Ein anderer Keller war komplett mit Matten ausgestattet worden. Auch eine Sauna und einen Swimmingpool hatten sie im Keller eingebaut. Da ich aus diesem Haus nicht rauskam, beschäftigte ich mich mit meinen Lieblingssportarten. Ich trainierte Judo, Karate und Nahkampf. Auch die Fenster des Hauses waren verschlossen und verhinderten den Blick nach draußen.

Eines Tages kam der Mitarbeiter und sagte zu mir: „Jetzt ist es so weit, Sie bekommen Ihren ersten Auftrag." „Wo soll es hingehen?", fragte ich neugierig. „Das weiß ich auch nicht, ich habe nur den Auftrag, Ihnen folgendes mitzuteilen: Sie haben sich unverzüglich bei dem Versicherungsvertreter in der Berliner Straße zu melden. Sie bekommen von Herrn Schneider die weiteren Informationen. Einen Termin habe ich schon mit ihm ausgemacht und ein Taxi bestellt. Ziehen Sie sich bitte an und lassen Sie sich zur Agentur bringen, der Taxifahrer weiß Bescheid."

Ich war gerade im Begriff, mich anzukleiden, da klingelte es auch schon an der Haustür. „Beeilen Sie sich, das Taxi ist da", rief der Mitarbeiter mir zu. „Ja ich komme schon", antwortete ich. Wortlos stieg ich in das Taxi. Es war genau der gleiche Fahrer, der mich auch das erste Mal hierherfuhr. Als das Taxi an einem Einfamilienhaus hielt, sagte der Taxifahrer zu mir: „Ich werde auf Sie warten." „Ist gut", erwiderte ich. An der Hauswand war ein Schild angebracht worden, auf dem stand: Versicherungsagentur Müller, Parterre links. Ich klingelte, nach einer Weile wurde mir die Tür geöffnet und ein nervöser Herr begrüßte mich. „Kommen Sie doch rein! Hatten Sie ein Termin?", fragte er mich. „Ich wurde informiert, dass ich mich bei Ihnen hier melden soll", antwortete ich. „Nicht so laut! Kommen Sie bitte in mein Büro, da werde ich Ihnen die Versicherungsunterlagen erläutern", erklärte er mir. „Na gut", erwiderte ich und folgte ihm in sein Büro. Nachdem er die Tür zu seinem Büro geschlossen hatte, sagte er zu mir: „Entschuldigen Sie bitte, aber meine Mitarbeiter wissen doch nichts von meiner Tätigkeit als Informant und so soll es auch bleiben!" „Das ist ihre Angelegenheit und geht mich nichts an", erwiderte ich. „Was ist nun, haben Sie was für mich?", fragte ich noch einmal eindringlich. „Ja, ja, das habe ich", antwortete er nervös. Er ging wieder hinter seinen Schreibtisch und öffnete einen Tresor, der hinter einem Bild versteckt und in der Wand eingemauert wurde. Ich stellte mich etwas seitlich, sodass ich in den geöffneten Tresor schauen konnte. Mir fielen gleich der Schuhkarton und ein Stapel Briefe auf, die gleich vorn im Tresor lagen. Er nahm den Stapel Briefe in die Hand und murmelte leise die Namen, die er las, vor sich hin. „Hier haben wir Ihren Brief", sagte er und wollte den Umschlag gerade öffnen. Mit einem Satz sprang ich über den Schreibtisch, packte ihn am Kragen und brüllte ihn an. „Sie sind wohl verrückt geworden, haben Sie nicht gerade meinen Namen, der auf diesem Umschlag steht, vorgelesen? Also her damit, sonst lernen Sie mich kennen!" Kreideweiß und starr vor Schreck gab er mir den Umschlag mit zitternden Händen. „Ist das alles?", zischte ich ihn an. „Ja, mehr habe ich nicht bekommen", erwiderte er und machte hastig den Tresor wieder zu. „Den Umschlag aber nicht hier öffnen", bat er mich. „Warum nicht?", fragte ich misstrauisch. Ich hielt den Umschlag gegen das Licht. Da ich aber nichts Auffälliges feststellen konnte, öffnete ich den Brief. „Ich muss aber noch was Dringendes erledigen", sagte er zu mir und wollte das Zimmer verlassen. „Nichts da!", sagte ich zu ihm und beförderte ihn mit wenigen Handgriffen auf seinen Stuhl zurück. „Warum haben sie es denn plötzlich so eilig?", fragte ich ihn. „Ich möchte nicht wissen, was da in diesem Brief steht", antwortete er nervös. „Das werde ich ihnen auch nicht verraten", erwiderte ich. „Erst wollen Sie mir den Brief nicht geben und dann wollen Sie fluchtartig das Zimmer verlassen, es reicht mir langsam", brüllte ich ihn wieder an. „Wollen Sie mir noch etwas sagen?", fragte ich ihn. „Nein, nein," antwortete er ängstlich. „Es ist alles in Ordnung", antwortete er. Ich zog den Brief aus dem Umschlag und las, was darauf stand. Während ich las, sah ich im Augenwinkel, dass er immer nervöser wurde. Plötzlich sprang er auf und wollte wieder durch die Tür verschwinden. Ich packte ihn und schleuderte ihn in seinen Aktenschrank. Wie ein nasser Sack rutschte er an ihm herunter und blieb regungslos liegen. Endlich konnte ich den Brief in Ruhe lesen, in dem geschrieben stand:

„Sie fliegen von Schönefeld nach Frankfurt am Main und von da aus nach Nordkorea. Die Boeing landet auf dem Flughafen in Mirim Airport. Von Mirim Airport fliegen Sie mit einer Privatmaschine nach Mirim. In Mirim wird dann ein Hubschrauber auf Sie warten. In diesem Hubschrauber werden Sie die benötigten Waffen und Sprengstoff finden. Dann wird der Pilot Sie 50 Kilometer in östlicher Richtung vor Ihrem Einsatzort absetzen und auf Sie warten. Sie werden in einem Lager unsere zwei gefangenen Agenten befreien. Das Lager ist stark bewacht und mit einem vier Meter hohen Zaun gesichert. In diesem Lager befinden sich drei große Baracken in westlicher Richtung und zwei kleine Gebäude in östlicher Richtung. Die Gefangenen sind im Keller der südlichen Baracke untergebracht. Der Zugang ist nur während der Wachablösung möglich. Nach der Befreiung haben Sie zehn Minuten Zeit, das Gelände wieder zu verlassen. Setzen Sie sich mit dem Hubschrauberpiloten in Verbindung, er wird Sie und die beiden Agenten auf dem Feld vor dem Lager einsammeln. Sie werden sicherlich verfolgt werden, deshalb folgen Sie der Anweisung des Piloten, er weiß Bescheid und macht das nicht das erste Mal. Wenn die Lage sich etwas beruhigt hat, bringt der Pilot Sie zum Flughafen nach Mirim zurück. Dort steigen sie alle in die bereitgestellte zweimotorige Maschine, mit der sie gekommen sind. Danach kommen Sie mit den beiden Agenten nach Berlin zurück. In dem Koffer finden Sie zwei Pässe und weitere Unterlagen und Dokumente für Ihre ungehinderte Ausreise. In den beiden Umschlägen stecken jeweils 20 000 in koreanischer und amerikanischer Währung. Ich wünsche Ihnen viel Erfolg und eine Portion Glück. Wir sehen uns in Berlin. Gezeichnet G. L. S."

„Ach, so ist das!", dachte ich und wandte mich wieder dem Versicherungsagenten zu. „Sag mir sofort, wo der Koffer ist, oder soll ich es aus dir rausprügeln?" „Ich sage es schon!", erwiderte er mit ängstlicher Stimme. „In dem Tresor ist ein schwarzer Koffer, der gehört auch noch zu Ihrem Auftrag dazu", antwortete er nervös. Ich schaute nach und fand auch den Koffer. Nachdem ich den Inhalt des Koffers auf seine Vollständigkeit überprüft hatte, wandte ich mich wieder an den Versicherungsagenten. „Du wolltest also den Koffer mit dem gesamten Inhalt behalten und dir ein paar schöne Tage machen?", fragte ich. „Nein, nein, so ist das nicht, ich wollte doch später alles wieder zurückgeben", jammerte er.

„Dann werde ich den Tresor einmal genauer unter die Lupe nehmen", sagte ich und öffnete die schwere Eisentür. „Bitte nicht!", flehte er mich an. „Jetzt erst recht", antwortete ich und nahm zuerst den Schuhkarton, den ich gesehen hatte und stellte ihn auf seinen Schreibtisch. Vorsichtig öffnete ich den Deckel und traute meinen Augen nicht, was ich da zu sehen bekam. Acht Bündel Geldscheine, die jeweils zu 10 000 DM gebunden waren. „Was ist das für eine Menge Geld?", fragte ich den Versicherungsvertreter, der immer noch versunken in seinen Sessel saß und sich nicht rührte. „Das kann ich Ihnen nicht sagen!", antwortete er mit zitternder Stimme. „So, so, dann werde ich mich etwas näher mit dir beschäftigen, bist du es mir erzählst", brüllte ich ihn an. Ich nahm seine Hände und fesselte ihn mit dem Kabel der Schreibtischlampe. Vor Angst zitterte er am ganzen Körper. „Also noch einmal! Was ist das für Geld und wem gehört es?", fragte ich ihn noch einmal eindringlich. „Wie ich Ihnen schon einmal gesagt hatte, kann ich das nicht verraten", stotterte er. „Na gut, du hast es so gewollt!"

Ich nahm seine rechte Hand legte sie auf den Schreibtisch, griff einen Kugelschreiber und bohrte ihn in seine Hand. Er schrie vor Schmerzen. Von draußen näherten sich Schritte. „Wimmle deinen Kollegen ab, sonst mache ich dich kalt", drohte ich. Schmerzverzerrt nickte er.

„Was ist los?", fragte eine männliche Stimme aus dem Flur. „Ist schon gut, ich habe mich nur an der Tischkante gestoßen", antwortete der Versicherungsvertreter. „Okay, wenn du meinst!", antwortete der Mann im Flur und entfernte sich wieder. „Du scheinst hier nicht sehr beliebt zu sein, sonst wäre doch dein Kollege ins Zimmer gekommen?", sagte ich zu dem Vertreter. „Was ist nun, sagst du mir nun, was ich wissen will?", fragte ich noch einmal eindringlich. „Wir können uns auch an einem ruhigen Ort unterhalten, wo keiner deine Schreie hört", drohte ich ihm. „Nein, nein, ich sage es ja", wimmerte er. „Ich habe das Geld immer von den anderen einbehalten." „Welchen anderen?", fragte ich verwundert. „Es mussten sich doch auch andere Leute so wie Sie hier melden und dann habe ich das Geld immer einbehalten", erzählte er nun bereitwillig. „Haben die Leute das nicht gemerkt?", wollte ich wissen. „Nein, nicht gleich und wenn sie es gemerkt hatten, war ich ja wieder woanders", berichtete er mit einem Grinsen im Gesicht. „Die Leute wurden gleich nach dem Treffen ins Ausland geschickt und konnten dann nicht mehr zurück", fügte er hinzu. „Warum haben diese Leute das fehlende Geld nicht an ihre Zentrale gemeldet?", fragte ich weiter. „Nein, das haben sie sich nicht getraut, sie hätten das Geld dann ersetzen müssen", berichtete er. „Das heißt mit anderen Worten, du wolltest dir auch mein Geld unter den Nagel reißen?", fragte ich ihn. Er schaute mich an und nickte ängstlich den Kopf. „Dann werde ich mir jetzt das gesamte Geld nehmen", sagte ich und steckte die 80 000 in meinen Koffer. Dann schaute ich noch einmal in den Tresor und fand auch noch eine Pistole und Reservemagazine. „Das ist aber meine Dienstwaffe, die können Sie sich nicht mitnehmen", sagte er. „Wenn du nicht bald dein Maul hältst, dann werde ich dir es stopfen und vor allem werde ich dann eine Meldung machen", brüllte ich ihn an. „Bloß keine Meldung", jammerte er. „Dann machen sie mich kalt", flehte er mich mit zitternder Stimme an. „Na gut, dann sind wir uns ja einig", sagte ich zu ihm und steckte die Pistole und die Reservemagazine in meine Taschen. Dann packte ich ihn am Kragen und sagte: „Sagst du etwas, komme ich wieder und mache dich kalt!" „Hast du verstanden?", brüllte ich ihn an. Ängstlich nickte er. In aller Seelenruhe ging ich zum Taxi und stieg ein. „Sie haben sich ganz schön lange beim Versicherungsvertreter aufgehalten!", sagte der Taxifahrer und schaute mich fragend an. „Haben Sie damit ein Problem?", fragte ich ihn. „Nein, nein, ist schon gut", antwortete er. Nach einer knappen halben Stunde Autofahrt setzte mich der Taxifahrer wieder an meiner Villa ab und verschwand. „Alles erledigt?", fragte mich der Mitarbeiter, nachdem er mir die Eingangstür geöffnet hatte. „Ja, es war ein sehr interessantes Gespräch", antwortete ich und ging wieder in mein Zimmer. Neugierig öffnete ich den Koffer und fand Karten und Lagepläne. Die Dokumente und auch die beschriebenen Pässe waren im Koffer. Ich nahm den Brief, der an mich adressiert war und öffnete ihn.

Mein Auftrag lautete also, dass ich Herrn Willem und Herrn Müller aus dem Lager befreien sollte. Beim Betrachten der Passbilder erschrak ich. Die Gesichter kamen mir bekannt vor. Ich erkannte zwei von meinen Kameraden, die mit mir die Ausbildung absolvierten und damals durch die Prüfung gefallen waren. „Warum hatten sie solch schweren Auftrag bekommen und dann noch ausgerechnet nach Korea. Wo sie doch schon in der Ausbildung Orientierungsschwierigkeiten hatten?", überlegte ich angestrengt. Ich konnte nicht begreifen, dass man sie ans Messer geliefert hatte. Ich las noch einmal gründlich den Brief, in dem mein Auftrag genau beschrieben war. Der Auftrag hörte sich an, als ob man in einem Kaufhaus etwas besorgen sollte oder einen Bekannten von einer Kur abholen soll.

„In Wahrheit ist es aber eine sehr gefährliche Mission, bei der mein ganzes Können gefragt sein wird", überlegte ich angestrengt.

Da ich die Herausforderung liebte, freute ich mich insgeheim auf diese Mission. Der Mitarbeiter hatte schon wieder alles organisiert. Auch das Taxi stand pünktlich wie bestellt vor der Tür. Der Mitarbeiter wünschte mir viel Glück und drückte mir die Hand. Der bereits bekannte Taxifahrer brachte mich zum Flugplatz. Dann ging ich zur Abfertigung, wo ich schon erwartet wurde. „Ach Sie!", sagte einer von der Passkontrolle. „Wir haben schon auf Sie gewartet!" „Wieso das?", fragte ich erstaunt. „Habe ich etwa den Flug verpasst?", fragte ich. „Nein, das nicht, aber ich habe den Befehl, Sie persönlich zum Flugzeug zu begleiten", antwortete der Beamte. „Wenn Sie den Befehl dazu bekommen haben, dann wird es doch richtig sein", antwortete ich. Er ging mit mir zum Flugzeug, wo der Pilot und eine Stewardess schon auf uns warteten. „Kommen Sie!", forderte mich der Pilot auf und ging in Richtung des Frachtraumes. Ich tippte ihm auf seine Schulter. Er drehte sich langsam um und legte seinen Finger auf die Lippen. Ich verstand. Das Flugzeug war also auch verwanzt. Gemeinsam betraten wir den Frachtraum und blieben vor einer großen Kiste stehen. Der Kapitän bückte sich und tastete den Boden der Kiste ab. Plötzlich öffnete sich eine Geheimtür. Der Kapitän winkte mir zu, dann betraten wir gemeinsam die Kiste. Die Kiste war wie ein kleines Wohnzimmer eingerichtet worden. Ein Klappbett und eine Bank waren an den Wänden der Kiste verschraubt. Der Tisch und die vier Stühle hatte man an den Fußboden befestigt. Die Wände waren mit schalldichtem Material verkleidet. Zwei Campingliegen lagen unter dem Bett. Der Kapitän verschloss die Tür von innen und zeigte auf die Stühle. „Ich habe nicht allzu viel Zeit, deshalb hören Sie genau zu, was ich Ihnen zu sagen habe." Ich nickte nur.

„Nur in dieser Kiste können wir uns leise unterhalten. Ich werde die Maschine hin- und auch zurückfliegen, sodass ich und die Stewardess in ihrer Nähe sein werden. Das Flugzeug ist, wie Sie sicher schon bemerkt haben, mit Wanzen versehen worden, deshalb besteht für Sie außerhalb der Kiste ein absolutes Redeverbot. Wie Sie schon sehen konnten, ist im Boden der Kiste ein Druckknopf ins Holz eingebaut worden. Wenn Sie die beiden befreit haben, müssen Sie unbemerkt wieder zurück in das Flugzeug kommen und sich in die Kiste begeben. Die Polizei und auch der Geheimdienst von Korea wird Sie auch in dieser Maschine suchen. Sie müssen sich deshalb 20 Minuten vor dem Abflug bei dem Piloten oder der Stewardess melden, damit Sie noch genügend Zeit haben, sich in Sicherheit zu bringen. Sie brauchen keine Angst zu haben, das Versteck ist gut isoliert und getarnt. Auf diesem Weg haben wir schon einige aus den verschiedensten Ländern zurückholen können. Während des Fluges, wenn wir Korea verlassen haben, wird Ihnen die Stewardess alles Nötige bringen. Sie bleiben gleich hier in dieser Kiste und steigen erst wieder aus, wenn Sie von mir das Okay bekommen. Haben Sie noch Fragen?" Ich schüttelte den Kopf.

Der Flug nach Mirim verlief ruhig. Bei der Zollabfertigung fragte mich ein Beamter, was mein Grund für den Aufenthalt in Korea sei. „Ich möchte mir nur als Tourist das schöne Land Korea anschauen", antwortete ich. „Wie lange möchten Sie bleiben?", fragte er mich. „Ich beabsichtige nur, ein paar Tage hier Urlaub zu machen", antwortete ich.

„Dann wünsche ich Ihnen einen schönen Aufenthalt in unserem Land und halten Sie sich an die Gesetze", sagte er und grüßte freundlich.

„Was sollten diese Fragen?", überlegte ich. Haben diese Leute eine Information bekommen oder stellen sie jedem solche Fragen?

Ich hatte keine Zeit, mich weiter damit zu beschäftigen, ich musste schnell zu der Maschine, die für mich bereitstehen sollte. Ich ließ meinen Blick über das Rollfeld streifen, als ich eine Hand auf meiner Schulter spürte. „Kommen Sie bitte mit", forderte mich jemand in gebrochenem Deutsch auf. Ich schaute mich vorsichtig um und sah einen Koreaner in Pilotenuniform, der mein Bild in seinen Händen hielt. Er grinste mich an und sagte: „Schnell, schnell, beeilen Sie sich, wir haben nur zehn Stunden Zeit."

„Die Uhr zeigte gerade 20:00 Uhr, also musste ich um 6:00 Uhr früh wieder in der Maschine sein und alles erledigt haben", überlegte ich.

„Dann wollen wir keine Zeit vergeuden", sagte ich und folgte dem Koreaner unauffällig zu der bereitstehenden zweimotorigen Propellermaschine.

Als der Pilot die Starterlaubnis bekam, flogen wir zum Flugplatz nach Mirim. In der Zwischenzeit war es schon dunkel geworden, deshalb war von der Gegend nicht viel zu erkennen. Ich erwartete einen gut ausgebauten Flugplatz, aber ich wurde enttäuscht. Nur eine große Wiese, das war der Flug- oder Landeplatz von Mirim. „Es ist auch nicht entscheidend, wo das Flugzeug landet", dachte ich und stieg aus, nachdem die Maschine gelandet war. Der Pilot gab mir die Hand und sagte: „Bedenken Sie, dass Sie nur noch sechs Stunden Zeit haben, um Ihre Freunde zu befreien." „Wir brauchen zwei Stunden für den Rückflug. Der Hubschrauber wird jeden Moment eintreffen und mit Ihnen einen Erkundungsflug unternehmen, damit Sie sich von dem Lager selbst ein Bild machen können. Ich werde hier so lange auf Sie warten und eine Reparatur vortäuschen", sagte er und verabschiedete sich von mir. Er war gerade mit seinen Ausführungen fertig, als ein alter koreanischer Militärhubschrauber landete. Der Pilot kam noch einmal zurück, umarmte mich und wünschte mir viel Glück. Die Tür des Hubschraubers wurde geöffnet und der Pilot winkte mir zu. „Komm, komm, wir müssen uns beeilen", rief er mir hektisch zu. Ich ging eiligen Schrittes zum Hubschrauber und stieg ein. Er drückte mir die Hand und sagte zu mir: „Ziehen Sie sich bitte schnell um und überprüfen Sie die Waffen, die ich Ihnen schon zurechtgelegt habe." Ich zog mir die Kampfkleidung an und schwärzte mein Gesicht. Dann begutachtete ich die Waffen etwas genauer. Es waren Handgranaten, Zeitzünder, Plastiksprengstoff, eine Kalaschnikow mit Reservemagazinen, ein Scharfschützengewehr mit Zielfernrohr, Schalldämpfer und Bajonett und ein Drahtschneider. Ich setzte mich wieder zum Piloten, der inzwischen ohne Licht gestartet war. „Haben Sie Karten vom Lager?", fragte ich ihn. Er nickte und zeigte auf den Rücksitz. Ich nahm sie und schaute mir alles an. „Für einen Erkundungsflug haben wir keine Zeit mehr. Deshalb habe ich Bilder gemacht und Ihnen dazugelegt. Studieren Sie alles schnell, Sie haben aber nur noch zehn Minuten Zeit dafür", erzählte mir der Pilot. Ich legte mich flach auf dem Boden, machte meine Taschenlampe an und betrachtete alles etwas genauer. „Noch vier Minuten", rief mir der Pilot zu. Noch einmal überflog ich das Kartenmaterial und machte meine Taschenlampe wieder aus. Nachdem ich wieder auf dem Sitz Platz genommen hatte, schaute ich nachdenklich aus dem Fenster. Es war eine trostlose Gegend, nur Felder und ein paar ausgedorrte Wiesen waren im schwachen Mondlicht zu erkennen. Jetzt konnte ich verstehen, dass der Hubschrauberpilot ganz tief flog. „Wie komme ich am schnellsten in das Lager?", fragte ich. „Wie Sie auf den Bildern gesehen haben, ist um das Lager ein vier Meter hoher Zaun. Den können Sie mit der Drahtschere zerschneiden und sich dann zu dem Gefängnis auf der östlichen Seite durchschlagen", erklärte er mir. „Wo sind die Gefangenen untergebracht?", fragte ich nun etwas eindringlicher. „Wie ich schon sagte, in der östlichen Baracke", antwortete der Pilot. „Östliche Seite", überlegte ich, „da stimmt doch etwas nicht." „In Berlin hatte man mir gesagt, dass die Beiden in dem südlichen Gebäude untergebracht wurden. Bloß nichts anmerken lassen", überlegte ich. „Hören Sie, was ich Ihnen noch sagen muss:

Es gibt vier Wachtürme, die mit Wachposten besetzt sind. Wachablösung war 22:00 Uhr. Jetzt haben wir es 22:45 Uhr, Sie müssen spätestens um 3:00 Uhr wieder aus dem Lager sein. Das restliche Wachpersonal ist in der kleinen grauen Baracke auf der östlichen Seite untergebracht. Es halten sich zirka zwanzig Soldaten im Lager auf. Diese Soldaten sind auch für die Sicherheit dieses Lagers zuständig", erklärte er mir. „Haben Sie alles verstanden?", fragte er mich. „Ja, aber da habe ich noch eine Frage! Wo befindet sich das Tanklager und wo sind der Stromverteiler und die Nachrichtenstation untergebracht?" Nachdem er mir alles genau erklärt hatte, sagte er zu mir: „Schauen Sie nach vorn, da können Sie das Lager schon sehen." Tatsächlich war von weitem das schwach beleuchtete Lager zu erkennen. „Sind Minen um das Gelände gelegt worden?", fragte ich ihn. „Nein, davon weiß ich nichts", erwiderte er. Angestrengt überlegte ich, denn an seinen Ausführungen konnte etwas nicht stimmen.

Warum auch immer, ich hatte das Gefühl, dass er mir nicht alles erzählt hat. „Also muss ich sehr vorsichtig sein, damit ich nicht in einen Hinterhalt gerate", überlegte ich.

In einer tiefen Bodensenke landete er den Hubschrauber und sagte zu mir: „Ich werde hier auf Sie warten, denn der Hubschrauber kann in der Senke vom Lager aus nicht gesehen werden. Wenn Sie Hilfe brauchen und nicht mehr allein aus dem Lager kommen, funken Sie mich an. Ich werde dann versuchen, Sie direkt aus dem Lager zu holen." Ich nickte ihm zu, nahm mir die Waffen und steckte die Handgranaten und den Sprengstoff in meinem Rucksack. Das andere verstaute ich in den Hosen- und Jackentaschen. „Hier haben Sie noch ein Nachtsichtgerät, damit sie im Dunkeln etwas sehen können", sagte der Pilot und streckte mir mit seiner rechten Hand das Nachtsichtgerät entgegen. „Dann wünsche ich Ihnen viel Glück", sagte er noch und winkte mir zu. Seine Augen flackerten nervös, als er mir das sagte. Ich hätte am liebsten diese Mission abgesagt, weil ich ein ungutes Gefühl in der Magengegend hatte. „Der Typ spielt ein falsches Spiel", schoss es mir durch den Kopf. So ist das, wenn man auf fremde Informationen angewiesen ist: „Traue niemandem", wurde mir immer bei der Ausbildung gesagt. Wer hat nun recht, die in Berlin oder der Hubschrauberpilot, der scheinbar das Gelände kennen sollte? „Ich muss nach meinem Instinkt handeln", überlegte ich und legte mich am oberen Rand der Vertiefung ins hohe Gras. Da ich durch das mannshohe Gras liegend nichts sehen konnte, richtete ich mich wieder auf und nahm das Nachtsichtgerät. Aufmerksam beobachtete ich das Lager, das ungefähr noch 1000 Meter entfernt war, als plötzlich von den Wachtürmen im Lager Scheinwerfer angemacht wurden. „Also war der Hubschrauber nicht unentdeckt geblieben", überlegte ich. Das gesamte Gelände wurde gründlich mit Scheinwerfern abgesucht. Als sie nichts fanden, machten sie die Scheinwerfer wieder aus. „Prima, auch das noch, jetzt sind natürlich alle wach", überlegte ich. So schnell ich konnte, rannte ich in Richtung der einzigen Zufahrtsstraße. Erschöpft blieb ich nach zirka 600 Metern im hohen Gras liegen. Nachdem ich eine Verschnaufpause eingelegt hatte, richtete ich mich wieder auf und beobachtete das Gelände mit meinem Nachtsichtgerät. Mein Blick war gerade auf das Lagertor gerichtet, als dieses plötzlich geöffnet wurde. Ein LKW verließ das Lager und fuhr zirka 200 Meter, dann hielt er und sechs Soldaten sprangen eilig von der Ladefläche. Durch das Nachtsichtgerät konnte ich alles genau beobachten. Ich war dem Piloten dankbar, dass er mir das Nachtsichtgerät gegeben hatte, denn ohne wäre es fast unmöglich gewesen, das Gelände genau zu beobachten. Das Wetter meinte es gut mit mir, denn der Mond versteckte sich hinter den dicken Wolken. Eilig steckte ich das Nachtsichtgerät wieder in meinen Rucksack und kroch, so schnell ich konnte, auf dem Bauch den Soldaten entgegen. Ab und zu richtete ich mich auf, um mich orientieren zu können. So konnte ich genau beobachten, wie sich die Soldaten in der Zwischenzeit verteilt hatten und das Gelände mit Taschenlampen absuchten. Ich legte mich genau in die Richtung ins Gras, die zwei Soldaten eingeschlagen hatten. Eilig schnitt ich mit meinem Messer Grasbündel ab und bedeckte mich damit. Es dauerte auch nicht lange, bis ich deutlich die Stimmen der beiden Soldaten hören konnte. Ich nahm mir mein Messer und hielt es fest. Die beiden Soldaten erkannten mich nicht und liefen bei mir vorbei. Mit einem Satz sprang ich auf und überwältigte die beiden lautlos. Wieder schnitt ich vom hohen Gras einige Büschel ab und bedeckte die beiden Soldaten damit. Dann schlich ich mich zu den anderen beiden, die eine rauchten und gemütlich eine Flasche Schnaps tranken. Die zwei hatten mit einem Angriff nicht gerechnet und waren vollkommen überrascht, als ich plötzlich vor ihnen stand. Da sie stark alkoholisiert waren, war es auch für mich sehr einfach, sie zu überwältigen. „Wo sind die restlichen zwei abgeblieben?", dachte ich und nahm mir wieder das Nachtsichtgerät. Endlich entdeckte ich sie schlafend, einer im Führerhaus des LKWs und der andere schlief auf der Ladefläche. Leise wie eine Katze auf Samtpfoten schlich ich mich an sie heran. Der Soldat auf der Ladefläche lag mit dem Kopf zur Heckklappe, ich legte meine Hände um seinen Hals und zog ihn mit einem Ruck von der Ladefläche runter. Leise röchelnd und strampelt verließ er diese Erde. Ich schubste ihn in den Straßengraben und schlich mich zur Fahrertür. Vorsichtig drückte ich die Klinke runter und öffnete die Fahrertür. Ein Geruch vom billigen Fusel schlug mir entgegen. Vorsichtig zog ich mich hoch. Volltrunken schaute mich der Koreaner an, als ich ihn anschubste. Es war ein hochrangiger Offizier, der im Fahrerhaus saß. Ich entwaffnete ihn und rüttelte ihn an der Schulter. Mit weit aufgerissenen Augen schaute er mich ungläubig an und konnte sich wahrscheinlich nicht erklären, wo ich auf einmal herkam. Ich hielt ihm mein Messer an sein Kiefer und befragte ihn: „Wie viel Soldaten befinden sich noch im Lager?" „Acht", antwortete er. „Ist das die Wahrheit?" fragte ich noch mal eindringlicher und drückte die Messerspitze noch fester in sein Kiefer. Ängstlich nickte er. „Jeder erzählt etwas anderes", überlegte ich. Nachdem ich seine Hände und Beine zusammengeschnürt hatte, setzte ich ihn auf den Beifahrersitz. Aus meinem Rucksack nahm ich einen Zeitzünder und steckte ihn in den Sprengstoff. Die Uhr stellte ich auf zwanzig Minuten und befestigte alles am Tank. Eilig stieg ich wieder in den LKW und fuhr ins Lager zurück. Nach fünf Minuten erreichte ich das Tor zum Lager. Nun nahm ich mein Messer und löste seine Fesseln. „Versuche nicht, deine Kumpels zu warnen!", sagte ich und zeigte auf meine Pistole. Er nickte nur ängstlich. „Wo ist das Tanklager?", fragte ich. Er zeigte nach links. Ich stellte den LKW bei den Benzinfässern ab und wollte gerade aussteigen, als er mich fragte: „Was wird mit mir?" „Wenn du mir hilfst, dann lasse ich dich am Leben", antwortete ich. Er nickte wieder. „Ist gut, dann sag mir, wo die Unterkünfte sind?", fragte ich ihn. Er zeigte mit dem Finger auf eine Baracke, die mit Funkantennen bestückt war. „Wo sind die deutschen Gefangenen untergebracht?", fragte ich nach. „Im Keller, in der ersten Baracke", antwortete er nervös. „Wie viele sind das?", fragte ich. „Vier Deutsche", antwortete er. „Vier?", wiederholte ich. Er nickte wieder. Als ich auf meine Uhr schaute, erschrak ich.

„Wir müssen raus!", schrie ich ihn an und sprang aus dem LKW. Eilig rannte ich um den LKW und schaute auf den Zeitzünder, der noch zehn Minuten anzeigte. „Bloß gut, dass der Koreaner stark betrunken war, sonst wäre er in der Zwischenzeit sicherlich geflohen und hätte noch Alarm geschlagen", überlegte ich. Eilig fesselte ich ihm wieder die Hände und knebelte ihn zusätzlich. Mit den Waffen und dem Rucksack auf dem Rücken nahm ich ihn unter den Arm und schlich, so schnell es ging, hinter die Baracke, wo die Gefangenen untergebracht waren.

Mit einem Schlag schickte ich ihn ins Land der Träume. Nachdem ich ihm auch noch die Beine fesselte, nahm ich einen alten Kartoffelsack, der zufällig da lag, und stülpte ihn über seinen Kopf. Mit meinem Nachtsichtgerät schaute ich mich eilig um. Auf zwei Wachtürmen sah ich jeweils einen Wachposten. Ich nahm mein Scharfschützengewehr und schraubte den Schalldämpfer fest. Das Gewehr lag ruhig in meiner Hand, als ich abdrückte und der Soldat auf dem Wachturm lautlos in sich zusammensackte. Auch den anderen Wachposten konnte ich so erledigen. Leise schlich ich mich im Schatten der Baracke zur Antennenanlage und legte mich unter einem LKW. Jetzt war es etwas schwieriger, die Wachposten an beiden Wachtürmen am Tor zu erledigen. Die Türme standen zirka fünfzig Meter auseinander. Ich konnte die Wachposten durch mein Zielfernrohr nicht erkennen. Plötzlich zündete sich der Wachposten am Tor eine Zigarette an. Sein Gesicht war nur für einen Augenblick beleuchtet, ich visierte ihn an und drückte ab. Es war wieder nur ein leises Plop zu hören. „Wie kann ich den Posten vom vierten Wachturm erledigen?", überlegte ich angestrengt. Ich suchte den Turm gründlich mit meinem Nachtsichtgerät ab. Endlich sah ich den Wachposten, der flach auf dem Boden des Wachturms lag. Seinen Kopf hatte er zu mir gedreht und schaute mit dem Fernglas in meine Richtung. Schnell nahm ich mir mein Scharfschützengewehr, legte an, zielte und drückte ab.

Regungslos blieb ich unter den LKW liegen und beobachtete die Wachtürme noch einen Augenblick. Mein Instinkt gab mir Recht, denn ich sah noch einen Wachposten auf den Turm, der gerade den großen Suchscheinwerfer anmachte. Jetzt schoss ich die Lampe des Scheinwerfers aus. Vorsichtig schaute der Wachposten über die Brüstung und leuchtete mit der Taschenlampe das Gelände ab. Meine Kugel traf ihn mitten ins Herz. Niemand hatte von allem etwas mitbekommen. Als ich auf die Uhr schaute, erschrak ich schon wieder, denn ich hatte nicht mehr viel Zeit, um die restlichen Wachposten zu erledigen. Leise schlich ich mich zum Fenster, in dem das Wachpersonal untergebracht war und schaute vorsichtig mit einem Spiegel hinein. Ich zählte sechzehn Wachleute. „Hat der Hubschrauberpilot nicht etwas von zwanzig erzählt?", überlegte ich. Da kann etwas nicht stimmen. „Fünf habe ich draußen erledigt. Fünf auf den Wachtürmen, einen am Tor, einen habe ich gefangen genommen und sechszehn sind noch in der Unterkunft. Dem Hubschrauberpiloten kann ich also nicht trauen. Wahrscheinlich ist das eine Falle und der hat sicherlich auch meine Kameraden damals verraten", überlegte ich. „Egal, ich habe einen Auftrag, den ich erledigen muss", überlegte ich. Wieder schaute ich mit meinem Spiegel durch das Fenster. Die Soldaten ließen die Schnapsflaschen herumgehen und jeder nahm einen kräftigen Schluck daraus. Sie sangen und feierten und waren stark angetrunken. Ein paar Worte wie: „Lass ihn kommen und wir warten schon auf ihn", konnte ich verstehen.

„Also ist das doch eine Falle!", schoss es mir durch den Kopf. Vorsichtig nahm ich zwei Handgranaten aus meinem Rucksack, öffnete leise die Eingangstür und warf die Granaten ins Zimmer. Nachdem die Granaten explodiert waren, stürmte ich in das Zimmer und erledigte den Rest. Eilig rannte ich zu der Baracke, wo ich meinen Gefangenen gefesselt hatte. Er war noch an derselben Stelle, wo ich ihn hingelegt hatte, und schlief seinen Rausch aus. Ich war gerade mit dem Gefangenen beschäftigt, als der LKW detonierte. Die Benzinfässer flogen in alle Richtungen und die starke Druckwelle ließ alle Fenster zerbersten. Die Baracke wackelte von den furchtbaren Explosionen. Einige Benzinfässer wurden über den Lagerzaun nach draußen auf das Feld geschleudert. Als sie auf dem Feld aufkamen, explodierten sie erneut. „Minen!", überlegte ich. „Also ist auch das Umfeld des Lagers mit Mienen versehen worden", überlegte ich. Es war ein wahres Glück, dass ich mit dem LKW ins Lager gefahren bin. „Mit meiner Dreistigkeit, einen LKW zu kapern, um in das Lager zu kommen, hatten sie wohl nicht gerechnet. Deshalb waren sie sich so sicher und feierten ausgiebig", überlegte ich weiter. „Na warte, wenn ich den Hubschrauberpiloten in meine Finger bekomme, dann kann er sich warm anziehen", überlegte ich. Ich wurde in meinen Gedanken unterbrochen, als ich plötzlich Stimmen hörte. „Das kann doch nicht wahr sein!", schoss es mir in den Kopf. „Wie viele Soldaten sind da noch in diesem Lager?" Vorsichtig schlich ich bis zur Ecke der Baracke.

Acht Soldaten liefen torkelnd zur Unterkunft der Wachleute. Mit dem Gewehr im Anschlag konnte ich sie von der Baracke aus alle erledigen. Plötzlich wurde die Flutlichtanlage eingeschaltet. Mit einem Schlag war es taghell im Lager. Ich drückte auf den Auslöser. Im selben Augenblick explodierte der Sprengstoff, den ich vorher an dem Stromverteiler und der Funkantenne angebracht hatte. Als es wieder dunkel im Lager war, nahm ich mir wieder mein Nachtsichtgerät und beobachtete aufmerksam das Gelände. Ich wollte gerade die Eingangstür der Baracke öffnen, als zwei Soldaten nach draußen stürmten. Mit einem Satz brachte ich mich in Sicherheit und versteckte mich unter der Treppe. Ich ließ die beiden erst ein Stück laufen, ehe ich sie erledigte. Vorsichtig schlich ich mich wieder zur Tür und nahm meinen Spiegel und schaute durch die kaputten Fenster der Eingangstür. Vier Wachposten zählte ich, die liegend mit ihrem Gewehr im Anschlag auf die Eingangstür zielten. „Die warten also schon auf mich", überlegte ich und nahm zwei Blendgranaten aus meinen Taschen. Schnell setzte ich mein Nachtsichtgerät wieder ab, zündete die Granaten und warf sie in den Raum. Ein greller Blitz und laute Schreie waren die Antwort. Ich konnte kein Risiko eingehen, deshalb warf ich noch eine Handgranate hinterher. Die Explosion riss die Eingangstür aus den Angeln, im weiten Bogen flog sie auf den Hof. Mit dem Spiegel schaute ich noch einmal um die Ecke und konnte keine Aktivitäten mehr feststellen. Ich setzte das Nachtsichtgerät wieder auf und schlich mich zu dem Mittelgang der Baracke. Wieder nahm ich den Spiegel und schaute, ob sich hinter dieser Ecke jemand befand. Erst als ich mir sicher war, stand ich auf und betrat den Gang. Unzählige Türen konnte ich rechts und links erkennen. „Die Zeit saß mir im Nacken", überlegte ich. Wieder legte ich mich auf den Bauch und kroch so zur Kellertür. Ich richtete mich auf und stellte mich seitlich an die Tür. Dann öffnete ich die Kellertür vorsichtig, nahm meinen Spiegel und beobachtete die Treppe. Auch hier war es zum Glück stockdunkel. Unten vom Keller waren aber Stimmen zu hören. Ein Koreaner schrie: „Wenn du nicht das machst, was ich dir sage, werde ich dir die Haut abziehen!" Auf dem Bauch rutschte ich langsam und vorsichtig die Kellertreppe hinunter. Als sich unten ankam, sah ich durch mein Nachtsichtgerät zwei Wachposten, die auf dem Fußboden lagen und mit ihren Gewehren in meine Richtung zielten. Hand oder Blendgranaten konnte ich nicht einsetzen, das wäre für die Gefangenen zu gefährlich gewesen. Also entschied ich mich für meine Pistole. Schnell schraubte ich den Schalldämpfer drauf und schaute wieder um die Ecke. Ich zielte genau und drückte den Abzug durch. Ein leises Plop, Plop, war zu hören, regungslos blieben die beiden liegen. Wieder schaute ich durch mein Nachtsichtgerät in allen Richtungen. Als ich mir sicher war, dass kein Wachposten mehr im Keller war, richtete ich mich wieder auf. Mit meiner Taschenlampe leuchtete ich den Kellergang ab, ich zählte 26 Zellentüren auf der einen Seite und 26 auf der anderen. Ich rief meine Kameraden beim Namen, keine Reaktion. Jetzt rief ich noch etwas lauter, leise konnte ich eine Stimme wahrnehmen. Die Stimme kam aus der letzten Zelle. Es folgte ein dumpfer Schlag und ein Stöhnen. Ich hatte ein ungutes Gefühl in der Magengegend und meine innere Stimme sagte mir: sei vorsichtig. Ich schlich mich zu den beiden toten Wachposten und packte mir einen auf meine Schulter. Eilig ging ich mit dem toten Wachposten zu der Tür, lehnte den Wachposten an die Wand und durchtrennte das Schloss mit meinen Bolzenschneider. Den leblosen Wachposten hielt ich als Schutzschild vor mir. Mit einer Hand hielt ich den Toten und mit der anderen öffnete ich die Tür einen Spalt. Ich hatte die Tür noch nicht einmal zehn Zentimeter geöffnet, als eine Gewehrsalve die Zellentür durchlöcherte. Durch die Wucht der Projektile, die sich in die schwere Holztür bohrten, hatte sich die Tür gänzlich geöffnet. Erst jetzt warf ich den toten Soldaten auf den Fußboden. Augenblicklich wurde eine Taschenlampe angeschaltet und der Lichtkegel fiel auf seinen toten Kollegen. Eilig kam der Soldat aus der Tür gerannt und beugte sich über den Toten. Ungläubig schaute er nach links und leuchtete mit der Taschenlampe den langen Gang ab. Als er nichts Verdächtiges fand drehte er den Kopf langsam nach rechts. Plötzlich traf mich das Licht der Taschenlampe. Im Licht der Lampe konnte ich sein Gesicht gut erkennen. Er schaute mich ungläubig mit weit aufgerissenen Augen an. Zwei gezielte Schläge reichten, um ihn ins Land der Träume zu schicken. Nachdem ich ihn gefesselt und geknebelt hatte, rief ich noch einmal die Namen meiner Kameraden. Ein schmerzverzerrtes klägliches „Ja", war aus der Zelle, die der Soldat gerade verlassen hatte, zu hören. Mit der Taschenlampe leuchtete ich in die Zelle hinein. Ich traute meinen Augen nicht. Meine Kameraden hingen an den Händen gefesselt an einem langen Strick an der Decke. Vorsichtig schnitt ich die Fesseln meiner Kameraden durch. Ich hatte Mühe, sie aufzufangen und auf dem Boden zu legen. Sie hatten zahlreiche offene Wunden und viele blaue Flecken und Striemen. Ihre Augen waren geschwollen und blutunterlaufen. „Könnt ihr laufen?", fragte ich die beiden. Ein klägliches „Ja" war zu hören. „Wie bist du unbemerkt in das Lager gekommen?", fragten sie mich. „Von unbemerkt kann nicht die Rede sein, aber für Fragen und Antworten haben wir keine Zeit", antwortete ich. „Wollt ihr nach Hause?", fragte ich. „Was für eine Frage, natürlich!", antworteten sie. „Könnt ihr laufen?", fragte ich noch einmal. „Schlecht genug", stammelten sie. „Wer es noch alles hier eingesperrt?", fragte ich noch einmal meine Kollegen. „Noch zwei Deutsche und einer aus Neuseeland", antworteten sie unter Schmerzen. „Und wer ist in den anderen Zellen?", erkundigte ich mich. „Die müssen gewarnt worden sein, deshalb haben sie alle anderen Zellen mit Handgranaten gesichert", erzählten sie weiter. „Ist euch bekannt, wo die drei untergebracht sind?", fragte ich nach. „Ja, direkt neben uns", sagten sie. „Alle drei?", fragte ich noch einmal. „Ja, alle drei sind zusammen in einer Zelle." „Ist da auch ein Wachposten mit drin?", fragte ich. „Nein, nur bei uns war einer", antworteten sie. „Na gut, ruht euch noch einen Moment aus, ich hole euch gleich hier ab", erklärte ich und öffnete die Nachbarzelle. Ich war erschüttert und traute meinen Augen nicht, was ich da zu sehen bekam. Auch hier hingen zwei Personen an den Händen gefesselt an der Decke. Ein Mann stand mit einer Schlinge um den Hals auf einem Hocker. Ich war fassungslos bei dem Anblick. Schnell durchtrennte ich die Fesseln der Männer. Erleichtert und zufrieden, dass ich sie von der misslichen Lage befreit hatte, wollten sie mich umarmen. „Kommt, kommt, wir haben keine Zeit für Gefühlsausbrüche. Wir müssen das Lager so schnell wie möglich verlassen", mahnte ich.

„Meine Befreiungsaktion wird sicherlich nicht unbemerkt geblieben sein. Denn die Explosionen werden sicherlich noch sehr weit zu hören gewesen sein", erklärte ich ihnen. Alle drei nickten mir zu und reichten mir ihre Hände. „Ist schon gut", sagte ich und drückte diese vorsichtig. „Nun kommt schnell, auch die hohen Flammen werden nicht unbemerkt geblieben sein. Also schnell nach oben und raus aus dem Lager", sagte ich und mahnte zur Eile. „Das kann was werden, bis jetzt ist alles gut gelaufen, aber mit den fünf Leuten, die nicht richtig laufen können, wird eine Flucht sehr schwer werden", überlegte ich kurz. „Was ist eigentlich mit den anderen zwei Baracken, was ist dort eingelagert?", fragte ich. „Das wissen wir nicht, wir sind nur selten aus unserer Zelle gekommen", antworteten sie. „Also muss ich auch noch da reinschauen, bevor ich alles in die Luft jage", überlegte ich. Nervös schaute ich wieder auf meine Uhr, vierzig Minuten hatten wir noch Zeit, um den Hubschrauber zu erreichen. „Das schaffen wir nie", ging es mir durch den Kopf. „Hört her!", sagte ich zu allen: „Ich werde jetzt nach oben gehen und was Fahrbares suchen. Wartet vor der Baracke auf mich." „Hinter der Baracke ist noch ein Offizier, den ich dort gefesselt habe, den müsst ihr unbedingt mitnehmen, habt ihr verstanden", fragte ich und schaute alle an. Sie nickten mir zu. Schnell rannte ich wieder hoch und schaute mich vorsichtig um. Es war weit und breit niemand zu sehen. Vorsichtig näherte ich mich der ersten Baracke, öffnete die Tür und setzte mein Nachtsichtgerät wieder auf. In der Baracke hatten die Koreaner nur Waffen und Munition eingelagert. Nachdem ich an einer Munitionskiste den Sprengstoff mit Zeitzünder angebracht hatte und die Uhr auf zehn Minuten eingestellt hatte, verließ ich eilig die Baracke. Auch in der anderen Baracke waren nur Verpflegung und Bekleidungstücke zu sehen. In einer Ecke standen unzählige Kanister mit Petroleum. Ich nahm mir einen Kanister und goss den Inhalt auf einige Sachen und Uniformen aus, dann zündete ich das Petroleum an. So schnell ich konnte, rannte ich aus dem Lager und schaute mich wieder kurz um. Das Nachtsichtgerät steckte ich wieder ein und schaute zu dem Feuer, das immer noch brannte. Im Schein der Flammen sah ich zwei verschlossene Garagentore. Schnell rannte ich zu den Toren hin und öffnete ein Torflügel. In der Garage standen zwei Schützenpanzer und ein LKW. „Was nehme ich jetzt?", überlegte ich kurz und entschied mich für den Schützenpanzer. An dem LKW befestigte ich eine Sprengladung und stellte den Zeitzünder ein. Nun öffnete ich noch die andere Garage, in dieser hatten sie noch zwei Schützenpanzer abgestellt. Nachdem ich auch diese mit Sprengstoffladungen bestückt hatte, verließ ich eilig diese Garage. Ich setzte mich in den Schützenpanzer und versuchte, ihn zu starten, vergebens, er rührte sich nicht. Eilig nahm ich eine Sprengladung und heftet sie an den Panzer. Ich lief zurück zu dem anderen Panzer in der Nachbargarage und entschärfte den Zünder. So schnell ich konnten kroch ich durch die offene Luke des Panzers, setzte mich ans Steuer und wollte starten. „Nichts passierte, das kann doch alles nicht wahr sein", dachte ich und drehte den Schlüssel noch einmal um. Endlich sprang der Motor an, mir fiel ein Stein vom Herzen. Ich drückte das

Gaspedal voll durch, mit einem Satz schoss der Panzer aus der Garage. Dann fuhr ich zu der Baracke, wo meine Kameraden und die drei anderen Personen schon ungeduldig auf mich warteten. Von innen öffnete ich die Seitentür, damit alle einsteigen konnten. Den Gefangenen, der immer noch den Sack über den Kopf hatte, legten wir zwischen die Sitze. Wir hatten gerade alle im Schützenpanzer Platz genommen und die Türen verschlossen, als eine ohrenbetäubende Explosion das gesamte Lager erschütterte. Durch die Druckwelle wackelte der Panzer und schwere Teile krachten auf ihn. „Hast du die LKWs in die Luft gejagt?", fragten mich meine Kollegen. „Ja, nicht nur die Fahrzeuge, sondern auch die Baracken", antwortete ich. „Ach, deshalb, die LKWs waren nämlich mit Munition beladen worden, denn das Lager sollte heute noch geräumt werden", klärten sie mich auf. „Von der Munition auf den LKWs wusste ich nichts, ich habe nur in einer Baracke sehr viel Munition gesehen", berichtete ich. „Ja das stimmt, das ist aus dem Lager einer anderen Einheit", berichteten sie weiter. Wieder schaute ich nervös auf die Uhr und sagte: „Na, dann festhalten", und drückte das Gaspedal wieder durch. Mit Vollgas fuhr ich durch das geschlossene Eingangstor. Die Torflügel flogen in hohem Bogen zur Seite. Ich schaltete das Nachtsichtgerät des Schützenpanzers ein und nahm das Funkgerät in die Hand. „Soll ich den Hubschrauberpiloten informieren, dass wir unterwegs sind?", überlegte ich kurz. „Nein, mach das nicht", sagte meine innere Stimme. „Gut", überlegte ich, „bis jetzt bin ich damit gut gefahren auf meine Stimme zu hören." Ich legte das Funkgerät wieder zur Seite und fuhr quer über die Wiese in die Richtung, wo der Hubschrauber stehen musste. Mit dem Fernglas sah ich schon von weiten einen Mann auf der Wiese stehen, der uns zuwinkte. Er sah auch gerade durch sein Fernglas und fuchtelte hektisch mit den Händen. „Er kann doch nicht wissen, dass wir in dem Panzer sind", überlegte ich. „Mit dem Winken sind sicherlich nicht wir gemeint", überlegte ich weiter. „Seid alle vorsichtig und sprecht ab sofort nicht mehr", forderte ich alle auf. Alle schaute mich an und nickten mir zu.

Aufmerksam schaute ich mir die Gegend an, konnte aber nichts Auffälliges entdecken. Noch einmal betrachtete ich mir den Hubschrauberpiloten etwas genauer. Erst jetzt fiel mir seine Kleidung auf. Er trug nicht mehr die einfache Uniform eines Hubschrauberpiloten, jetzt hatte er eine Offiziersuniform an. „So ist das also", dachte ich und stieg aus. Er konnte es wohl nicht glauben, dass ich noch am Leben war. Ungläubig, mit weit aufgerissenen Augen, schaute er mich kopfschüttelnd an und wollte gerade seine Pistole aus dem Halfter reißen.

Mit einem Satz sprang ich zu dem Piloten und hielt ihm mein Messer an seine Kehle. „Kommt, steigt schnell aus!", rief ich meinen Kameraden zu. Die Tür öffnete sich und alle stiegen aus dem Schützenpanzer. „Wenn dir dein Leben noch etwas bedeutet, bringst du uns alle sofort zu dem Flugplatz, hast du verstanden?", fragte ich ihn im scharfen Ton. Er nickte mir ängstlich zu. Eilig stiegen alle in den Hubschrauber. Nachdem jeder Platz genommen hatte, schaute ich zu meinen Kollegen und fragte: „Wo ist der Gefangene?" „Oh je, den haben wir ganz vergessen, aber wir werden ihn gleich holen", antworteten sie. Nach einigen Minuten kamen sie mit dem Gefangenen zurück. Der Hubschrauber setzte sich in Bewegung und wir flogen im Tiefflug über Felder und Wiesen. Ich ließ den Piloten nicht mehr aus den Augen und hielt ihm während des ganzen Fluges das Messer an seine Kehle. Ich hatte die Befürchtungen, dass er, wenn er nicht unter Kontrolle stehen würde, mit dem Hubschrauber etwas anstellen würde. „Willst du mich nicht fragen, warum ich das alles getan habe?", fragte mich der Pilot. „Nein, dafür haben wir jetzt keine Zeit", antwortete ich verärgert. „Bringe uns alle zum Flugplatz, das andere klären wir später." Obwohl es noch nicht ganz 3:00 Uhr war, fing es schon an, hell zu werden.

Im schwachen Licht des anbrechenden Tages konnte man den Flugplatz schon von weitem erkennen. Das Flugzeug stand noch immer an der gleichen Stelle, wie ich es verlassen hatte. Ich nahm das Fernglas und schaute mir den Flugplatz etwas genauer an. Neben dem Flugzeug stand ein Geländewagen der koreanischen Armee. Zwei Soldaten diskutierten mit dem Piloten, der vor ihnen kniete. Ich wandte mich an meinen beiden Kameraden, die erschöpft in den Sitzen saßen, und sagte: „Passt auf den Piloten auf und lasst ihn nicht mehr aus den Augen."

Sie hatten Mühe, sich zu erheben und zu dem Hubschrauberpiloten zu gehen. „Mach die Tür auf", sagte ich zu den Neuseeländer. Nachdem er meine Bitte nachkam, legte ich mich hin und zielte mit meinen Scharfschützengewehr auf die beiden Koreaner neben dem Flugzeug. Ein Koreaner nahm gerade seine Pistole und hielt sie dem Flugzeugpiloten an den Kopf. Ich drückte ab, wie vom Blitz getroffen, sackte der Koreaner zusammen. Der andere riss sein Gewehr hoch, aber da war es schon für ihn zu spät, auch er sackte in sich zusammen und blieb regungslos liegen. Ich wies den Hubschrauberpiloten an, direkt neben dem Flugzeug zu landen.

So schnell wie möglich verließen alle den Hubschrauber. „Alles okay?", fragte ich den Flugzeugpiloten, der immer noch neben dem Flugzeug kniete. Freudestrahlend fiel mir der Pilot um den Hals. „Die wollten mich tatsächlich umbringen! Nur weil ich hier auf dem Flugplatz stand und sie mir nicht glauben wollten, dass das Flugzeug repariert werden muss", stammelte er.

Man konnte ihm ansehen, dass er es noch nicht begriffen hatte, dass er gerade hingerichtet werden sollte. „Wir haben es alle mit ansehen müssen, dass die Koreaner dich erschießen wollten", versuchte ich ihn zu beruhigen. „Aber wir sind ja im richtigen Augenblick gekommen", fügte ich abschließend hinzu. „Sage mal, wie viele Leute hast du mitgebracht, die bekomme ich doch gar nicht alle weg?", stammelte der Flugzeugpilot. „Ich konnte sie doch nicht im Lager lassen", erwiderte ich. „Aber wie soll ich das machen, es ist doch nur für vier Personen Platz?", erklärte mir der Pilot. „Rede nicht so viel, überlege lieber, es gibt immer eine Möglichkeit, wenn man es wirklich will", sagte ich. „Wir schmeißen alles Unnötige raus, was wir nicht benötigen", schlug ich vor. „Ich kann doch das Flugzeug nicht auseinandernehmen!", erwiderte er. „Doch, genau das machen wir", gab ich ihm zur Antwort. Gemeinsam demontierten wir sämtliche Sitze, nur der Sitz des Piloten ließen wir drin. Alle packten mit an, nur einer musste auf den Hubschrauberpiloten, der inzwischen auch gefesselt war, aufpassen. „Es wird alles entfernt was nicht unbedingt für einen Flug gebraucht wird", sagte ich zum Flugzeugpiloten. Nun wandte ich mich an den Hubschrauberpiloten.

„Eigentlich brauchen wir dich nicht mehr und du hättest auch den Tod verdient", klärte ich ihn auf. „Bitte nicht", meinte er. „Ich mache auch alles, was ihr wollt."

„Na gut, dann kommst du mit und wehe, du machst Schwierigkeiten", sagte ich eindringlich zu ihm. „Nein, nein, ich mache keine Umstände", bettelte er. „Wer ist das?", fragte er mich und zeigte mit dem Finger auf den anderen Gefangenen, der immer noch den Kartoffelsack über dem Kopf hatte. „Ja wirklich, den Sack können wir jetzt entfernen", überlegte ich und zog ihm den Sack vom Kopf. Kreidebleich mit weit aufgerissenen Augen starrte er den Gefangenen an. „Was hast du? Du guckst, als ob du ein Gespenst siehst?", fragte ich verwundert. „Ihr wisst nicht, wen ihr da gefangen genommen habt?", stammelte er. „Nein, das wissen wir wahrhaftig nicht, aber du wirst es uns jetzt gleich erzählen, nicht wahr?", sagte ich zu ihm. „Das ist der Kommandant der koreanischen Spezialeinheit." „Ja, und was hast du damit zu tun?", fragte ich. „Ich bin der Stellvertreter", stammelte er. Ich konnte mir ein Grinsen nicht verkneifen. „Da haben wir die Richtigen gefangen genommen", erwiderte ich. „Also, wollt ihr nun einsteigen oder den beiden toten Soldaten Gesellschaft leisten?", fragte ich höhnisch. „Nein, nein, wir steigen ein", sagten sie ängstlich. „Okay, ich bitte darum", antwortete ich. Nachdem alle eingestiegen waren, startete der Pilot die Maschine. Schwerfällig hob sie ab und nahm Kurs in Richtung Flughafen Mirim Airfield. „Passt bitte auf die Gefangenen auf", sagte ich und legte mich hin, um ein wenig zu schlafen. Durch ein Rütteln an meiner Schulter wurde ich wach. Instinktiv riss ich meine Pistole aus dem Halfter. „Nein, nicht, ich bin es doch", sagte mein Kamerad und schaute mich erschrocken an. „Bloß gut", erwiderte ich erleichtert. Schon von weitem war der Flughafen zu erkennen. Nachdem der Pilot eine Landeerlaubnis bekam, landete er das Flugzeug etwas abseits der Landebahn. Das Flugzeug rollte noch langsam, als ein Auto der Fluggesellschaft mit hoher Geschwindigkeit auf uns zu kam. Als die Maschine zum Stehen kam, da hielt auch schon das Auto neben dem Flugzeug. Einer in Pilotenuniform sprang eilig raus und kam auf uns zu. Ich erkannte ihn, es war der Pilot, der mir in Berlin Schönefeld vorgestellt wurde. Nachdem unser Pilot die Tür geöffnet und die Treppe ausgeklappt hatte, stieg der Pilot, der gerade ankam, bei uns ein. „Kommt schnell", mahnte er zu Eile. Als er die vielen Leute im Kleinflugzeug sah, verschlug es ihm die Sprache. „Um Himmels willen, die sollen doch nicht etwa alle mit nach Berlin?" „Doch", erwiderte ich. „Versetze dich doch einmal in meine Lage. Wen soll ich denn hierlassen? Wenn jemand hierbleiben muss, kann ich sie auch gleich alle erschießen", erwiderte ich. „Aber in der Kiste ist doch nur Platz für fünf Personen!", gab der Pilot zu bedenken. „Das hat der Pilot dieser Maschine auch gesagt und siehe da, wir sind alle hierhergekommen." „Warum willst du die beiden mitnehmen?", fragte mich der Pilot und zeigte auf die beiden Gefesselten. „Ja, die kommen auch beide mit", sagte ich bestimmend. „Na gut, wenn Sie darauf bestehen. Dann muss ich eben zweimal mit dem Auto fahren", antwortete der Pilot zähneknirschend. „Hoffentlich fällt das nicht zu sehr auf", fügte er hinzu. „Hast du die Wachen auf dem Flugplatz nicht geschmiert?", fragte ich. „Das habe ich, aber nur für eine Fahrt", gab er zu bedenken. „Was verlangen Sie für eine weitere Fahrt?", fragte ich. „4000 Dollar", antwortete er. „Wenn es weiter nichts ist", erwiderte ich und griff in meine Seitentasche und gab dem Piloten den gewünschten Betrag. Eilig stiegen meine beiden Kameraden mit den beiden Gefangenen in das Auto. „Passt schön auf, damit sie nicht flüchten", sagte ich eindringlich zu meinen Kollegen. „Versprochen", erwiderten sie. So schnell, wie das Auto gekommen war, fuhr es auch wieder weg. „Hoffentlich geht alles gut", überlegte ich und schaute besorgt auf meine Uhr.

„Stimmt etwas nicht?", fragte mich der Neuseeländer. „Naja, es wird ziemlich eng und wir hätten schon längst in der Maschine sein müssen", antwortete ich nachdenklich. Endlich kam das Auto wieder zurück und hielt mit quietschenden Reifen neben dem Kleinflugzeug. Ich gab dem Piloten des Kleinflugzeuges eine Hand voll Dollarscheine und sagte zu ihm: „Das ist für dich und für dein zerlegtes Flugzeug." Er nickte, umarmte mich und sagte: „Es war mir eine Ehre, Ihnen zu helfen." „Wenn ich auch einmal ein Problem haben sollte, werde ich mich an Sie wenden", fügte er hinzu und reichte mir freundschaftlich die Hand. „Ja, das kannst du mit ruhigem Gewissen", erwiderte ich.

Schnell sprangen wir ins Auto, dann fuhr der Pilot mit hoher Geschwindigkeit zu der Passagiermaschine.

Die Gepäckförderbänder standen noch am Flugzeug. „Schnell, schnell, auf das Band!", rief der Pilot und mahnte zur Eile. So schnell wir konnten, krochen alle das Förderband hoch. In dem Lagerraum der Maschine erwartete uns schon eine Stewardess. „Das wird Zeit! Hatten wir nicht ausgemacht, dass sie vor einer halben Stunde hier sein sollten?", fragte sie mich verärgert. „Das ist richtig, aber wie Sie ja selbst sehen können, war das für mich auch nicht gerade ein Spaziergang", antwortete ich ebenfalls unfreundlich. „Das glaube ich Ihnen sehr gern, Sie sind auch der einzige, dem es bis jetzt gelungen ist, Gefangene zu befreien", erwiderte sie.

Ihre Laune schien sich ein wenig zu bessern. Wir zwängten uns alle in die Kiste und warteten geduldig auf den Start. Plötzlich wurde es laut und Stimmen drangen verzerrt zu uns. Ich zeigte mit dem Finger auf den Mund, alle verstanden mich und nickten mir zu. Ich beugte mich zu dem Gefangenen und hielt ihm mein Messer an seinen Hals. Nachdem ich meinem Kollegen meine Taschenlampe gab, sagte ich: „Macht das auch mit den anderen Gefangenen." Er nickte mir zu.

Fest griff er mit seiner Hand in die Haare des Koreaners und zog den Kopf nach hinten. Danach drückte er sein Messer an den Hals des Koreaners. „Schalte die Taschenlampe wieder aus!", rief ich ihn zu. Eilig betätigte er den Schalter der Taschenlampe, mit einem Schlag war es stockdunkel in der Kiste. Leider konnten wir nicht sehen, was sich draußen abspielte. Die Stimmen wurden immer lauter und näherten sich unserem Versteck. Kisten und Koffer wurden zur Seite geräumt. Jetzt schlug jemand mit einem Gegenstand an die Kiste. Ich konnte durch die Innenverkleidung und Dämmung, die von innen an der Kiste angebracht war, nur einzelne Wortfetzen verstehen.

„Die müssen doch hier sein oder sind sie in dem anderen Flugzeug?" Nach einer Weile hörte ich wieder jemanden, der sagte, dass die Maschine schon längst in der Luft sein müsste und den ganzen Flugplan durcheinanderbringt. „Na gut, dann durchsuchen wir noch die andere Maschine!", hörte ich jemand im gebrochenem Englisch sprechen. Die Stimmen wurden immer leiser und nach einer Weile war nichts mehr zu hören. Meine Kameraden wollten gerade anfangen zu jubeln, doch ich warnte mit einem leisen Zischen. Nach zirka zehn Minuten waren die Stimmen plötzlich wieder zu hören und einer sagte: „Na gut, hier ist wirklich niemand, wir können jetzt die andere Maschine durchsuchen." Die Düsen von dem Flugzeug wurden angelassen und nach weiteren zehn Minuten setzte sich das Flugzeug in Bewegung. Wir mussten uns alle festhalten, als das Flugzeug startete. „Mach die Taschenlampe wieder an", rief ich meinem Kollegen zu. „Erst wenn die Stewardess kommt und uns das Okay gibt, könnt ihr euch leise freuen", sagte ich zu allen. Alle nickten mir zu. Der Sauerstoff in der Kiste wurde immer knapper und es wurde immer schwieriger, zu atmen. „Wenn nicht bald jemand kommt, muss ich wohl selbst die Kiste öffnen", überlegte ich besorgt. Endlich klopfte es. „Ich bin es", rief die Stewardess. „Ist alles in Ordnung?", fragte ich. „Ja", antwortete sie und öffnete die Kiste. Ich umarmte sie. „Zerdrücken Sie mich nicht", erwiderte sie lachend. „Im Übrigen können Sie in der Kiste auch Licht anmachen, den Schalter finden sie an der Stirnseite in einem Astloch versteckt", erzählte die Stewardess und zeigte den versteckten Schalter.

Eine Riesenlast fiel von meinen Schultern und ich war erleichtert, dass ich es bis hierher geschafft hatte.

Glücklich und zufrieden wandte ich mich den anderen zu und sagte: „Jetzt ist Gelegenheit, euch leise zu freuen." Alle sprangen auf und wollten sich bei mir persönlich bedanken und mich in die Arme nehmen. „Nein, nein, ich habe auch nur meinen Auftrag erledigen wollen."

Langsam erhob sich der Neuseeländer und fing zu reden an: „Das hat mit einem Auftrag nichts mehr zu tun gehabt, was Sie geleistet haben, das grenzt an ein Wunder. Sie haben wegen uns Menschen töten müssen, um uns befreien zu können." „Da bin ich sicherlich nicht stolz, aber sie wollten uns alle umbringen", unterbrach ich ihn. „Ich bin mir sicher, dass sie uns nicht mitnehmen wollten", erzählte der Neuseeländer weiter. „Warum auch, sie hatten ja auch sicherlich nicht mit uns gerechnet? Ich hatte doch schon eine Schlinge um den Hals. Wären Sie nicht rechtzeitig gekommen, dann wäre ich schon längst in die ewigen Jagdgründen geschickt worden. Ich habe Ihnen mein Leben zu verdanken und werde mich, wenn die Zeit gekommen ist, revanchieren", erzählte er mit Tränen in den Augen.

„Schon gut, glauben Sie mir, auch mir fiel es nicht leicht, die vielen Menschen, die sicherlich auch nur ihren Dienst verrichteten, zu töten. Ich musste mich aber in wenigen Sekunden entscheiden. So habe ich mich für euer Leben entschieden und bin froh darüber, euch gerettet zu haben", antwortete ich. „Was hattet ihr für einen Auftrag?", fragte ich meine beiden Kameraden. „Wir sollten die beiden Deutschen befreien und sind in einem Hinterhalt geraten", berichteten sie. „Ja, ja, dem Hubschrauberpiloten habt ihr das zu verdanken", erwiderte ich. „Ja tatsächlich, die haben regelrecht auf uns gewartet", erzählten sie und gaben mir recht. „Wurdet ihr gefoltert?", fragte ich. „Ja, wir wurden alle geschlagen und getreten", berichteten sie weiter.

„Mein Glück war es, dass die Koreaner es nicht mehr so genau mit dem Bewachen ihres Lagers genommen hatten und sich deshalb sehr sicher in ihrem Lager gefühlt haben. Es war auch Glück, dass die meisten betrunken waren und ich sie leicht überwältigen konnte", berichtete ich. „Die Soldaten in dem Lager hatten aber mit der koreanischen Armee nichts zu tun! Oder liege ich da falsch?", fragte ich meine Kollegen. „Nein, da hast du recht, das waren Rebellen und Terroristen", berichteten sie weiter. „Wo kommt ihr her und was hattet ihr für einen Auftrag in Korea?", fragte ich nun die anderen beiden Deutschen, die von der Folter noch gezeichnet waren. Beide schauten mich immer noch ungläubig an und waren unfähig, etwas zu sagen. „Ist alles in Ordnung?", fragte ich noch einmal besorgt. „Ja, es geht uns jetzt den Umständen entsprechend gut", antworteten sie. „Warum seid ihr gefangen genommen worden?", fragte ich. „Wir sind Mitarbeiter einer bekannten Hilfsorganisation und wollten doch nur den Kindern in Korea Hilfsgüter aus der DDR bringen", erklärten sie. Man sah ihnen an, dass sie das alles nicht verstehen konnten, was mit ihnen geschehen war. „Eine Horde in Soldatenuniform hat unsere LKWs gestürmt und die Fahrer getötet. Wir wurden gefesselt und auf einen Armeelaster geworfen, die LKWs setzten sie dann im Brand. Dann brachten sie uns in das Lager und folterten uns", erzählten sie sichtlich erleichtert. Man sah ihnen an, dass sie das alles noch nicht verarbeitet hatten, was mit ihnen geschehen war.

„Hatten die beiden Gefangenen hier was damit zu tun?", fragte ich weiter. „Nein, die beiden waren nicht dabei", erklärten sie mir abschließend.

„Was ist eigentlich mit Ihnen?", fragte ich und schaute den Neuseeländer fragend an. „Ich möchte jetzt nicht darüber sprechen", antwortete er müde. „Na gut, Sie werden sicherlich ihre Gründe dafür haben, ich werde das akzeptieren", antwortete ich verständnisvoll. „Eine Frage hätte ich aber noch", sagte ich und schaute ihn erwartungsvoll an. „Mir ist aufgefallen, dass Sie die Stewardess anschauen, als ob sie sich kennen würden?"

„Sie haben ein gutes Auge!", antwortete er. „Ihnen kann man wohl nichts vormachen", fügte er hinzu. „Ja wir kennen uns, ich möchte aber noch nicht darüber sprechen. Wenn die Zeit gekommen ist, werden Sie alles erfahren", sagte der Neuseeländer und schaute mich freundlich an. „Das ist Okay", erwiderte ich und reichte ihm meine Hand. „Sie haben Großes geleistet, da wird Ihnen der Dank unserer Regierung sicher sein", sagte die Stewardess, die unsere Unterhaltung aufmerksam verfolgt hatte.

„Das war für mich nicht entscheidend, wichtig war für mich, dass ich die Menschen, die anderen helfen wollten, vor dem sicheren Tod retten konnte", antwortete ich mit belegter Stimme.

Nun kam auch der Kapitän zu uns und fragte: „Ist bei Ihnen hier alles in Ordnung?" „Ja", antworteten wir. „Dann bin ich aber glücklich", erwiderte er und nahm die Stewardess in seine Armen und sagte: „Übrigens, das ist meine Liebe Frau Sabine." „Ach so!", sagte ich überrascht. „Ich bin sehr froh, nicht Ihr Feind zu sein, denn ich hätte wohl keine Chance bei Ihnen", sagte er scherzend zu mir. Ich grinste ihn an und sagte: „Wissen Sie, da gibt es eine Möglichkeit, das zu ändern!" Ich streckte ihm meine Hand entgegen und sagte: „Ich heiße Peter." „Ich habe mich nicht getraut, Ihnen das du anzubieten," erwiderte er sichtlich erleichtert. „Wie gesagt, das ist meine Frau Sabine und ich bin Martin." „Das freut mich", erwiderte ich. „Wenn du mal ein Problem haben solltest, dann zögere nicht, mich zu informieren", sagte ich und klopfte Martin freundschaftlich auf seine Schulter. „Wir werden auf dein Angebot bei Bedarf zurückkommen", erwiderte Martin. „Jetzt wird Sabine für alle reichlich zu essen und zu trinken bringen, vor allem wird sie sich um die Wunden der Leute kümmern. Ich muss wieder hoch zu meiner Crew", erklärte Martin. „Wissen deine Leute von uns?", fragte ich. „Nein, nur meinen Copiloten habe ich informiert", antwortete er und verschwand eilig wieder nach oben. Sabine brachte uns zu essen und zu trinken. „Was wird mit den Gefangenen?", fragte sie mich. „Natürlich bekommen sie auch was zu essen und zu trinken", antwortete ich. „Die Fesseln bleiben aber dran", sagte ich zu den beiden Gefangenen und befreite sie von ihren Knebeln. Tief holten sie Luft und waren sichtlich erleichtert, diese losgeworden zu sein. „Hast du auch Plastikbesteck für die Gefangenen?", fragte ich Sabine. Sie nickte und brachte kurze Zeit später das Gewünschte. „Wenn ihr noch einen Wunsch haben solltet, dann drückt einfach den schwarzen Knopf, der von innen an der Kiste befestigt ist. Es leuchtet dann ein kleines Lämpchen im Cockpit auf", klärte mich Sabine auf. „Bist du nicht im Dienst?", fragte ich. „Doch schon, aber ich halte mich vorwiegend im Cockpit bei Martin auf, weil ich euch betreuen soll", antwortete sie.

Nachdem wir uns alle gestärkt hatten, sagte ich: „Ihr seid sicherlich alle müde, aber zwei müssen immer wach bleiben und die Gefangenen beaufsichtigen." „Schlaf du erst einmal", forderten sie mich auf.

„Du hast genug für uns gemacht, jetzt sind wir dran", antworteten sie. Ich war sehr froh, dass sie das sagten, denn ich konnte meine Augen kaum noch aufhalten. „Okay, ich verlasse mich auf euch", erwiderte ich erleichtert und legte mich in eine Ecke. Ich weiß nicht, wie lange ich geschlafen hatte, als mich jemand aufgeregt an meiner Schulter schüttelte. Vollkommen müde schaute ich meinen Kameraden an und fragte: „Was ist los, warum weckst du mich?"

„Entschuldige, dass ich dich wecken muss, aber ich glaube, das Flugzeug ist gekapert worden!" „Was? Das gibt es doch nicht, das ist doch nur ein schlechter Traum", erwiderte ich und legte mich wieder hin. Wieder rüttelte mich jemand aufgeregt an meiner Schulter. Immer noch müde schaute ich in das Gesicht meines Kameraden, der über mir lehnte. „Doch kein Traum", murmelte ich, immer noch schlaftrunken, zu ihm. „Nein, leider nicht", erwiderte er. „Bring mir eine Schüssel oder einen Eimer mit Wasser", sagte ich zu ihm. Nachdem er mir einen Eimer mit Wasser gebracht hatte, steckte ich den Kopf hinein. Das kalte Wasser tat sehr gut, denn langsam wich die Müdigkeit und ich konnte wieder klar denken. Ich drehte mich zu ihm und fragte: „Wie kommst du darauf, dass das Flugzeug gekapert wurde?" „Wir haben laute Schreie und einen Schuss gehört", erzählte er aufgeregt. „Was sollen wir machen? Ich glaube, das Flugzeug hat auch wieder gedreht und fliegt zurück", erzählte er weiter. „Auch das noch, mir bleibt auch nichts erspart", erwiderte ich. „Als erstes knebelt ihr die beiden Gefangenen, damit sie nicht um Hilfe schreien können. Haltet die Ohren und Augen auf und geht wieder in die Kiste. Verschließt diese von innen, da seid ihr sicher", sagte ich. Dann nahm ich mir die Pistole und befestigte den Schalldämpfer daran, steckte das Messer und auch den Spiegel, der mir im Lager gute Dienste geleistet hatte, ein. „Sollen wir mitkommen?", fragten meine Kameraden. „Nein, allein bin ich unauffälliger und wenn ich doch Hilfe brauchen sollte, dann werde ich euch holen", antwortete ich und schaute meine

Kameraden an. „Es ist nur gut, dass niemand von unserer Anwesenheit weiß", sagte ich in Gedanken versunken. „Ich muss mir erst selbst ein Bild von der Lage machen", sagte ich zu den beiden und schlich mich zu der Treppe. Oben rechts neben der Treppe war eine kleine Nische, die mit einem Vorhang verdeckt wurde. Ich stellte mich hinter den Vorhang und öffnete vorsichtig die Tür, die zum Passagierraum führte. Ich musste auch nicht lange warten, bis ich zwei Koreaner sah, die mit ihren Pistolen herumfuchtelten. Leise schlich ich mich zurück und klopfte an die Kiste und gab mich zu erkennen. Dann drückte ich den Knopf und öffnete sie. Erwartungsvolle Gesichter schauten mich fragend an. „Nun erzähl schon!", forderten sie mich auf. Ich berichtete, was ich gesehen hatte. „Was machen wir jetzt?", fragten sie mich. „Da wir nicht wissen, wie viele Leute tatsächlich das Flugzeug in ihre Gewalt gebracht haben, müssen wir sie einzelnen in den Frachtraum locken, um sie überwältigen zu können", erklärte ich. Sie überlegten kurz und nickten mir zu. „Ihr beide versteckt euch unter der Treppe", sagte ich zu meinen Kameraden. „Die anderen gehen wieder in die Kiste zurück und verhalten sich ruhig. Legt euch aber flach auf den Kistenboden, denn es könnten Schüsse fallen und ihr könntet noch getroffen werden", riet ich Ihnen. Meine Kameraden versteckten sich, wie ich ihnen geraten hatte, unter der Treppe. Leise und vorsichtig schlich ich mich wieder zur Tür und stellte mich wieder hinter dem Vorhang. Die Tür war immer noch einen Spalt geöffnet, als ein Koreaner vorbeilief. Ich klopfte leise an der Tür und wartete. Tatsächlich, er machte auf den Absatz kehrt und kam zurück. Vorsichtig schaute er durch den Türspalt, um nachzusehen, wo das Klopfen herkam. „Wie unvorsichtig von dem Koreaner, oder er war sich ziemlich sicher, dass niemand ihm etwas anhaben könne", überlegte ich. Er öffnete die Tür weit und schaute runter zum Frachtraum, konnte aber nichts Auffälliges feststellen. Dann schob er vorsichtig den Vorhang zur Seite und entdeckte mich. Er wollte gerade schreien, als ich ihm auch schon blitzschnell meine Pistole in seinen Mund steckte. Mit weit aufgerissenen Augen schaute er mich ungläubig an. Vorsichtig legte ich meine Hand auf die Klinke der Tür und drückte sie wieder ins Schloss. Rückwärts schob ich ihn mit der Pistole in seinem Mund die Treppe runter, wo meine Kollegen schon auf uns warteten. „Was machen wir nun mit dem Koreaner?", fragten mich meine beiden Kameraden. „Fesseln, Knebeln, eben das übliche was man mit einem Gefangenen macht", erwiderte ich gereizt. „Kein Wunder, dass man euch beide gefangen genommen hat, wenn man euch jeden Handgriff erklären muss", fügte ich verärgert hinzu. „Das wird sicherlich auffallen, dass einer fehlt", gab ich zu bedenken. „Versteckt ihn in der Kiste", schlug ich vor. „Wir machen das", antworteten meine Kameraden und zogen ihn in die Kiste hinein. Ich hatte mich gerade wieder hinter dem Vorhang postiert und die Tür wieder einen Spalt geöffnet, als ich auch schon schnelle Schritte hörte. „Wo bist du?", fragte ein Koreaner und riss die Tür auf. Ich wollte gerade noch meine beiden Kameraden warnen, damit sie sich verstecken sollten, aber da war es schon zu spät. Der Koreaner riss seine Pistole hoch und stürmte die Treppe runter. So schnell ich konnte, schob ich den Vorhang zur Seite, riss meine Pistole hoch und drückte ab. Es war nur ein Plopp zu hören, als er lautlos in sich zusammensank. „Das war knapp!", sagten meine Kameraden erleichtert zu mir. „Das habe ich doch gesagt, dass ihr aufpassen müsst", sagte ich, immer noch verärgert, zu ihnen. „Ich kann euch doch nicht immer beschützen. Habt ihr in der Ausbildung nichts gelernt?", fauchte ich sie an. Kreideweiß schauten sie mich an. „Ja, du hast ja recht", stotterten sie. „Seid jetzt etwas vorsichtiger und versteckt euch wieder unter der Treppe", forderte ich sie auf. Nachdem ich abermals dem Platz hinter dem Vorhang eingenommen hatte, beobachtete ich wieder den Gang des Flugzeuges. Es verging einige Zeit, aber ich konnte beim besten Willen keinen weiteren Koreaner entdecken. „Wo ist Sabine?", überlegte ich besorgt, als ich wieder Stimmen hörte. Ich schaute gespannt durch den Türspalt und sah eine Stewardess und einen Koreaner, die gerade langsam an der Tür vorbeiliefen. Die Stewardess hatte ein Tablett auf den Arm, während der Koreaner seine Pistole in ihren Rücken bohrte. Ich setzte alles auf eine Karte und riss die Tür auf. Ungläubig drehte sich der Mann um und schaute mich überrascht an. Er wollte gerade seine Waffe auf mich richten, aber darauf war ich vorbereitet. Mit einem gezielten Schlag schlug ich ihm die Waffe aus der Hand. Mit dem rechten Fuß trat ich ihm kräftig in seine Weichteile. Er krümmte sich vor Schmerzen und sackte in sich zusammen. Ohne Widerstand zu leisten, ließ er sich die Handschellen um seine Hände legen. Schnell nahm ich die Servietten von dem Tablett der Stewardess, die immer noch wie erstarrt auf demselben Fleck stand und stopfte sie dem Koreaner den Mund. An seinen Handschellen zerrte ich ihn zur Tür, die zu den Lagerräumen führte und rief meine Kameraden um Hilfe.

„Passt gut auf den Koreaner auf!", rief ich ihnen zu und schubste ihn die Treppe runter. Mit dem rechten Bein blieb er unglücklicherweise an einer Stufe hängen und fiel nach unten. Er landete auf seinem Oberkörper und blieb regungslos liegen. Meine beiden Kameraden liefen sofort zu ihm und drehten ihn auf den Rücken. Vorwurfsvoll schauten sie mich an und sagten: „Der ist tot! Sein Genick ist gebrochen." „Na gut, das kann ich auch nicht mehr ändern, schafft ihn aber zur Seite, damit er nicht gleich zu sehen ist", erklärte ich. Ich schaute die Stewardess an, die mir die ganze Zeit wortlos gefolgt war. Sie war immer noch bleich im Gesicht und zitterte am ganzen Körper. „Bleiben Sie ruhig", sagte ich und versuchte, sie zu beruhigen. „Wir sind die Guten und werden alles wieder in Ordnung bringen", klärte ich sie auf. Erleichtert nickte sie mit dem Kopf. „Wie viele waren bei der Entführung beteiligt?", fragte ich die Stewardess. „Vier", antwortete sie leise. „Was, noch vier?", fragte ich erschrocken. „Nein, vier insgesamt", erwiderte sie. „Dann bin ich aber beruhigt, denn drei haben wir schon erledigen können", erzählte ich erleichtert. „Wo hält sich die vierte Person auf?", fragte ich. „Im Cockpit, bei Martin, ich glaube, der Entführer hat den Copiloten erschossen", fügte sie unter Tränen hinzu. „Wissen Sie, warum die Koreaner die Maschine in ihre Gewalt genommen und welche Forderungen sie gestellt haben?", fragte ich die Stewardess. „Das kann ich auch nicht genau sagen, ich weiß nur, dass der Kapitän die Maschine wenden musste", berichtete sie aufgeregt. „Dann weiß ich Bescheid!", erwiderte ich. „Haben die Entführer etwas von Sprengstoff erwähnt oder haben sie das Flugzeug mit Sprengstoff versehen?", fragte ich nun weiter. „Nein, von Sprengstoff habe ich nichts gehört, nur dass die Maschine unbedingt wieder in Mirim Airfield landen müsse", erzählte sie. „Gut", sagte ich zu ihr. „Wo ist Sabine?" „Sie kennen Sabine?", fragte sie mich überrascht. „Ja, die kenne ich!", erwiderte ich. „Sabine ist auch im Cockpit", erzählte sie, immer noch etwas misstrauisch. „Wie viele Stewardessen sind Sie?", fragte ich nun. „Drei", antwortete sie. „Und im Cockpit?", fragte ich nun etwas genauer. „Da sind der Pilot und der Copilot sowie der Navigator", gab sie zur Antwort. „Wo ist die andere Stewardess?", fragte ich noch einmal. Plötzlich hatte sie Tränen in den Augen, als sie sagte: „Die wurde erschossen, weil sie einem Flugzeugentführer ins Gesicht geschlagen hatte." „Hören Sie genau zu, was ich Ihnen jetzt sage", sagte ich zu ihr. Wir werden jetzt gemeinsam zum Cockpit gehen, dann werden sie dem Entführer einen Kaffee bringen. „Das geht nicht!", fiel sie mir ins Wort. „Warum geht das nicht?", fragte ich verwundert. „Weil er nur Tee trinkt", erklärte sie mir. „Mein Gott! Dann bringen Sie ihm eben einen Tee", sagte ich verärgert. „Die Cockpittür ist doch sicherlich verschlossen, oder?", erkundigte ich mich bei der Stewardess. „Ja, die hat der Entführer hinter sich zugemacht und verschlossen", antwortete sie. „Sehen Sie", sagte ich, „und deshalb müssen wir ihn dazu bringen, dass er die Tür zum Cockpit öffnet." „Ja, das verstehe ich", erwiderte sie. „Gut, ich werde es versuchen", fügte sie hinzu. „Nein, nicht versuchen, Sie müssen es einfach machen", sagte ich energisch. Nachdem sie den Tee geholt hatte, gingen wir gemeinsam durch die Reihen der Passagiere, denen die Angst noch immer ins Gesicht geschrieben stand. Ich hielt den Finger auf den Mund, alle nickten mir zu und verstanden, dass sie sich ruhig verhalten sollen. Wir waren gerade mal ein paar Meter gelaufen, als ich zufällig sah, dass ein Passagier mit der rechten Hand, die mit einer Zeitung verdeckt war, seine Pistole in die Seite des Nachbarn drückte. Die Pistole war kaum zu sehen, so gut war sie von der Zeitung abgedeckt, aber ich wusste sofort Bescheid. „Der da sitzt, ist ein Schläfer", schoss es mir in den Kopf. Der verängstigte Passagier war bleich im Gesicht. Ich lächelte ihm zu und sagte: „Es ist gleich vorbei, nur noch der eine im Cockpit und dann haben wir es geschafft." Er zwinkerte mir zu. Ich wusste, was er mir sagen wollte und lächelte zurück. Der Mann mit der Pistole unter der Zeitung machte ein entspanntes Gesicht und sagte zu mir in gebrochenem Englisch: „Ja, das ist gut, dass es gleich vorbei ist." „Soll ich Ihnen helfen?", fragte er. Nein, bleiben Sie ruhig sitzen und entspannen Sie sich, ich bin gleich wieder zurück", antwortete ich ihm. „Ich werde auf Sie warten", antwortete er und lehnte sich entspannt wieder in seinen Sessel zurück. „Das glaube ich dir gern", dachte ich und ging langsam weiter. Als ich an der Sitzreihe vorbei war, machte ich auf den Absatz kehrt, sprang hinter dem Mann mit der Pistole und zog mein Messer. Ich riss seinen Kopf nach hinten und hielt ihm mein Messer an den Hals. „Nur ein Laut und du bist tot!", flüsterte ich ihm ins Ohr. „Her mit der Pistole!", sagte ich und drückte mein Messer noch tiefer in seine Haut. Das Blut lief ihm am Hals runter und er winselte um sein Leben. Bereitwillig gab er mir seine Waffe. Erleichtert sprang der Passagier auf. Ich zerrte den Schläfer auf den Gang, um ihn zu durchsuchen. Zwei Handgranaten und noch eine Pistole kamen zum Vorschein. „Haben Sie etwas, womit wir ihn fesseln können?", fragte ich die Stewardess. „Ich habe im Werkzeugkasten Kabelbinder gesehen", antwortete sie. „Ja, das ist genau das Richtige, holen Sie diese und bringen sie noch ein Handtuch mit", bat ich. Es dauerte nicht lange, bis sie mit allem wieder zurück war. Nachdem ich ihn gefesselt und geknebelt hatte, brachte ich ihn runter in den Lagerraum, wo meine beiden Kameraden mich schon erwarteten. „Fesselt ihm die Beine", rief ich den beiden zu. „Ist das der Letzte?", fragten sie mich. „Nein", antwortete ich. „Das war ein Schläfer, der sich unter die Passagiere gemischt hat. Ich muss wieder hoch ins Cockpit, da ist der Anführer", antwortete ich. „Na gut", sagten sie, „wir werden hier aufpassen und auf dich warten." Eilig lief ich zurück, wo mich auch schon die Stewardess erwartete. Sie zitterte immer noch am ganzen Körper, ihr Gesicht sah aus wie eine Kalkwand. „Bleiben Sie ruhig, wir schaffen das gemeinsam", versuchte ich, sie wieder zu beruhigen. „Wir werden das jetzt beide gemeinsam durchziehen", sagte ich zu ihr. „Haben Sie verstanden?" „Okay", antwortete sie und nickte mir zu. Gemeinsam gingen wir zum Cockpit. Ich stellte mich seitlich hinter die Tür. Die Stewardess klopfte. Von drinnen fragte jemand: „Was ist los?" „Ich bringe einen Tee", antwortete die Stewardess. „Jetzt nicht!", rief eine Stimme aus dem Cockpit. „Aber ich habe doch extra eine Kanne für Sie aufgesetzt", erwiderte sie. „Na gut, wenn es so ist", antwortete er. „Stellen Sie ihn hinter die Tür und entfernen Sie sich wieder", forderte der Koreaner die Stewardess auf. „Das geht nicht", erwiderte die Stewardess. „Warum?", fragte der Koreaner. Die Stewardess schaute mich hilflos an. Ich machte mit der Hand einige Bewegungen und sie verstand mich. „Ich soll Ihnen etwas von Ihrem Kollegen übergeben", antwortete die Stewardess wieder. „Verdammt noch mal, das können Sie auch hinter der Tür ablegen und nun machen Sie, dass Sie wegkommen", schrie er wütend. Ich gab ihr ein Zeichen, damit sie sich entfernen sollte. Sie nickte mir erleichtert zu. „Bringen Sie sich in Sicherheit und die Passagiere sollen sich alle auf ihren Plätzen ducken", flüsterte ich ihr zu. Wieder nickte sie und lief eilig zu den Passagieren. Vorsichtig wurde die Tür einen Spalt geöffnet und ein Pistolenlauf wurde durch den geöffneten Spalt geschoben. Ich griff nach seiner Hand und überdrehte sie und zog ihn aus der Tür. Er schrie vor Schmerzen und ließ die Pistole fallen. Aber ich war mir zu sicher und hatte nicht mit Widerstand gerechnet. Mit einem Ruck drehte er sich und versetzte mir einen Faustschlag. Ich sah Sterne, taumelnd krachte ich mit dem Rücken an die Trennwand zum Cockpit. Einige Passagiere waren aufgesprungen und beobachteten das Geschehen von weiten. Der Entführer wollte gerade die Pistole wieder aufheben, als ich ihm einen kräftigen Tritt gab. Sein Kopf flog nach hinten und er landete auf dem Rücken. Meine Pistole wollte ich nicht benutzen. Für die Passagiere wäre das viel zu gefährlich gewesen, weil sie im Gang standen.

Ich stürzte mich auf den Entführer und prügelte so lange auf ihn ein, bis er sich nicht mehr rührte. Mit einem mulmigen Gefühl in der Magengegend erhob ich mich und ging in das Cockpit. Es war fürchterlich, Sabine lag regungslos auf dem Boden und Martin rüttelte sie und schrie sie an. „Du kannst mich doch nicht allein lassen, ich brauch dich doch, was soll ich denn ohne dich anfangen? Wenn du nicht mehr lebst, hat mein Leben auch keinen Sinn mehr", rief er fassungslos. Es zerriss mir das Herz, als ich das sah. Der Copilot und auch der Navigator hingen leblos in ihren Sitzen. Ihre Gesichter waren blutverschmiert. Ich wandte mich an Martin und sagte: „Bring die Maschine wieder auf den richtigen Kurs." „Hast du mich verstanden?", rief ich laut und fügte hinzu: „Ich werde mich jetzt um alles weitere kümmern." Er nickte mir zu, setzte sich wortlos an das Steuer und wendete die Maschine. Ich war gerade im Begriff, mich umzudrehen, als ich einen fürchterlichen Schmerz in meiner linken Schulter verspürte. Hastig drehte ich mich um. Vor mir stand der Entführer und hatte ein blutiges Messer in seiner Hand. Er wollte gerade wieder zustechen, als ich ihn mit voller Wucht in seine Weichteile trat. Er krümmte sich vor Schmerzen und fiel auf seine Knie. „Der ist nicht totzukriegen", dachte ich. Schon sprang er wieder auf und wollte abermals zustechen. Jetzt reichte es mir, ich nahm meine Pistole, zielte auf seinem Kopf und drückt ab. Ich rief die Stewardess zu mir. Eilig kam sie angerannt und fragte: „Ist der tot?" „Jetzt ja!", erwiderte ich. Gemeinsam gingen wir ins Cockpit. Sie schrie auf, als sie ihre Kollegen sah. Ich hatte Mühe, sie zu beruhigen. „Sie gehen sofort nach hinten und fragen, ob ein Arzt unter den Passagieren ist", forderte ich sie auf. „Holen Sie alles, was Sie an Verbandsmaterial finden und bringen alles hierher. Haben Sie verstanden?", fragte ich die Stewardess. Sie nickte nur und rannte nach hinten. Nach wenigen Minuten kamen tatsächlich gleich zwei Ärzte und eine Krankenschwester. Ein Arzt untersuchte Sabine und der andere untersuchte die beiden Piloten. Erleichtert schauten mich beide an. „Sie leben", sagte der Arzt nach einer Weile. „Sie leben?", wiederholte ich erleichtert. „Ja", sagte der Arzt. „Sie haben aber schwere Kopfverletzungen und müssen so schnell wie möglich in ein Krankenhaus gebracht werden", antwortete der Arzt besorgt. „Martin! Wie lange brauchen wir noch bis Berlin?", fragte ich. „Zirka zehn Stunden", antwortete er. „Das wird aber knapp, hoffentlich schaffen die drei Verletzten das", gab der Arzt zu bedenken. „Ist es möglich, auf einem anderen Flugplatz zu landen?", fragte ich Martin. „Ich werde mich mit den Flugplätzen in Verbindung setzen", antwortete er. „Du fliegst die Maschine und ich werde meine Kameraden holen, die können das Funken übernehmen", sagte ich zu Martin. Ich wollte gerade loslaufen, als mir schwarz vor den Augen wurde und ich gegen die Tür prallte. „Was ist mit Ihnen?", fragte mich ein Arzt. „Mir wurde nur für einen Moment schwarz vor Augen", antwortete ich auf die Frage des Arztes. „Das schaue ich mir aber erst etwas genauer an", erwiderte er. „Ziehen Sie bitte das Hemd aus", forderte der Arzt mich auf. „Ach Nonsens, das ist doch nur eine Schramme", antwortete ich. Ich hatte Mühe, den rechten Arm zu heben, deshalb half mir der Arzt beim Ausziehen. „Warum haben Sie nicht gesagt, dass Sie verletzt sind?", fragte mich jetzt der Arzt vorwurfsvoll. „Wegen der Schramme brauche ich doch keinen Arzt", antwortete ich gelassen. „Eine Schramme sieht aber etwas anders aus", erwiderte er besorgt. „Sie haben aber sehr viel Glück gehabt, die Stichwunde ist nicht zu tief, muss aber genäht und verbunden werden. Sie haben schon zu viel Blut verloren, deshalb ist Ihnen auch schwindlig geworden", erklärte er mir. Er untersuchte auch meinen Kopf und stellte noch eine Gehirnerschütterung fest. „Sie brauchen unbedingt Ruhe", riet er mir. „Dafür habe ich aber keine Zeit", antwortete ich. „Ihr Tod nützt niemanden von uns etwas", sagte der Arzt und fügte hinzu: „Wir haben jetzt alles unter Kontrolle und im Übrigen haben Sie mehr als genug für uns alle getan." Ich schaute die Stewardess an und sagte: „Holen sie alle aus dem Frachtraum und sagen sie Ihnen, dass sie die Gefangenen nicht aus den Augen lassen sollen, denn wir können uns keine Überraschungen mehr leisten."

Ein Arzt begleitete mich zu den Passagieren. Erst jetzt, als die Passagiere mich sahen, waren alle erleichtert und klatschten Beifall. Mir war das furchtbar peinlich und ich winkte ihnen verlegen zu. Ich setzte mich auf den Platz, wo der Schläfer gesessen hatte. Erst jetzt fiel mir eine Riesenlast von meinen Schultern. Als nach kurzer Zeit meine Kameraden zu mir kamen, gab ich ihnen die Anweisung, dass sie sich um die anderen Fluggäste kümmern und den toten Anführer ins Lager bringen sollten. Dann sagte ich zu meinen beiden Kameraden: „Dann geht bitte ins Cockpit und setzt euch mit den umliegenden Flugplätzen in Verbindung. Die Verletzten müssen so schnell wie möglich ins Krankenhaus gebracht werden. Und lasst vor allem die Gefangenen nicht aus den Augen." „Ja, Papa, das machen wir," antworteten sie und grinsten mich an.

Als die beiden weg waren, sagte der Passagier neben mir im gebrochenen Deutsch: „Ich möchte mich bei Ihnen bedanken, dass Sie mir das Leben gerettet haben." Er beugte sich zu mir, drückte mich herzlich und schaute mich fest mit Tränen in den Augen an. Erst jetzt schaute ich mir den Mann etwas genauer an. Ich schätzte ihn auf Mitte 60 und er machte auch einen sehr gepflegten Eindruck. Auch der Anzug war sicherlich eher teuer und nicht von der Stange. „Warum hat der Flugzeugentführer gerade Sie bedroht?", fragte ich ihn. „Nein, das war kein Flugzeugentführer, der hatte mit der ganzen Sache nichts zu tun." „Aber warum hat er Sie bedroht und hatte die Waffe auf Sie gerichtet?", fragte ich irritiert.

Er schaute mich lange an und begann dann zu erzählen: „Wissen Sie, ich bin sehr reich und das hat er gewusst. Er hat mich in Korea gekidnappt und gedroht, mich umzubringen, wenn ich nicht mache, was er verlangte. Sie werden das alles nicht gleich verstehen, deshalb werde ich Ihnen alles erzählen:

Ich komme aus Neuseeland und habe dort ein größeres Anwesen und auch eine sehr gut gehende Firma. Mein Neffe ist nach Korea geflogen und wollte ein paar Geschäftsleute treffen, um Verträge abzuschließen. Die Verhandlung mit den Verträgen verlief gut, es fehlte nur noch die Unterschrift. In diesem Moment, wo er unterzeichnen wollte, wurde er überfallen und verschleppt. Ich bekam einen Anruf und wurde seit diesem

Zeitpunkt erpresst. Wenn ich nicht sofort nach Korea komme und zwei Goldbarren und vier Millionen Dollar mitbringe, töten wir ihn, haben die Entführer zu mir gesagt."

„Wissen Sie, wo er in Gefangenschaft war?", fragte ich den Neuseeländer. „Das weiß ich auch nicht genau, aber das ist ja auch egal, sie haben ihn bestimmt schon längst umgebracht", antwortete er unter Tränen. Plötzlich fiel es mir wie Schuppen vor den Augen. „Habe ich nicht im Lager auch einen Mann aus Neuseeland befreien können? Er hat nicht viel erzählt und stand er nicht auf dem Stuhl mit einer Schlinge um den Hals?", überlegte ich angestrengt.

„Wie sieht ihr Neffe aus?", fragte ich etwas aufgeregt. Er beschrieb mir ihn und schaute mich erwartungsvoll an. „Ich glaube, Ihr Neffe lebt!", sagte ich etwas zögerlich. Ich erzählte ihm, was ich durchlebt hatte und berichtete von der Befreiung.

Seine Augen wurden immer größer und er strahlte über das ganze Gesicht. „Wenn das stimmt, vererbe ich Ihnen meine Firma und mein ganzes Anwesen", antwortete er mit belegter Stimme. „Nein, nein, das geht nicht", das können sie nicht machen", erwiderte ich aufgeregt. „Ich werde ihn jetzt holen", sagte ich zu ihm. „Was, er ist auch in diesem Flugzeug?", fragte er ungläubig und schaute mich mit großen Augen an. „Wenn er es ist, was ich nach Ihrer Beschreibung vermute, ja dann ist der hier", antwortete ich mit zitternder Stimme. „Bleiben Sie bitte bei mir", flehte er mich an. „Na gut, ich bin auch froh, wenn ich ein bisschen sitzen kann", sagte ich erleichtert. Ich rief meine Kameraden, die auch gleich angerannt kamen. Besorgt fragten sie mich, was los sei. „Brauchst du Hilfe?", fragten sie mich. „Ich brauche keine Hilfe, aber sagt einmal, wo ist der Neuseeländer, der mit euch in Gefangenschaft war?", fragte ich meine Kameraden. „Der hatte Schmerzen und hat sich, nachdem die Ärzte ihn untersucht hatten, etwas hingelegt", erzählten sie. „Dann macht ihn wach und bringt ihn so schnell wie möglich hierher", antwortete ich und mahnte zur Eile. Ohne zu fragen, rannten beide los und kamen nach ein paar Minuten mit dem

Neuseeländer zurück. „Onkel, du bist hier?", fragte der Neffe
erstaunt. „Mein Junge, das ich dich noch einmal lebend wiedersehen werde, daran habe ich nicht mehr geglaubt. Ich habe
schon die Hoffnung aufgegeben und habe vermutet, dass du umgebracht worden bist", sagte der Onkel sichtlich erleichtert zu
seinem Neffen. „Deine Sorge war auch berechtigt. Weil ich bei
den Verhören nichts verraten hatte, wollten sie mich umbringen.
Gerade rechtzeitig kam der Herr neben dir und hat uns alle aus
dem Gefängnis geholt", berichtete der Neffe. „Ich weiß, er hat es
mir gerade erzählt", erwiderte er erleichtert. Beide fielen sich in
die Arme und konnten ihre Freudentränen nicht mehr verbergen. Die Passagiere, die alles mitbekommen hatten, schauten
mich ungläubig an. „Ja, so war das, er hat uns alle aus dem Lager geholt, wo wir brutal gefoltert wurden", berichtete der Neffe. „Nun ist aber genug", sagte ich und fügte hinzu: „Das hätte
doch jeder von uns gemacht!" „Nein, nein, das hätte nicht jeder
gemacht, dazu sind die meisten Menschen viel zu feige und denken nur an sich", sagte der alte Mann neben mir. „Sie haben ihr
Leben riskiert und das ist keine Selbstverständlichkeit. Nein,
was Sie für uns gemacht haben, ist nicht mit Gold aufzuwiegen."
„Ist schon gut", sagte ich zu ihm und nahm seine Hand. „Wir
heißen Sie eigentlich?", fragte er mich. „Peter", antwortete ich.
„Und der Familienname?", fragte er noch einmal. „Wissen Sie,
Namen sind wie Schall und Rauch und nicht so wichtig", antwortete ich und schaute ihn an. Nachdenklich schaute er mich
an und sagte: „Na gut, ich werde nicht weiter fragen, Sie haben
ja recht und ich möchte es auch gar nicht mehr wissen. Mir ist
es eine Ehre, Ihr Freund zu sein." „In Ihrer Nähe fühle ich mich
wohl und sicher. Wenn Sie auch mal Hilfe brauchen sollten,
dann steht unsere Tür für Sie und Ihre Familie immer offen.
Sie sind uns immer recht herzlich willkommen. Sollten Sie mal
in Schwierigkeiten kommen, dann gebe ich Ihnen meine Telefonnummer", sagte er und gab mir seine Visitenkarte. „Warum
haben Sie mir eigentlich nichts erzählt?", fragte ich den Neffen.
„Weil ich nicht wusste, ob das eventuell wieder eine Falle ist,
deshalb habe ich lieber geschwiegen", antwortete er. „Sie müssen

Fürchterliches durchgemacht haben", sagte ich nachdenklich zu dem Neffen. „Ja, das ist wohl wahr, aber Sie sind ja rechtzeitig gekommen. Es wäre mir eine Ehre, Ihr Freund zu sein", sagte der Neffe und reichte mir die Hand. „Ich hätte auch nichts dagegen", erwiderte ich und nahm ihn in meine Arme. „Ich heiße Peter", sagte ich. „Und ich bin Josef", antwortete er, „und das ist Jakob" und zeigte auf seinen Onkel, der auch auf mich zukam und fragte: „Hätten Sie was dagegen, wenn ich mich bei Ihnen bedanken und Sie einfach mal die Arme nehmen?" „Tun Sie sich keinen Zwang an", antwortete ich.

„Ich habe auch einen guten Freund mit seiner Frau in der DDR, die beiden habe ich aber leider schon sehr lange nicht mehr gesehen. Ich weiß aber, dass sie sich rührend um meine Familie und vor allem um meine alte Mutter kümmern. Wie gerne würde ich die Uhr zurückdrehen und auch lieber mit meiner Familie und meinen Freunden zusammen sein. Aber leider geht das alles im Moment nicht. Dafür treibe ich mich in einem fremden Land herum und befreie andere Menschen. Aber Schluss mit der Gefühlsduselei!", sagte ich und drückte Jakob die Hand.

„Wie viele Menschen wurden von den Entführern getötet?", fragte mich Jakob. „Eine Stewardess haben sie erschossen", antwortete ich. „Und was ist mit den Piloten?", fragte er besorgt. „Der Copilot und der Navigator haben schwere Kopfverletzungen, sind aber außer Lebensgefahr, haben die Ärzte gesagt. Auch dem Piloten geht es einigermaßen gut, aber seine Frau hat schwere Verletzungen am Kopf", berichtete ich weiter. „Die Frau des Piloten ist auch hier?", fragte er mich überrascht. „Ja", antwortete ich verdutzt. „Heißt der Pilot etwa Martin und seine Frau Sabine?", fragte er zögerlich. „Ja", antwortete ich verwundert. „Kennst du die beiden?", fragte ich überrascht. „Und ob ich die beiden kenne, ich fliege schon sehr lange und in den letzten Jahren sind wir uns sehr oft begegnet und gute Freunde geworden. Sie waren auch schon in Neuseeland bei mir zu Besuch und haben auf meinem bescheidenen Anwesen Urlaub gemacht", berichtete mein neuer Freund. „Das gibt es doch gar nicht, das hat doch nichts mehr mit Zufall zu tun", sagte ich und konnte es noch immer nicht glauben und fügte hinzu: „So etwas nennt man glaube ich Schicksal." „Ja, das Schicksal hat uns alle zusammengeführt", antwortete Jakob und schaute mich an. „Hast du Martin und Sabine nicht im Flugzeug gesehen?", fragte ich. „Nein, da waren immer nur zwei Stewardessen, die uns bedient haben", berichtete er. „Stimmt," bestätigte ich. „Elke hat uns auch im Lager bedient", sagte ich in Gedanken versunken. „Hatte ich doch recht! Dass dein Neffe die beiden kennt, aber sie haben sich alle nichts anmerken lassen", bemerkte ich. „Ja, wir sind eben sehr verschwiegen. Nur so konnten wir die vielen Angriffe auf unsere Firma abwehren", berichtete Jakob. „Jetzt machst du mich aber neugierig", sagte ich und fügte hinzu: „Was für eine Firma hast du?" „Ich lade dich und deine Familie herzlich zu mir ein. Seid meine Gäste, solange ihr wollt. Ich übernehme auch sämtliche Unkosten", sagte Jakob und schaute mich freundlich an. „Das kann ich aber nicht annehmen", erwiderte ich bescheiden. „Doch, das kannst du, wir sind dir zu Dank verpflichtet", erwiderte er. „Nicht, weil ihr mir Dank schuldet, würde ich zu dir kommen, sondern weil ich jetzt neugierig geworden bin und ich mich insgeheim auch schon auf das schöne Neuseeland freue", antwortete ich. „Es könnte sogar sein, dass ich dein Angebot schneller annehmen werde, als du denkst", erwiderte ich. „Zu jeder Zeit und Stunde könnt ihr zu uns kommen. Zeige nur meine Visitenkarte am Flughafen vor, dann werdet ihr jegliche Hilfe bekommen", klärte mich Jakob voller Stolz auf. „Dann möchte ich mich schon im Voraus bei dir bedanken", erwiderte ich. „Nein, du brauchst dich nicht bei mir bedanken, unsere Tür wird immer für dich und deine Familie offen sein", antwortete Jakob und reichte mir wieder die Hand.

„Komm Jakob, wir werden jetzt beide ins Cockpit gehen und jemand besuchen", schlug ich Jakob vor. Als wir uns von unseren Sitzen erhoben, fragte sein Neffe: „Onkel, darf ich mitkommen?" „Aber natürlich, du gehörst doch auch zur Familie", antwortete Jakob. Gemeinsam gingen wir zum Cockpit. Als wir kurz vorm Cockpit waren, öffnete sich die Tür und ein Arzt kam raus.

„Wie geht es den Kranken?", fragte ich besorgt. „Sie sind über dem Berg, brauchen aber unbedingt viel Ruhe, damit die Blutungen zum Stehen kommen", berichtete der Arzt. „Ich wollte gerade zu Ihnen kommen, weil ich Hilfe brauche, um den Copiloten und die Stewardess auf eine Liege zu legen", berichtete der Arzt.

„Wo sind eigentlich meine beiden Kameraden?", fragte ich den Arzt. „Sie wollten nach den Gefangenen schauen und sich vergewissern, ob alles in Ordnung ist", antwortete er. „Okay, dann werde ich auch nach unten gehen und die beiden holen", sagte ich zum Arzt. „Ihr könnt schon immer ins Cockpit gehen", schlug ich Josef und Jakob vor. Ich machte auf dem Absatz kehrt und lief eilig den Gang zurück. Gerade wollte ich die Tür zum Lagerraum aufmachen, als sich auch schon die selbige öffnete und mir meine beiden Kameraden entgegenkamen. „Alles in Ordnung?", fragte ich die beiden. „Ja, alles bestens, wir haben Beruhigungstropfen vom Arzt bekommen und den Gefangenen gegeben. Die werden wohl jetzt bis Berlin durchschlafen", berichteten sie. „Das hoffe ich auch, aber werdet nicht leichtsinnig und geht vorsichtshalber des Öfteren nach ihnen schauen", riet ich den beiden. „Wo sind eigentlich die anderen beiden Deutschen?", fragte ich. „Die haben sich hingelegt und schlafen wie die Murmeltiere", antworteten sie. „Dann bin ich ja beruhigt", sagte ich erleichtert zu ihnen. „Du müsstest deinen Verband wechseln lassen, das Blut komm schon durch die Binden", sagten die beiden zu mir und zeigten auf das Blut, das schon auf meine Hose tropfte. „Ja, ihr habt recht, ich werde gleich zu dem Arzt gehen, der muss meinen Verband erneuern", antwortete ich etwas besorgt. Eiligen Schrittes ging ich zum Cockpit, um nach den Verletzten zu sehen. Als ich die Tür aufmachte, lagen sich Sabine, Martin der Neffe und dessen Onkel noch immer in den Armen. „Störe ich?", fragte ich vorsichtig. „Nein, nein, komm ruhig rein", sagten alle, „du störst nicht." „Aber es wird langsam eng in dem kleinen Cockpit", antwortete Martin. „Dann gehen wir eben raus", erwiderte ich. „Wie geht es dir, Sabine?", erkundigte ich mich. „Außer Kopfschmerzen geht es mir gut", antwortete sie und fügte hinzu: „Das Wichtigste ist, dass wir alle noch leben." „Recht hast du", erwiderte ich. „Was ist mit den beiden Piloten?", wollte ich von Sabine wissen. „Den beiden geht es auch schon etwas besser, aber sie müssen sich unbedingt schonen und ausruhen, damit sie kein Blutgerinnsel bekommen", antwortete Sabine auf meine Frage. „Also, dann werden meine Kameraden euch alle zu euren Betten begleiten", sagte ich scherzend zu Sabine. Die Stewardess hatte währenddessen Decken in den Gang gelegt, damit sich alle Kranken hinlegen konnten. „Wir haben doch aber noch freie Plätze! Da können wir die Lehnen doch umklappen, dann liegen unsere Verletzten doch viel bequemer", schlug ich vor. „Ja, da haben Sie recht", bestätigte ein Arzt. Nachdem sich alle drei auf die umgeklappten Sitze gelegt hatten und mit Decken zugedeckt wurden, sagte Sabine zu mir: „Oh ja, das tut gut, jetzt wird mir auch gleich etwas wärmer."

Besorgt schaute der Arzt mich an und sagte: „Ihre Wunde muss auch dringend versorgt werden und etwas Ruhe würde Ihnen auch guttun, denn die Blutung muss endlich zur Ruhe kommen." „Gut Doc, dann werde ich mich auch etwas hinlegen und ein bisschen schlafen. Passen Sie aber auf die Gefangenen auf", bat ich den Arzt. „Da machen Sie sich keine Gedanken, Ihre Kameraden sind ja auch noch da. Und im Übrigen habe ich den Gefangenen starke Beruhigungstropfen gegeben, die wirken zirka acht Stunden", versuchte der Arzt mich zu beruhigen. „Okay, dann kann ich mich auf Sie verlassen", sagte ich und legte mich auch auf einen Sitz. Ich ließ mir von dem Arzt ein Mittel gegen die Schmerzen geben und schlief übermüdet ein. Ich wurde erst durch ein vorsichtiges Rütteln von Sabine wach. Übermüdet schaute ich sie an, als sie zu mir sagte: „Hallo Peter, du musst aufstehen, wir landen gleich." Mit großen Augen schaute ich sie ungläubig an und fragte: „Was, sind wir schon da?" „Ja", antwortete sie und schaute mich mit ihren schönen dunklen Augen freundlich an. Mir war nicht gut, ich hatte fürchterliche Schmerzen in der Schulter.

Als das Flugzeug zum Stehen kam, wurde auch gleich die Tür geöffnet.

Sechs Personen in Zivil stürmten das Flugzeug und verteilten sich. „Hier steigt keiner aus!", schrie ein Herr Mitte 50. „Ich bin der Einsatzleiter des Sonderkommandos und Sie werden schön sitzen bleiben und sich ruhig verhalten", brüllte er weiter auf uns ein. „Wer sind Sie und was haben sie für Sachen an?", fragte er uns. „Das möchte ich Ihnen lieber nicht erklären", antwortete ich ruhig zu ihm. „Ihre Ausweise!", forderte er uns auf und streckte die Hand danach aus. „Die zeigen wir Ihnen auch nicht", sagte ich trocken zu ihm. „Was glauben Sie denn, mit wem sie es zu tun haben?", brüllte er mich an. „Wenn Sie wüssten, mit wem Sie es zu tun haben, würden Sie nicht so große Töne spucken", mischte sich jetzt ein Passagier ein. „Wer sind Sie? Kümmern sie sich gefälligst um Ihre Angelegenheiten", brüllte er nun auch den Passagier an. „Das werde ich nicht", sagte der Passagier zu ihm und stand wütend mit einem Ruck auf. Er holte einen Ausweis aus der Jackentasche und hielt ihn dem Einsatzleiter, der gerade wieder zu brüllen anfangen wollte, unter die Nase. Augenblicklich stand er stramm und riss seine Hand zum Gruß an seinen Kopf. „Sie sind wohl verrückt geworden? Sich hier vor den Passagieren aufzuspielen, die noch vor wenigen Stunden als Geisel in einer Flugzeugentführung um ihr Leben bangen mussten. Das hat noch ein Nachspiel, das kann ich Ihnen sagen. Sie können schon ihre Siebensachen packen und sich von ihrer Familie verabschieden. Kümmern Sie sich gefälligst um die Verletzten", schrie nun der Passagier den Einsatzleiter an. „Wer ist verletzt und wer braucht ärztliche Hilfe?", fragte er erstaunt. Nachdem der Passagier dem Einsatzleiter die Lage kurz erklärt hatte, wurden die Verletzten Besatzungsmitglieder mit Tragen nach draußen gebracht. Der Einsatzleiter holte eine Liste aus seinem Aktenkoffer und las Namen vor. Die Aufgerufenen mussten dann das Flugzeug verlassen. Nachdem die beiden Neuseeländer aufgerufen wurden, kamen sie noch einmal zu mir, um sich von zu verabschieden. „Halte die Ohren steif und bleib gesund, wir sehen uns bald", sagten sie und verabschiedeten sich von mir.

Ich rief meine Kameraden, die gleich kamen und mich fragten, wie es nun mit ihnen weitergeht. „Ihr geht erst einmal runter zu den Gefangenen und macht alles so lange dicht, bis ich euch persönlich ein Zeichen gebe", erklärte ich ihnen. „Okay, wir haben verstanden", erwiderten sie und liefen eilig zum Frachtraum. Als die letzten Passagiere das Flugzeug verlassen hatten, kam der Passagier, der sich mit dem Einsatzleiter angelegt hatte, auf mich zu und fragte: „Wie geht es Ihnen eigentlich?" „Den Umständen entsprechend, aber meine Verletzung an der Schulter müsste nun bald mal genäht werden", antwortete ich. „Ich werde mich gleich um alles kümmern", sagte der Passagier zu mir. „Mit wem habe ich es eigentlich zu tun?", fragte ich ihn. „Das ist jetzt noch nicht so wichtig, haben Sie Vertrauen", antwortete er. Ich lachte höhnisch. „Vertrauen, das ist so eine Sache", sagte ich. „Hätte ich mich auf das Vertrauen verlassen, wären wir alle tot. Nein, Vertrauen habe ich zu niemanden mehr. Sie können mir aber ein abhörsicheres Telefon geben", sagte ich.

„Na gut, ich sehe, Sie sind sehr vorsichtig geworden, das ist auch sehr gut so. Ja und im Übrigen, bin ich jetzt vorläufig ihr neuer Chef." „Was erzählen Sie da?", fragte ich ungläubig. „Ja, das stimmt, Sie können mir glauben, ich habe auch einen Brief für Sie", antwortete er und überreichte mir einen Brief. Vorsichtig nahm ich den Brief und hielt ihn ins Licht. Mein neuer Chef beobachtete das Geschehen aufmerksam und lächelte mir zu.

Ich las: „Sehr geehrter, nennen wir Sie Herr X. Wir wurden von der Befreiungsaktion genauestens unterrichtet und sind stolz, dass Sie das Gelernte so hervorragend umgesetzt haben. Wir wollten eigentlich einen guten Spion aus Ihnen machen, aber nach dem Einsatz, den Sie bravourös gemeistert haben, haben wir uns entschieden, Sie nur allein operieren zu lassen. Ihre Hauptaufgabe wird es ab sofort sein, Gefangene zu befreien. Sie werden uns aber auch für Chemie und Sprengstoffeinsätze zur Verfügung stehen. Wir hatten zwar versprochen, dass Sie nach dem Einsatz zu Ihrer Familie gehen können. Das müssen Sie aber erst einmal verschieben. Es wartet auf Sie ein neuer Auftrag, der sehr dringend ist. Ihren neuen Chef, der Ihnen den Brief übergeben hat, haben Sie ja schon kennengelernt. Er arbeitet im russischen Geheimdienst. Sie werden mit ihm nach Russland fliegen und einige Zeit dort tätig werden. Befolgen Sie die Anweisungen und melden Sie sich regelmäßig unter der angegebenen Telefonnummer."

„Haben Sie alles gelesen und verstanden?", fragte er mich, als ich nachdenklich den Brief zur Seite legte. „Ja das habe ich, ich hätte ja auch nichts dagegen mein Arbeitsgebiet nach Russland zu verlegen, aber ich wollte doch zu meiner Familie", antwortete ich verärgert. „Sie haben ein ganzes Jahr ihre Familie nicht gesehen?", fragte er mich ungläubig. „Ja, das ist richtig", bestätigte ich. „Kann Ihre Frau schweigen?", fragte er mich. „Ja, das kann sie", antwortete ich. „Na gut, ich werde mich um alles kümmern und ein Treffen organisieren", sagte er und fügte hinzu: „Ich muss Sie nicht daran erinnern, dass das geheim bleiben muss." „Ich setze sonst meinen Job aufs Spiel", erklärte er mir. „Sie können sich auf mich verlassen", antwortete ich erleichtert. „Sie sind zu gut für dieses Land, glauben Sie mir. Ich habe Sie genau studiert und war auch schon auf dem Hinflug in der Maschine. Nach Ihrer Beurteilung und Ihrer Qualifikation, vor allem, wie Sie die Gefangenen befreit haben, muss man Sie ganz anders einordnen.

Deshalb habe ich mich auch in der Zwischenzeit mit dem Leiter des russischen Geheimdienstes getroffen und ihm Bericht erstattet. Ich kann Ihnen heute mitteilen, dass der Leiter des russischen Geheimdienstes eine Vereinbarung mit der Staatssicherheit unterschrieben hat. Das heißt, dass Sie ab sofort auch für Russland tätig sein werden", erzählte er weiter.

„Wenn Sie auch vom russischen Geheimdienst sind, warum haben Sie mir nicht geholfen?", fragte ich verärgert. „Ich hätte doch keine Chance gegen die vier gehabt und Sie hatten doch alles bestens im Griff", antwortete er. „Da bestätigt es sich doch wieder, dass man keinen trauen kann, nicht wahr?", sagte ich und schaute ihn ärgerlich an. „Da haben Sie ausnahmsweise recht", antwortete er.

„Dann kann ich Ihnen auch sagen, dass wir einen Flugzeugentführer gefesselt haben", berichtete ich. „Das habe ich mir fast gedacht", erwiderte er. „Ich habe aber auch noch zwei besondere Gäste aus Korea mitgebracht", klärte ich ihn auf und fügte hinzu: „Das sind hochrangige Offiziere, die ich überwältigen konnte und als Geiseln unten im Frachtraum eingesperrt habe."
„Kann ich mir die beiden mal anschauen?", fragte er mich. „Ja, dagegen habe ich nichts einzuwenden", erwiderte ich. Gemeinsam gingen wir in den Frachtraum. Unten angekommen klopfte ich an die Kiste. „Ich bin es!", meldete ich mich und drückte den Knopf am Kistenboden. Als er die beiden sah, war er erstaunt. „Das gibt es doch nicht! Wissen Sie wer diese beiden sind?", fragte er mich nervös. „Ja, sie haben beide gesagt, dass sie zu einer Spezialeinheit gehören." „Spezialeinheit, Nonsens, das sind die beiden führenden Offiziere der koreanischen Untergrundbewegung", berichtete er. „Die werden weltweit gesucht und sie haben sie versandfertig einfach aus Korea mitgebracht", sagte er und konnte es immer noch nicht glauben, dass ich die beiden gefangen genommen hatte. „Das muss unbedingt geheim bleiben. Die beiden werden wir gleich in der Kiste lassen und nach Russland mitnehmen", schlug er vor. „Die werden dann von uns eine besondere Behandlung bekommen", sagte er und grinste mich an. „Na gut, dann stecken wir sie wieder in die Kiste und geben ihnen noch etwas zu trinken und zu essen", schlug ich vor. „Nein, nein, die brauchen nichts, die paar Stunden halten sie auch noch aus und dann bekommen sie alles von uns", erklärte mir der russische Spion und grinste mich wieder an.

„Sie melden sich jetzt bei Ihrem Vorgesetzten und vergessen alles, was Sie gesehen und gehört haben, ist das klar?", fragte er mich und schaute auch meine Kameraden an. Wortlos schauten sie mich an, bedankten und drückten mich, bevor sie das Flugzeug verließen. In diesem Augenblick wusste ich noch nicht, dass ich sie nicht mehr wiedersehen würde. Wir begaben uns wieder nach oben und setzten uns. Der russische Agent schaute auf seine Uhr und sagte: „Wir haben jetzt noch acht Stunden Zeit, deshalb werde ich jetzt ein paar Anrufe tätigen. Sie verlassen das Flugzeug nicht, bevor ich wieder komme." Ich nickte und setzte mich wieder. Das musste ich erst einmal verarbeiten, was mir der russische Spion alles erzählt hatte. Währenddessen verließ er eilig das Flugzeug. Ich nahm den Brief und las ihn noch einmal. Wieder legte ich ihn, nachdem ich ihn gelesen hatte, zur Seite. Ich konnte es immer noch nicht glauben, dass ich jetzt noch nach Russland zum Geheimdienst sollte. Ich war immer noch in Gedanken versunken, als die Tür geöffnet wurde und der russische Spion wieder das Flugzeug betrat und sagte: „Es sieht gut aus, ihre Frau ist auf dem Weg und wird in einer Stunde hier sein. Sie haben dann sieben Stunden Zeit, ich werde Sie jetzt in ein Hotel bringen lassen, wo Sie sich erst einmal waschen und rasieren können. Frische Sachen werden gerade für Sie gekauft und ins Zimmer gelegt. Ein Arzt wird im Zimmer auf Sie warten und Ihre Wunde nähen. Selbstverständlich bekommen sie einen neuen Verband. Mein Chauffeur wird Ihre Frau direkt ins Hotel bringen und sich in Ihrer Nähe aufhalten. Sie brauchen den Telefonhörer nur abheben, wenn Sie etwas brauchen sollten."

„Was soll ich denn meiner Frau erzählen, warum ich fast zwei Jahre nicht zu Hause war?", fragte ich verunsichert. „Wir haben ihrer Frau erzählt, dass Sie einen wichtigen Auslandsauftrag hatten und aus Sicherheitsgründen nichts sagen konnten. Ich bitte Sie auch darum, dass Sie über Ihren Einsatz nichts erzählen, sonst gefährden sie nicht nur sich, sondern die ganze Organisation", erklärte er mir. „Aber die Wunde kann ich doch nicht verbergen, meine Frau wird mich doch fragen, was ich da gemacht habe?", fragte ich und schaute den Agenten fragend an. „Wir haben Ihrer Frau schon erklärt, dass Sie einen Autounfall hatten und im Krankenhaus waren", antwortete der Spion. „Ich sehe, Sie haben an alles gedacht", erwiderte ich. „Das machen wir doch nicht das erste Mal, wir haben da unsere Erfahrung darin", erklärte er mir. „Wie lange werde ich in Russland bleiben?", fragte ich. „Das kann ich auch noch nicht sagen, aber das klären wir noch rechtzeitig", antwortete er. Ich hatte Mühe, meine Freude zu verbergen und hätte am liebsten einen Luftsprung gemacht, dass ich endlich meine Frau sehen konnte. „Na gut, wenn Sie keine weiteren Fragen haben, dann gehen wir nach draußen und warten auf das Auto", schlug der Agent vor und fügte hinzu: „Ihre Waffen brauchen Sie ja vorläufig nicht, die können Sie im Flugzeug lassen." „Nein, ohne meine Waffen gehe ich nirgendwohin", erwiderte ich. „Okay, wenn Sie meinen, aber den Rucksack können Sie nun wirklich hier im Flugzeug ablegen", sagte er nun schon etwas ärgerlich. „Auch den nehme ich mit", erwiderte ich. „Wenn Sie sich nicht von Ihren Waffen trennen können, nehmen Sie sie eben ins Hotel mit", erwiderte er barsch.

Es dauerte auch nicht lange, bis ein schwarzer Regierungswagen vorfuhr. Nachdem wir eingestiegen waren, wurden wir ins Hotel gefahren. „Sind die Gefangenen jetzt unbewacht?", fragte ich. „Machen Sie sich darüber keine Sorgen, darum kümmern sich gerade meine Mitarbeiter, und nicht vergessen, in sieben Stunden lasse ich Sie wieder abholen", erklärte mir der russische Agent und fügte hinzu: „Ich wünsche Ihnen viel Spaß." „Ich möchte mich bei Ihnen bedanken, dass Sie es ermöglicht haben, endlich meine Frau sehen zu können." „Aber nicht dafür, das haben Sie sich redlich verdient", sagte der Agent und reichte mir die Hand.

Ich ging zur Rezeption und wollte mich gerade bei der Dame melden, als ein gut gekleideter Herr auf mich zukam. „Ich habe schon auf Sie gewartet", sagte er zu mir und musterte mich von oben bis unten. „Das wird wohl auch höchste Zeit, dass Sie in eine Wanne kommen. Sie sehen fürchterlich aus! Wie lange haben Sie sich denn nicht waschen können?", fragte er mich. „Das ist schon einige Tage her, dass ich mit einem Rasierer Begegnung hatte und vom Waschen will ich gar nicht erst reden", klärte ich ihn auf. „Das ist nicht zu übersehen, dass Sie schon lange kein Wasser gesehen haben", bemerkte er kopfschüttelnd. Die Leute, die uns begegneten schauten, mich mitleidig an und schüttelten nur den Kopf.

Nachdem wir das Zimmer erreicht hatten, sagte er zu mir: „Ich halte mich im Nachbarzimmer auf, wenn Sie etwas brauchen, sagen Sie mir Bescheid." „Ja, ich weiß, das hat mir Ihr Boss auch schon gesagt", erwiderte ich. Der Arzt und eine Krankenschwester warteten schon im Zimmer auf mich. „Sie kommen wohl gerade aus dem Krieg?", begrüßte mich der Arzt, als er sah, was ich für Waffen am Körper trug. „Ich möchte darüber nicht sprechen", erwiderte ich nur. „Um Himmels Willen, Sie sehen fürchterlich aus!", rief der Arzt, als er mich genauer betrachtete. „Na, schönen Dank auch, da wo ich herkomme, hatten sie es nicht so mit der Hygiene", antwortete ich. „Ja, entschuldigen Sie, man hat mich zwar schon davor gewarnt, dass Sie sich bei Ihrem Einsatz nicht waschen konnten, aber so schlimm hatte ich mir das nicht vorgestellt. Am besten, Sie machen Ihren Oberkörper frei und ich desinfiziere Ihre Wunden, damit ich die Stichverletzung nähen kann", erklärte mir der Arzt. „Kann ich danach in die Wanne gehen?", fragte ich. „Aber ja, unbedingt, das können Sie, ich werde Ihnen einen wasserfesten Verband anlegen", antwortete er. Ich legte mich auf den großen Wohnzimmertisch, damit mich der Arzt und die Schwester versorgen konnten. Nachdem der Arzt die Behandlung abgeschlossen hatte, fragte er mich, ob ich noch etwas brauchen würde. „Nein", sagte ich, „ich muss mich beeilen, meine Frau kommt gleich und da wollte ich eigentlich mit allem fertig sein." „Na gut", sagte er und verließ mit der Krankenschwester das Zimmer.

Schnell durchsuchte ich das Zimmer nach Wanzen. Nach wenigen Minuten fand ich tatsächlich in der Deckenlampe die erste. Jetzt durchsuchte ich alle Zimmer genauer und wurde in jedem Zimmer fündig. Das Telefon und auch die Sprechanlage zum Personal waren mit Wanzen versehen worden. Vorsichtig nahm ich die Wanzen und zählte sie. Einundzwanzig Wanzen waren das Ergebnis meiner intensiven Durchsuchung. „Diese Schweine", dachte ich, „und dann spricht der Spion von Vertrauen." Ich legte die Wanzen vorsichtig in eine Schüssel und machte das Radio an. Dann suchte ich noch nach versteckten Kameras. Auch hier wurde ich fündig, in jedem Zimmer fand ich zwei davon. Mit meiner Polaroid machte ich von jedem Zimmer ein Bild und befestigte das Bild vor der Kamera. Nachdem ich mich ra-

siert hatte, stieg ich in die Wanne und nahm ein ausgiebiges Bad.
Ich gab Duftzusätze ins Wasser und fühlte mich wieder wie ein
Mensch. Was gibt es Schöneres, als nach Tagen der Entbehrung
endlich in einer Badewanne zu liegen? Ich lag immer noch in der
Wanne und ließ mir gerade warmes Wasser zu, als die Eingangstür geöffnet wurde. Eine vertraute Stimme rief meinen Namen.
„Peter?" Mein Herz fing sofort an zu rasen, als ich ihre Stimme hörte. Wie lange habe ich meine Frau nicht gesehen und in
die Arme nehmen können. Jetzt war es so weit, sie war bei mir
und ich war aufgeregt wie ein kleines Kind bei der Bescherung
zu Weihnachten. „Hier bin ich", rief ich aufgeregt. „Na, wo bist
du denn?", fragte sie noch einmal. „Im Bad", rief ich nun etwas
lauter. Die Tür zum Badezimmer öffnete sich langsam und meine Frau stand im Türrahmen. Ich war unfähig etwas zu sagen.
Ja, so hatte ich sie immer in Erinnerung. Dunkle, schulterlan-
ge Haare und diese großartige Figur. „Willst du mich nicht richtig begrüßen?", fragte sie lächelnd. „Ja, natürlich", antwortete
ich und erhob mich aus der Wanne. Schmunzelnd schaute sie
mich von oben bis unten an und sagte: „Naja, ich sehe, es ist alles noch am richtigen Fleck. Du hast schon immer Muskeln gehabt, aber wie du jetzt aussiehst, da kann man ja Angst bekommen, da ist ja kein Gramm Fett mehr an dir." Ich grinste sie an
und sagte: „Quatsch nicht so viel, komm lieber her zu mir." Wir
umarmten und küssten uns sehr lange. Ich zuckte vor Schmerzen zusammen, als sie die frischgenähte Wunde auf meinem Rücken berührte. „Oh, entschuldige, ich habe vor Freude gar nicht
an deine Verletzung gedacht." „Es ist schon gut", erwiderte ich
und nahm sie wieder in meine Arme. „Ist da noch Platz?", fragte sie schmunzelnd und zeigte auf die Wanne. „Ja, für dich immer", antwortete ich. Langsam und provokatorisch zog sie ihre
Bekleidung aus und stieg zu mir in die Wanne. „Können wir reden?", fragte sie mich. „Ich bin mir nicht sicher", antwortete ich
leise. Ich holte die Schüssel mit den Wanzen, machte den Toi-
lettendeckel auf, schüttete die Wanzen ins Becken und zog an
der Spülung. Danach holte ich das Radio aus dem Wohnzimmer
und lief wieder ins Bad zurück. Nachdem ich das Radio wieder

angestellt hatte, stieg ich in die Wanne, wo mich Elke schon erwartete. Liebevoll streichelte ich Elke und sagte: „Ach Elke, wie habe ich deine Nähe, deine Umarmungen und deine zärtlichen Küsse vermisst." „An mir hat es nicht gelegen", sagte sie und küsste mich zärtlich. „Warum hast du dich nicht bei mir gemeldet?", fragte Elke und schaute mich erwartungsvoll an. „Ich habe schon gedacht, dass du eine andere Frau hast", fügte Elke besorgt hinzu. „Nein, eine andere habe ich nicht, ich liebe nur dich allein. Ich kann dir auch nichts weiter über meine Arbeit erzählen. Nur so viel, dass ich in geheimer Mission für die Regierung arbeite und jetzt gleich nach Russland muss", versuchte ich, Elke meine Lage zu erklären. „Was! Du willst uns wieder alleine lassen?", rief Elke erschrocken, mit Tränen in den Augen. „Von Wollen kann nicht die Rede sein, ich muss", versuchte ich Elke zu beruhigen. „Niemand muss etwas, was man nicht will", erwiderte sie aufgeregt unter Tränen. „Doch, ich muss, ich darf dir nicht mehr sagen, du musst Vertrauen zu mir haben", antwortete ich und nahm Elke wieder in meine Arme. „Ja, ich habe Vertrauen, aber ich habe doch auch Angst um dich. Unsere Tochter braucht auch ihren Papa. Du hast sie noch gar nicht gesehen. Sie ist schon zwei Jahre und du warst die ganze Zeit nicht da. Du weißt gar nicht, wie viele Nächte ich wach war und mir Sorgen gemacht habe. Die schönste Zeit, als unsere Tochter zu sprechen anfing und die ersten Schritte machte, hast du auch nicht miterlebt", sagte sie vorwurfsvoll und konnte ihre Tränen nicht mehr halten. „Ich weiß, wie viele Nächte habe ich nicht schlafen können, weil ich an euch denken musste. Wie oft habe ich Heimweh gehabt und wollte einfach nur zu euch. Aber die Umstände ließen es einfach nicht zu. Ja, glaube mir, ich werde alles versuchen, damit ich wieder nach Hause kommen kann", versuchte ich Elke wieder zu beruhigen. Ich nahm ein Taschentuch und wischte Elkes Tränen ab. „Was machen eigentlich unsere Nachbarn und guten Freunde?", fragte ich Elke. „Denen geht es gut, aber sie fragen sehr oft nach dir. Ich kann ihnen doch nicht die Wahrheit über dich sagen, sie würden eventuell noch Schwierigkeiten bekommen. Du weißt doch selbst, dass man niemandem trauen kann", berichtete Elke. „Zu Klaus und Regina kannst du volles Vertrauen haben, aber erzähle trotzdem nicht zu viel, denn ich vermute, dass auch ihr Telefon abgehört wird", gab ich zu bedenken. „Deshalb habe ich auch nicht angerufen, um dich nicht in Gefahr zu bringen", fügte ich hinzu. „Du machst mir Angst", sagte sie besorgt. „Nein, du brauchst keine Angst zu haben. Das machen sie immer, wenn einer für die Regierung arbeitet, dann wird die ganze Verwandtschaft abgehört, um zu überprüfen, ob der Mitarbeiter auch gegenüber seiner Familie verschwiegen ist", klärte ich Elke auf und fügte hinzu: „Solange ich mache, was sie verlangen, lassen sie mich und meine Familie in Ruhe." „Hör genau zu, was ich dir jetzt sage, und mache alles genau so", sagte ich zu Elke. „Ich habe einige Menschen das Leben gerettet und aus einem Gefangenenlager befreit. Darunter war auch ein Mann mit seinem Neffen aus Neuseeland. Der Mann hat mir gesagt, wenn ich mal Hilfe brauche und in Gefahr komme, kann ich zu jeder Zeit nach Neuseeland kommen. Er und sein Neffe werden uns dann helfen. Es ist zwar noch nicht so weit, aber du musst vorbereitet sein, wenn die Zeit gekommen ist." „Ja Peter, wenn du es sagst, dann werde ich mich auch danach richten und alles so machen", antwortete Elke und nahm mich liebevoll in ihre Arme. „Komm und lass uns noch einmal zusammen essen", schlug ich vor. „Da hast du recht, wir können nicht viel tun, das Schicksal will es wohl, dass wir nur eine Seemannsehe führen", sagte sie und küsste mich ganz zärtlich. Wir ließen uns die besten Speisen und Getränke bringen und genossen die wenigen Stunden in vollen Zügen. Wir hatten sieben schöne und unvergessene Stunden, die mein ganzes Leben verändern sollten.

Es klopfte an der Tür. „Es ist soweit, Sie müssen sich jetzt verabschieden," rief der Chauffeur von draußen. Traurig und mit Tränen in den Augen schaute mich meine liebe Elke fragend an." Ja mein Schatz, wir müssen uns jetzt verabschieden, aber ich verspreche dir, dass wir uns bald wiedersehen werden und vergiss nicht, was ich dir gesagt habe", sagte ich und schaute meine Elke traurig an. „Nein, das vergesse ich genauso wenig wie die

schönen Stunden, die ich mit dir hier erleben durfte", antwortete sie mit Tränen in den Augen. Wir nahmen uns noch einmal in
die Arme und küssten uns leidenschaftlich. „Pass auf dich auf!",
flüsterte sie mir leise ins Ohr und ging zur Tür. Sie war schon
im Begriff, die Tür hinter sich zu schließen, als sie noch einmal
auf dem Absatz kehrt machte und zurückkam. „Ich habe so ein
ungutes Gefühl, dich nicht mehr gesund wieder zu sehen", sagte sie besorgt zu mir. „Ach, mein Schatz, es wird schon alles gut
werden", versuchte ich sie zu beruhigen. Ich nahm sie in meine
Arme und streichelte ihr zärtlich über den Kopf. „Warte einen
Moment", sagte ich zu ihr und nahm den Telefonhörer in die
Hand. „Haben Sie noch einen Wunsch?", fragte mich der Chauffeur. „Ja, den habe ich, bringen Sie mir noch zwei Kisten guten
Champagner." Nachdem er mir das Gewünschte gebracht hatte,
sagte ich zu meiner Frau: „Nimm die Flaschen und jedes Mal,
wenn du Sehnsucht nach mir hast, trinkst du ein Glas." „Der
Champagner wird dann aber nicht lange reichen", sagte sie lächelnd und schaute mich liebevoll an. Ich verstand nicht, was
sie damit meinte. „Ach Peter, ich habe doch jetzt schon wieder
große Sehnsucht nach dir", flüsterte sie mir leise zu. „Es wird
schon alles wieder gut", versuchte ich sie zu trösten und begleitete sie zur Tür. Nachdem sie gegangen war, nahm ich wieder
den Telefonhörer von der Gabel, augenblicklich meldete sich der
Chauffeur wieder am anderen Ende.

„Kommen Sie mal rüber, ich brauche Ihre Hilfe", sagte ich.

Schnell stellte ich mich seitlich neben der Eingangstür und
wartete auf den Chauffeur. Die Tür flog auf und der Chauffeur
stürmte ins Zimmer. Ich packte ihn an seinem Kragen und drehte ihm den Arm nach hinten. Er schrie vor Schmerzen und fragte: „Warum machen Sie das, was habe ich Ihnen denn getan?"
„Das werde ich dir gleich sagen", antwortete ich energisch. „Wer
hat veranlasst, das Zimmer zu verwanzen und abzuhören? Und
dann wären da noch die Kameras, die in den Zimmern installiert wurden", schrie ich ihn an. „Davon weiß ich nichts", wimmerte er. Ich drehte noch kräftiger an seinem Arm. „Ist gut, ich
werde es Ihnen verraten", jammerte er vor Schmerzen. „Das war

ein Offizier von der Staatssicherheit, er wollte doch wissen, ob Sie ihrer Frau etwas von ihrem Einsatz erzählen werden."

„Wer hält sich nebenan im Zimmer auf?", fragte ich. „Nur ich", antwortete er nervös. „Das glaube ich aber nicht", sagte ich und schubste ihn vor mir her. „Mach keine Dummheiten, sonst lernst du mich richtig kennen", drohte ich dem Chauffeur. Als wir vor der Tür des Nachbarzimmers standen, stellte ich mich wieder seitlich neben der Tür und forderte ihn auf, zu klopfen. Ein alter grauhaariger Mann öffnete die Tür und fragte erstaunt: „Warum kommen Sie denn nicht rein, Sie haben doch einen Schlüssel?" „Ach nein, ich wollte nur nachfragen, ob meine beiden Kollegen noch hier sind", antwortete der Chauffeur. „Ja, die sind beide noch an ihren Geräten", erzählte der alte. „Na gut, dann gehe ich erst einmal auf die Toilette", sagte der Chauffeur. „Okay, ich sage Bescheid", antwortete der alte Mann und machte die Tür wieder zu. Ich nahm den Chauffeur wieder an seinem Kragen und forderte ihn auf, in mein Zimmer zu gehen. Ohne Widerstand ging er vor mir her. Als wir im Zimmer waren, sagte ich zu ihm: „Wollen Sie mir nun die Wahrheit sagen oder soll ich Ihnen auf die Sprünge helfen?" Ich wollte mich gerade mit ihm beschäftigen, als es wieder klopfte. „Was ist?", fragte ich gereizt. „Sie wollten doch unten am Eingang auf mich warten?", sagte die Stimme vor der Tür. Erst jetzt erkannte ich ihn, es war der Russe vom Geheimdienst. „Sie kommen gerade richtig, kommen Sie ruhig rein", forderte ich ihn auf. Die Tür öffnete sich und der Russe betrat mein Zimmer. „Was machen Sie mit meinem Chauffeur?", fragte er mich erstaunt. „Das können sie ihn gleich selber fragen, er kann Ihnen erzählen, wer das Zimmer verwanzt und mit Kameras bestückt hat", antwortete ich gereizt. „Und Sie haben mir ihr Wort gegeben, dass das Zimmer sauber ist. So viel zum Vertrauen", sagte ich ärgerlich zu dem Russen. „Das können Sie mir glauben, dass ich nichts damit zu tun habe", antwortete er und ging zu seinem Chauffeur. „Sagen Sie die Wahrheit! Haben Sie etwas damit zu tun?" „Nein, nein, ich habe damit nichts zu tun", jammerte der Chauffeur. „Machen Sie das Fenster auf", forderte mich der Russe auf und nahm seine Pistole. „Warum soll ich das Fenster öffnen?", überlegte ich. „Naja, der wird schon wissen, was er macht, sollen die beiden es unter sich ausmachen", überlegte ich weiter. Nachdem ich das Fenster geöffnet hatte, sagte er zu seinem Chauffeur: „Steigen Sie jetzt auf das Fensterbrett, machen Sie es nicht, erschieße ich Sie gleich hier." Ängstlich stieg der Chauffeur auf das Fensterbrett und jammerte um sein Leben. „Sagen Sie mir nun, was ich wissen will?", sagte der Russe zu seinem Chauffeur. „Ja. okay, ich sage Ihnen alles. Ich musste doch alles machen, was die Staatssicherheit von mir verlangt hat", antwortete der Chauffeur. „Das heißt, Sie arbeiten auch für die Stasi und haben mich die ganze Zeit bespitzelt?", schrie der Oberst ihn an. Ängstlich nickte er. „Und wer hat veranlasst, das Zimmer zu verwanzen?" „Das habe ich doch schon gesagt", erwiderte er. „Aber mir hast du es noch nicht erzählt," schrie der Oberst ihn wieder an. „Die Stasi wollte doch wissen, was hier im Zimmer gesprochen wird", erzählte er weiter. „Die Stasi hat mir versichert, dass das Zimmer sauber ist", sagte der Oberst enttäuscht. „So, und nun zu dir", sagte der Oberst und wandte sich wieder an seinen Chauffeur. „Du spielst also ein doppeltes Spiel und hast mich und unsere Organisation verraten? Du weißt, was wir mit Verrätern machen?" „Ja, das weiß ich", antwortete der Chauffeur ängstlich. „Spring raus", forderte der Oberst den Chauffeur auf. „Aber wir sind im zwanzigsten Stock", jammerte er. „Du Idiot, denkst du, das weiß ich nicht?", sagte der Oberst gelassen. Jetzt mischte ich mich ins Gespräch und sagte zu dem Oberst: „Sie können doch von Ihrem Chauffeur nicht verlangen, freiwillig aus dem Fenster zu springen!" „Doch, das kann ich machen", erwiderte er. „Entweder ich erschieße ihn gleich hier oder er springt. Verräter haben es nicht anders verdient. Schauen Sie genau zu, so machen wir es immer", sagte der Oberst zu mir. „Entweder haben die Verräter einen Unfall oder sie werden hingerichtet", erklärte er mir. „Also, was ist, wofür hast du dich entschieden?", fragte der Oberst seinen Chauffeur. „Ich springe", sagte er und sprang aus dem Fenster. Von der Straße war ein dumpfer Aufschlag und Schreie zu hören.

„Nehmen Sie ihre Sachen, wir müssen so schnell wie möglich verschwinden", sagte der Oberst gelassen zu mir. Ich nahm meine persönlichen Sachen und ging zur Tür. „Haben Sie sich nicht so, Sie werden noch so manchen Toten zu sehen bekommen", klärte mich der Oberst auf. Ich gab ihm keine Antwort und ging zur Nachbartür. Ich klopfte. „Wer da?", fragte eine Stimme. „Der Zimmerservice", antwortete ich. Als die Tür vorsichtig geöffnet wurde, trat ich mit voller Wucht mit dem Fuß dagegen. Durch die Wucht des Trittes brach die Tür aus ihrer Verankerung und begrub den Mann, der sie geöffnet hatte, unter sich. Von dem Lärm neugierig geworden, kam der Oberst mit einer Pistole in der Hand aus meinem Zimmer gerannt. „Was ist los?", fragte mich der Oberst. „Schauen Sie selbst", antwortete ich ihm kurz und betrat mit dem Oberst das Nachbarzimmer. Erschrocken vor unserem gewaltsamen Eindringen saßen zwei Personen vor einigen Geräten und hoben artig ihre Hände. Der Oberst brüllte sie an: „Was machen Sie da?" „Wir sind für die Überwachung einiger Zimmer verantwortlich", erklärten sie ängstlich. „Wer hat das befohlen?", fragte der Oberst energisch. „Unser Vorgesetzter", erklärten die beiden. „Welcher Vorgesetzter, wie heißt er? Ich will augenblicklich den Namen wissen", brüllte der Oberst die beiden weiter an. Nachdem sie den Namen preisgegeben hatten, sagte der Oberst gelassen zu den beiden: „Na gut, das kläre ich persönlich", und hob die Pistole. „Es tut mir sehr leid, aber sie haben uns gesehen und können uns identifizieren", und drückte eiskalt ab. Dumpf schlugen ihre Körper auf dem Spannteppich auf und blieben regungslos liegen. Nein, verstehen konnte, ja, wollte ich das, was gerade geschehen war, nicht. „Was für ein sinnloses Töten", dachte ich und lief die Treppe runter. Unten wartete schon der Oberst auf mich. „Warum haben Sie nicht den Fahrstuhl genommen?", fragte er mich. „Ich brauche frische Luft und im Fahrstuhl ist mir die Luft zu stickig", antwortete ich gereizt. Vor dem Eingang stand schon ein Regierungswagen, der auf uns wartete. Ein neuer Chauffeur stieg eilig aus, als er und sah und kam uns entgegen. Er nahm unser Gepäck und verstaute es im Kofferraum. Auf der Straße herrschte ein reges Treiben, Polizei und Krankenwagen standen auf der Straße. Der Chauffeur, der aus dem Fenster gesprungen war, lag immer noch regungslos auf der Straße. Um ihn hatte sich eine große Blutlache ausgebreitet. „Was ist passiert?", fragte der Oberst scheinheilig einen Polizisten, der gerade an ihm vorbeilief. „Der Bürger hat sich wohl gerade das Leben genommen", antwortete der Polizist bereitwillig.

„Wie kalt und abgebrüht muss der Oberst wohl sein", überlegte ich. „Von wegen Vertrauen, ich muss höllisch aufpassen, mit dem KGB ist nicht zu spaßen", überlegte ich weiter.

Als wir im Auto saßen, fragte mich der Oberst, der wie ausgewechselt schien: „Haben Sie trotz der kleinen Unannehmlichkeiten ein paar schöne Stunden mit ihrer Frau verbringen können?" „Ja, nachdem ich das Zimmer sauber hatte", erwiderte ich ärgerlich. „Na gut, wir fahren jetzt wieder zum Flughafen und werden nach Moskau fliegen", erklärte mir der Oberst. „Wenn Sie es sagen", erwiderte ich gelassen. Wir mischten uns zwischen die anderen Passagiere und stiegen in eine Linienmaschine nach Moskau ein. Während des Fluges fragte ich den Oberst: „Was ist eigentlich mit den Gefangenen geworden?" „Wie ich Ihnen schon gesagt hatte, haben sich meine Mitarbeiter bestens um diese gekümmert", erklärte der Oberst und fügte hinzu: „Also machen Sie sich keine Sorgen, denen geht es gut."

„Okay, dann sind sie ja in besten Händen", sagte ich und grinste ihn an. Er erwiderte meinen Blick und grinste zurück. Ich konnte mir denken, dass der russische Geheimdienst die drei so richtig in die Mangel nehmen würde.

Nachdem das Flugzeug gelandet war, wurde die Tür geöffnet und sechs Personen, die aussahen wie Bodyguards, betraten das Flugzeug. Einer rief laut im Befehlston: „Bleiben Sie alle auf Ihren Plätzen und verhalten Sie sich ruhig!" „Was soll das?", fragte ich mich. „Aber nicht wundern, sondern abwarten, was nun passieren wird", überlegte ich. Jetzt kamen zwei auf uns zu und begrüßten uns. „Kommen Sie, Oberst", sagte der eine und forderte uns auf, mit nach draußen zu kommen. Wir stiegen in eine schwarze Limousine ein, die direkt an der Gangway stand. Die

Bodyguards verteilten sich in zwei Autos, eins fuhr vor und das andere hinter uns. Die russischen Fahnen, die vorn an den Autos befestigt waren, flatterten heftig im Wind. Das Tempo, das die Chauffeure einschlugen, war beängstigend. Kreuz und quer ging es durch Moskau. Der Oberst schaute mich an und fragte mich: „Wissen Sie noch, wo wir sind?" „Wie meinen Sie das? Ich weiß, dass wir in Moskau sind, aber in welcher Straße oder welche Gegend, das kann ich Ihnen nicht genau sagen", antwortete ich dem Oberst. „Na gut, wir sind gleich da", sagte er zu mir und gab dem Chauffeur ein Zeichen. „Dachte der Oberst, ich würde ihm die Wahrheit sagen, dass ich mich in Moskau sehr gut auskannte?", überlegte ich. Ich wusste genau, dass wir uns im südwestlichen Verwaltungsbezirk befanden, der am südwestlichen Rand des Stadtgebietes von Moskau lag. Ich ließ mir aber nichts anmerken und stellte mich dumm. Wir hielten vor einem riesigen bewachten Gebäude. Der Oberst und ich stiegen aus der Limousine und gingen in das Haus. Nachdem wir mit dem Fahrstuhl in die oberste Etage fuhren, sagte der Oberst zu mir: „Jetzt zeige ich Ihnen mein bescheidenes Büro und dann können Sie sich ins Hotel fahren lassen." „Sie werden sicherlich müde sein von dem anstrengenden Flug", fügte er hinzu. „Das wäre nett, denn meine Verletzung schmerzt doch noch ein wenig, vielleicht könnte ein Arzt sich die Wunde noch einmal anschauen", sagte ich zu ihm. „Das werde ich gleich veranlassen, Sie müssen doch morgen fit sein, denn ich möchte Ihnen doch auch noch unser Gefängnis zeigen", erzählte mir der Oberst. „Ach so! Da bin ich aber gespannt, wie Sie ihre Gefangenen behandeln", erwiderte ich. „Jeder Gefangene bekommt bei uns das, was er verdient hat", erwiderte der Oberst mit einem Grinsen im Gesicht. Ich dachte mir meinen Teil und grinste zurück. Von wegen bescheidenes Büro, das ganze Büro erstreckte sich über die halbe Etage. Wie viele Sekretärinnen und Mitarbeiter zu seinem engsten Kreis gehörten, konnte ich auf die Schnelle gar nicht überschauen. Sein Büro war mit den modernsten Möbeln eingerichtet. Es fehlte wahrhaftig an nichts. Fernseher und Radio waren alles nur Attrappe. Per Knopfdruck drehte sich der große Büroschrank und eine Geheimtür war zu sehen. Stolz öffnete der Oberst die Tür. Ich staunte nicht schlecht, was ich da zu sehen bekam. In diesem Raum saßen zwölf Mitarbeiter das KGB an unzähligen Monitoren. Von diesem Büro gingen wir in ein anderes Zimmer, wo zirka zwanzig KGB-Beamte mit Kopfhörern vor verschiedenen Aufzeichnungsgeräten saßen. „Wen können Sie von Ihrem Büro alles beobachten und abhören?", fragte ich vorsichtig den Oberst. „Alle und jeden kann ich abhören und beobachten, überall haben wir Wanzen und Kameras installiert. Ich bin aber vorrangig für die Überwachung der Staatsfeinde zuständig", erklärte er mir stolz. „Na gut, ich habe Ihnen einiges von meiner Arbeit gezeigt, das sollte für den Augenblick reichen. Ich werde Sie jetzt ins Hotel bringen lassen und denken sie daran, dass Sie nicht mit ihrer Frau telefonieren können. Denn wie sie ja wissen, wird auch das Telefon ihrer Frau von der Staatssicherheit der DDR abgehört", erklärte mir der Oberst. „Ich werde es berücksichtigen", erwiderte ich. „Was für Aufgaben haben Sie mir zugeteilt?", fragte ich den Oberst. „Sie gehen erst einmal ins Hotel, ruhen sich aus und lassen sich verwöhnen. In genau einer Woche um 8:00 Uhr beginnen Sie mit ihrer Arbeit. Sie melden sich dann persönlich bei mir", klärte mich der Oberst auf.

„Okay, dann werde ich auf ihre Kosten eine Woche Urlaub machen", sagte ich zum Oberst und verließ das Büro.

Ein Chauffeur brachte mich ins Hotel. „Verlassen Sie aber nicht das Hotel", forderte der Chauffeur mich auf. „Ja, ja, werde ich schon nicht", antwortete ich. Ich bezog die Präsidentensuite im 25. Stock. Sechs große Zimmer, ein Konferenzraum, zwei Bäder, und alles vom Feinsten eingerichtet. Ich staunte nicht schlecht, als mir der Zimmerservice alles zeigte. Nachdem ich ausgiebig geduscht hatte, ließ ich mir die besten Speisen und Getränke bringen. Satt und zufrieden legte ich mich ins Bett und bedauerte, dass meine liebe Frau nicht bei mir sein konnte. Ich bekam Heimweh und sehnte mich nach meiner Familie. Ganz allein in einer fremden Stadt. Ich kannte in Moskau niemanden und konnte auch nicht mit meiner Frau telefonieren.

So genoss ich die Woche und entspannte mich. Jeden Tag kam ein Arzt und schaute nach meiner Wunde. Ein Masseur massierte mich jeden Tag und rieb mich mit duftenden und heilenden Ölen ein. So verging die Woche, bis der Tag kam, an dem ich mich beim Oberst melden sollte.

Früh wurde ich vom Zimmerservice geweckt. Nachdem ich ausgiebig gefrühstückt hatte, fuhr mich der Chauffeur zum Oberst, der schon auf mich wartete. „Haben Sie sich erholen können?", fragte er mich beim Eintreten. „Ja, das war eine schöne Woche, nur schade, dass ich die Tage nicht mit meiner Frau verbringen konnte", antwortete ich. „Das wird schon", versuchte mich der Oberst zu trösten. „Wie geht es nun weiter?", fragte ich ungeduldig. „Zuerst werden wir gemütlich einen Kaffee trinken und dann werde ich Ihnen den heutigen Tagesablauf erklären", sagte der Oberst zu mir. Die Sekretärin stellte ein mit Gold verziertes Kaffeeservice auf einen runden antiquarischen Tisch. Auch die passenden Stühle schienen aus einem Museum zu stammen. Ich schätzte das Alter der Möbelstücke auf mindestens 200 Jahre. „Setzen Sie sich, ich muss nur noch einen Anruf machen und dann komme ich wieder", erklärte der Oberst und ging aus dem Zimmer. Ungeduldig setzte ich mich auf einen Stuhl und wartete auf den Oberst. Nach ein paar Minuten kam er auch wieder. Er strahlte über das ganze Gesicht. „Was hat er nun wieder ausgeheckt?", dachte ich. „Sie freuen sich also, gibt es dafür einen besonderen Grund?", fragte ich neugierig den Oberst. „Ja, uns ist ein großer Fisch ins Netz gegangen", antwortete er aufgeregt. „Darf ich fragen, was für ein Fisch das ist?", fragte ich neugierig nach. „Ach, ich möchte noch nicht darüber reden, meine Mitarbeiter unterhalten sich im Moment mit den beiden, aber nach dem Kaffee werden wir sie besuchen gehen", erklärte er mir. „Ich hatte wieder ein ungutes Gefühl in der Magengegend und so eine gewisse Vorahnung.

„Sie wollten mir doch erzählen, was ich nun hier machen soll?", fragte ich den Oberst ungeduldig. „Ach ja, das habe ich doch glatt vergessen", antwortete der Oberst. „Sie werden für die Beschaffung von Informationen in ein geheimes Labor eingeschleust. Aber das hat alles noch Zeit, wir gehen zuerst ins Gefängnis", erklärte mir der Oberst. Nachdenklich schaute mich der Oberst an und sagte: „Sie hatten mich doch vor einiger Zeit gefragt, wie wir mit unseren Gefangenen umgehen? Heute können Sie sich davon selbst überzeugen." „Ganz nebenbei werden wir auch noch bei unserem Neuzugang vorbeischauen. Ich möchte doch wissen, wie weit die Wachleute mit dem Verhör gekommen sind und ob sie schon etwas aus den beiden herausbekommen haben", berichtete der Oberst.

Auf den Gefängnisbesuch war ich schon neugierig und gespannt. Mich interessierte es brennend, wie der KGB mit den Gefangenen umgeht und ob ihnen etwa Gewalt angetan wird. Nachdem wir ausgiebig Kaffee getrunken hatten, übergab mir der Oberst noch einen ledernen Aktenkoffer. „Was soll ich damit?", fragte ich erstaunt. „Schauen Sie doch rein", forderte mich der Oberst auf. Ich öffnete den Koffer und war sprachlos. Im Koffer befanden sich zwölf Bündel Dollarnoten. „Wie viel ist das?", fragte ich aufgeregt. „Was schätzen Sie?", fragte mich der Oberst. „Ich denke, so 40 000 Dollar werden das sein", antwortete ich. „Fast richtig, es sind genau 60 000 Dollar", berichtet der Oberst. „Was soll ich mit dem vielen Geld machen?", fragte ich erstaunt. „Sie werden es noch für den weiteren Aufenthalt bei uns brauchen", berichtete der Oberst. „Na, kommen Sie, das Auto wartet schon auf uns", forderte mich der Oberst auf. Wir stiegen in eine schwarze Limousine, die wieder vor dem Eingang wartete. Abermals ging es kreuz und quer durch Moskau. „Sie können ruhig den kürzesten Weg nehmen", sagte ich zu dem Oberst. Verdutzt schaute er mich an und fragte: „Sie wissen, wo wir hier sind?" „Ja. das weiß ich, auch ich habe meine Hausaufgaben gemacht, wir fahren in das Butyrka Gefängnis." „Sie wissen, wo das ist?", fragte mich der Oberst ungläubig. „Ja, wie schon gesagt, ich habe mich im Vorfeld mit der Geschichte, mit Lageplänen und anderem Interessanten für meine zukünftige Tätigkeit beschäftigt und vorbereitet", erwiderte ich gelassen. „Da bin ich aber platt, dass Sie so gut informiert sind", antwortete der Oberst verdutzt. „Bei meiner Ausbildung wurde mir immer gesagt, dass man in jeder Situation vorbereitet sein muss und niemanden unterschätzen sollte. Wird das bei Ihnen nicht geschult?", fragte ich den Oberst. „Nein, bei uns sollen die Auszubildenden die Erfahrungen selber machen", klärte mich der Oberst auf.

Schon von weitem war das riesige Gefängnis zu sehen. Nachdem wir die Wache passierten und durch zwei Schleusen fuhren, stiegen wir vor einem Gebäude aus. „Das ist die Hauptverwaltung", klärte mich der Oberst auf. „Wie viele Gefangene sind hier untergebracht?", fragte ich den Oberst. „Das ist geheim", antwortete er und ging in das Gebäude. „Na gut", dachte ich, „bloß nicht zu viel fragen", und lief den Oberst hinterher. Herzlich wurde der Oberst vom Gefängnisdirektor mit Küsschen und allem, was zu einer russischen Begrüßung dazugehörte, empfangen. „Dich treibt wohl die Neugierde her?", fragte der Gefängnisdirektor den Oberst. „Ich möchte doch wissen, ob ihr aus den beiden etwas herausbekommen habt", antwortete der Oberst. „Das kannst du die beiden gleich selber fragen", schlug der Gefängnisdirektor den Oberst vor. Er hob den Telefonhörer von der Gabel und wählte eine Nummer. Nachdem er mit dem Gespräch fertig war, wandte sich der Gefängnisdirektor wieder an den Oberst und sagte: „Ja, wir können jetzt, die beiden haben zwar noch nicht geplaudert, aber das wird schon, schließlich haben wir bis jetzt jeden zum Reden gebracht."

„Wollen Sie mitkommen?", fragte mich der Oberst. „Ja natürlich, ich möchte doch auch wissen um welche wichtigen Personen es sich handelt", antwortete ich. „Du hast uns noch gar nicht vorgestellt!", sagte der Gefängnisdirektor und schaute den Oberst erwartungsvoll an. „Ach ja, das ist der deutsche Spezialagent, von dem ich dir schon erzählt habe", antwortete der Oberst gelassen. Der Gefängnisdirektor reichte mir die Hand und sagte: „Fühlen Sie sich wie zu Hause und wenn Sie eine Frage haben, dann melden Sie sich einfach bei mir." „Die Freunde des Oberst sind auch meine Freunde", fügte er abschließend hinzu. „Ich glaube nicht, dass ich mich hier wie zu Hause fühlen werde", erwiderte ich spontan und grinste ihn an. „Wie Sie meinen,

dann wollen wir mal", forderte uns der Gefängnisdirektor auf
und zeigte auf den warteten PKW. Nachdem wir in dem PKW
Platz genommen hatten, zeigte uns der Gefängnisdirektor das
gesamte Gelände. Ich war erstaunt, wie viele Häuser sich auf
dem Gelände befanden. Das ganze Areal war so groß wie eine
kleine Stadt. Nach einiger Zeit hielt der PKW vor einem vierstö-
ckigen Gebäude an. Vor dem Haus standen vier schwer bewaffnete Sicherheitsleute. Als sie sahen, dass der Gefängnisdirektor
im Auto saß, kamen sie eilig auf uns zu gerannt und öffneten
die Autotüren. Nachdem der Diensthabende vor dem Gefängnisdirektor strammstand und seine Meldung machte, wurden
wir überschwänglich freundlich von ihm begrüßt. Das Wachpersonal begleitete uns zum Eingang des Gebäudes, wobei zwei
vor und zwei hinter uns gingen. Aus den Augenwinkeln sah ich,
dass das Wachpersonal mich laufend beobachtete. Der Gefängnisdirektor betätigte die Klingel. Augenblicklich war eine Stimme aus der Wechselsprechanlage zu hören. „Wer da? Parole?"
„Du bist wohl verrückt geworden? Du weißt wohl nicht, wer hier
draußen steht?", brüllte der Direktor in die Wechselsprechanlage. Augenblicklich war ein Summen der Türschließanlage zu
hören. Wütend trat der Direktor mit dem Fuß dagegen, so dass
die Tür gegen die Wand schlug. Eilig kam ein Soldat auf den Gefängnisdirektor zugerannt und wollte sich entschuldigen. Ehe
der Soldat auch nur ein Wort über die Lippen bekam, hatte er
auch schon die Faust des Direktors im Gesicht. Schmerzverzerrt sackte der Soldat zu Boden und blieb regungslos auf den
Fliesen liegen. „Was hatte der Soldat falsch gemacht?", schoss
es mir in den Kopf. Er hatte doch sicherlich auch nur nach Vor-
schrift gehandelt. Schließlich konnte er nicht wissen, wer vor
der Tür stand und auch wenn er es wusste, wollte der Soldat sicherlich nichts falsch machen und hat eben richtigerweise nachgefragt. Aber hier handelte es sich sicherlich um was ganz anderes. Der Gefängnisdirektor wollte uns seine Macht beweisen
und nichts anderes. Mir tat nur der Soldat leid, aber ich durfte
mir wie schon so oft nichts anmerken lassen. Nachdem wir ein
paar Stufen nach oben gegangen waren, standen wir in einem

riesigen Flur. Der Direktor fragte den Diensthabende, in welcher Zelle die Neuen waren. „Genosse Gefängnisdirektor, die beiden sind immer noch unten und werden gerade wieder verhört", antwortete der Diensthabende artig.

„Wenn es so ist, dann werden wir auch nach unten gehen und uns dem Verhör anschließen", sagte der Direktor mit einem breiten Grinsen zu uns. Gemeinsam gingen wir in den Kellerraum, wo unzählige Zellen auf beiden Seiten zu sehen waren. „Wir befinden uns hier in den Behandlungs- und Hinrichtungsräumen des Gefängnisses. Das ist mein ganzer Stolz, den ich mir geschaffen habe", erklärte uns der Gefängnisdirektor und fügte hinzu: „Sollte ein Gefangener nicht das sagen, was wir wissen wollen, haben wir extra ausgebildete Leute, die sich dann um das Verhör kümmern. Nach der entsprechenden Sonderbehandlung haben bis jetzt alle gesungen. Es sind zwar außergewöhnliche Verhörmethoden, aber eben sehr wirkungsvoll. Zugegeben, viele überleben das nicht, aber wenn wir die Information bekommen haben, ist uns das auch egal." Ich sah dem Direktor an, dass er hier ganz in seinem Element war. Denn das, was er uns gerade berichtete, erzählte er mit einer Portion Stolz. „Lasst uns aber zuerst zu den beiden neuen Gästen gehen. Ich bin schon neugierig, ob sie in der Zwischenzeit gesungen haben", sagte der Gefängnisdirektor zu uns. Das Wachpersonal öffnete die Tür und wir traten in den Raum. Kalte, feuchte und verbrauchte Luft schlug uns entgegen. Eine Glühlampe beleuchtete den unheimlichen, fensterlosen Raum. Was ich dann zu sehen bekam, verschlug mir den Atem. Ein an den Händen gefesselter Mann hing entblößt an einem Deckenhaken. Er stöhnte offensichtlich vor Schmerzen. Ich konnte sein Gesicht nicht erkennen, weil er mit dem Rücken zu uns hing. Auf seinem Rücken klafften große offene Wunden, die sicherlich von brutalen Schlägen stammen mussten. Von seinem Körper ran das Blut und tropfte in eine Schüssel, die unter dem Mann stand. So etwas Brutales hatte ich zuvor noch nie gesehen. Mir war schlecht und ich hatte Mühe, mich nicht zu übergeben. Ich musste mich einfach zusammenreißen und mir nichts anmerken lassen. Ein Wachmann prügelte weiter auf ihn ein und ließ sich auch nicht von unserer Anwesenheit stören. „Sie sollen den Mann befragen und nicht totschlagen!", schrie der Oberst den Wachmann an. Der Wachmann hörte sofort auf zu prügeln und fragte den Oberst, was er wissen wolle. „Sie prügeln den Kerl und wissen nicht einmal, worum es geht und was ich wissen will?", brüllte der Oberst jetzt. Dann wandte sich der Oberst an den Gefängnisdirektor und fragte: „Sag einmal, was hast du für ein Personal hier beschäftigt? Habe ich dir nicht eindeutig gesagt, was ich wissen will und vor allem wollte ich wissen, wo er seine Goldmine hat?"

Goldmine? Bei mir klingelten alle Signale, das kann doch nicht wahr sein, dass das der Neuseeländer war, der so fürchterlich zugerichtet und gefesselt an der Kellerdecke hing. „Dann haben die Russen die beiden in Schönefeld entführt und wollten sicherlich wissen, wo er seine Mine hat", überlegte ich angestrengt. „Also muss Josef, der Neffe, auch hier sein", schoss es mir durch den Kopf. In meinen Gedanken wurde ich unterbrochen, als der Oberst zu dem Gefängnisdirektor sagte: „Hänge den Gefangenen ab und sorge dafür, dass er wieder auf die Beine kommt, schließlich muss er uns noch den genauen Ort der Mine zeigen. Danach kannst du mit ihm machen, was du willst."

Zwei Wachleute hoben den Mann an und einer löste den Strick vom Flaschenzug. Vorsichtig legten sie den Mann auf eine Bahre. Erst jetzt, wo er so da lag, erkannte ich ihn. Tatsächlich wurden meine Befürchtungen bestätigt. Vor mir lag Jakob, der Neuseeländer, den man fürchterlich zugerichtet hatte. In mir kochte es und ich hatte Mühe, mich zu beherrschen. „Aber ich darf mir nichts anmerken lassen", überlegte ich.

„Habt ihr den anderen auch auf dieser Methode befragt?", erkundigte sich der Oberst beim Gefängnisdirektor. „Naja, das kann ich dir auch nicht genau sagen, aber wir können uns gleich davon überzeugen", antwortete er unsicher. Gemeinsam gingen wir den Gang weiter und blieben vor einer weiteren Tür stehen. Der Wachmann öffnete die Zellentür. In der Mitte der Zelle stand eine Streckbank, wie ich sie schon im Museum gesehen hatte. Auf der Streckbank lag eine an den Händen und Beinen gefesselte Person auf dem Bauch. Auch sein Rücken war mit blutigen Striemen übersät. Dem Mann wurden die Augen verbunden und sein Mund war mit einem Knebel versehen. Er stöhnte gerade vor Schmerzen, als wir die Zelle betraten, denn seine Peiniger drückten gerade eine glühende Zigarette auf dem Gefangenen aus. Ich konnte mich nicht mehr beherrschen und schaute vorwurfsvoll den Oberst an und fragte: „Können wir reden?" „Ja sicher, gehen wir raus, ich kann mir das auch nicht mehr länger anschauen", sagte er gereizt zu mir. Das Wachpersonal wollte gerade wieder hinter uns herkommen, als der Oberst ausrastete. „Kümmert euch gefälligst um den Mann und versorgt ihn", schließlich brauchen wir ihn noch eine Weile. „Wir finden auch ohne euch den Weg nach draußen. Traut euch nicht, hinter uns her zu kommen, sonst explodiere ich noch", schrie der Oberst noch weiter.

„Und du, mein Freund!", sagte der Oberst und wandte sich an den Gefängnisdirektor. „Wir haben noch ein ernstes Wort miteinander zu reden." Verängstigt schaute der Gefängnisdirektor den Oberst an und sagte: „Ja, wenn du darauf bestehst."

Mir schossen tausende Gedanken durch den Kopf. „Wie bekomme ich die beiden hier aus dem gut bewachten Gefängnis raus? Es konnte mir nur durch eine List gelingen, die beiden zu befreien", überlegte ich. Als wir auf dem Hof standen, sagte ich zu dem Oberst: „Was halten Sie davon, wenn ich mich um das weitere Verhör kümmere?" „Wie haben Sie sich das gedacht?", fragte er mich. „Ganz einfach, wir inszenieren eine Flucht, ich werde die beiden persönlich aus dem Gefängnis holen. Die beiden werden dann zu mir Vertrauen haben und erzählen mir ganz nebenbei, was ich wissen will", schlug ich dem Oberst meinem Plan vor. „Ein raffinierter und ausgezeichneter Vorschlag", sagte der Oberst anerkennend zu mir. „Wenn der wüsste, was ich vorhatte, dann würde er mich sicherlich gleich erschießen lassen", dachte ich. „Da gibt es aber noch ein Problem", sagte der Oberst und schaute mich nachdenklich an. „Wie bekommen wir die Beiden aus dem Gefängnis, ohne Verdacht zu erregen?" „Auch darüber habe ich mir Gedanken gemacht", antwortete ich ihm. „Da bin ich aber gespannt, wie Sie das anstellen wollen", sagte der Oberst und schaute mich erwartungsvoll an. „Sie haben doch selbst gesehen, dass die Wachleute die beiden fast totgeprügelt haben. Deshalb werden Sie veranlassen, dass sie in ein Krankenhaus verlegt werden, wo wir zu jeder Zeit eingreifen können. Außerdem müssten sie erst einmal medizinisch versorgt werden", klärte ich den Oberst auf. „Das ist so weit ein guter Plan, aber ich habe nur an dem alten Neuseeländer Interesse, der andere ist mir eigentlich egal", antwortete der Oberst. „Wenn wir aber alle beide verlegen, haben wir auch beide in unserer Gewalt und können sie gegeneinander ausspielen. Wenn einer nicht reden will, wird der andere zuschauen, wie der andere zum Reden gebracht wird. Spätestens dann werden sie oder zumindest einer anfangen zu singen. Also, wir verlegen die beiden Neuseeländer, sie werden mit einem normalen PKW transportiert und das ist der Schlüssel", versuchte ich, dem Oberst meinen Plan zu erklären. „Verstehe ich nicht", unterbrach mich der Oberst. „Na gut", sagte ich. „Ich werde Ihnen meinen Plan ganz genau erklären: Sobald das Auto das Gefängnisgelände verlassen hat, werde ich es unauffällig verfolgen. Sie werden Umleitungen aufstellen lassen, so dass das Auto mit den Gefangenen in ein nicht bewohntes Gebiet geleitet wird. Den Rest übernehme ich. Es ist wichtig, dass nur zwei Wachleute die Gefangenen begleiten. Die Funkgeräte des Wachpersonals müssen direkt zu mir geschaltet werden, damit ich über alles informiert werde. Das Begleitpersonal bekommt je ein Getränk, das mit Beruhigungs- und Abführmitteln versetzt ist. Nachdem das Begleitpersonal von dem Gemisch getrunken hat, wird es unkonzentriert werden. Ein LKW, den Sie organisieren, wird den PKW auf einer Kreuzung rammen. Es muss aber drauf geachtet werden, dass sich die beiden Neuseeländer nicht noch weitere Verletzungen zuziehen. Nach dem Unfall wird einer der beiden Wachleute die Zentrale um Hilfe bitten. Erst jetzt komme ich ins Spiel. Da nur ich den Funkspruch erhalten werde, fahre ich mit dem Rettungswagen zu Unfallstelle. Dann werde ich die beiden Wachleute mit einer Betäubungsspritze ruhigstellen. So kann ich dann in aller Ruhe die beiden Neuseeländer in den Krankenwagen laden und verschwinden", schilderte ich dem Oberst meinen Plan. Aufmerksam hörte sich der Oberst die ganze Zeit meinen Plan an und schüttelte vor Bewunderung den Kopf und sagte: „Ich muss schon sagen, was Sie in so kurzer Zeit für einen Fluchtplan erarbeitet haben, verdient meine größte Hochachtung." „Ich wusste doch, auf Sie kann man sich verlassen. Sie sind mir auch von der Staatssicherheit wärmstens empfohlen worden", erzählte der Oberst und fragte mich noch einmal unsicher: „Ich kann mich doch auf Sie verlassen?" „Gerade haben Sie mich noch gelobt und schon haben Sie Zweifel an meinem Fluchtplan?", antwortete ich dem Oberst. „Nein, nein, schon gut, ich dachte nur so genial und einfach, da drauf hätte ich auch kommen können", antwortete der Oberst nachdenklich. „Veranlassen Sie, die Gefangenen umzulegen, und sagen Sie mir Bescheid, wenn es so weit ist", bat ich abschließend den Oberst.

Natürlich war das ein guter Plan, aber eben nur für den Oberst. Meine Aufgabe war es, die Neuseeländer aus dem KGB-Gefängnis zu befreien und in Sicherheit zu bringen, damit der Oberst keinen Zugriff mehr auf die beiden hat. Das hieß aber, dass ich mir noch einen ganz anderen Plan ausdenken musste. Also musste ich auf den Anruf des Oberst warten.

„Wenn Sie alles geklärt und organisiert haben, erreichen Sie mich im Hotel, ich muss das Erlebte erst einmal verarbeiten und meinem Plan noch einmal durchgehen", schlug ich dem Oberst vor. „Ist gut, ich werde das Notwendige veranlassen und Ihnen dann Bescheid geben", antwortete er und fügte hinzu: „Lassen Sie uns wieder reingehen, ich werde dem Direktor erklären, dass wir wieder zurück müssen." Nach dem der Oberst dem Gefängnisdirektor erklärt hatte, dass wir wieder in unser Büro müssen, befahl er auch gleich, den Diensthabenden zu unserem Fahrzeug zu bringen.

In meinem Hotel angekommen, legte ich mich erst einmal auf das Bett und ließ das Erlebte noch einmal Revue passieren. Ich musste wohl eingeschlafen sein, als ich vom Klingeln des Telefons wach wurde. „Hallo", meldete ich mich verschlafen. „Ja, ich bin es", antwortete der Oberst am anderen Ende. „Haben Sie alles klären können?", fragte ich. „Ja", erwiderte der Oberst. „Morgen früh um 7:00 Uhr werden die Gefangenen verlegt. Es gibt da aber noch ein Problem. Der Gefängnisdirektor besteht darauf, die beiden Deutschen auch zu verlegen", berichtete er. „Welche Deutschen?", fragte ich verwundert. „Sie wissen doch, die beiden aus Schönefeld", erwiderte er. „Sie wollen doch nicht damit sagen, dass Sie auch die beiden DDR-Spione eingesperrt haben, die ich aus Nordkorea befreit hatte?", fragte ich wütend. „Was sollten wir denn machen, die beiden wollten doch die Neuseeländer verteidigen und hätten womöglich noch alles der Staatssicherheit verraten", erzählte der Oberst. „Sind die beiden auch im Gefängnis eingesperrt?", fragte ich. „Natürlich, wo denn sonst, woanders hätten sie noch ausbrechen können", berichtete er weiter. „Was haben Sie mit den beiden Deutschen vor?", fragte ich vorsichtig. „Die beiden brauchen wir nicht mehr und sie sind mir auch zu gefährlich, sie könnten mich noch bei Mielke verraten und das kann ich nicht riskieren. Deshalb werden Sie die Hinrichtungen übernehmen. Lassen Sie sich was einfallen, die beiden müssen verschwinden", erklärte mir der Oberst. „Sie wissen, was Sie von mir verlangen. Ich soll meine Landsleute umbringen und sie so beseitigen, dass sie niemand mehr findet?", sagte ich fassungslos. „Genauso ist es", antwortete er. „Haben Sie sich nicht so, Sie machen das doch nicht das erste Mal und außerdem ist das alles für unsere Sicherheit", erklärte er mir weiter.

„Das gibt es doch nicht, ich soll für die die Drecksarbeit machen und meine Kameraden umbringen", überlegte ich. „Bis jetzt habe ich nur aus Notwehr töten müssen und nicht, weil mir Menschen im Wege waren. Ja, wenn ich alle umbringen sollte, die ich nicht leiden konnte oder die mir im Wege sind, dann hätte ich wohl viel zu tun", überlegte ich weiter, „die Suppe werde ich euch gründlich versalzen und alle vier in Sicherheit bringen. Das Problem ist nur, dass ich dann den KGB auf den Hals habe und mich auch noch selbst in Sicherheit bringen muss. Vor allem sind dann meine Frau und mein Kind in Le-

bensgefahr." Ich musste mir dringend was einfallen lassen. Die
beiden Neuseeländer zu befreien war das eine, aber das Kom-
pliziertere war, meine Kameraden zu befreien und dann in Sicherheit zu bringen. In meinen Gedanken wurde ich unterbrochen, als sich der Oberst am anderen Ende wieder meldete und
fragte, ob ich noch da wäre.

„Ja, ja, ich habe nur kurz nachgedacht, wie ich, ohne aufzu-
fallen, die vier in den Krankenwagen bekomme", antwortete ich.
„Sie werden das schon machen", erwiderte der Oberst. „Dann
werden die Gefangenen doch sicherlich in einem anderen Auto
transportiert?", fragte ich. „Ach ja, das hätte ich doch glatt vergessen, Ihnen zu sagen. Natürlich ist dann der Transport in einem PKW nicht mehr möglich. Deshalb werden die vier Gefangenen in einem Kleinbus transportiert", erklärte er mir. „Und
wie viele Wachleute werden den Transport begleiten?", fragte
ich nach. „Wie Sie schon vorgeschlagen haben, damit es unauffällig bleibt, werden zwei Wachleute in Zivil die Gefangenen
begleiten." „Okay, dann werde ich mich jetzt mit dem Fluchtplan etwas genauer beschäftigen, damit ich keine unangenehmen Überraschungen erlebe. Schließlich muss ich mich auf alles
vorbereiten. Lassen Sie mir aber ein paar Tage Zeit. Ich melde
mich, wenn es so weit ist und werde sie dann benachrichtigen,
wenn ich etwas aus den Neuseeländern herausbekommen habe.
Die Neuseeländer werden nicht leicht zu reden beginnen, erst
wenn sie sich in Sicherheit wiegen und zu mir Vertrauen haben,
werden sie mir alles erzählen", versuchte ich das Vorgehen zu
erklären. „Ja, die Zeit werde ich Ihnen geben, aber halten Sie
mich auf dem Laufenden und bringen Sie mir einen Beweis, dass
die Deutschen tot sind", forderte der Oberst mich auf. „Damit
habe ich kein Problem, ich werde Ihnen eine ärztliche Beschei-
nigung und Beweisfotos schicken", schlug ich dem Oberst vor.
„Das ist eine gute Idee", sagte er anerkennend zu mir. „Dann
haben wir alles geklärt, ich werde mich jetzt zurückziehen und
dann melden, wenn ich etwas aus den beiden herausbekommen habe", schlug ich abschließend dem Oberst vor. „Okay, bis
bald, ich wünsche Ihnen noch viel Erfolg und seien Sie vorsich-

tig", sagte der Oberst, bevor er den Telefonhörer auflegte. Die ganze Nacht grübelte ich und ging in Gedanken immer wieder meinen Plan durch, um keinen Fehler zu machen. Fehler konnte ich mir auf keinen Fall erlauben.

Es war 6:00 Uhr früh, als jemand an der Tür klopfte. „Aufstehen, es ist so weit", erklang die Stimme des Hotelpagen. „Ist gut, ich bin schon wach", rief ich ihm zu. Nach der Morgentoilette ging ich zum Portier, um ein Funkgerät abzuholen. „Möchten Sie frühstücken?", fragte er mich höflich. „Nein, ich habe noch keinen Hunger, aber machen Sie mir bitte vier reichliche Lunchpakete und ich brauche auch reichlich zu trinken, packen Sie mir alles ein", bat ich den Portier. „Gehen Sie auf eine längere Reise?", fragte er mich. „Können sie schweigen?", fragte ich zurück. „Schweigen, das ist mein zweiter Vorname", antwortete er spontan und schaute mich ernst an. „Wenn es so ist, dann kann ich es Ihnen ja erzählen", sagte ich und fügte hinzu: „Ja, ich möchte mich auf eine längere Reise begeben, von der aber niemand etwas wissen darf. Sagen Sie es bitte niemanden, Sie würden sich selbst in Gefahr bringen und der KGB würde Sie ins Gefängnis sperren, wo Sie jämmerlich zugrunde gehen würden." „Ich werde Sie auch für Ihre Verschwiegenheit reichlich belohnen", sagte ich und streckte ihm 5 000 Dollar entgegen. Ungläubig schaute der Portier abwechselnd auf mich und auf die Geldscheine, bis er nach einer Weile mit belegter Stimme sagte: „So viel Geld habe ich in meinem ganzen Leben noch nie gesehen. Nein, das kann ich nicht annehmen, das ist zu viel." „Doch, das Geld könne Sie ruhig nehmen, schließlich ist es ja für einen guten Zweck", erwiderte ich und drückte das Bündel in seine Hand. Zögerlich betrachtete er die Scheine und steckte sie schließlich in seine Jackentasche. „Werden Sie nicht mehr wiederkommen?", fragte er mich. „Nein, das kann ich nicht, das wäre zu gefährlich für mich", antwortete ich ihm. „Sie sind ein guter und ehrlicher Mensch", sagte der Portier und reichte mir freundschaftlich die Hand. Auch ich streckte ihm als Zeichen der Freundschaft meine Hand entgegen. Der Portier schaute mich nachdenklich an und sagte: „Dann werde ich mich auch gleich, nachdem Sie das Hotel verlassen haben, in Sicherheit bringen und dem Land meinen Rücken zukehren. Mit dem Geld kann ich auch ein neues Leben anfangen und mich zur Ruhe setzen." „Kennen Sie einen guten Arzt und einen Ort, wo ich vier Personen kurz verstecken kann?", fragte ich den Portier. „Ja, was brauchen Sie genau?", fragte er. „Ich soll zwei Personen umbringen, was ich aber nicht machen werde. Deshalb brauche ich zwei Totenscheine und eine Unterkunft", erklärte ich dem Portier. „Da sind Sie bei mir goldrichtig, denn mein Bruder ist Pathologe und Bestatter und wird das für ein paar Dollar sicherlich machen", erklärte er mir. „Da fällt mir aber ein Stein vom Herzen", sagte ich zu ihm. „Sagen Sie, wollen Sie nicht mitkommen und mir bei der Befreiung helfen? Sie werden es auch nicht bereuen, ich werde mich auch erkenntlich zeigen", schlug ich den Portier vor. „Ja, dagegen hätte ich nichts einzuwenden, zumal ich sowieso von hier verschwinden muss und mit meinen 65 Jahren kann ich auch woanders ein neues Leben beginnen", antwortete er. „Na gut, wir brauchen noch einen Leichenwagen, in den vier Särge reinpassen", sagte ich und schaute den Portier erwartungsvoll an. „Ich werde mich gleich darum kümmern", antwortete der Portier und wollte gerade den Telefonhörer abheben. „Das lassen Sie lieber bleiben", warnte ich den Portier. „Das Telefon wird sicherlich vom KGB abgehört werden", erklärte ich dem Portier. „Daran habe ich gar nicht gedacht", erwiderte er erschrocken. „Gehen Sie zu einem öffentlichen Telefon und informieren Sie von da aus Ihren Bruder", schlug ich vor. Nachdem der Portier in der Küche meine Lunchpakete bestellt hatte, verließ er eilig das Hotel, um sich mit seinem Bruder in Verbindung zu setzen. Nach zehn Minuten kam er wieder zurück und sagte: „Mein Bruder hat mir versichert, dass sein Mitarbeiter ein Leichenwagen in zirka fünf Minuten am Hinterausgang abstellen wird." Der Portier hatte gerade zu Ende erzählt, als ein Krankenwagen am Eingang hielt und der Fahrer das Hotel betrat. „Wen suchen sie?", fragte der Portier den Kraftfahrer des Krankenwagens. „Schon gut", sagte ich, „der ist für mich." „Ach so", sagte der Portier erstaunt. „Ja, das hat alles seine Richtigkeit", beruhigte ich ihn. Als der Fahrer mir den Zündschlüssel und die passende Kleidung übergab, verließ er das Hotel wieder und fuhr mit einem Taxi fort. „Wir brauchen den Krankenwagen zur Ablenkung", klärte ich den Portier auf. „Warum haben Sie das nicht gleich gesagt?", antwortete er. „Alles kann ich Ihnen auch nicht erzählen", erwiderte ich. Ich schaute auf die Uhr, erschrocken starte ich auf das Ziffernblatt. Wo ist nur die Zeit geblieben? „Wir müssen uns beeilen und den Gefangenentransport abfangen", schoss es mir in den Kopf. „Sie fahren den Leichenwagen und kommen immer hinter mir her", sagte ich zum Portier. Inzwischen hatte der Mitarbeiter des Beerdigungsunternehmens den versprochenen Leichenwagen am hinteren Eingang abgestellt. Der Fahrer übergab dem Portier einen schwarzen Anzug und den Autoschlüssel. Schnell zogen wir uns beide um und stiegen in unsere Autos. Auf dem Beifahrersitz des Krankenwagens lagen sechs aufgezogene Spritzen und ein Zettel. Ich nahm mir den Zettel und las, was darauf stand: „Jede Spritze ist für eine Person bestimmt und hält zirka eine Stunde. Ich wünsche Ihnen viel Erfolg."

Die Zeit lief mir davon, denn wir mussten noch vor den eingeleiteten und versprochenen Umleitungen handeln. Nach meinen Berechnungen musste der Transport um 7:45 Uhr bei der ersten Umleitung eintreffen. Also mussten wir spätestens 7:30 Uhr den Transport gestoppt haben und die Gefangenen in den Leichenwagen legen. Nervös schaute ich auf die Uhr. Wir hatten es jetzt 6:50 Uhr. Wir mussten uns beeilen. Ich startete den Krankenwagen und fuhr mit Blaulicht zum Hinterausgang des Hotels. Der Portier wartete schon mit laufendem Motor auf mich. Ich hätte ihn beinahe nicht erkannt, wie er in seinem schwarzen Anzug hinter dem Steuer saß. Eilig fuhr ich mit Blaulicht dem Gefangenentransport entgegen. Immer wieder schaute ich in den Rückspiegel, ob der Portier noch hinter mir war. Er hatte große Mühe, das Tempo zu halten, aber es half nichts, wir hatten keine Zeit zu verlieren. Genau wie ich geplant und ausgerechnet hatte, kam uns der Gefangenentransport in einer Seitenstraße entgegen. Ich fuhr direkt auf das Auto zu und stellte mich quer vor den Gefangenentransport. Der Fahrer bremste stark und kam wenige Zentimeter vor meinem Auto zum Stehen. Ich bekam gerade noch die Tür auf und stieg eilig aus. Dann setzte ich mir einen Mundschutz auf und streifte mir Handschuhe über. Jetzt lief ich zum Fahrer des Gefangenentransport und zeigte ihm mit einer Handbewegung, dass er die Tür öffnen sollte. Überrascht von meiner Anwesenheit öffnete er auch bereitwillig die Fahrertür und fragte, was los sei. „Ich wurde gerade von ihrer Zentrale informiert, dass sie sich mit einem ansteckenden und sehr gefährlichen Virus infiziert haben", erklärte ich dem Fahrer. „Ach, deshalb habe ich Magenkrämpfe und es rumort in meinem Bauch", erzählte er mir. „Ist es schon so weit?", fragte ich und tat besorgt. „Dann kommen Sie schnell, es dauert auch nicht lange, ich werde Ihnen eine Spritze geben. Dann können Sie weiterfahren", erklärte ich und wandte mich an den anderen Wachmann. „Und, ist bei Ihnen alles in Ordnung?" „Nein, nichts ist in Ordnung, mir geht es genauso schlecht", antwortete er. „Dann warten Sie hier im Auto, ich werde erst Ihren Kollegen behandeln und werde Sie gleich holen", schlug ich vor. Der Wachmann nickte mir zu. Bereitwillig folgte der andere Wachmann mir in den Krankenwagen. Als er sich auf die Trage gelegt hatte, verpasste ich ihm die Spritze. Das Zeug war gut, kaum dass ich mit dem Spritzen fertig war, schlief er auch gleich ein. Eilig öffnete ich die Hintertür des Krankenwagens und winkte dem anderen Wachmann zu, der auch sofort zu mir in den Krankenwagen stieg. „Was ist mit meinem Kollegen?", fragte er verunsichert, als er seinen Kollegen auf der Trage sah. „Der muss sich einen Moment ausruhen", antwortete ich und drückte ihm die Spritze in den Arm. Er wollte sich noch wehren, aber da war es für ihn schon zu spät. Auch er schlief nach einer Minute ein. Ich entkleidete die Wachleute und fesselte sie. Nachdem ich die beiden geknebelt hatte, schloss ich die Hecktür. Ich schaute zu dem Leichenwagen, wo der Portier schon ungeduldig auf mein Zeichen wartete. Aufgeregt winkte ich ihm zu. Schnell kam er angefahren und hielt direkt hinter dem Gefangenentransport. Ich nahm die Schlüssel, die ich den Wachleuten abgenommen hatte und öffnete die Tür vom Gefangenentransport. Erstaunt schauten mich die vier an und sagten: „Du? Das gibt es doch nicht, dass du uns schon wieder befreit hast!"

„Kommt, wir haben keine Zeit, unterbrach ich die vier", die gerade zu jubeln anfangen wollten. „Wir müssen von der Straße verschwinden", mahnte ich. Eilig nahm ich allen die Handschellen ab und gab meinem Kameraden die Sachen der Wachleute. „Ihr zieht euch sofort die Uniformen an", sagte ich zu den beiden. „Danach steigt ihr in den Gefangenentransporter und kommt hinter mir her", erklärte ich ihnen. „Wo können wir die beiden Autos verschwinden lassen?", fragte ich dem Portier. „In einem stillgelegten Bergwerk, das nur zehn Minuten von hier entfernt ist", antwortete der Portier nach einer kurzen Denkpause. „Das hört sich gut an", erwiderte ich. Eilig stiegen wir alle wieder in die Fahrzeuge und fuhren los.

Da sich die Befreiungsaktion in einem stillgelegten Industriegebiet abgespielt hatte, konnten wir sicher sein, dass wir auch nicht beobachtet wurden.

Schnell erreichten wir das stillgelegte Bergwerk. Auf dem Gelände war keine Menschenseele zu sehen. Vor einem riesigen Holztor stellten wir die beiden Fahrzeuge ab. Jetzt kamen alle aus den Fahrzeugen und nahmen sich herzlich in die Arme. Alle hatten vor Freude Tränen in den Augen. „Kommt, wir sind noch nicht in Sicherheit und müssen uns deshalb beeilen", mahnte ich und fügte hinzu: „Wir müssen die Autos verschwinden lassen, denn die Flucht wird sicherlich nicht unbemerkt geblieben sein."

Das Tor war mit drei Vorhängeschlössern gesichert und wurde sicherlich schon lange nicht mehr geöffnet, denn wir hatten Mühe, die eingerosteten Torflügel zu bewegen. Nachdem wir gemeinsam einen Torflügel geöffnet hatten, stellten wir den Krankenwagen und den Kleinbus in den Stollen. Ich nahm die beiden restlichen Spritzen, die immer noch auf dem Beifahrersitz lagen und spritzte den Wachleuten den gesamten Inhalt in ihre Venen. „Was soll aus den beiden werden?", fragten mich meine beiden Kameraden. „Das ist mir egal, ich kann mich ja nicht um alles kümmern. Schließlich geht es jetzt um unsere

Zukunft und um unser Leben", erklärte ich ihnen. „Ja, du hast ja recht, aber in dem Stollen werden die beiden sterben, ehe sie jemand finden wird", gab der Portier zu bedenken. „Wenn wir in Sicherheit sind und ich meine wirklich in Sicherheit, dann können wir ja dem Oberst einen Tipp geben. Aber glaubt mir, sie werden so oder so sterben", sagte ich. „Dann sind wir aber nicht an ihrem Tod schuld", antwortete der Portier. „Okay, erinnere mich später daran, dass ich dem Oberst einen Tipp geben werde", sagte ich und trieb zur Eile. Schnell schlossen wir das Holztor wieder zu. Zusätzlich stellten wir noch Fässer und alles, was wir noch fanden, davor. Nun wandte ich mich an die beiden Neuseeländer und sagte: „Und ihr beide steigt schnell in das Leichenauto und legt euch in die Särge." „In welche, da sind ja vier?", fragten sie mich. „Das ist mir egal, zwei sind für meine Kameraden", erklärte ich. Nachdem meine Kameraden und die beiden Neuseeländer in den Särgen Platz genommen hatten, fuhren wir mit dem Leichenwagen in Richtung Vidnoye, wo der Portier eine Unterkunft besorgt hatte. „Bloß so schnell wie möglich aus Moskau raus, ehe der Oberst Straßensperren aufstellen lässt", überlegte ich. Es dauerte auch nicht lange, bis ich einen Funkspruch empfing. „Können Sie mir sagen, wo der Gefangenentransport geblieben ist?", fragte mich der Oberst am anderen Ende. „Genau das wollte ich auch gerade fragen", konterte ich. „Ich warte nun schon eine geschlagene halbe Stunde auf das Auto, aber nichts ist passiert. Hat uns vielleicht der Gefängnisdirektor reingelegt?", fragte ich den Oberst. „Das wird er sich doch nicht trauen, aber sie könnten recht haben, denn ich habe schon mehrere Male vergeblich probiert, ihn zu erreichen. Das ist aber nicht so schlimm, wir haben nämlich in den Schuhen der Gefangenen einen Sender eingebaut. Ich werde gleich die Ortung veranlassen und Ihnen Bescheid geben", erzählte der Oberst und legte auf.

„Stoppen Sie sofort den Wagen!", schrie ich den Portier an. Verwundert schaute er mich an und fragte, was los sei. „In den Schuhen der Gefangenen sind Sender eingebaut worden, die müssen wir sofort zerstören", antwortete ich aufgeregt. Nachdem der Portier den Wagen zum Stehen gebracht hatte, stiegen wir eilig aus. „Die Schuhe ausziehen, in den Schuhsohlen ist ein Sender versteckt!", rief ich den beiden Neuseeländern und meinen Kameraden zu. Schnell öffneten sich die Sargdeckel und alle vier überreichten mir die Schuhe. Mit einem Messer schnitt ich die Sohlen von den Schuhen. Da waren sie, kleine unscheinbare Sender in den ausgehöhlten Absätzen. Eilig rissen wir die Sender raus und schlugen mit einem Stein so lange darauf, bis sie völlig kaputt waren. „Können wir endlich aus den Särgen rauskommen?", fragten mich die vier. „Nein, noch haben wir unser Ziel nicht erreicht, und im Übrigen verhaltet euch ruhig, Tote sprechen nicht", grinste ich die vier an. „Es wird aber mit der Zeit ziemlich unbequem in der Kiste", antworteten sie. „Was soll ich dazu sagen, wenn ihr noch weiterleben möchtet, seid einfach ruhig", schlug ich ihnen vor. „Na gut, du weißt ja, was richtig ist", erwiderten sie und schoben den Sargdeckel wieder zu. Das Funkgerät, das ich immer noch in der Hand hielt, piepte schon wieder. „Ich kann die vier nicht anpeilen, es kommt kein Signal von den Sendern", erzählte der Oberst aufgeregt. „Aber Sie sind ja auch schon aus Moskau raus, was machen Sie denn auf der M-4?", fragte mich der Oberst. Verdutzt schaute ich auf das Funkgerät, ehe ich antwortete. „In einem Kleinbus, der mir entgegenkam, hatte ich den Gefangenentransport erkannt und habe ihn verfolgt, aber ich hatte mich getäuscht und fahre gerade wieder zurück", antwortete ich spontan. „Ich werde noch ein bisschen suchen und dann werden wir uns in zwei Stunden in Ihrem Büro treffen", schlug ich dem Oberst vor. „Das ist gut", sagte er. „Wenn Sie die Gegend auf der M-4 im Auge behalten, dann kann ich mich auf die Suchaktion im Stadtkern konzentrieren", fügte er hinzu und unterbrach die Verbindung. „Also ist auch in dem Funkgerät ein Sender eingebaut worden", überlegte ich und brach die Verkleidung des Funkgerätes auf. Genau derselbe Sender kam zum Vorschein, wie er auch schon in den Schuhen eingebaut wurde. Hastig und mit voller Wut schlug ich mit einem Stein darauf. „Von wegen Vertrauen, dieser scheinheilige Oberst macht einen auf guten Freund und hat alles verwanzt", überlegte ich wütend. Eilig stiegen wir wieder in den Leichenwagen und fuhren weiter. Nach zirka einer Stunde kamen wir in einer kleinen Siedlung an. „Sind wir da?", fragte ich den Portier. „Ja gleich, nur noch einhundert Meter, da wohnt ein Tischler, der die Särge für meinen Schwager baut", antwortete er. Der Portier hielt nach wenigen Minuten vor einem alten Haus, das auch schon bessere Tage gesehen hatte. „Kennen Sie den Tischler?", fragte ich dem Portier. „Ja, ich kenne die Familie sehr gut, der Tischler ist mein Neffe. Diese Familie ist zwar sehr arm, aber ehrlich und zuverlässig", erklärte der Portier. Er hatte den Leichenwagen kaum zum Stehen gebracht, als auch schon das Hoftor von seinem Neffen geöffnet wurde. Eilig fuhr er auf den Hof und bat mich, noch nicht auszusteigen. Schnell wurde das Hoftor wieder verschlossen. Dann fuhr er den Leichenwagen in die Scheune. Nachdem die Scheunentore vom Neffen verschlossen wurden, ging er wieder ins Haus zurück.

„Jetzt sind wir erst einmal in Sicherheit", sagte der Portier und schaute mich erleichtert an. „Können jetzt unsere Passagiere aus den Särgen kommen?", fragte ich. „Ja", antwortete er knapp. Gemeinsam gingen wir zu der Hecktür des Leichenwagens und öffneten sie. „Na, euch gefällt es wohl in den Särgen, oder wollt ihr rauskommen?", fragte ich. Wie auf Kommando öffneten sich die Sargdeckel und alle vier stiegen aus. „Reden können wir später", sagte ich gleich, ehe sie etwas fragen oder sagen konnten.

„Wie geht es nun weiter?", fragte mich der Portier. „Das kann ich auch noch nicht sagen", erwiderte ich. „Wir werden erst einmal etwas essen und trinken und uns dann den weiteren Plan überlegen", fügte ich hinzu. Nachdem ich eine Weile überlegt hatte, sagte ich: „Okay, wir müssen so schnell wie möglich das Land verlassen, denn der KGB wird nach uns suchen und alle Straßen und Flugzeuge abriegeln lassen."

„Ich musste mir dringend etwas einfallen lassen, wie wir alle das Land verlassen können", überlegte ich angestrengt weiter.

Ich wandte mich an Jakob und Josef und fragte die beiden, ob sie hier auch Kontakte haben. Sie nickten mir zu. „Na gut,

Sie entschuldigen uns", sagte ich zum Portier. Ich ging mit den beiden nach draußen in eine Ecke und fragte jetzt etwas genauer. „Wen kennt ihr und wer könnte uns aus diesem Land zur Flucht verhelfen?" „Wir kennen den Polizeichef und den Stellvertreter des Flughafens Domodedovo", antwortete Jakob. „Na bestens", freute ich mich. „Kann dein Freund vom Flughafen eine Maschine besorgen?", fragte ich Jakob. „Ja, das dürfte für ihn kein Problem sein", antwortete er. „Aber wie können wir die beiden benachrichtigen, ohne dass der KGB etwas davon merkt?", überlegte ich. „Kommt wir gehen wieder zu den anderen", sagte ich zu Jakob und Josef. Nun wandte ich mich an den Portier. „Kennen Sie jemanden, dem Sie bedingungslos vertrauen können?", fragte ich. „Ja, mein Neffe, der Tischler, der macht für Geld alles", antwortete er. „An Geld soll es nicht liegen", antwortete ich. „Wir brauchen einen, der sich mit dem Polizeichef in Verbindung setzt. Das Geld gibt es aber erst danach", sagte ich zu ihm. „Und wehe, er macht einen Fehler und informiert den KGB, dann werde ich den Oberst anrufen und ihm sagen, dass er hinter der ganzen Aktion steckt. Was sie dann mit ihm machen, dürfte wohl bekannt sein", drohte ich. „Nein, nein, auf ihn können Sie sich verlassen, er wird auch alles genauso machen, wie sie es wollen", stotterte der Portier ängstlich. „Wie lange wird er zirka brauchen, um alles zu erledigen?", fragte ich. „In zirka einer Stunde müsste er alles schaffen", antwortete er. „Dann gehen Sie jetzt zu Ihrem Neffen und erklären sie ihm alles genau. Sagen Sie ihm auch, wenn er nicht innerhalb einer Stunde hier ist, werde ich jede weitere fünf Minuten einen Angehörigen erschießen. Also sollte er sich beeilen." Der Portier, meine Kameraden, Jakob und Josef schauten mich ungläubig an. „Du wirst doch nicht etwa auch die Kinder erschießen?" „Warum nicht", sagte ich und schaute die fünf an und erklärte: „Was haben wir zu verlieren? Wenn uns der KGB in die Finger bekommt, ist es sowieso mit uns vorbei. Ihr solltet mich eigentlich schon ein wenig besser kennen." Nachdem der Portier alles erklärt hatte, sprang der Neffe eilig in seinen Lada und fuhr wortlos davon. Mit weit aufgerissenen Augen schaute mich der Portier an und fragte mich: „Sagen Sie, würden Sie das wirklich machen?" „Natürlich nicht, aber ich musste doch Ihren Neffen ein wenig unter Druck setzen, damit er nicht auf dumme Gedanken kommt", erklärte ich ihm.

Erleichtert schauten mich alle an.

„Kommen Sie, gehen wir alle ins Haus, dann können wir etwas essen und trinken", forderte uns der Portier auf. Freundlich wurden wir von der Frau mit den Kindern empfangen, die uns auch gleich ihre komplette Wohnung zeigte.

Nachdem wir alles besichtigt hatten, war ich geschockt. Sicherlich war die Familie sehr arm und sie hatten sehr wenig Mittel, um sich neue Möbel zu kaufen, aber dass die Kinder auf Strohsäcken schlafen mussten, ging mir doch ziemlich nahe.

Das gesamte Haus glich einer überdachten Ruine, in der die arme Familie ein unwürdiges Leben führen musste. „Gefällt es Ihnen hier?", fragte ich die Frau. „Was soll ich machen, wir leben doch nur vom Verkauf der Särge, die mein Mann herstellt", antwortete sie. „Wenn man Ihnen mit Ihrem Mann und den Kindern die Chance geben würde, in einem anderen Land zu leben und von vorn zu beginnen, würden Sie dann diese Möglichkeit wahrnehmen wollen?", fragte ich. „Das würde ich gerne, aber wer soll das alles bezahlen?", antwortete sie traurig. „Wenn Sie das wirklich wollen, dann machen sie sich um das Geld keine Sorgen, ich werde mich persönlich um alles kümmern", sagte ich und nahm sie in meine Arme. „Können wir das arrangieren?", fragte ich Jakob und Josef, die alles mit angehört hatten. „Das müsste zu machen sein", antworteten sie. „Wie wäre es, wenn Sie bei mir arbeiten und sich um meine Landwirtschaft kümmern?", schlug Jakob vor. „Das wäre toll", sagte ich begeistert. „Aber zuerst müssen wir sie auch aus diesem Land rausbekommen", antwortete ich nachdenklich. „Das wird wohl das Schwierigste werden", sagte Jakob. „Wir werden auf den Polizeichef warten und dann werden wir weitersehen", erwiderte ich. Die Frau machte einige Schmalzbrote und reichte uns Ziegenmilch. Meine Kameraden verzogen die Gesichter, als sie die Milch kosteten. Ich schaute sie vorwurfsvoll an und sagte: „Reißt euch gefälligst zusammen, die Frau gibt ihr Letztes und ihr missachtet das. Schaut euch doch die Frau mit ihren Kindern an, sie leben doch am Existenzminimum. Schlimmer kann man doch nicht mehr leben, aber sie teilen auch noch das Wenige, das sie haben, mit uns. Obwohl wir Fremde für sie sind." „Glaubt ihr wirklich, dass der KGB euch in ein anderes Gefängnis verlegen wollte?", fragte ich ärgerlich. „Ja, davon sind wir ausgegangen", antworteten meine beiden Kameraden. „Ich wollte es euch eigentlich nicht erzählen, aber ich glaube, es wird Zeit, euch auf dem Boden der Tatsachen zurückzuholen, okay, dann werde ich euch die Wahrheit sagen: Ich hatte den Auftrag, euch hinzurichten, weil ihr den beiden Neuseeländern in Schönefeld helfen wolltet und die Entführer gesehen und wiedererkennen würdet. Deshalb konnte der KGB es nicht länger verantworten, unliebsame Mitwisser zu haben. Ihr wart also dem KGB im Wege, deshalb solltet ihr beseitigt werden. Euer Glück war, dass der Oberst sich mit der Staatssicherheit einig war und mich an den KGB vermittelt hatte. Genau dieser Oberst saß auch in dem Flugzeug in Schönefeld mit drin. Ich habe das auch viel später rausbekommen, dass dieser Oberst hinter allem steckte. Eigentlich haben wir alles dem Oberst von KGB und einer Reihe von glücklichen Zufällen zu verdanken, dass ich euch nun schon das zweite Mal aus einer lebensbedrohlichen Lage befreien konnte", erklärte ich ihnen. Ungläubig schauten sie mich alle an. „Du solltest uns umbringen?", stammelten sie. „Ja, das stimmt, aber beruhigt euch, ich habe es ja nicht gemacht", antwortete ich und grinste sie an. Sie kamen auf mich zu und drückten mich. Ihre Tränen tropften auf meine Jacke. „Nun reicht es aber", sagt ich scherzend zu den beiden, „ihr versaut mir ja noch den ganzen Anzug." „Ach Peter! Wie sollen wir das jemals wieder gutmachen?", sagten sie zu mir. „Ist schon gut, es wird der Tag kommen, wo ich auch auf eure Hilfe angewiesen sein werde, und ich hoffe, ihr werdet dann auch für mich da sein", antwortete ich. „Natürlich, das ist selbstverständlich, dass wir immer für dich da sein werden, egal was auch sein wird", sagten meine Kameraden zu mir. Ich schaute besorgt zu Josef und Jakob, die mir die ganze Zeit zugehört hatten und fragte, ob alles in Ordnung wäre. „Ja", sagte Jakob, „es ist alles bestens." „Ich überlege die ganze Zeit, wie wir uns für die Befreiung aus dem KGB-Gefängnis bedanken sollten. Ich hatte dir schon in Nordkorea ein Teil meines Vermögens vererbt. Was soll ich dir denn jetzt noch geben?", sagte Jakob besorgt zu mir. „Du hast gemerkt, dass Geld nicht immer etwas Gutes sein muss", antwortete ich, „Geld ist zwar gut, wenn man es besitzt, aber es ist nicht alles", und fügte hinzu: „Viel wertvoller ist ein guter Freund, denn wenn es einem schlecht geht und dann der Freund immer noch da ist, ist das eine echte Freundschaft. So etwas kann man nicht mit Geld aufwiegen." „Wie recht du hast, wie recht du hast", sagte er betroffen und kam auf mich zu und reichte mir die Hand.

„Wir müssen das Land verlassen und der schnellste Weg wird ein Flugzeug sein", sagte ich nachdenklich. Besorgt schaute ich auf die Uhr, es waren nur noch fünf Minuten Zeit. „Hoffentlich ist alles glatt gegangen und der Polizeichef kommt ohne Begleitung hierher", überlegte ich. „Alle herhören!", rief ich. Erwartungsvoll schauten mich alle an. „Wir werden sofort das Haus verlassen und uns in dem angrenzenden Getreidefeld verstecken, von dort werden wir das Haus beobachten, sicher ist sicher", schlug ich allen vor. Eilig verließen wir durch den Hinterausgang das Grundstück und versteckten uns im Getreidefeld. Ich legte mich am Rand des Getreidefeldes auf den Bauch und beobachtete mit dem Fernglas die Straße. Nach einer Weile war von weitem eine Staubwolke zu sehen, die rasch näherkam. Mir fiel ein Stein vom Herzen, denn ich erkannte den Neffen des Portiers, der neben einem Offizier saß und sich scheinbar aufgeregt unterhielt. Als das Auto nach einigen Minuten vor dem Haus hielt, stiegen beide aus und verschwanden hinter dem Tor. „Ihr bleibt hier", sagte ich zu den anderen. Aufmerksam wanderten meine Blicke nach rechts und links, um sicher zu stellen, dass ich nicht beobachtet wurde. Erst als niemand zu sehen war, sprang ich auf und rannte zum Auto. Vorsichtig öffnete ich die Kofferklappe des Lada. Nein, im Kofferraum hatte sich niemand versteckt. Auch zwischen den Sitzen konnte ich niemanden feststellen. „Ihr könnt jetzt alle rauskommen", rief ich leise den anderen zu. Erleichtert kamen alle aus dem Feld und wir betraten dann gemeinsam das Haus, wo der Tischler schon aufgeregt und nervös seine Familie suchte. Jakob ging auf den Polizeichef zu und reichte ihm die Hand. „Was hast du für ein Problem?", fragte ihn der Polizeichef. Nachdem Jakob ihm alles erzählte, runzelte der Polizeichef die Stirn und sagte: „Wirklich, ein großes Problem, aber für Geld mache ich das schon." „Auch wenn wir schon lange gute Freunde sind, so muss ich auch an meine Zukunft denken, deshalb verlange ich von dir 30 000 Dollar, sofort auf die Hand", erklärte der Polizeichef und sah Jakob erwartungsvoll an. „Wo soll ich auf die Schnelle so viel Geld herbekommen? Du weißt doch am besten, dass ich nur ein Vertreter bin und nicht viel Geld besitze," antwortete Jakob dem Polizeichef. „Es tut mir auch leid, aber wie gesagt, ich muss auch leben und du weißt, wie es hier läuft", antwortete der Polizeichef. „Okay", sagte ich und mischte mich in die Unterhaltung ein. „Sie verstehen unsere Sprache?", unterbrach mich staunend der Polizeichef. „Ja, ich spreche mehrere Sprachen, aber das ist jetzt nicht so wichtig, kommen wir zu unserem Geschäft", erwiderte ich und fügte hinzu: „Ich gebe Ihnen gleich das Geld und 10 000 extra, wenn Sie uns noch heute mit einem Flugzeug nach Amerika bringen." „15 000 extra", korrigierte mich der Polizeichef, „und ich bringe euch noch heute mit einer Sondermaschine nach Amerika." „Gut, damit bin ich einverstanden", erwiderte ich erleichtert. „Die Hälfte gebe ich Ihnen gleich und den Rest bekommen Sie, wenn wir im Flugzeug sind." „Einverstanden", sagte der Polizeichef zu mir und streckte mir die Hand entgegen. Ich zögerte einen Moment. „Da haben Sie wohl den Mund zu voll genommen", sagte der Polizeichef zu mir. „Sie sind also davon ausgegangen, dass ich das Geld nicht habe?", fragte ich zurück. „Naja, wenn Sie ehrlich sind, wer hat schon so viel Geld in den Hosentaschen", erwiderte der Polizeichef und schaute mich grinsend an. Ich griff in meine Seitentasche und reichte ihm die vier Bündel Dollarnoten. Beim Anblick des Geldes verschlug es ihm die Sprache und sein Grinsen war verschwunden. Ungläubig schaute er mich mit großen Augen an und nahm eilig das Geld. Danach hielt er die Scheine ins Licht, um die Echtheit zu überprüfen. „Alles okay?", erkundigte ich mich. „Ja, alles bestens", antwortete der Polizeichef glücklich. „Vergeuden wir keine Zeit", sagte er aufgeregt und nahm sein Funkgerät in die Hand und ließ sich mit dem Einsatzleiter verbinden. Nachdem er alles erklärt hatte, schaute mich der Polizeichef besorgt an und sagte: „Wir müssen uns unbedingt allein unterhalten." Ich nickte und sagte: „Ist gut, gehen wir ein Stück." Nachdem wir das Haus verlassen hatten, sagte der Polizeichef zu mir: „Wir werden das Haus abbrennen müssen, damit wir alle Spuren vernichten." „Ja, daran habe ich auch schon gedacht, es muss aber wie ein Unfall aussehen, deshalb brauchen wir noch vom Krematorium zwei Erwachsene und sechs Kinderleichen. So makaber es ist, aber der KGB ist hinter uns her und wird sicherlich die Spuren des Portiers verfolgen und irgendwann wird die Spur hierherführen. Dann werden sie die Reste des Hauses auseinandernehmen und die verkohlten Leichen finden und hoffentlich Ruhe geben", erklärte ich. „Das leuchtet mir ein", sagte der Polizeichef nachdenklich. „Auch das ist nur eine Frage des Geldes", sagte er und schaute mich erwartungsvoll an. „Ja, ja, ich verstehe", antwortete ich und fügte hinzu: „Mehr als 10 000 Dollar habe ich nicht mehr, dass müsste doch reichen, oder?" „Das bekomme ich hin", antwortete der Polizeichef und grinste mich wieder an. „Welch ein Zufall, gerade gestern hat sich eine Familie mit sechs Kindern mit Gas umgebracht, das passt genau. Ich werde mich gleich mit dem Krematorium in Verbindung setzen", erklärte mir der Polizeichef. Wieder nahm er sein Funkgerät in die Hand und sprach noch einmal mit dem Einsatzleiter. Nachdem er mit dem Gespräch fertig war, sagte er zu mir: „Das geht in Ordnung, ein Polizeibus wird in zirka vierzig Minuten hier eintreffen und die Toten mitbringen." „Die anderen müssen aber davon nichts mitbekommen", sagte ich zu ihm. „Das wird sich einrichten lassen, meine Mitarbeiter werden das übernehmen", antwortete der Polizeichef. „Sind ihre Mitarbeiter verschwiegen?", fragte ich. „Absolut, sie wissen, wenn sie was sagen, dann leben sie und ihre Familien nicht mehr lange. Es ist eben alles eine Frage des Geldes", erzählte er abschließend. „Wenn es nicht um unser Überleben gehen würde, hätte ich das mit der toten Familie niemals gemacht", überlegte ich. Wie versprochen, traf der Polizeibus pünktlich ein. Vier Polizisten stiegen aus dem Bus und schauten neugierig zu uns. Der Polizeichef gab ihnen einige Anweisungen. Die Polizisten rannten zum Bus und luden einige Holzkisten aus. Neugierig schauten die anderen dem Treiben der Polizisten zu und fragten mich, was sie für Kisten ausladen würden. Ich wusste, was sich in den Kisten befand, aber ich konnte es ihnen doch nicht verraten. Nein, die Wahrheit konnte ich ihnen nicht sagen, sie hätten es wahrscheinlich nicht verstanden oder hätten mich noch mehr gefragt, weshalb und warum und jetzt hatte ich aber keine Zeit für solche Fragen. So musste ich mir schnell etwas einfallen lassen. Was soll ich denn sagen, es musste ja auch glaubwürdig und überzeugend sein. Ich wandte mich an den Tischler und erklärte ihm, dass wir sein Haus, seine Werkstatt und alles, was sich auf sein Grundstück befindet verbrennen müssen. Mit weit aufgerissenen Augen schaute er mich ungläubig an. „Das können Sie doch nicht machen, das ist doch alles, was wir noch haben." Er brach in Tränen aus und fiel vor mir auf die Knie. „Das dürfen Sie nicht machen!", bettelte er. Ich hatte Mühe, ihn zu beruhigen. „Sie wollen doch auch das Land verlassen, oder?", fragte ich. Er nickte. „Ja, sehen Sie", erklärte ich: „Wenn der KGB hierherkommt und rausbekommt, dass sie uns geholfen haben, dann wird er Sie und Ihre Kinder umbringen. Denken Sie an Ihre Kinder und entscheiden Sie dann, was sie wollen." „Ich werde Ihre Entscheidung so oder so akzeptieren. Wenn Sie sich entscheiden, mit uns das Land zu verlassen, dann bekommen Sie alles ersetzt. Ein Haus, eine neue Werkstatt und Ihre Kinder können zur Schule gehen. Für den Neuanfang bekommen Sie auch noch ein gutes Startkapital, sind Sie damit einverstanden?", fragte ich ihn. „Ja, das hört sich gut an", erwiderte er. „Kann ich das aber noch mit meiner Frau besprechen?", fragte er mich. „Natürlich, machen Sie das, aber ich habe schon mit Ihrer Frau gesprochen. Sie

freut sich schon auf ihre neue Heimat." „Wo soll es denn hingehen?", fragte mich der Tischler. „Darüber können wir später
noch sprechen, wir müssen erst so schnell als möglich das Land
verlassen und dann werden wir weitersehen, haben Sie Vertrau-
en, es wird alles gut", versuchte ich ihn zu beruhigen. Nachdem
er ausführlich mit seiner Frau gesprochen hatte, kam er mit einem Lächeln auf mich zu und sagte: „Ja, wir kommen mit und
verlassen endgültig das Land.

Gestatten Sie mir bitte, dass ich unser Anwesen selbst ver-
brenne?" „Ja, dagegen habe ich nichts einzuwenden, Sie dürfen aber aus Sicherheitsgründen nicht mehr ins Haus", antwortete ich auf seine Frage. „Warum?", fragte er mich. „Sehen Sie,
die Beamten haben unterdessen die Kisten ins Haus gebracht
und Benzin in alle Räumen gegossen, da wäre es viel zu gefährlich, noch einmal in das Haus zu gehen", erklärte ich ihm. „Was
ist eigentlich in den Kisten?", fragte er und schaute mich an.
„Das werde ich Ihnen lieber nicht verraten, denn das ist auch
ein Grund, nicht mehr in das Haus zu gehen", erklärte ich ihm.
„Ja das sehe ich ein", erwiderte er. „Aber ich wollte doch noch
einige Wertsachen aus dem Haus holen", fügte er hinzu. „Auch
daran habe ich gedacht", sagte ich. „Aber wenn der KGB das
Haus untersuchen wird und keine persönlichen Sachen von Ihnen und ihrer Familie vorfindet, wäre das verdächtig und der
KGB würde weitere Untersuchungen in die Wege leiten", gab
ich zu bedenken. „Daran habe ich gar nicht gedacht", erwiderte der Tischler. „Haben Sie noch Fragen?", fragte ich und schaute den Tischler mitleidig an und fügte nach einer Minute des
Schweigens hinzu: „Wenn Sie keine weiteren Fragen haben,
dann bekommen Sie von mir eine Leuchtpistole und können,
wenn Sie so weit sind, einfach auf das Haus schießen." „Nein,
Fragen habe ich nicht mehr", antwortete er traurig und nahm
die Leuchtpistole. Man sah ihm an, dass es ihm schwerfiel und
er sich überwinden musste, sein Haus, das er mit seinen Händen aufgebaut hatte, zu verbrennen. Eilig stiegen alle in den
Bus und schauten gespannt zu dem Tischler, der die Pistole in
seine rechten Hand nahm und auf sein Haus zielte. Seine Hand

zitterte, als sich der Schuss löste. Augenblicklich entzündete sich das Benzin und eine Stichflamme verbreitete sich im ganzen Haus. Die anschließende Explosion ließen alle Fenster und Türen bersten. Schwarze Rauchschwaden drangen durch das Dach und die Flammen loderten aus sämtlichen Fenstern und Türen. Eilig stieg der Tischler in den Bus und nahm auf der hinteren Sitzbank bei seiner Frau und den Kindern Platz. Die ganze Familie schaute, während der Bus sich in Bewegung setzte, durch die Heckscheibe auf ihr brennendes Haus. Fragend schauten die Kinder ihre Eltern an, die immer noch mit den Tränen kämpften. Die Kinder konnten es jetzt noch nicht verstehen, dass ihr Zuhause verbrennen musste. Es dauerte eine ganze Weile, bis sich alle halbwegs beruhigt hatten. Von weitem sah man nur noch den dunklen Rauch zum Himmel steigen. Im Bus war eine himmlische Ruhe, keiner traute sich etwas zu sagen. Alle waren angespannt und nervös, auch die Kinder waren ruhig und rührten sich nicht von ihrem Platz. Endlich war der Flughafen zu sehen. Der Polizeichef schaute mich an und fragte: „Alles in Ordnung?" „Ja, wenn wir schon in der Maschine wären und Russland hinter uns läge, wäre ich glücklicher", antwortete ich. „Nicht mehr lange, dann werden Sie alle in der Maschine sitzen und können sich entspannen", erwiderte er. „Aber jetzt geben Sie mir den Rest des Geldes und ich werde alles weitere veranlassen", forderte er mich auf. „Nein, wie schon gesagt, das Geld bekommen Sie erst, wenn wir in der Maschine sind und nicht eher", antwortete ich energisch. „Wenn es so ist, dann werde ich jetzt alles organisieren", sagte er mit einem Unterton in der Stimme. „Okay, machen Sie das, ich werde Sie dabei begleiten, ob es Ihnen passt oder nicht", erwiderte ich. „Wenn Sie darauf bestehen", antwortete der Polizeichef sichtlich enttäuscht. „Ja, ich bestehe darauf", erwiderte ich. „Na gut, dann kommen Sie", forderte er mich auf. Wir stiegen aus dem Bus und gingen auf das Flughafengebäude zu. Dort wurden wir schon von einigen Polizisten erwartet. Der Polizeichef gab einige Befehle und zwei Polizisten rannten sofort los. Nach einigen Minuten kamen die beiden zurück und meldeten, dass das

Flugzeug bereitstehe und wir ohne eine Zollkontrolle das Flugzeug betreten können. „Ist das für Sie okay?", fragte mich der Polizeichef. „Ja, verlieren wir keine Zeit", antwortete ich. Ich sah in meinen Augenwinkeln, dass der Polizeichef einem Polizisten mit einem Auge zuzwinkerte. Ich ließ mir aber nichts anmerken und fragte den Polizeichef: „Und, können wir?" „Ja, lassen Sie uns zurück zu dem Bus gehen", antwortete er. Wir stiegen wieder in den Bus ein und fragten, ob bei ihnen alles in Ordnung wäre. „Bei uns ja", antworteten sie. „Na, dann los", forderte ich den Busfahrer auf. Langsam setzte sich der Bus in Bewegung, ich stellte mich neben den Busfahrer und ließ den Polizeichef nicht mehr aus den Augen. „Der plant irgendwas und will uns in eine Falle locken", überlegte ich. Auf dem Flugfeld standen zwei Maschinen. „Welches Flugzeug ist es von den beiden?", fragte ich den Polizeichef. „Die rechte Maschine", antwortete er. Er wurde immer nervöser und knabberte an seinen Fingernägeln. „Warum sind Sie so nervös?", fragte ich den Polizeichef. „Nein, nein, ich bin nicht nervös, es ist alles bestens", antwortete er hastig. „Ich werde zuerst in die Maschine gehen und Sie bleiben ruhig in dem Bus sitzen, bis ich wieder komme", sagte ich zum Polizeichef. „Warum wollen Sie alleine in das Flugzeug gehen?", fragte er mich erstaunt. „Ich werde zuerst die Maschine überprüfen, ob alles in Ordnung ist", antwortete ich und schaute dem Polizeichef tief in seine Augen. Jetzt bemerkte ich wieder das nervöse Zucken in seinen Augenlidern. „Haben Sie kein Vertrauen zu mir?", fragte er mich. „Nein, mit dem Vertrauen ist das so eine Sache. Wenn ich alles geglaubt hätte, was man mir erzählt und versprochen hatte, wäre ich schon längst unter der Erde", erwiderte ich gelassen. „Lassen Sie uns doch alle gemeinsam in die Maschine gehen und alles hinter uns bringen", sagte der Polizeichef und wurde immer nervöser. „Das würde ich auch, aber wie ich schon gesagt hatte, mein Misstrauen hat mir schon einige Male das Leben gerettet", erwiderte ich. „Noch einmal, ich untersuche die Maschine allein und sollte sich außer dem Piloten noch jemand anderer in der Maschine befinden, werden Sie das mit Ihrem

Leben bezahlen. Haben Sie verstanden?", fragte ich und holte meine Pistole unter meiner Jacke vor und drückte sie auf seine Brust. Kreideweiß schaute er mich ungläubig an und jammerte um sein Leben. „Wenn alles in Ordnung ist, wird Ihnen nichts passieren", beruhigte ich ihn. „Im Übrigen werden Sie uns auf unserer Flucht begleiten", sagte ich zu dem Polizeichef. „Das können Sie doch nicht machen", winselte er. Als der Bus vor dem Flugzeug zum Stehen kam, öffnete der Busfahrer die Türen. „Haben Sie verstanden, was ich eben zu Ihnen gesagt habe?", fragte ich noch mal den Polizeichef. „Ja, ja, kommen Sie, steigen wir alle in das Flugzeug", antwortete er nervös. „Nein", sagte ich jetzt energisch. „Das werden wir nicht machen. Nur wir beide gehen in die Maschine, dann werden Sie ihre Kollegen auffordern, die Maschine zu verlassen", sagte ich zum Polizeichef und bohrte meine Pistole noch tiefer in seinen Oberkörper. Mit großen Augen schaute mich der Polizeichef schmerzverzerrt an. „Woher wissen Sie das?", fragte er mich erstaunt. „Ich habe Ihnen doch schon einmal gesagt, dass ich sehr misstrauisch bin. Also gehen wir in das Flugzeug, wo Ihre Kollegen schon auf uns warten. Vergessen Sie meine Pistole nicht, sie wird immer auf Sie gerichtet sein", warnte ich ihn. „Ja, ja, gehen wir", antwortete er mit zitternder Stimme. Gemeinsam stiegen wir aus dem Bus und gingen langsam die Gangway zum Flugzeug hoch. Wie ich schon geahnt hatte, wurden wir von zehn bewaffneten Polizisten erwartet. Ich drückte meine Pistole noch fester in die Seite des Polizeichefs, der vor Schmerz zusammenzuckte. Eilig erklärte er ihnen, dass alles in Ordnung sei und sie die Maschine verlassen könnten. Nachdem alle Polizisten aus der Maschine gegangen waren, ging ich mit dem Polizeichef in das Cockpit und verständigte mich auf Englisch mit dem Piloten. Ich erkundigte mich bei dem Piloten, ob das Flugzeug startklar wäre. Ängstlich schaute er auf meine Pistole. „Ihnen wird nichts passieren, wenn Sie mir die Wahrheit sagen", versuchte ich, ihn zu beruhigen. „Nein, die Maschine wurde aus der Reparaturhalle geholt und ist nicht flugfähig", erklärte er mir mit zitternder Stimme. „Das war also doch eine Falle?", fragte ich den Piloten. „Ja, der Polizeichef hatte das angeordnet", erklärte mir der Pilot. „Was ist mit der anderen Maschine, die danebensteht?", fragte ich. „Die ist in Ordnung und startbereit", antwortete der Pilot. „Sind auch Soldaten oder Polizisten in dem Flugzeug?", fragte ich. „Nein. Mit der Maschine bin ich gerade gelandet und habe sie auftanken lassen", erzählte er bereitwillig. „Wenn es so ist, dann müssen wir uns beeilen", sagte ich zu den Piloten. Schnell stiegen wir wieder aus dem Flugzeug und begaben uns wieder in den Bus. „Für längere Aufklärung ist jetzt keine Zeit, wir werden in das andere Flugzeug steigen und müssen uns beeilen", erklärte ich und machte auf dem Absatz kehrt. Hastig folgten mir alle in das Flugzeug. Ängstlich schaute mich der Polizeichef an und fragte mich: „Können Sie mich nicht einfach hierlassen? Ich werde auch nichts erzählen." „Nein, Sie kommen mit", fauchte ich ihn an. „Sie wollten uns reinlegen und uns ans Messer liefern, dafür werden Sie noch bezahlen", antwortete ich gereizt und fesselte ihn. „Passt auf ihn auf", sagte ich zu meinen beiden Kollegen. Sie schauten mich an und nickten mir zu. Nachdem die Düsen der Maschine einige Minuten warmgelaufen waren, setzte sich das Flugzeug in Bewegung. Plötzlich kam es wieder zum Stehen. Ich schnappte mir den Polizeichef und ging ins Cockpit. „Was ist los?", fragte ich den Piloten. „Wir bekommen keine Starterlaubnis", antwortete er. Ich nahm wütend meine Pistole und drückte sie dem Polizeichef an die Schläfe und sagte: „Wenn Sie nicht augenblicklich dafür sorgen, dass wir starten können, werde ich Sie gleich hier erschießen und Sie aus dem Flugzeug werfen." Ängstlich nahm er das Funkgerät und sprach mit den Verantwortlichen. Augenblicklich bekamen wir die Starterlaubnis. „Wo soll es eigentlich hingehen?", fragte mich der Pilot. „Ach ja, das habe ich Ihnen ja noch nicht gesagt", antwortete ich. „Wir werden in die USA fliegen", antwortete ich auf die Frage des Piloten. Er nickte nur und sagte: „Dann haben wir aber noch einen langen Flug vor uns." „Das ist wohl wahr", antwortete ich und lächelte ihn an. Als das Flugzeug im Steigflug war, sagte ich zum Piloten: „Versuchen Sie, unter dem Radar zu bleiben und fliegen Sie mit maximaler Geschwindigkeit. Wir müssen uns beeilen, um so schnell wie möglich die russische Grenze zu erreichen." „Warum haben Sie es so eilig?", fragte mich der Pilot. „Es wird sich schnell rumsprechen, dass wir auf der Flucht sind und eine russische Maschine gekapert haben. Die Abfangjäger werden uns dann wie die Hasen jagen und versuchen, die Maschine abzuschießen", gab ich zu bedenken. „Aber der Polizeichef ist auch mit in dieser Maschine!", sagte der Pilot. „Glauben Sie mir, der KGB hat schon ganz andere Persönlichkeiten geopfert", erklärte ich ihm. „Und das Flugzeug?", fragte mich der Pilot. „Der KGB wird keinen Wert auf das Flugzeug legen, glauben Sie mir, was ich Ihnen sage." „Okay, dann werde ich versuchen, unter dem Radar zu bleiben und drücken Sie die Daumen, dass wir nicht abgeschossen werden", sagte der Pilot besorgt zu mir. Ich begab mich mit dem Polizeichef wieder zu den anderen, die laut jubelten. „Es gibt noch keinen Grund zur Freude", beunruhigte ich sie. „Wir müssen so schnell wie möglich die russische Grenze erreichen, um nicht noch abgeschossen zu werden", erklärte ich allen. „Abgeschossen?", fragten mich meine beiden Kameraden. „Ja, der KGB wird uns jagen und das mit allen Mitteln", erklärte ich ihnen. „Also in Sicherheit sind wir erst in einer halben Stunde und bis dahin gilt das Daumendrücken und Beten", erklärte ich. Der Polizeichef schaute mich fragend an, weil er kein Wort verstand, das ich zu den anderen gesagt hatte. „Du möchtest wohl auch gerne wissen was wir gerade besprochen haben?", fragte ich ihn in seiner Heimatssprache. „Ja, denn ich habe kein Wort verstanden", antwortete er und schaute mich fragend an. „Du brauchst auch nicht alles zu wissen", zischte ich in an. „Du hast uns schon genug hinters Licht führen wollen", fügte ich hinzu. „Du hast zwei Möglichkeiten", sagte ich zu ihm: „Erstens, du kommst mit uns mit oder zweitens, du bleibst hier. Aber ich kann dir gleich sagen, wenn du hierbleibst, dann werde ich den KGB informieren und erzählen, dass du uns gezwungen hast, Moskau zu verlassen. Das wird dann dein Todesurteil sein. Damit werde ich mich bei dir für die Falle, die du uns gestellt hast, bedanken." „Wo hast du das Geld, das ich dir gegeben habe?", fragte ich den Polizeichef. „In meinen Taschen", antwortete er mit zitternder Stimme. Vorsichtig holte ich aus seinen Hosentaschen mein Geld und steckte es wieder in meine Seitentaschen. „Und für was hast du dich entschieden?", fragte ich noch einmal. „Wie soll ich denn aus dem Flugzeug kommen?", fragte mich der Polizeichef. „Schon mal was von einem Fallschirm gehört?", fragte ich und schaute ihn grinsend an. „Unter diesen Umständen bleibt mir nichts weiter übrig, als mit euch mitzukommen, denn wenn ich hierbleibe, werden sie mich ins Gefängnis stecken und ich werde darin verrotten", antwortete der Polizeichef. „Na gut, so soll es sein", erwiderte ich und wandte mich wieder an meine Kollegen: „Schön aufpassen und ihn nicht aus den Augen lassen." „Das bekommen wir hin", antworteten sie und grinsten mich an. „Ich werde mich zu dem Piloten begeben, wenn ihr etwas brauchen solltet, dann sagt sofort Bescheid", erklärte ich und ging zum Cockpit. „Alles okay?", fragte ich den Piloten, als ich das Cockpit betrat. „Ja, alles bestens", antwortete er und lächelte mich an. „Ich hatte dem Polizeichef sehr viel Geld gegeben. Dafür sollte er uns in die USA bringen aber da er uns eine Falle gestellt hatte, habe ich ihm das Geld wieder abgenommen", erklärte ich. „Ich glaube, Sie werden das Geld dringender brauchen", fügte ich hinzu und reichte ihm die Geldscheine. Ungläubig schaute er mich mit großen Augen an. „Ja, nehmen Sie ruhig und bringen Sie uns dafür in die USA." „Danke schön, damit habe ich doch gleich Geld für einen neuen Anfang", sagte er glücklich und seine Augen strahlten beim Anblick des Geldes. „Ach, wollen Sie auch in den USA bleiben?", fragte ich ihn. „Ja natürlich, zurück werde ich nicht mehr können, da werden sie mich in ein Gefängnis stecken und als Vaterlandsverräter hinrichten lassen", antwortete der Pilot. „Da könnten Sie recht haben", antwortete ich und reichte ihm freundschaftlich meine Hand. „Haben Sie keine Familie, die auf Sie wartet?", fragte ich. „Nein, meine Frau ist bei einem Autounfall ums Leben gekommen", antwortete der Pilot. „Das tut mir sehr leid", sagte ich und drückte seine Hand noch fester. „Ich werde mich für Sie einsetzen, damit Sie eine neue Identität bekommen", sagte ich zu ihm. „Wenn Sie das machen würden, möchte ich mich schon im Voraus bei Ihnen bedanken. Wenn Sie wieder mal in Schwierigkeiten sind und ich Ihnen helfen kann, dann lassen Sie es mich wissen, ich werde immer für Sie da sein", sagte der Pilot zu mir. „Ist schon gut", antwortete ich. „Ich bin mir sicher, dass das jetzt mein letzter Einsatz ist. Meine größte Sorge ist, dass ich meine Familie unbemerkt aus der DDR rausbekommen muss. Denn ich habe noch keinen Plan und ich weiß auch noch nicht, wie ich das anstellen werde." „So, wie ich Sie in der kurzen Zeit kennengelernt habe, wird Ihnen das auch gelingen", antwortete der Pilot. „Haben Sie nicht auch Freunde in der DDR, die Sie vermissen werden?" „Oh ja, meine besten Freunde, das sind meine Nachbarn, die werden aber mein ganzes Handeln nicht verstehen können. Wenn etwas Gras darüber gewachsen ist, werde ich den beiden alles erzählen", erklärte ich dem Piloten. „Warum wollen Sie Ihren Freunde nicht gleich reinen Wein einschenken?", fragte mich der Pilot. „Ich würde die beiden nur in Gefahr bringen, denn die Staatssicherheit überwacht nicht nur meine Wohnung, sondern die Telefone werden auch abgehört. Nein, das möchte ich Ihnen ersparen", antwortete ich. „Wo wollen Sie wirklich untertauchen?", fragte er mich. „Das möchte ich Ihnen lieber nicht erzählen, um Ihr Leben nicht weiter zu gefährden. Je weniger Sie über mich wissen, desto weniger können Sie erzählen", erklärte ich ihm. „Ja, ja, Sie haben ja recht, lassen wir es dabei", sagte er. „Eines möchte ich Ihnen aber noch sagen: Ich möchte nicht Ihr Feind oder Gegner sein, obwohl sie noch ziemlich jung sind, verstehen Sie ihr Handwerk sehr gut." „Sie sind ein feiner Kerl und setzen sich für andere Menschen ein und riskieren Ihr eigenes Leben. Ich wünsche Ihnen und Ihrer Familie alles Gute und so Gott es will, trifft man sich vielleicht irgendwo wieder", sagte der Pilot und streckte mir seine Hand entgegen. Ich nahm seine Hand und drückte sie fest. Erleichtert schaute ich auf die Armaturen im Cockpit und konnte sehen, dass wir gerade die russische Grenze passiert hatten. Ich wandte mich an den Piloten und bat ihn, die Lautsprecher im Passagierraum anzustellen. „Okay", sagte er und stellte die Lautsprecher an. Erst jetzt schaute er genau auf die Instrumente und sagte: „Jetzt haben wir es geschafft!" Nachdem er das gesagt hatte, war ein Jubeln aus dem Passagierraum zu hören. „Jetzt müssen wir aber unbedingt auf die vorgeschriebene Flughöhe gehen, da wir Finnland überfliegen müssen", sagte der Pilot zu mir. „Dann melden Sie sich so schnell wie möglich bei der Flugsicherung in Finnland an und erklären Sie ihnen genau unsere Situation", forderte ich den Piloten auf. Der Pilot nahm gerade den Steuerknüppel und zog ihn an sich, um die vorgeschriebene Flughöhe zu erreichen, als zwei russische Kampfflugzeuge auftauchten. „Wir befinden uns doch auf dem Hoheitsgebiet von Finnland, da werden sie uns doch nichts tun, oder?", fragte mich der Pilot und schaute mich ängstlich an. „Was sollen wir jetzt machen?", fragte er mich mit zitternder Stimme. „Geben Sie mir mal bitte das Funkgerät und verbinden Sie mich mit den USA", sagte ich zu ihm. Es dauerte nur Sekunden, bis ich jemanden von der amerikanischen Flugsicherung am anderen Ende hatte. „Verbinden Sie mich bitte mit dem FBI, es geht um unser Leben", sagte ich zu dem Mann. Augenblicklich wurde ich mit einem Mitarbeiter des FBI verbunden. Als ich mich vorgestellt hatte und ihm in Kurzfassung das Wichtigste erklärt hatte, versprach er, alles in Bewegung zu setzen, um uns zu helfen. Nach einer kurzen Gesprächspause meldete er sich wieder und berichtete mir, dass ein Flugzeugträger auf der Barentssee ist und der Kommandant gerade vier Kampfflugzeuge starten ließ. Weiter berichtete er, dass die Flugzeuge in wenigen Minuten bei uns eintreffen werden und uns bis in die USA begleiten werden. „Die Länder, die Sie überfliegen müssen, sind auch schon informiert, so dass Sie sicher in die USA gelangen können", erzählte er weiter. Wenn ich noch etwas benötige, dann sollte ich mich bei ihm persönlich melden. Ich bedankte mich und sah besorgt aus dem Fenster. Die russischen Kampfflieger drohten inzwischen über Funk mit dem Abschuss der Maschine. „Was soll ich machen?", fragte mich wieder der Pilot. Ich nahm wieder das Funkgerät und sprach mit dem russischen Piloten. „Okay, wir werden jetzt umkehren und nach Moskau zurückfliegen", erklärte ich dem Piloten des Kampffliegers. „Sehr gut", sagte der Pilot und vergrößerte den Abstand zu unserer Maschine. „Das ist doch nicht ihr Ernst?", fragte der Pilot und schaute mich ungläubig an. „Aber nein, wir müssen nur Zeit gewinnen", beruhigte ich ihn. Ich nahm wieder das Funkgerät und erklärte dem russischen Piloten, dass uns der Sprit ausgeht und wir nur noch für fünfzehn Minuten Kerosin haben. „Wir werden das gleich melden, aber drehen Sie um", antwortete der russische Pilot.

„Wollen wir nicht erst auf die Antwort ihres verantwortlichen Offiziers abwarten?", fragte ich ihn. Jetzt wurde er laut und schrie ins Mikro: „Wenn Sie nicht augenblicklich umdrehen, schießen wir Sie ab!" „Ja, ja, wir drehen jetzt um", sagte ich mit ruhiger Stimme. Endlich meldeten sich die amerikanischen Piloten. „Sie haben um Hilfe gebeten?" „Ja, ich kann die russischen Kampfflieger nicht mehr länger hinhalten, sie wollen uns jetzt abschießen", erklärte ich ihnen. „Wir sind gleich da und werden das für Sie regeln", antworteten sie und fügten hinzu: „Schalten Sie ihr Funkgerät auf unsere Frequenz, damit Sie ständig mit uns verbunden sind." Die russischen MiG setzten sich nun direkt vor uns und wollten uns so zwingen, die Maschine zu drehen. Plötzlich war eine Stimme in englischer Sprache über Funk zu hören, die sich direkt an die russischen Piloten richtete: „Wollen Sie Ärger und sich mit uns anlegen?" Es war ein Moment Funkstille, als sich dann einer der russischen Piloten meldete und sagte: „Nein, wir drehen ab." Tatsächlich wendeten die russischen MiG und verschwanden.

„Ich wünsche Ihnen weiterhin einen guten Flug", sagte der englische Pilot zu mir. Freundlich bedankte ich mich. Nun fiel auch mir ein Riesenstein von Herzen.

„Nur noch meine Frau in Sicherheit bringen und dann habe ich alles geschafft", überlegte ich. „Ich werde jetzt nach hinten gehen und unseren Passagieren die freudige Botschaft überbringen", sagte ich zum Piloten. „Ja, machen Sie das", antwortete er und hob den Daumen nach oben. „Jetzt können wir jubeln, denn nun haben wir es geschafft", sagte ich zu allen. „Haben wir nichts zum Anstoßen?", fragte ich und schaute meine beiden Kameraden an. „Das haben wir schon alles organisiert", antworteten sie und zeigten mir die Sektflaschen. „Wo habt ihr denn die her?", fragte ich erstaunt. „Die waren im Kühlschrank", sagten sie und grinsten mich an. Müde und kaputt setzte ich mich in den bequemen Sessel und schlief auch gleich ein. Durch ein Rütteln an meiner Schulter wurde ich wach. „Was ist los?", fragte ich erschrocken. „Wir sind in den USA auf den Flughafen in Minneapolis St. Paul International gelandet", berichtete mir Jakob. „Das ging aber schnell", erwiderte ich erstaunt. Noch immer konnte ich es nicht glauben, es war wie ein Albtraum, der nicht enden wollte. Wie wird das jetzt alles weitergehen? Und was wird aus dem Tischler und seiner Familie werden? Was wird mit den beiden Neuseeländern? Lässt man sie ungehindert nach Neuseeland ausreisen? Ja, und was wird mit meiner Frau und meiner Tochter? Werde ich sie noch einmal wiedersehen können? Was werden sie mit mir machen? So viele Fragen häuften sich auf und ich hatte keine Antwort parat.

„Ach, wenn ich doch endlich bei meiner Familie wäre und einfach in Ruhe einer Arbeit nachgehen könnte!", sagte ich in Gedanken versunken und fügte hinzu: „Ich bin müde und ich kann, ja, ich will nicht mehr länger für irgendeinen Geheimdienst arbeiten müssen. Ich bin Mitte Zwanzig und das Leben steht noch vor mir." „Wir brauchen alle unbedingt eine neue Identität", sagte ich zu Jakob. „Ja, ich kann dich sehr gut verstehen. Du hast vielen Menschen das Leben gerettet und deines aufs Spiel gesetzt. Auch mein Leben und das meines Neffen hast du ein paar Mal gerettet. Ohne deine Hilfe wären wir schon lange hingerichtet worden und schon lange vergessen. Wir haben dir unser Leben zu verdanken und ich hatte ja schon gesagt, dass du dich um Geld und deine beziehungsweise eure Zukunft keine Sorgen mehr machen brauchst. Dass du deine Familie nicht selber aus der DDR holen kannst, ist mir klar, deshalb werde ich das für dich erledigen. Ich werde das organisieren und deine Familie aus der Wohnung holen lassen", erklärte mir Jakob. „Das hört sich alles gut an, aber die Stasi wird auf euch warten und euch in Gewahrsam nehmen", gab ich zu bedenken.

„Ich weiß, daran habe ich auch schon gedacht", antwortete Jakob nachdenklich. „Aber es muss eine Möglichkeit geben, deine Frau und dein Kind unbemerkt aus dem Land zu bekommen", sagte Jakob nachdenklich zu mir. „In meinem Kopf ist es im Augenblick leer und ich habe Angst um meine Familie und mein Kind", sagte ich besorgt zu Jakob. „Nein, du bist so stark, wir sind auch noch da und werden alles in deinem Sinne erledigen", versuchte mich Jakob zu beruhigen. „Na gut, wenn ich Hilfe benötige, werde ich mich bei dir melden", sagte ich abschließend zu Jakob. „Wie geht es eigentlich mit euch beiden weiter?", fragte ich ihn. „Ich werde mich so schnell wie möglich mit meinem Piloten in Verbindung setzen, damit er uns alle hier abholen soll", erklärte Jakob mir. In der Zwischenzeit wurde die Gangway an das Flugzeug gefahren. Militärfahrzeuge und ein Kleinbus hielten vor der Treppe. Nachdem der Pilot die Tür geöffnet hatte, gingen wir gemeinsam nach unten, wo wir freundlich empfangen wurden. „Ich hoffe, Sie hatten einen guten Flug?", wurden wir von einem gut gekleideten Herrn gefragt. „Ja", antwortete ich, „Dank ihrer Hilfe und der Hilfe der Kampfpiloten war der restliche Flug ruhig verlaufen." „Sie müssen der Herr sein, der sich mit uns in Verbindung gesetzt hat?", fragte er mir. „Ja das bin ich", erwiderte ich. „Wir werden Sie alle erst einmal zu uns ins Dienstgebäude der CIA schaffen", schlug der Mann vor und fügte hinzu: „Nachdem Sie sich alle etwas frisch gemacht und etwas zu sich genommen haben, würden wir uns, wenn Sie nichts dagegen haben, ausführlich mit Ihnen unterhalten." „Nein, ich habe nichts dagegen, im Gegenteil, ich brauche auch dringend Ihre Hilfe und möchte Ihnen einiges erklären und berichten", antwortete ich. „Ich habe im Flugzeug auf dem Servierwagen meine Waffen abgelegt, könnten Sie einen Mitarbeiter bitten, sie mitzunehmen", bat ich dem Herrn. „Natürlich, das werde ich gleich veranlassen", erwiderte er und wandte sich an seinen Kollegen. Nachdem er es ihm erklärt hatte, sagte er zu mir: „Okay, dann wollen wir mal." „Sie können bei mir einsteigen", sagte er zu mir, „und die anderen Herrschaften können im Bus Platz nehmen." „Ist gut", erwiderten alle und stiegen ein. Nach zirka 15 Minuten hielten wir in der Tiefgarage eines dreistöckigen Gebäudes an. Zuerst stiegen die Kinder des Tischlers aus dem Bus, dicht gefolgt von deren Eltern. Unsicher schaute mich der Tischler an. Ich winkte ihm zu. Eilig kam der Tischler auch gleich zu mir und fragte: „Was wird nun aus uns?" Ich schaute den CIA-Mitarbeiter an, der inzwischen auch ausgestiegen war. „Können Sie sich um die Familie kümmern und die nötigen Papiere besorgen, damit die Familie hierbleiben kann und einen neuen Anfang hat?", fragte ich ihn. „Dieser Familie haben wir es auch zu verdanken, dass wir flüchten konnten", erklärte ich dem CIA-Mitarbeiter. „Ich werde mich gleich um alles kümmern, Sie können sich auf mich verlassen", erwiderte er und fügte hinzu: „Niemand wird Sie jemals finden." „Die Familie bekommt eine neue Identität. Ich besorge auch eine Unterkunft und Arbeit für Sie", versprach mir der Agent. „Okay, ich möchte aber zumindest wissen, wo sie untergekommen sind", sagte ich zu ihm. „Das lässt sich einrichten", antwortete er und streckte mir die Hand entgegen. Erwartungsvoll und mit großen Augen schaute mich der Tischler an. „Okay", sagte ich und übersetzte dem Tischler, was der CIA-Beamte zu mir gesagt hatte. Als ich ihm alles erklärt hatte, fiel er mir und dem Beamten um den Hals und rief seine ganze Familie dazu, die etwas abseits stand und alles genau beobachtet hatte. „Können Sie das, was Sie mir gerade gesagt haben, auch meiner Familie berichten?", fragte er mich. „Ja, natürlich", erwiderte ich. Erwartungsvoll schauten mich die Frau und die Kinder an, als ich ihnen das Ganze noch einmal übersetzte. Ich war noch nicht fertig mit dem Erzählen, als die Frau des Tischlers mich in ihre Arme nahm und herzhaft drückte. „Ich habe nicht mehr daran geglaubt und hatte Angst, dass wir alle zurückmüssen", sagte sie schluchzend zu mir. Tränen liefen dabei über ihr Gesicht. Diese Herzlichkeit ging mir unter die Haut und ich konnte, ja ich wollte mich auch nicht länger beherrschen und ließ meinen Freudentränen freien Lauf. Der CIA-Beamte war erstaunt von der Dankbarkeit, die diese Familie ihm entgegenbrachte. Er nahm die Kinder abwechselnd in seine Arme und streichelte sie sanft und liebevoll über den Kopf. „Ja, die Familie hat einen neuen Anfang verdient, ich werde mich auch persönlich dafür einsetzen", sagte der Beamte zu mir und reichte mir noch einmal freundschaftlich die Hand.

In der Zwischenzeit waren auch die anderen zu uns gekommen und fragten, was denn los wäre. Als ich auch ihnen alles erklärt hatte, war die Freude groß und auch sie waren alle erleichtert.

„Was wird mit dem Polizeichef?", fragte ich den CIA-Beamten. „Der ist in der Zwischenzeit zum Verhör gebracht worden und wird von unseren Spezialisten ausgequetscht", berichtete er. „Während der Tischler und seine Familie ärztlich untersucht werden, werde ich mich um alles kümmern, damit diese Familie hierbleiben kann", erklärte mir der CIA-Beamte.

„Sie werden von meinem Chef persönlich befragt werden. Haben Sie Vertrauen, ihm können Sie alles erzählen", sagte er zu mir und fragte mich, wer die anderen Leute eigentlich sind. Ich erklärte ihm, dass ich die vier aus dem KGB-Gefängnis in Moskau befreit hatte. „Die beiden jüngeren, das sind meine Kollegen aus der DDR. Die beiden anderen sind aus Neuseeland", berichtete ich. „Und diese vier Personen haben Sie alleine aus dem KGB-Gefängnis befreit?", fragte er mich ungläubig. „Ja", erwiderte ich mit einem Lächeln. „Das müssen Sie mir später einmal genauer erzählen", forderte er mich auf. Ich stimmte zu. Der Fahrstuhl öffnete sich und sechs CIA-Beamte kamen auf uns zu.

„Werden Sie den Tischler und dessen Familie auch verhören?", fragte ich.

„Natürlich nicht, was sollten sie uns denn erzählen?", sagte der CIA-Beamte zu mir.

„Ja, da haben Sie recht", stimmte ich ihm zu.

„Okay, wenn Sie keine weiteren Fragen dazu haben, dann werde ich Sie zu meinem Chef begleiten und die anderen werden mit meinem Kollegen mitgehen." „Okay", sagte ich. Nachdem ich mich von allen verabschiedet hatte, fuhren wir mit dem Fahrstuhl nach oben. Im dritten Stock stiegen wir aus und betraten das Zimmer des Chefs. Nachdem ich mich vorgestellt hatte, sagte er zu mir: „Wollen Sie sich nicht erst einmal frisch machen und andere Sachen anziehen?" „Ja, sehr gern", erwiderte ich. Ich hatte noch immer die alten Sachen von der Flucht an, die schon ziemlich nach Schweiß rochen. „Mein Mitarbeiter zeigt Ihnen alles und gibt Ihnen auch neue Sachen", erklärte mir der Chef, „und ich werde in der Zwischenzeit für Sie etwas zu essen und zu trinken besorgen", fügte er hinzu und nahm den Telefonhörer in die Hand. „Dann kommen Sie, ich bringe Sie ins Bad und wenn Sie fertig sind, werde ich auch schon neue Sachen für Sie bereit haben", erklärte mir der Agent. Ich war noch nicht ganz mit dem Duschen fertig, als er mir tatsächlich frische Unterwäsche und einen Anzug brachte.

Ich konnte mich gar nicht mehr erinnern, wenn ich das letzte Mal geduscht, geschweige gebadet hatte, zu lange war es her. Jetzt fühlte ich mich endlich wieder wohl, mit frischer Kleidung, frisch gewaschen und rasiert, war ich ein neuer Mensch. Gemeinsam gingen wir in eine Kantine, wo ich mich nach langer Zeit der Entbehrung satt essen konnte. Der Agent schaute mir die ganze Zeit beim Essen zu und schmunzelte, wie ich mir den Magen vollstopfte. „Sie haben wohl schon lange nichts mehr in den Magen bekommen?", fragte er. „Ja, es ist schon ziemlich lange her", gab ich zur Antwort. Als ich endlich satt war, gingen wir gemeinsam zu seinem Chef.

„Ich habe noch etwas zu erledigen", sagte der Agent zu mir, als wir bei seinem Chef angekommen waren, und verabschiedete sich von mir. Im Zimmer saßen der Chef sowie noch zwei weitere Personen, die ich vorher noch nicht gesehen hatte. „Ich möchte Sie erst einmal vorstellen", sagte der Chef und erhob sich von seinem Ledersessel. „Zu meiner Rechten, das ist der Sicherheitchef des CIA und zu meiner Linken, das ist der Verteidigungsminister, ich hoffe, Sie haben nichts dagegen, dass sich die beiden auch Ihren Bericht anhören? Sie haben sicherlich viel zu erzählen, was für uns von großem Interesse sein könnte.

Schließlich haben wir nicht jeden Tag die Möglichkeit, hautnah und exklusiv, direkt aus erster Quelle Informationen zu bekommen", sagte der CIA-Chef erwartungsvoll zu mir.

„Nein, ich habe nichts dagegen, das ist mir sogar recht", stimmte ich zu.

„Setzen Sie sich und erzählen Sie uns doch einmal die ganze Geschichte etwas genauer", forderte mich der Chef auf. „Okay, das kann aber ein Weilchen dauern", erwiderte ich. „Das haben wir uns schon gedacht, deshalb haben wir vorsorglich alle Termine abgesagt", erwiderte er ruhig. Ich setzte mich in einen gemütlichen Sessel und begann zu erzählen. Als ich nach zirka zwei Stunden alles berichtet hatte, schaute ich erschrocken auf meine Armbanduhr. Es war nicht zu glauben, wie schnell die Zeit beim Erzählen vergangen war.

Immer noch sichtlich beeindruckt von dem Gehörten, schauten mich alle drei erstaunt und ungläubig an. „Das, was Sie uns jetzt gerade berichteten, hörte sich an, als wenn Sie das Ganze aus einem Roman vorgelesen haben", sagte der CIA-Chef nachdenklich zu mir und fügte nach einer kurzen Pause hinzu: „Wir waren in den vergangenen Stunden auch nicht untätig und haben Sie überprüfen lassen. Alles was sie uns jetzt erzählt haben, deckt sich genau mit den Berichten unserer Mitarbeiter." „Dann waren Sie es, der in Korea und in Moskau für Unruhe gesorgt hat", sagte der Chef mit einem Lächeln. „Da haben Sie in Ihrem jungen Leben schon allerhand erlebt!", ergänzte er. „Ja, ich bin jetzt überzeugt, dass Sie Hilfe brauchen", sagte der Sicherheitschef und schaute mich nachdenklich an. „Zuerst brauchen Sie eine völlig neue Identität und als zweites müssen wir überlegen, wie wir Ihre Familie aus der DDR rausschleusen können", fügte er hinzu. „Und Sie wollen wirklich nach Neuseeland ausreisen?", fragte mich der Minister. „Ja", antwortete ich. „So einen gut ausgebildeten Kämpfer, wie Sie es sind, den würden wir dringend bei der CIA brauchen. Das Angebot steht, wenn Sie wollen, Sie können zu jeder Zeit bei uns anfangen", sagte er zu mir. „Aber ich verstehe natürlich, dass Sie Ihre Familie in Sicherheit bringen müssen", fügte er besorgt hinzu. „Na gut, dann werden wir

Ihnen dabei helfen und alles in die Wege leiten", sagte er abschließend. „Was wird mit meinen beiden Kollegen?", fragte ich. „Einen Augenblick", antwortete der CIA-Chef und nahm den Telefonhörer in die Hand. Nachdem er den Hörer wieder aufgelegt
hatte, schaute er mich lächelnd an und sagte zu mir: „Ihre Kollegen wollen auch hierbleiben und haben gerade einen Antrag
gestellt. Die beiden bekommen von uns neue Papiere und alles,
was sie für einen Neuanfang in den USA benötigen." „Ach ja, die
beiden Neuseeländer wollen zurück in ihre Heimat und warten
schon auf sie. Aber so schnell geht es leider nicht, da sind noch
einige Formalitäten zu klären", bemerkte er noch. „Ja, das verstehe ich", sagte ich zu ihm. „Ein Mitarbeiter wird Sie gleich abholen und Sie zu den beiden Neuseeländern bringen. Ich glaube,
Ihnen wird ein wenig Schlaf nicht schaden", sagte der Chef zu
mir und reichte mir die Hand. „Ja, ich bin kaputt und hundemü-
de", erwiderte ich. „Wir sehen uns später", sagte er und begleitete mich zur Tür. Auf dem Flur kam uns schon der angeforderte
Mitarbeiter entgegen. Nachdem mich der Chef vorgestellt hatte,
gingen wir zu den beiden Neuseeländern, die mich schon sehnsüchtig erwarteten. „Ist bei euch alles okay?", fragte ich. „Ja, alles
bestens", antworteten sie. „Das eine haben wir uns geschworen!
Wir werden nur noch mit unserer Privatmaschine fliegen." „Ja,
Jakob, das wird wohl das Beste sein", stimmte ich ihnen zu und
nahm sie in meine Arme. „Morgen früh wird meine Maschine
hier landen und dann können wir endlich nach Hause fliegen.
Kommst du mit?", fragte mich Jakob erwartungsvoll. „Ich komme nach, ich muss hier noch einiges erledigen und werde mich
dann bei dir melden", erwiderte ich. „Na gut, ich werde auf deinen Anruf warten", antwortete Jakob und reichte mir die Hand.
Nachdem ich mich von den beiden verabschiedet hatte, brachte
mich der CIA-Beamte in ein Hotel.

So ein schönes Zimmer hatte ich noch nie gesehen, es fehlte
an nichts. Der CIA-Beamte schmunzelte, als er sah, dass ich alles untersuchte. „Nein, das Zimmer ist nicht verwanzt und wird
auch nicht abgehört", sagte er ruhig zu mir. „Das ist Gewohn-
heit und hat mich bisher vor schlimmeren Überraschungen be-

wahrt", erwiderte ich. „Das glaube ich Ihnen gerne, aber hier sind Sie sicher und können beruhigt schlafen", sagte er. „Und im Übrigen werden zwei Mitarbeiter das Zimmer bewachen", versuchte er mich zu beruhigen. „Wenn Sie etwas benötigen, dann brauchen Sie nur den Telefonhörer abnehmen, Sie sind dann direkt mit uns verbunden", erklärte er und verabschiedete sich von mir. „Dann kann ich mich nach den vielen Strapazen endlich ausruhen", sagte ich und zog die Tür hinter mir zu.

Ich ging auf dem Balkon und genoss die herrliche Aussicht. Tief atmete ich die frische Luft ein und füllte meine Lungen. Das Zimmer lag im elften Stock, von hier oben konnte man die schöne Stadt noch genauer betrachten. Viele Hochhäuser und Kirchen waren zu sehen. Die schön angelegten Parks mit den alten Bäumen und Springbrunnen. Die Menschen und Autos waren von hier oben so klein wie auf einer Modelleisenbahn, wie ich sie in meiner Kindheit besessen hatte. Die Sonne ging langsam am Horizont unter und die letzten Sonnenstrahlen spiegelten sich in den Scheiben der Hochhäuser. In meinem Kopf drehte sich alles, zu viel hatte ich in den letzten Tagen erlebt und konnte keine Ruhe mehr finden. Immer wieder dachte ich an meine Familie und an meinen Freund Klaus und dessen Frau. „Wie bekomme ich meine Frau und mein Kind aus der DDR?" Das war meine einzige große Sorge.

Ich musste mir unbedingt etwas einfallen lassen. Nein, ich wollte und musste das alleine machen, das war ich meiner Familie schuldig. Ich war so in Gedanken versunken, dass ich den Hubschrauber erst hörte, als er ganz langsam auf mich zuflog und zirka fünfzig Meter vor meinem Balkon in der Luft stehen blieb. Dann drehte er sich langsam und ich konnte die geöffnete Seitentür sehen. In diesem Moment klingelten meine Alarmglocken. Ganz schwach konnte ich eine Person mit einem Maschinengewehr erkennen. Eine zweite Person hatte einen M79 im Anschlag. Sofort war mir klar, dass mein Leben in Gefahr war. Dieser Granatwerfer war mir bestens bekannt, da ich ihn auch schon sehr oft benutzt hatte. Ich machte auf dem Absatz kehrt und rannte, so schnell ich konnte, zur Eingangstür. Ich war noch nicht ganz an der Tür angekommen, da hörte ich hinter mir die Salve des Maschinengewehres.

Die Fensterscheiben klirrten und die Projektile bohrten sich in die Möbel und Wänden. Die Zimmertür wurde aufgerissen und die beiden CIA-Beamten stürmten in das Zimmer. „Was ist denn los?", riefen sie aufgeregt. „Schnell raus", brüllte ich zurück. Erschrocken schauten sie mich an und machten auf dem Absatz kehrt. Mit einem Hechtsprung ließen wir uns auf den Teppich im Flur fallen. Wir lagen noch nicht ganz auf dem Fußboden, als eine gewaltige Explosion das Zimmer, in dem ich mich gerade aufhielt, erschütterte. Die Zimmertür wurde aus den Angeln gerissen und eine Stichflamme schoss hinterher. Dicke Rauchschwaden verteilten sich im ganzen Flur. Das Zimmer stand in Flammen und die Brandschutzmelder schlugen an. Mit großen Augen starten mich die beiden CIA-Beamten ungläubig an. „Hattet ihr mir nicht gesagt, dass das Zimmer sicher sei?", schrie ich die beiden an. „Ich kann nicht glauben, was gerade passiert ist!", erwiderte mir einer der CIA-Beamten stotternd. Als der andere CIA-Agent auch die Sprache wiedergefunden und den Schock überwunden hatte, sagte er, dass er unbedingt dem Chef informieren müsse, um weitere Anschläge auf mich verhindern zu können.

Sämtliche Türen wurden aufgerissen und die Hotelgäste verließen eilig ihre Zimmer. Das Personal rannte von Zimmer zu Zimmer und begleitete die älteren Hotelgäste zur Treppe. Noch immer lagen wir im Flur auf dem Bauch.

Ich wandte mich an den beiden CIA-Beamten und flüsterte ihnen zu: „Hört genau zu, was ich euch jetzt sage: Ich werde hier liegen bleiben, ihr ruft sofort auf einer sicheren Leitung euren Chef an und berichtet ihm alles ganz genau. Dann sagt ihm, dass er einen Krankenwagen schicken soll, der mich an einen sicheren Ort bringt. Denn irgendwo bei euch ist eine undichte Stelle."

„Das kann doch gar nicht sein, dass Sie sich hier in diesem Hotel aufhalten, haben doch nur vier Mitarbeiter gewusst!", sagte der CIA-Beamte zu mir. „Es ist mir auch egal, jedenfalls bin ich hier nicht sicher und nun macht endlich die Meldung!", zischte ich ihn ärgerlich an. Schnell nahm er das Telefon und ließ sich mit dem Chef verbinden. In Stenogramm erzählte er dem Chef alles. Auch der Chef musste wohl überrascht gewesen sein, denn der Beamte wiederholte das Geschehen einige Male. „Doch, das stimmt, das ist die Wahrheit, Sie müssen uns hier so schnell wie möglich rausholen", forderte er seinen Chef auf. Als er aufgelegt hatte, fragte ich ihn: „Und, kommt der Chef und holt uns hier raus?" „Ja, er wird in wenigen Minuten hier sein und Sie nicht mehr aus den Augen lassen", gab er zur Antwort. Die beiden erhoben sich langsam, als ein Butler angerannt kam und aufgeregt fragte, ob jemand verletzt sei. „Unser Kollege ist tot!", antworteten sie und taten betroffen. Regungslos lag ich auf dem Fußboden und ließ mir nichts anmerken. „Das gibt's doch gar nicht, wie kann denn das Zimmer explodieren, ich verstehe das nicht?", stammelte der Butler. „Die Feuerwehr und der Krankenwagen werden gleich hier sein", versuchte der Butler die beiden zu beruhigen. Von weitem waren auch schon die rasch näherkommenden Sirenen der Feuerwehr zu hören. Als der Butler verschwunden war, packten mich die beiden und trugen mich in ein benachbartes Zimmer. Nachdem die Tür verschlossen war, stand ich wieder auf und sagte zu dem einen: „Du gehst jetzt zum Flur zurück und wartest auf deinen Chef und dann kommt ihr wieder zu uns." Er nickte mir zu und verschwand. Es dauerte auch gar nicht lange, bis der Chef und sein Mitarbeiter das Zimmer betraten. „Wenn ich mich nicht gerade eben selbst überzeugt hätte, dass man auf Sie einen Anschlag verübt hat, hätte ich es nicht geglaubt", erzählte er sichtlich betroffen. „Was machen wir nur mit Ihnen und wo bringen wir Sie in Sicherheit?", fragte er nachdenklich. „Wie ich schon Ihren Mitarbeitern gesagt hatte, müssen Sie mich für tot erklären lassen und mich dann an einem geheimen Ort bringen, den nur Sie und Ihre beiden Mitarbeiter kennen", antwortete ich auf diese Frage. „Ja, so müssen wir es machen", erwiderte er und griff nach seinem Telefon.

„Der Deutsche ist bei dem Anschlag ums Leben gekommen, nein, den anderen beiden ist nichts passiert. Ja, höchste Geheimhaltungsstufe. Wo sollen wir den Deutschen hinbringen?", fragte der Chef. „In die Chemiefabrik?", wiederholte er. „Na gut, dann werden wir es so machen", sagte er und legte auf.

Nun wandte er sich an mich und sagte: „Sie haben ja einige Wortfetzen mitbekommen. Wir sollen Ihren Körper in eine Chemiefabrik bringen, in ein Fass mit Säure stecken, fest verschließen und alle Spuren beseitigen." „Mit wem haben Sie gerade gesprochen?", fragte ich den Chef. „Mit dem Einsatzleiter", antwortete er spontan. „Da haben Sie wahrscheinlich die undichte Stelle", bemerkte ich ärgerlich. „Wieso undichte Stelle?", fragte er mich. „Ist es denn hier üblich, dass Gäste beschossen werden und das Zimmer gesprengt wird?", fragte ich ärgerlich zurück. „Nein, natürlich nicht", gab er zur Antwort. „Die Frage bleibt doch: Wer will mich töten und wer hat den Auftrag dazu erteilt?", antwortete ich und schaute ihn fragend an. „Da haben Sie natürlich recht", erwiderte der Chef und nickte zustimmend mit dem Kopf. „Wir müssen Sie aber erst an einen sicheren Ort bringen und dann werde ich nachforschen, wo die undichte Stelle ist", versuchte er mich zu beruhigen.

In der Zwischenzeit hatten sich die beiden CIA-Beamten eine Trage geholt und die weißen Kittel, die der Chef mitgebracht hatte, angezogen. Nachdem ich mich auf die Trage gelegt hatte, deckten mich die beiden mit einem weißen Tuch zu. Eilig trugen sie mich zum Krankenwagen und schoben mich hinein. Der Chef nahm hinten bei mir Platz und verschloss die Türen. Die beiden CIA-Beamten sprangen vorn ins Fahrerhaus und fuhren mit lauten Sirenen davon. „Wo bringen Sie mich hin?", fragte ich den Chef. „Zu mir nach Hause, da sind Sie sicher", antwortete er. „Wie geht es eigentlich meinen Kollegen und den Neuseeländern?", fragte ich weiter. „Die beiden Neuseeländer sind schon auf dem Weg in ihre Heimat und Ihre Kollegen sowie die Familie aus Russland haben neue Papiere bekommen", antwortete er auf meine Frage. „Dann ist ja alles in bester Ordnung und sie können ihr Leben neu beginnen", sagte ich nachdenklich. „Wie soll es nun mit mir weitergehen?", fragte ich und schaute ihn erwartungsvoll an. „Wir werden einen Weg finden, damit Sie als ein anderer Mensch neu anfangen können und keiner wird Sie jemals in Verbindung mit Ihrem früheren Leben bringen können", sagte er und klopfte mir auf die Schulter.

In der Zwischenzeit waren wir in der Tiefgarage eines pathologischen Institutes angekommen. Eilig sprangen die beiden Mitarbeiter aus dem Auto und öffneten die hintere Tür des Krankenwagens. „Schnell, schnell, wir müssen umsteigen", trieben sie zur Eile. Der Krankenwagen stand genau neben einen Leichenwagen, in dem ein offener Sarg stand. Mit einem Satz sprang ich aus dem Auto und legte mich in den Sarg. „Das kam mir doch bekannt vor, genauso war es doch auch in Moskau, als wir auf der Flucht waren", schoss es mir durch den Kopf. Eilig zogen sich die drei einen schwarzen Anzug an und verschlossen den Sarg, in dem ich lag. Langsam setzte sich das Auto in Bewegung. Mir kam es vor wie eine Ewigkeit, bis der Wagen endlich anhielt. Der Deckel wurde geöffnet und grinsende Gesichter schauten mich an. „Jetzt haben wir es geschafft", sagte der Chef und reichte mir die Hand. Ich nahm die ausgestreckte Hand und zog mich an ihr aus dem Sarg. Vorsichtig schaute ich mich um. Ich musste mich in einer Garage befinden, denn an den Wänden hingen Regale mit Werkzeugen. Auch ein Fahrrad lehnte an der Wand. „Ja, wie Sie sehen, sind Sie in meiner Garage, aber der Aufenthalt wird nur von kurzer Dauer sein, denn Sie müssen dringend zurück zu ihrer Familie", erklärte der CIA-Chef. „Was ist mit meiner Familie?", fragte ich besorgt. „Es wird schon wieder!", beruhigte mich der Chef und fügte hinzu: „Ein Informant hat mir berichtet, dass Ihre Familie bespitzelt und abgehört wird. Es wird also höchste Zeit, dass Ihre Frau und Ihre Tochter aus der DDR ausgeschleust werden."

„Haben Sie schon einen Plan?", fragte ich besorgt. „Nein, ich weiß auch noch nicht, auf welche Weise wir Ihre Familie da rausholen können", erwiderte er nachdenklich. „Eines steht aber fest, es muss so schnell wie möglich passieren, denn ich habe Bedenken, dass Ihre Angehörigen dem Druck der Staatssicherheit nicht standhalten werden", fügte er hinzu. „Ja, da können Sie recht haben", erwiderte ich. „Gerade meine Tochter wird be-

stimmt im Kindergarten ausgefragt werden", sagte ich nachdenklich. „Also lassen Sie uns keine Zeit vergeuden, gehen wir
nach oben und machen einen Plan", sagte der Chef und klopfte
mir beruhigend auf die Schulter. Gemeinsam gingen wir nach
oben, wo uns eine Haushälterin erwartete. „Da sind Sie ja", sagte
sie zu mir und kam mit ausgestreckter Hand auf mich zu. „Darf
ich Ihnen meine Frau vorstellen", sagte der Chef zu mir. „Bloß
gut, dass der keine Gedanken lesen kann", dachte ich. Habe ich
doch seine Frau mit einer Haushaltshilfe verwechselt. Freundlich begrüßte sie mich und nahm mich in ihre Arme. Wie lange
war das her, dass mich eine Frau in die Arme genommen hatte, überlegte ich. Wenn ich den Chef auf zirka fünfzig Jahre ge-
schätzt hatte, war seine Frau höchstens Mitte Dreißig, sehr
schlank und trotzdem, mit ihren langen dunklen Haaren war
alles am richtigen Fleck. Erst jetzt bemerkte ich, dass ich noch
immer ihre Hand hielt und mein Blick auf sie gerichtet war. Mit
einen Schmunzeln drückte sie mich noch einmal an sich und
forderte mich auf, ins Wohnzimmer mitzukommen. „Ich habe
eine Kleinigkeit vorbereitet", sagte sie zu mir und zog mich hinter ihr her. „Muss ich mir Gedanken machen?", sagte der Chef
scherzend zu seiner Frau. „Hättest du etwas dagegen?", fragte
sie lächelnd ihren Mann. „Er ist aber doch verheiratet und hat
eine Tochter", erwiderte er. „Das ist doch kein Grund, sich nicht
zu amüsieren", erwiderte sie und grinste ihren Mann an. „Werde
ich gar nicht gefragt?", mischte ich mich nun in das Gespräch.
„Hätten Sie etwas dagegen?", fragte sie mich kess und machte
mich sichtlich verlegen. Mir war es fast peinlich, in Gegenwart
des Chefs so ein Gespräch zu führen, ich hatte wirklich andere
Sorgen. „Vielleicht ergibt es sich, das Gespräch zu einem späte-
ren Zeitpunkt fortzuführen", antwortete ich und wandte mich
an den CIA-Chef: „Könnten Sie mir bitte die Toilette zeigen, ich
muss mich ein wenig frisch machen." „Ja natürlich, kommen
Sie", sagte er und zeigte mir den Weg. Nachdem wir uns alle
ein wenig gestärkt hatten, schaute mich der Chef an und sagte zu mir: „Jetzt wird es aber Zeit, dass wir einen Plan machen
und uns überlegen, wie wir Ihre Familie aus der DDR befreien

können." „Kommen Sie, wir werden dazu in mein Arbeitszimmer gehen, um uns in Ruhe beraten zu können", schlug er vor.

Erschöpft ließ ich mich in einen bequemen Ledersessel fallen. „Wenn doch alles schon vorbei wäre und meine Familie in Sicherheit wäre, wie soll das alles funktionieren?", überlegte ich angestrengt. Abrupt wurde ich in meinen Gedanken unterbrochen, als der Chef mich fragte: „Ich sehe, Sie zerbrechen sich gerade den Kopf und machen sich große Sorgen um Ihre Familie?"

„Ja, das ist wahr, ich kann nicht mehr klar denken und finde im Moment auch keine Lösung, geschweige denn einen Plan", antwortete ich. „Ein Spaziergang wird es nun wirklich nicht, aber es spricht da einiges zu Ihrem Vorteil. Die Staatssicherheit glaubt, dass Sie ums Leben gekommen sind, und das müssen wir ausnutzen und genau darauf bauen wir den Fluchtplan auf", erklärte er. „Ja da können Sie recht haben. Ich stimme Ihnen zu, aber dazu brauche ich eine neue Identität, vor allem ein anderes Aussehen." „Das ist richtig", sagte der Chef. „Ich habe schon mit einem Maskenbildner gesprochen, der Ihr Äußerliches völlig verändern wird, so dass nicht einmal Ihre Frau Sie erkennt", erklärte er weiter.

„Das hört sich gut an, aber meine Frau müsste schon vorher benachrichtigt werden", bat ich den Chef und fügte hinzu: „Meine größte Sorge ist, dass meine Familie abgehört und beobachtet wird, sodass eine Benachrichtigung fast unmöglich werden wird." Aufmerksam hörte mir der CIA-Chef zu und sagte: „In diesem Moment ist in dem Haus, in dem sich ihre Familie aufhält, eine Havarie eingetreten. Ein CIA-Mitarbeiter wird als Monteur verkleidet Verbindung mit ihrer Frau aufnehmen und sie in alles einweihen", erklärte mir der Chef.

Das Telefon klingelte und der Chef nahm den Hörer ab. Als er wieder aufgelegt hatte, sagte er zu mir: „Der Maskenbildner und ihre neuen Dokumente sind gerade hier eingetroffen, also gehen wir." Ich folgte ihm in ein großes Badezimmer, wo seine Frau und ein Mann auf mich warteten. Ich schaute mir den Mann genauer an. Ich schätzte ihn auf zirka vierzig Jahre, er hatte ein gepflegtes äußerliches Aussehen und einen Oberlippenbart. „Dann wollen wir", begrüßte er mich. Er nahm ein Bild und klebte es an den Spiegel. „Werde ich so aussehen?", fragte ich. „Ja, genauso werde ich Sie herrichten", bekam ich zur Antwort. Auf dem Bild war ein Mann von zirka fünfzig Jahren zu sehen, er hatte eine Brille, einen Vollbart und graue Haare. „Schöner Mann", scherzte die Frau des Chefs. „Meinen Sie mich?", fragte ich zurück. „Ja, was denken Sie, natürlich", antwortete sie wieder kess. „Aber der Mann auf dem Bild, den der Maskenbildner als Modell hat, sieht auch nicht schlecht aus, oder?", fragte die Frau des Chefs und schaute mich schmunzelnd an. „Ja, habe ich denn eine Wahl?", fragte ich und fügte lächelnd hinzu: „Wenn es der Sache hilfreich ist, ist es mir auch egal, dass Ihr mich dreißig Jahre älter machen wollt." „Na, endlich haben Sie mal gelächelt, das wird schon alles wieder gut werden. Glauben Sie mir, wir machen das nicht zum ersten Mal", erklärte mir der Maskenbildner. Besorgt betrat der Chef das Bad und wandte sich an den Maskenbildner: „Wir müssen uns beeilen, in einer Stunde müssen wir auf dem Flugplatz sein." „Bekommen Sie das hin?", fragte er. „Noch zehn Minuten, dann haben wir es geschafft", antwortete der Maskenbildner und fügte hinzu: „Und was sagen sie, würden Sie ihn wiedererkennen?" „Nein, wer das nicht weiß, er ist nicht wieder zu erkennen. Gute Arbeit", lobte der Chef und klopfte dem Maskenbildner anerkennend auf die Schulter.

„Hören Sie jetzt genau zu, was ich Ihnen zu sagen habe", sagte der Chef und schaute mich aufmerksam an: „Sie werden mit einer Privatmaschine direkt nach Tegel gebracht. Dann steigen Sie in das bereitstehende Auto von der englischen Botschaft und werden dann direkt nach Ostberlin in die Botschaft gefahren."

„Ihre Dokumente weisen Sie als Botschafter der englischen Regierung aus. Das heißt für Sie, Sie haben freie Fahrt und dürfen nur von den englischen Behörden kontrolliert werden", erklärte er weiter.

„Das ist gut, das ist wirklich gut", sagte ich anerkennend. Tatsächlich, der Maskenbildner hatte es nach einer Stunde geschafft, aus mir einen anderen Menschen zu machen. Ich betrachtete das Foto am Spiegel und verglich mein Aussehen mit dem Bild. Die Person auf dem Foto und mein Aussehen waren verblüffend ähnlich.

„Ich weiß gar nicht wie ich das jemals gut machen kann?", sagte ich zu dem CIA-Chef. „Da fällt mir einiges ein", mischte sich die Frau des CIA-Chefs in das Gespräch. „Sie wollen doch nach Neuseeland?", fragte sie mich. „Ja", antwortete ich. „Wenn Sie dann Fuß gefasst haben und über alles etwas Gras gewachsen ist, würden wir uns freuen, wenn Sie uns mal zu sich einladen würden. Wäre das in Ordnung?", fragte sie mich. „Natürlich, Sie werden die ersten sein, die ich einladen werde, darauf können Sie sich verlassen", sagte ich und nahm sie in meine Arme. „Ich möchte mich auf diesem Wege bei allen bedanken, die mir und den anderen geholfen haben", sagte ich und schaute in die Runde. „Danke für alles, das werde ich nicht vergessen, was Sie für mich alles getan haben", sagte ich gerührt. „Kommen Sie mit zum Flughafen?", fragte ich den Chef. „Nein, meine Mitarbeiter werden Sie zum Flughafen fahren und werden Sie nicht aus den Augen lassen. Darf ich Sie erst einmal vorstellen!", sagte der Chef. „Der gutaussehende Blonde zu meiner Linken, das ist der Gruppenleiter einer Spezialeinheit, sein Name ist Edgar. Der junge Mann zu meiner Rechten, das ist ein Spezialagent und er heißt Tom. Sie sehen, Sie sind bei den beiden in guten Händen", sagte er und fügte hinzu: „Sie müssen mich entschuldigen, ich habe noch eine Menge zu tun, aber wir werden in Verbindung bleiben. Ist das okay?" „Ja, das werden wir", antwortete ich und reichte ihm meine Hand.

Herzlich verabschiedete ich mich von allen und stieg in das Polizeiauto, das schon vor dem Haus auf uns wartete. Der Fahrer schaltete das Blaulicht und die Sirenen ein. Nach einer halben Stunde rasanter Fahrt durch die Stadt trafen wir am hellerleuchteten Flughafen ein. Etwas abseits vom Flughafengebäude passierten wir ein bewachtes Tor und fuhren dann direkt zu der Maschine, die auf uns wartete. Der Pilot stand schon vor der Gangway und wartete ungeduldig auf uns. Die Motoren des Flugzeuges liefen schon warm. „Kommen Sie, wir müssen uns beeilen, wir haben noch einen zwölfstündigen Flug vor uns!", sagte der Pilot und mahnte zur Eile. Schnell rannten wir die Treppe rauf und nahmen in den Sitzen Platz. Wir hatten uns gerade angeschnallt, als sich das Flugzeug auch schon in Bewegung setzte. Nach wenigen Augenblicken waren wir in der Luft. Was für eine herrliche Aussicht hatte man von hier oben. Die Stadt war durch die vielen Lichter und Reklamen hell erleuchtet. Schnell verschwanden die Lichter wieder, als wir die Wolkendecke durchbrachen. War das eine herrliche Sicht, unter uns die Wolken und darüber nichts als unendlich weiter Horizont. Die Sterne und der Mond waren so herrlich anzusehen, dass ich alles ringsherum um mich vergaß. So muss ich wohl eingeschlafen sein, denn als ich aufwachte, brach gerade der Tag an.

Die Sonne war gerade ein Stück am Horizont zu sehen, als wir in Frankfurt zur Zwischenlandung ansetzten. „Sind wir schon da?", fragte ich. „Ja gleich, wir werden in zirka einer Stunde in Tegel landen", antwortete Edgar, der Gruppenleiter, mit müder Stimme. „Jetzt wird es ernst", ergänzte er. „Aber wir werden das schon gemeinsam schaffen", versuchte er, mir Mut zu machen. Nachdem das Flugzeug nach einem kurzen Aufenthalt auf dem Flughafen in Frankfurt wieder gestartet war, ging es weiter in Richtung Tegel. Es dauerte auch nicht lange, bis wir auf dem Flughafen in Berlin-Tegel ankamen. Nachdem der Pilot die Maschine sicher gelandet hatte, verabschiedete sich der Pilot persönlich von mir und sagte: „Ich wünsche Ihnen viel Erfolg, wir werden so lange hier auf Sie warten." Beruhigend klopfte er mir auf die Schulter und ergänzte: „Es wird schon alles gut werden."

Als wir aus dem Flugzeug stiegen und die Gangway runterliefen, kam auch schon ein schwarzer Regierungswagen angefahren. Die Scheiben der Limousine waren stark abgetönt, sodass keiner sehen konnte, wer sich im Fahrzeug befand. Der Gruppenleiter und ich stiegen auf die hinteren Sitze der Limousine ein. Der Spezialagent Tom nahm auf dem Beifahrersitz Platz. Nach 20-minütiger rasanter Fahrt durch die Stadt erreichten wir die Staatsgrenze der DDR. Mir war das unheimlich, in meinem Magen drehte es sich und ich konnte nicht mehr klar denken. „Werden sie uns ohne Kontrolle passieren lassen?", fragte ich Edgar. „Sicher, da wird es keine Schwierigkeiten geben, da es sich um einen Regierungswagen handelt", versuchte Edgar, mich zu beruhigen. Tatsächlich, ohne eine Kontrolle passierten wir die Grenze. Die Grenzer standen stramm und öffneten die Sperreinrichtungen. Gleich hinter der Grenze wurde aber unser Wagen gestoppt und ein hochrangiger Offizier kam mit vier bewaffneten Soldaten auf unser Auto zu. „Können Sie sich ausweisen?", wurde der Fahrer gefragt. Vergeblich versuchte der Offizier, ins Wageninnere zu schauen. „Was ist nun?", fragte unser Fahrer und übergab wortlos die geforderten Dokumente. „Einen Moment", sagte der Offizier und verschwand mit den Papieren in das angrenzende Gebäude. Die vier Soldaten verteilten sich und blieben mit der Waffe im Anschlag einige Meter vor der Limousine stehen. Nach zirka zehn Minuten kam der Offizier wieder zurück und überreichte dem Fahrer die Papiere. „Wo soll es denn hingehen?", fragte der Offizier den Kraftfahrer. „Zur Botschaft", antwortete dieser knapp. „Eine Polizeieskorte wird Sie bis zur Botschaft begleiten", sagte der Offizier und wünschte eine gute Fahrt. Mir fiel ein Stein von Herzen, als sich der Wagen endlich wieder in Bewegung setzte. Jetzt wurden wir von vier Polizisten mit Motorrädern begleitet. „Immer ruhig bleiben", sagte Tom zu mir und fügte gelassen hinzu: „Es kann uns nichts passieren." In meinen Kopf drehte sich alles und die Gedanken überschlugen sich. Ich wünschte nur, dass alles schnell vorbei wäre. Nach einer dreißigminütigen rasanten Fahrt durch Ostberlin kamen wir endlich in der englischen Botschaft an. Die Polizisten, die uns bis zu unserem Ziel begleiteten, winkten uns zum Abschied kurz zu und verschwanden wieder. In der Botschaft wurden wir schon erwartet. Ein älterer, gut gekleideter Mann kam mit raschen Schritten auf unser Auto zu und öffnete die Fahrertür. „Alles glatt gelaufen?", fragte er Tom, der ebenfalls aus der Limousine ausstieg. „Ja, bis jetzt ist alles nach Plan gelaufen", antwortete Tom. „Und bei Ihnen auch alles okay?", begrüßte er mich. „Ja, bis jetzt ist alles in bester Ordnung", antwortete ich und schüttelte dem Herrn herzlich die ausgestreckte Hand. „Mir würde es besser gehen, wenn meine Frau und mein

Kind in Sicherheit wären", fügte ich hinzu. „Darf ich mich erst einmal vorstellen, ich bin der Sicherheitsbeauftragte für diese Botschaft", stellte er sich mir vor.

„Dann kann ja eigentlich nichts mehr schief gehen", antwortete ich und drückte die noch immer ausgestreckte Hand. „Und ich bin Peter", erwiderte ich freundlich. „Ich weiß", sagte er und lächelte mich an. „Lassen Sie uns reingehen und die weitere Vorgehensweise besprechen", forderte er mich auf. „Spricht etwas dagegen, dass wir mitkommen?", fragte Tom. „Nein natürlich nicht, ich bin davon ausgegangen, dass Sie sowieso mitkommen werden."

Nachdem wir gemeinsam in seinem Büro angekommen waren, setzten wir uns an einem großen runden Tisch. Nachdenklich schaute der Sicherheitsbeauftragte in die Runde, ehe er zu sprechen begann. „Wir werden bis zum Nachmittag warten, dann werden wir Ihre Frau und Ihr Kind in unsere Botschaft bringen." „Haben Sie sich schon Gedanken gemacht, wie das laufen soll?", fragte ich ihn. „Ich werde Ihnen das jetzt genau erklären", sagte er und begann zu erzählen: „Ja, wir haben schon vorgearbeitet. Wie Sie wissen, hatten wir in dem Wohnblock Ihrer Frau eine Havarie ausgelöst. Dadurch konnten unsere Mitarbeiter mit Ihrer Frau Kontakt aufnehmen und haben alles mit ihr besprechen können. Ihre Frau wird in Cottbus in das Staatstheater zu einer Kinderveranstaltung gehen und von dort werden wir sie mit einem Taxi abholen. Das Taxi wird die beiden ins Krankenhaus bringen." „Ins Krankenhaus? Was ist mit meiner Tochter? Muss ich mir Sorgen machen?", unterbrach ich seine Ausführungen. „Nein, Ihrer Tochter und Ihrer Frau geht es gut, aber wir müssen eine schwere Krankheit vortäuschen. Ja, es geht nicht anders, Ihre Tochter braucht angeblich dringend ärztliche Hilfe. An der Hintertür im Krankenhaus werden die beiden auf Ihr Eintreffen warten und zu Ihnen ins Auto steigen. Vom Krankenhaus geht es dann direkt in unsere Botschaft. Ist das nicht ein genialer Plan?", fragte er und schaute mich erwartungsvoll an. „Ja, das hört sich ja alles ziemlich einfach an", sagte ich. „Aber wo ist da der Haken?", fragte ich besorgt. „Da gibt es keinen Haken, das haben wir schon einige Male so gemacht und bis jetzt ist immer alles gut gegangen", antwortete er auf meine Frage. „Ihr Wort in Gottes Ohr", sagte ich und trank einen Schluck Schwarztee. „Bestünde die Möglichkeit, dass ich mitfahren kann?", fragte ich und schaute den Sicherheitsbeauftragten erwartungsvoll an. „Das habe ich mir gedacht, dass Sie das fragen", bekam ich zur Antwort. „Ja natürlich, das können Sie, aber Sie müssen sehr vorsichtig sein und sich genau an unsere Anweisungen halten", erwiderte er. „Sie können sich auf mich verlassen", sagte ich nun sichtlich erleichtert. „Legen Sie sich noch ein paar Stunden hin, Sie müssen fit sein, wenn es so weit ist", riet er mir. „Da haben Sie wohl recht, aber ich werde vor Aufregung nicht schlafen können", gab ich zu bedenken. Der Sicherheitschef zeigte mir ein Zimmer, in dem ich mich hinlegen konnte. Es dauerte auch nicht lange, bis ich einschlief. Ich hatte einen fürchterlichen Traum. Wie im Film spielte sich das ganze Drama ab. Die ganze Befreiungsaktion ging schief und wir wurden alle verhaftet und zu guter Letzt noch in das Gefängnis gesperrt. Schweißgebadet wachte ich auf und schaute auf meine Armbanduhr. Es waren noch dreißig Minuten Zeit. Ich ging ins Bad und duschte mich kurz ab. Erst jetzt fühlte ich mich wieder wohl. Als ich in den Spiegel schaute, erschrak ich. Die Schminke war weggelaufen und die aufgeklebten Augenbrauen und Wangenknochen waren verschwunden. Ich hatte in meine Aufregung gar nicht daran gedacht, dass ich mich nicht duschen durfte. Eilig schaute ich in der Duschwanne nach. Da lagen sie, die fehlenden Utensilien. Schnell verließ ich das Zimmer und klopfte an die Tür des Sicherheitschefs. „Herein", forderte er mich auf. „Um Gottes willen, wie sehen Sie denn aus! Habe ich nicht gesagt, dass Sie nicht duschen dürfen?", sagte er etwas ärgerlich zu mir, als er mich sah. „Ja das haben Sie wohl, aber ich habe es in der Aufregung komplett vergessen", antwortete ich verlegen. „Was machen wir nun?", fragte ich besorgt. „Bloß gut, dass wir einen Spezialisten im Haus haben, der wird Ihre Maske wieder hinbekommen." Eilig nahm er den Telefonhörer in die Hand und ließ sich mit dem Maskenbildner verbinden. Nach wenigen Minuten klopfte es an der Tür und ein Mann Mitte Dreißig betrat das Zimmer. Er schaute mich besorgt an und sagte: „Das ist aber ein schwieriger Fall und ist nicht in fünf Minuten erledigt." „Wie viel Zeit haben wir?", fragte er den Sicherheitschef. „Wir müssen in dreißig Minuten los", antwortete der Sicherheitschef und verließ ärgerlich das Zimmer. „Dann kommen Sie schnell, wir müssen uns beeilen und dürfen keine Zeit verlieren", forderte mich der Maskenbildner auf und verließ auch das Zimmer. Ich trottete hinterher und hatte Mühe, Schritt zu halten. Nach ein paar Minuten betraten wir ein anderes Zimmer, in dem wir schon erwartet wurden. Vier Frauen kümmerten sich gleichzeitig um mein Aussehen. Nach zwanzig Minuten war mein Aussehen wiederhergestellt. Der Sicherheitschef betrat das Zimmer und war sichtlich erleichtert, als er mich sah. „Das ist ja noch einmal gut gegangen!", sagte er und bedankte sich bei den Leuten. „Jetzt müssen wir uns aber beeilen!", sagte er zu mir und forderte mich auf, ihm zu folgen. Mit dem Fahrstuhl fuhren wir in die Tiefgarage, wo mich Tom und Edgar schon erwarteten. „Sie fahren mit und befolgen bitte die Anweisungen meiner Mitarbeiter. Die beiden sind genauestens unterrichtet und werden nach einem straff organisierten Zeitplan arbeiten", erklärte mir der Sicherheitschef und verabschiedete sich von uns. Er hatte sich erst wenige Schritte entfernt, als er auf dem Absatz kehrt machte und zu den beiden sagte: „Denken Sie daran, dass Sie unbedingt die Frequenz des Funkgerätes ändern müssen, damit uns die Stasi nicht abhören kann." „Halten Sie mich ständig auf dem Laufenden", sagte er noch, ehe er im Fahrstuhl verschwand. „Dann wollen wir ihre Frau und ihr Kind holen!", sagte Tom zu mir und öffnete die Autotür einer dunkelblauen Limousine. Ich nahm wieder auf den hinteren Sitzen Platz und machte es mir gemütlich. „Typisch Regierungswagen, eine Bar durfte nicht fehlen", dachte ich. Vorsichtig öffnete ich die Bar und goss mir ein Glas Champagner ein. In diesem Augenblick tat mir so ein Schluck gut und ich hoffte, dass er mich ein wenig beruhigen wird. Währenddessen setzte sich auch Edgar auf den Beifahrersitz. Tom startete die Limousine und setzte den Wagen langsam in Bewegung. Wie oft bin ich die Strecke Berlin Cottbus, Cottbus Berlin gefahren. Ich kannte alle Straßen und Orte wie meine Westentasche. In meinem Bauch hatte ich ein flaues Gefühl, es war mir unheimlich. War das der Champagner? Oder war ich furchtbar aufgeregt? In meinem Kopf kreiste es und jedes Mal, wenn ich die Augen schließen wollte, lief alles wieder wie ein Film vor meinem geistigen Auge ab. „Soll ich noch einen zur Beruhigung nehmen? Nein", dachte ich. „Ich kann doch nicht angetrunken meiner Frau und meinem Kind gegenüberstehen", überlegte ich und drückte die Klappe der Bar wieder zu. „Sie sind wohl ziemlich aufgeregt?", fragte mich Edgar. „Ja das bin ich, ist das ein Wunder, ich weiß gar nicht mehr, wenn ich das letzte Mal zu Hause war, geschweige wenn ich meine Familie zuletzt gesehen habe?", antwortete ich nachdenklich. „Es wird schon alles gut werden", versuchte mich Edgar zu beruhigen. „Warum fahren wir nicht auf die Autobahn?", fragte ich. „Die Autobahn wird zu stark von der Polizei und der Staatssicherheit überwacht und wir wollen doch nicht unbedingt auffallen", antwortete Tom. „Nicht auffallen, mit der Limousine", dachte ich, wo doch nur Wartburg, Trabant und ab und zu ein Lada die Straßen der DDR befahren. „Naja, mir soll es recht sein, Hauptsache es geht alles gut und meine Familie ist in Sicherheit", überlegte ich. In der Zwischenzeit waren wir in Königs Wusterhausen angekommen und wollten gerade auf die Landstraße nach Cottbus einbiegen, als vor uns wie aus dem Nichts eine Straßensperre errichtet wurde. „Bloß die Ruhe bewahren", sagten Edgar und Tom und versuchten, mich zu beruhigen, als sie sahen, dass ich immer nervöser wurde. Mein Puls raste und ich hatte Bedenken, dass jemand meinen Herzschlag hören konnte. „Bleib ruhig", sagte ich ständig zu mir, „du hast schon ganz andere Situationen gemeistert und wirst auch diese Hürde schaffen." Als ich einige Male tief durchgeatmet hatte, wurde ich wieder ruhig und ausgeglichen. Endlich wurde auch mein Puls etwas ruhiger und ich lehnte mich zurück. Als die Limousine vor der Straßensperre hielt, kamen auch gleich zwei Polizeibeamte und zwei Herren in schwarzen Ledermänteln auf uns zu. Nachdem sich der eine Beamte vorgestellt hatte, forderte er Tom auf, die Papiere zu zeigen. „Nein, die Papiere werde ich Ihnen nicht zeigen! Schauen Sie gefälligst aufs Nummernschild und rufen Sie unsere Botschaft an", antwortete er in gebrochenem Deutsch. Der Polizeibeamte ging nach vorn und schaute auf das Nummernschild. Als er es genauer betrachtete, wurde er kreideweiß im Gesicht. Eiligen Schrittes kam er zurück und stammelte was von Entschuldigung und er mache doch auch nur seinen Dienst. „Wenn Sie Ihren Dienst ordentlich machen würden, hätten Sie uns erst gar nicht angehalten", erwiderte Tom gereizt. „Darf ich fragen, wo Sie hinwollen?", fragte der Beamte. Tom holte tief Luft. Als der Polizeibeamte das sah, sagte er: „Nein, nein, regen Sie sich bitte nicht auf, ich werde Ihnen einen Streifenwagen zur Absicherung mitschicken, damit Sie nicht mehr aufgehalten werden." „Okay, damit bin ich einverstanden und ich werde dann auch keine Dienstaufsichtsbeschwerde gegen Sie einleiten. Wir wollen nach Cottbus in das Stadttheater und haben es eilig, denn die Veranstaltung hat nämlich schon begonnen", gab Tom bereitwillig Auskunft. Eilig gab der Polizist weitere Anweisungen an seine Kollegen, die auch sofort die Straßensperre beseitigten. Ein Polizeiauto und vier Polizisten mit Motorrädern begleiteten uns nun mit Blaulicht nach Cottbus. Es dauerte auch nicht lange, bis ich auch schon das Ortseingangsschild von Cottbus erkennen konnte. Mit 80 fuhren wir durch die Stadt und hielten direkt vor dem Eingang des Theaters an.

„Jetzt war es endlich so weit, in dem Gebäude befanden sich meine Frau und mein Kind und ich werde sie gleich sehen", überlegte ich und war schon wieder etwas nervös vor Freude. Tom stieg aus und öffnete mir die Tür und bat mich höflichst, auszusteigen. „Ich werde hier auf Sie warten", sagte er und stieg wieder ein. Freundlich und mit einem Lächeln schaute Edgar mich an und sagte zu mir: „Kommen Sie, lassen wir Ihre Frau und Ihr Kind nicht länger warten." „Wissen die beiden, dass ich hier bin?", fragte ich ihn. „Natürlich nicht", sagte er zu mir und ging vor mir her. Im Gehen sagte er: „Sie werden neben Ihrer Frau sitzen und ich neben Ihrer Tochter, aber lassen Sie sich bloß nichts anmerken. Ich kann mir natürlich gut vorstellen, dass Sie aufgeregt sein müssen, das ist ja auch völlig normal, aber Sie müssen sich eben zusammenreißen, damit nicht noch etwas schief geht."

„Ja, ich weiß, dass alles davon abhängt, deshalb werde ich mich zusammennehmen", beruhigte ich ihn. „Sie dürfen auch nicht sprechen, sonst würde Ihre Tochter oder Ihre Frau Sie noch an Ihrer Stimme erkennen und die ganze Aktion würde auffliegen", gab er noch zu bedenken. Ich nickte nur zustimmend. Ich konnte vor Aufregung sowieso nicht sagen. „Welche Sitzplatznummer haben Sie?", wurden wir von einem Portier gefragt. Artig zeigte Edgar die Karten. „Ist gut, kommen Sie mit, ich werde Ihnen Ihren Platz zeigen", sagte der Portier und ging voraus. „Wir müssen noch eine Treppe hoch gehen, Sie haben Logenplätze", erklärte er uns und forderte uns auf, ihm zu folgen. Als wir oben in der ersten Etage ankamen, öffnete er eine große Holztür, die mit unzähligen Ornamenten verziert war. Vorsichtig schob der Portier einen schweren Vorhang zur Seite, so dass wir den Zuschauerraum betreten konnten. Einige Leute treten sich neugierig zu uns um. Das Licht des Saales war gedämpft, so dass nur die Umrisse der Leute zu erkennen waren. Neugierig schaute ich von rechts nach links, plötzlich stockte mein Atem. Ich erkannte meine Frau und meine Tochter. Sie saßen an der Brüstung und verfolgten aufmerksam das Geschehen auf der Bühne. „Wo ist unser Platz?", fragte Edgar den Portier. „Kommen Sie bitte, gleich hier", sagte er und zeigte in Richtung meiner Frau. Ich war fürchterlich aufgeregt und mein Puls schoss wieder in die Höhe. Wie lange hatte ich die beiden nicht mehr gesehen. Waren es ein oder gar zwei Jahre? Ich wusste es nicht mehr genau. Mir kam es vor wie eine Ewigkeit und jetzt war es soweit, aber ich durfte mir nichts anmerken lassen. Das war die schlimmste Folter für mich. Meine Frau und mein Kind wussten ja nicht, dass ich ganz in ihrer Nähe bin. Ich merkte ein vorsichtiges Zupfen an meinem Ärmel. „Kommen Sie und lassen Sie sich nichts anmerken, auch wenn es Ihnen schwerfällt, Sie haben es ja gleich geschafft", sagte Tom und versuchte, mich zu beruhigen. Langsam versuchte ich ein Bein vor das andere zu setzen, aber meine Beine waren wie Gummi. Wieder zupfte Edgar an meinem Ärmel. „Reißen Sie sich zusammen", flüsterte er mir ins Ohr. „Ja, Sie haben recht", flüsterte ich ebenso leise zurück. Je näher ich meiner Frau und meinem Kind kam, desto aufgeregter wurde ich, tief atmete ich wieder durch. „Sind hier noch zwei Plätze frei?", fragte Edgar meine Frau in gebrochenem Deutsch. Meine Frau schaute uns beide kritisch an, ehe sie antwortete: „Ja, einer neben meiner Tochter und der andere neben mir", antwortete sie. „Sollen wir zusammenrücken, damit Sie zusammensitzen können?", fragte sie Edgar. „Nein, nein, das ist schon in Ordnung", sagte Tom mit einem Lächeln. „Setzen Sie sich neben die Frau", sagte Edgar zu mir. Ich nickte nur. Meine Tochter und meine Frau standen auf, um mich durchzulassen. Ohne mir etwas anmerken zu lassen, schaute ich die beiden im Vorbeigehen flüchtig an. Vorsichtig setzte ich mich neben meine Frau, sie hatte ihre Hand auf die Sessellehne gelegt. Am liebsten hätte ich meine Hand auf ihre gelegt, aber ich musste mich beherrschen. Ich schaute zu Tom, um meine Frau und meine Tochter besser beobachten zu können. „Wollen sie sich nicht doch zu Ihrem Freund setzen?", fragte sie und schaute mich an. Vorsichtig schüttelte ich den Kopf. „Wie Sie meinen", sagte sie und schaute wieder zur Bühne. Plötzlich drehte meine Frau ihren Kopf zu mir und schaute mich nachdenklich an. Leise flüsterte sie mir zu: „Habe ich Sie schon einmal gesehen? Sie kommen mir bekannt vor?" Wieder schüttelte ich den Kopf. „Hoffentlich ist das bald vorbei", dachte ich, als sie sich wieder zu mir drehte. „Mir geht es nicht aus dem Kopf, Sie kommen mir bekannt vor." Jetzt nahm ich ihre Hand und drückte sie fest. Vorsichtig legte ich den Zeigefinger auf die Lippen und schüttelte langsam den Kopf. Sie schaute mich mit weit aufgerissenen Augen an. Ihr Mund klappte nach unten und ich hatte Bedenken, dass sie gleich schreien würde. Tapfer, wie ich sie kannte, schaute sie wieder nach vorn zur Bühne, aber die Tränen konnte sie nicht verbergen. Jetzt drückte sie auch meine Hand und wieder rollten ihr Tränen über ihre Wangen. Besorgt schaute Edgar zu mir rüber. „Ist alles okay?", fragte er. Ich nickte nur und war unfähig, etwas zu sagen. „Na gut", sagte er, indem er sich zu mir beugte und meiner Frau einen Zettel übergab. Unauffällig faltete meine Frau den Zettel auseinander und las, was darauf geschrieben stand. Als sie alles gelesen hatte, schaute sie mich kurz an und beugte sich zu unserer Tochter und sagte: „Mama muss auf die Toilette, kommst du mit?" „Kommen wir auch gleich wieder?", fragte meine Tochter. „Ja, komm schnell", antwortete meine Frau. „Ich werde Sie begleiten", flüsterte Edgar meiner Frau zu. Sie nickte. Er gab mir ein Zeichen. Ich verstand, ich sollte also in fünf Minuten nachkommen. Ich nickte und schaute wieder auf die Bühne. Die fünf Minuten waren wie angestemmt und wollten einfach nicht vergehen. Nervös schaute ich laufend auf die Uhr, um die Zeit nicht zu verpassen. Ich hielt es nicht mehr aus, nach vier Minuten erhob ich mich und ging langsam ohne Hast nach draußen. „Wo ist die Toilette?", fragte ich den Portier, der immer noch vor der Tür stand. Freundlich erklärte er mir den Weg zur Toilette. Ich ging nach unten, im Flur wartete Edgar schon auf mich. „Kommen Sie, wir müssen uns beeilen", sagte er knapp. Wortlos ging ich ihm hinterher. Als wir das Theater verließen, fuhr Tom gerade mit der Limousine vor. In der Zwischenzeit war es draußen dunkel geworden. Eilig stiegen wir ins Auto ein und Tom fuhr los. „Wo sind meine Frau und meine Tochter?", fragte ich aufgeregt. „Sie sind wie abgesprochen schon mit einem Taxi vorausgefahren", antwortete Edgar auf meine Frage. „Das war ja höchste Zeit, ich hatte schon Bedenken, dass Sie oder Ihre Frau sich verraten würden", sagte Edgar zu mir. „Ja, da haben Sie recht, ich hatte ganz schön zu kämpfen, um meine Frau und meine Tochter nicht in meine Arme zu nehmen", erwiderte ich. „Naja, jetzt haben Sie es ja gleich geschafft", versuchte mich Tom zu beruhigen. „Wie soll es nun weitergehen?", fragte ich. „Wie schon gesagt, die beiden werden jetzt geradewegs ins Krankenhaus gebracht, zu dem wir auch gleich fahren werden", erklärte mir Tom. „Ach, übrigens, der Taxifahrer ist natürlich auch ein Geheimagent von uns", fügte Edgar hinzu. Beruhigt lehnte ich mich zurück und schaute aus dem Autofenster. Wir ließen gerade Cottbus hinter uns und näherten uns dem Bahnübergang in Kolkwitz. Wie oft bin ich schon hier lang gefahren, immer waren die Schranken geschlossen. So war es auch jetzt, nach langem Warten kam endlich ein Zug. Es hatte sich in der Zeit nichts geändert, noch immer mussten die Schranken vom Schrankenwärter mit der Hand hochgekurbelt werden. Langsam setzen sich die Autos wieder in Bewegung. Nach ein paar Minuten erreichten wir den kleinen Ort. Die Limousine verließ die Hauptstraße und bog nach rechts ab. „Fahren wir zum Krankenhaus?", fragte ich noch einmal. Lächelnd schaute mich Tom an und sagte: „Ja, sie sind aber ziemlich aufgeregt, denn das habe ich Ihnen doch schon erklärt." „Ja, ihre Frau und ihre Tochter warten schon auf uns", sagte er ganz ruhig zu mir. Es dauerte auch nicht lange, bis wir das Klinikum von Kolkwitz erreichten. Wir fuhren an der Anmeldung vorbei und Tom hielt das Auto ganz dicht an einem Nebeneingang. Eilig sprang Edgar aus der Limousine und ging zu der Tür. Nach einer Minute öffnete sich die Tür wieder und Edgar kam raus. Vorsichtig schaute er sich nach allen Seiten um und öffnete wieder die Tür. Jetzt sprang Tom aus dem Auto und öffnete die Kofferraumklappe. „Schnell, schnell", forderte er meine Frau, die gerade den Kopf aus der Tür streckte, auf, in den Kofferraum zu steigen.

Eilig verschloss Edgar den Kofferraum und stieg wieder mit Tom ins Auto ein.

„Ist bei Ihnen alles in Ordnung?", fragte er meine Frau. „Ja", kam eine leise Stimme von hinten. „Nun kann es losgehen", sagte Tom und startete das Auto. „Wenn wir aus dem Ort sind, können Sie die eine Hälfte der Sitzbank umlegen", klärte mich Tom auf und fügte hinzu: „Aber verhalten Sie sich trotzdem ruhig, auch wenn es Ihnen schwerfällt." Ich war unfähig, etwas zu sagen und nickte nur. Ich traute mich immer noch nicht zu sprechen. Ich hatte Bedenken, das mich meine Tochter erkennen wird und kurz vorm Ziel alles noch rauskommt.

Endlich ließen wir auch Kolkwitz hinter uns. Ich tippte Edgar auf die Schulter und fragte leise: „Kann ich jetzt die Sitzbank umklappen?" Er schaute in den Rückspiegel, ehe er antwortete.

„Ja, das können Sie jetzt, wir werden nicht verfolgt." Eilig klappte ich die Sitzbank um. Meine Frau und meine Tochter schauten mich mit großen Augen an. Wieder legte ich den Finger auf meine Lippen. Zustimmend nickten mir beide zu. „Hat meine Tochter mich auch erkannt?", fragte ich mich. Ich schaute sie an. Grinsend legte sie den Finger auf ihre Lippen und kam aus dem Kofferraum gekrochen. Ich konnte es kaum glauben. Jetzt war ich mir sicher und zog sie an mich ran, drückte und küsste sie. Auch ich konnte mich jetzt nicht mehr beherrschen, denn nicht nur meiner Frau und meiner Tochter, sondern auch mir liefen die Tränen wie Bäche aus den Augen. Wir umarmten uns und keiner wollte mehr loslassen. „Eine Straßensperre!", rief Tom aufgeregt. „Es tut mir wirklich leid, aber ihre Frau und ihre Tochter müssen wieder zurück in den Kofferraum. Klappen Sie schnell die Sitzbank wieder hoch und verhalten Sie sich ruhig", forderte Edgar mich auf. Langsam näherten wir uns der Sperre. Ein Polizist stellte sich mit erhobener Hand vor das Auto und forderte Tom auf, den Fahrzeugschein und die Pässe zu zeigen. Mit der Taschenlampe versuchten zwei andere Polizisten, ins Innere des Wagens zu leuchten, aber die getönten Fenster ließen das nicht zu. „Machen Sie den Kofferraum auf", forderte der Polizeibeamte Tom auf. „Sie können gerne die Pässe einsehen, aber den Kofferraum mache ich nicht auf", antwortete Tom in gebrochenem Deutsch. „Was! Sie wollen sich meinen Anweisungen widersetzen?", erwiderte der Polizeibeamte im energischen Ton. „Ich möchte Ihren Vorgesetzten sprechen und das sofort!", forderte Tom dem Beamten höflich, aber auch energisch auf. „Wie Sie wünschen", sagte dieser kleinlaut und lief gleich auf eine Gruppe Polizisten zu. Nachdem er vor einem Offizier seine Meldung machte, kam der hochrangige Offizier auf uns zu. „Ihre Pässe bitte!", wurde Tom auch von dem Offizier aufgefordert. „Bitte", sagte Tom gereizt und reichte die Pässe. „Einen Moment bitte!", sagte der Offizier und machte auf dem Absatz kehrt.

Nachdem er in einem Polizeiauto verschwand, nahm er einen Telefonhörer in die Hand und telefonierte. Nach wenigen Minuten kam er eilig mit puterrotem Gesicht auf uns zu. Wortlos gab er Tom die Pässe zurück. „Ich möchte mich für die Unannehmlichkeiten entschuldigen", sagte der Offizier artig. „Natürlich können sie weiterfahren, ich wünsche Ihnen noch einen schönen Aufenthalt in unserem Land", ergänzte er und verabschiedete sich von uns. Schnell wurde die Straßensperre weggeräumt und wir konnten unsere Fahrt fortsetzen. Nicht nur mir, da bin ich sicher, fiel eine riesige Last von den Schultern. Alle atmeten wir tief durch und waren sichtlich erleichtert. „So, nun haben wir es gleich geschafft", sagte Tom zu uns. Als sich das Auto von der Straßensperre entfernt hatte, klappte ich die Sitzbank wieder um und meine Frau und meine Tochter krochen wieder zu mir vor ins Auto. Nachdem ich die Sitzbank wieder hochgeklappt hatte, setzen sie sich auch zu mir. Meine Tochter saß bei mir auf dem Schoß und umarmte mich. „Kann ich etwas fragen?", sagte meine Tochter. „Ja, natürlich", erwiderte ich. „Du siehst gar nicht wie mein Papa aus." „Da hast du natürlich recht, aber ich musste mich so verkleiden, damit ich euch abholen konnte. Verstehst du?", fragte ich meine Tochter. Langsam schüttelte sie den Kopf und sah mich fragend an. „Ich werde es dir und auch der Mama bald erklären, denn ich habe jetzt für euch beide sehr viel Zeit", antwortete ich. „Gehst du nicht mehr weg?", fragte mich meine Tochter und schaute mich mit ihren großen blauen Augen, die sie von ihrer Mutter geerbt hatte, erwartungsvoll an. „Nein, Papa wird euch nie wieder alleine lassen", antwortete ich mit zitternder Stimme. „Versprochen?", fragte meine Tochter. „Ja, versprochen", erwiderte ich. Erst jetzt leuchteten ihre Augen vor Freude.

Mit einem Lächeln schaute meine Frau mich an und nahm zärtlich meine Hand. „Wie habe ich dich vermisst, du hast mir so gefehlt", sagte sie, während ihr Tränen über die Wangen liefen. „Ach Elke, ich kann dir gar nicht sagen, wie ihr beide mir gefehlt habt. Wie viele Nächte habe ich nicht schlafen können, weil ich nur an euch denken musste", sagte ich und zog meine

Frau liebevoll an mich. Zärtlich küssten wir uns und vergaßen alles um uns. Erst als unsere Tochter fragte, ob uns etwas weh tut, ließen wir voneinander. „Wie kommst du darauf, dass uns etwas weh tut?", fragte ich. „Ihr weint doch", antwortete sie. Beide nahmen wir unsere Tochter in unsere Arme und mussten schmunzeln. „Ich habe so viele Fragen, aber ich werde warten, bis du mir alles erzählen wirst", sagte meine Frau zu mir. „Ich möchte ja ungern stören und es tut mir ja leid, aber Ihre Frau und ihr Kind müssen jetzt wieder in den Kofferraum", sagte Edgar zu uns. „Warum das?", fragte ich verwundert. „Wir werden gleich die Grenze passieren und da ist es besser, wenn die beiden nicht zu sehen sind", antwortete Edgar. „Ja, er hatte recht", dachte ich, aber ich wollte die beiden nicht mehr loslassen und in den Kofferraum schicken. Erst als Elke leise zu mir sagte: „Ist schon gut, das muss sein, wir sind ja nicht aus der Welt", gab ich nach und sah die Notwendigkeit ein. Widerwillig legte ich die Sitzbank um, damit die beiden wieder nach hinten in den Kofferraum konnten. „Wie lange müssen wir hier drinbleiben?", fragte meine Tochter. „Nicht lange, wir haben es gleich geschafft", versuchte ich, sie zu beruhigen. „Warum fahren wir nicht erst in die Botschaft?", fragte ich Edgar. „Das plötzliche Verschwinden ihrer Frau wird sicherlich schon längst bemerkt worden sein und da ist es sicherer, wenn wir so schnell wie möglich die DDR verlassen. Sie sind erst in Sicherheit, wenn Sie die Grenze passiert haben", antwortete Edgar. „Was wird eigentlich mit meinen persönlichen Sachen und denen meiner Tochter und meines Mannes?", fragte meine Frau. „Machen Sie sich darum keine Gedanken, Ihre Sachen sind schon unterwegs zum Flughafen", antwortete Edgar auf die Frage meiner Frau. „Wie, die Sachen sind schon unterwegs?", fragte meine Frau noch einmal ungläubig. Edgar drehte sich zu mir um und sagte: „In der Zeit, als Sie im Theater waren, haben unsere Jungs in Ihrer Wohnung alle persönlichen Sachen, auch die Fotos und das Lieblingsspielzeug Ihrer Tochter, rausgeholt. Natürlich war es nicht möglich, die Möbel und die Bekleidung mitzunehmen."

„Wie haben Sie das angestellt?", fragte ich überrascht. „Wir hatten doch schon eine Havarie vorgetäuscht. Ja, und dieses Mal hatte Ihre Frau vergessen, den Wasserhahn im Bad zuzudrehen, so dass die ganze Wohnung geflutet wurde", berichtete Edgar weiter. „Das kann doch nicht sein, ich habe doch den Wasserhahn gar nicht benutzt", antwortete meine Frau erschrocken. „Ich weiß, wir haben den Wasserhahn auch manipuliert und eine Sprengkapsel eingebaut", erklärte Edgar. „Die Telefonleitung Ihrer Nachbarn haben wir angezapft und auf den Anruf gewartet. Nach dem Anruf ist unser Servicewagen mit vier Mitarbeitern losgefahren und hat die Wohnung ausgeräumt", erzählte Edgar weiter. „Haben unsere Nachbarn von der Aktion nichts mitbekommen?", fragte Elke. „Nein, die Wohnung konnte auch kein anderer betreten, da das Wasser zirka zehn Zentimeter hoch in ihrer Wohnung stand", erklärte er weiter. „Aber das Herausschaffen der Sachen konnte doch nicht unbemerkt bleiben?", fragte Elke. „Das war ja auch das Schwierigste daran, antwortete Edgar. Es wurden 200-l-Fässer dazu benutzt. „200-l-Fässer?", fragte ich erstaunt. „Aber das muss doch aufgefallen sein?", fragte ich. „Nein, das fiel überhaupt nicht auf, weil das Wasser angeblich in die Fässern gepumpt wurde und so die Sachen verladen werden konnten", berichtete Edgar. „Woher wissen Sie das so genau?", fragte Elke nach. „Weil ich das Ganze geplant und organisiert habe, deshalb weiß ich darüber genauestens Bescheid", antwortete er stolz mit einem Lächeln. „Im Übrigen hätte Ihr Mann das genauso gemacht, nicht wahr?", sagte Edgar und schaute mich an. „Ja, tatsächlich, der Plan hätte auch von mir stammen können", antwortete ich nachdenklich. „So, und nun absolute Ruhe, wir werden gleich die Grenze erreichen, drücken Sie die Daumen, dass alles gut geht", sagte Edgar zu uns und schubste seinen Partner an. „Wird schon schief gehen", erwiderte Tom und lächelte uns im Rückspiegel zu. „Okay, verhaltet euch noch einen Augenblick ruhig, ich muss jetzt die Sitzbank wieder hochklappen", sagte ich zu meiner Frau und meiner Tochter. Wieder hatte ich ein mulmiges Gefühl in der Magengegend, als wir uns langsam der Grenzanlage näherten.

Vorschriftsmäßig hielt Tom die Limousine an der Haltelinie. Ein Postenpaar kam auf uns zu. „Guten Tag!", begrüßten uns die Grenzer freundlich. „Die Reisepässe bitte!", wurde Tom aufgefordert. Lässig gab er das Gewünschte. „Öffnen Sie bitte den Kofferraum", forderte ein Grenzer Tom auf. „Du bist wohl verrückt? Weißt du nicht, dass Botschaftsfahrzeuge nicht kontrolliert werden dürfen?" Erschrocken und mit großen Augen schaute der Grenzer Tom an. „Entschuldigung, daran habe ich gerade nicht gedacht", antwortete der Grenzer mit zitternder Stimme. „Wir wünschen Ihnen noch eine gute Fahrt", fügte er hinzu und gab seinem Kollegen ein Zeichen, um das Tor zu öffnen. Unser Wagen setzte sich wieder in Bewegung und nach wenigen Minuten erreichten wir Westberlin. „So, nun sind Sie alle in Sicherheit", sagte Edgar erleichtert zu uns. Der ganze Stress und die Anspannung fielen wie eine zentnerschwere Last von mir. Hastig legte ich die Sitzbank wieder um, damit die beiden wieder bei mir auf der Sitzbank Platz nehmen konnten. „Endlich geschafft!", sagte nun auch Elke und küsste mich. „Wie geht es nun weiter?", fragte ich die beiden Agenten. „Eigentlich sollten Sie alle noch ein paar Tage in Westberlin bleiben, aber ich glaube, dass auch hier die Stasi ihre Spione hat, und deshalb werden wir Sie zu Ihrem eigenen Schutz sofort zum Flughafen bringen", erklärte uns Edgar. Es dauerte auch nicht lange bis wir den Flughafen in Tempelhof erreichten, wo das Flugzeug noch immer stand, mit dem ich hergekommen war. „Ich muss erst ein Telefongespräch führen", sagte Edgar zu uns und ging in das Flughafengebäude. Nach zehn Minuten kam er wieder aus dem Gebäude und brannte sich eine Zigarette an. Das war das erste Mal, dass ich ihn rauchen sah. Eilig kam er auf uns zu. „Wir müssen schnell verschwinden", rief er uns schon von weitem zu. „Was ist denn los? Gibt es Probleme?", fragte Tom. „Ja", antwortete er nur knapp. „Nun lass dir doch nicht alles aus der Nase ziehen", fragte Tom nach. „Okay", sagte er und begann zu berichten: „Drüben im Osten ist die Hölle los, die Stasi läuft Amok. Sie suchen verzweifelt Ihre Frau und Ihre Tochter. In der Wohnung waren sie auch schon und haben festgestellt, dass die persönlichen Sachen verschwunden sind. Eine Großfahndung wurde eingeleitet und die beiden zu Staatsfeinden erklärt. Was das bedeutet, brauche ich euch wohl nicht näher zu erklären, oder?"

Edgar machte nach seinen Ausführungen ein besorgtes Gesicht. „Nein, das brauchst du uns nicht näher zu erklären, das wissen wir alle, mit welchen Methoden die Stasi arbeitet", erwiderte Tom und schaute mich an. Ich nickte nur zustimmend. Wer, wenn nicht ich, wusste über die Arbeit und die Machenschaften der Stasi bestens Bescheid. Ich hatte schließlich, ob ich wollte oder nicht, auf irgendeine Weise mit denen zu tun gehabt. Ich wusste auch, das unliebsame Mitwisser oder solche, die der Regierung und dem ganzen Regime Schaden zufügen könnten, für immer hinter Gittern gesperrt wurden. Es gab da auch noch gewisse Sonderbehandlungen wie zum Beispiel Gehirnwäsche. Im schlimmsten Fall wurden solche Personen der Pharmaindustrie als Versuchsobjekte freigegeben. Nein, ich brauchte mir keinen Vorwurf zu machen, ich war weder in der Partei noch bei der Staatssicherheit beschäftigt. Ich wollte eigentlich nur meinen ganz normalen Grundwehrdienst absolvieren. Mit List und Tücke und Erpressung hatte man mich zu dem gemacht, was ich jetzt war. Aber was bin ich eigentlich jetzt? Bin ich jetzt ein Spion oder ein Spezialagent der Staatssicherheit? Also, was bin ich für die DDR? Ich habe doch lediglich einige Agenten aus verschiedenen Gefängnissen befreit. Ja, zugegeben, ich hatte eine besondere und spezielle Ausbildung bekommen, aber ich bin mir keiner Schuld bewusst. Ich habe auch nur in Notwehr getötet, wenn mein eigenes Leben in Gefahr war oder es die Umstände von mir verlangten. Natürlich konnte ich meiner Frau nicht alle Einzelheiten erzählen, sie hätte es nicht begreifen und schon gar nicht verstehen können. Noch immer in Gedanken versunken, fragte ich Edgar: „Wie geht es nun mit uns weiter?" „Ja, es gibt auch eine gute Nachricht", gab er zur Antwort. Wir müssen so oder so schnell hier weg, da auch hier in Westberlin die DDR-Spione in Kürze eintreffen werden. „Wir fliegen wieder zurück nach New York, wo Sie schon sehnsüchtig erwartet werden", berichtete er schmunzelnd. „Vom wem werde ich erwartet?", fragte ich neugierig nach. „Na, überlegen Sie mal! Haben Sie nicht einen älteren Mann und dessen Neffen aus dem Gefängnis befreit?", fügte er hinzu. Jetzt fiel es mir wieder ein. „Ja, daran habe ich im Moment überhaupt nicht mehr gedacht", sagte ich nachdenklich. „Du hast jemand aus dem Gefängnis befreit?", fragte meine Frau neugierig. „Ja, aber das habe ich dir doch schon einmal erzählt, kannst du dich denn nicht mehr erinnern, als wir in dem Hotel waren?", fragte ich. „Ich kann mich nicht mehr genau daran erinnern", antwortete sie. „Aber trotzdem möchte ich von dir wissen, was du in den vergangenen zwei Jahren gemacht hast und wo du überall warst?", fügte sie hinzu und schaute mich mit ihren schönen blauen Augen erwartungsvoll an. „Jetzt wird alles gut, hab Vertrauen", sagte ich und zog sie liebevoll an mich ran. Meine Tochter konnte das alles nicht verstehen und begreifen, was sich hier gerade abspielte. „Wenn sie etwas älter geworden ist, dann werde ich ihr alles erzählen", überlegte ich. „Kommen Sie, der Pilot wartet schon auf uns", forderte uns Tom auf. „Kommen Sie mit uns mit?", fragte ich die beiden Agenten. „Ja natürlich, unser Auftrag ist hiermit erledigt", antworteten sie sichtlich erleichtert und gingen die Gangway zum Flugzeug hoch. „Ich bin doch noch nie mit einem Flugzeug geflogen!", sagte meine Frau ängstlich zu mir. „Glaub mir, das ist halb so schlimm und wenn wir einmal oben sind, wirst du die schöne Aussicht in Ruhe genießen können", erwiderte ich und versuchte, sie zu beruhigen. Als wir das Flugzeug betraten setzen wir uns auch gleich in die bequemen Sessel. „Wie lange werden wir fliegen?", fragte meine Frau und war immer noch aufgeregt. „Zirka zwölf Stunden wird der Flug dauern, bis wir in New York sind. Also, wenn nichts dazwischenkommt, dann müssten wir um 7:00 Uhr früh ankommen", antwortete ich auf ihre Frage und küsste sie zärtlich. Wieder schaute mich meine Tochter mit ihren großen Augen an. Ich nahm sie und setzte sie auf meine Beine. Ich wusste, dass sie das alles noch nicht verstehen konnte, sie war ja auch noch viel zu klein dafür. „Wenn wir oben sind, dann werde ich mich erst einmal abschminken. Würdest du mir dabei helfen?", fragte ich meine Frau und schaute sie zärtlich an. „Was für eine Frage, natürlich helfe ich dir. Ich möchte doch auch sehen, wie du ohne Schminke aussiehst und ob noch alles an der richtigen Stelle ist", antwortete meine Frau und schaute mich mit ihren leuchtenden Augen an. Anstandshalber setzten sich die beiden Agenten Edgar und Tom zu dem Piloten ins Cockpit, so dass wir alleine im Passagierraum waren. Langsam setzte sich das Flugzeug in Bewegung und rollte zur Startbahn. Nach einem kurzen Stopp vor der Start- und Landebahn beschleunigte der Pilot die Maschine. Nach wenigen Augenblicken hatten wir unsere Flughöhe erreicht. Erst jetzt kam eine Flugbegleiterin auf uns zu und fragte uns, ob wir etwas essen oder trinken wollten. Als sie uns das Bestellte brachte, erklärte sie uns, dass sie sich zurückziehen werde und wenn wir etwas benötigen, sie im Cockpit anzutreffen ist. Nachdem wir uns gestärkt hatten, legte meine Frau unsere Tochter auf die Sitzbank und ich fragte die Flugbegleiterin, ob sie auf unsere Tochter aufpassen würde. „Natürlich, gern", antwortete sie und setzte sich zu meiner Tochter. „Ich werde mich erst einmal abschminken und meine Frau möchte mir dabei helfen", erklärte ich der Flugbegleiterin. „Ja. das verstehe ich, machen Sie sich keine Sorgen, ich werde so lange hier auf Sie warten", sagte sie und lächelte uns zu. „Ach ja, wir haben da noch eine große Duschkabine, die Sie natürlich auch benutzen können. Frische Sachen habe ich auch schon für Sie bereitgelegt", fügte sie lächelnd hinzu. Nachdem wir uns bei ihr bedankt hatten, gingen wir gemeinsam Hand in Hans zu den Nasszellen. Vorsichtig machte ich die Tür auf und war überrascht, was ich da sah. „Schau, mein Schatz!", sagte ich zu meiner Frau. Neugierig drängelte sie sich an mir vorbei und bekam vor Staunen den Mund nicht mehr zu. „Hast du so etwas schon mal gesehen?", fragte ich. „Nein", antwortete sie und zog mich in den Raum. „Mach die Tür hinter dir zu und drehe den Schlüssel um", flüsterte sie mir zu. Zärtlich küssten und umarmten wir uns. „Nun musst du dich aber auch duschen", sagte ich liebevoll zu meiner Frau. Schmunzelnd schaute sie in den Spiegel und sagte: „Ja, da hast du recht, mein Gesicht ist total von deiner Schminke beschmiert, aber ich hatte ohnehin vor, mit dir gemeinsam zu duschen." Ich kann nicht mehr sagen, wie lange wir uns im Bad aufgehalten hatten, zu schnell verging die Zeit für uns beide. Überglücklich und zufrieden verließen wir gemeinsam das Bad und liefen wieder Hand in Hand zu unserer Tochter, die immer noch fest schlief. Auch die Flugbegleiterin war in der Zwischenzeit fest eingeschlafen und bemerkte uns erst, als wir uns in die bequemen Sessel fallen ließen. „Sie sehen ja gleich wieder zwanzig Jahre jünger aus", sagte sie lächelnd. „Jetzt fühle ich mich auch wieder wohl in meiner Haut", flüsterte ich ihr zu. „Nun werde ich Sie beide alleine lassen, Sie haben sich sicherlich viel zu erzählen", sagte sie. Wir bedankten uns noch einmal bei ihr, bevor sie wieder zurück ins Cockpit ging. Ich schaute auf die Uhr.

„Es bleibt uns noch sehr viel Zeit, ehe wir unser Ziel erreichen werden", überlegte ich.

„Erzähle mir von dir und vor allem, was du alles erlebt hast?", forderte mich meine Frau auf. „Bist du nicht müde?", fragte ich zurück. „Nein, schlafen können wir sicherlich noch genug und außerdem bin ich viel zu neugierig, um schlafen zu können", erwiderte sie. „Du hast ja recht, ich bin dir einige Erklärungen schuldig, aber habe Verständnis, dass ich aus Sicherheitsgründen noch nicht alles erzählen kann", antwortete ich und nahm zärtlich ihre Hände. Tom kam zufällig bei uns vorbei und blieb mit einem Ruck stehen. „Warte mit dem Erzählen", sagte er und machte auf dem Absatz kehrt. Es dauerte auch nicht lange, als er mit Edgar zurückkam und sagte: „Was du zu berichten hast, das interessiert uns auch." Nachdem die beiden gegenüber von uns Platz genommen hatten, begann ich zu erzählen.

Aufmerksam hörten die beiden Agenten zu, was ich meiner Frau zu berichten hatte.

Fassungslos schaute mich meine Frau an, als ich meinen Bericht beendete.

„Ja, das ist die Wahrheit", bestätigten die beiden Agenten und nickten meiner Frau zu.

Wieder schaute Elke mich fassungslos an. „Ich habe ja gleich gesagt, dass es schwer ist das zu verstehen, was ich erlebt und durchgemacht habe", sagte ich zu Elke. „Ach Peter, das ist Vergangenheit, ab jetzt beginnen wir ein neues Leben und planen unsere Zukunft. Glaube mir, ich werde dich nie wieder loslassen", sagte sie und küsste mich zärtlich.

Die Zeit verging viel zu schnell und geschlafen hatten wir auch noch nicht.

Vor Müdigkeit vielen mir gerade die Augen zu, als der Flieger auch schon zur Landung ansetzte. Auch unsere Tochter erwachte nun aus ihrem Tiefschlaf und schaute uns erwartungsvoll an. Nachdem wir gelandet waren, hielt das Flugzeug etwas abseits der Landebahn. Erst als der Pilot die Motoren abgeschaltet hatte, kam er auf uns zu und sagte: „Es war mir eine große Ehre, Sie fliegen zu dürfen, ich wünsche Ihnen mit Ihrer Familie weiterhin alles Gute." Freundlich reichte er die Hand und verabschiedete sich von uns. Gemeinsam verließen die Flugbegleiterin und der Kapitän das Flugzeug.

„Und wir beide", sagten Edgar und Tom zu uns, „werden Sie jetzt zu Ihrem Freund bringen." „Ich freue mich schon darauf, ihn wiederzusehen", erwiderte ich. Wir erhoben uns und liefen zur Ausgangstür. Uns wehte die kalte Morgenluft entgegen, als wir uns der Tür näherten.

Nachdem ich meine Tochter auf den Arm nahm, gingen wir gemeinsam die Gangway hinunter und stiegen in den Kleinbus, der in der Zwischenzeit vor dem Flugzeug angekommen war. Nach zehnminütiger Fahrt über das gesamte Flughafengelände hielt der Kleinbus vor einer Privatmaschine an. „Nun wird es auch für uns Zeit, uns von Ihnen zu verabschieden", sagten Edgar und Tom zu uns und fügte hinzu: „Auch wir beide, und ich bin mir sicher, dass sich auch unser Chef den Wünschen anschließen wird, wünschen Ihnen alles Gute für Ihre Zukunft. Sie haben, auch wenn Sie noch ziemlich jung sind, unter Einsatz Ihres eigenen Lebens genug für einige Menschen gemacht. Mögen alle Ihre Wünsche in Erfüllung gehen und Sie von niemanden aufgespürt werden. Deshalb werden wir, auch wenn es uns interessiert, nicht fragen, wo Sie hinfliegen."

Herzlich verabschiedeten wir uns voneinander. Edgar gab mir noch einen Zettel mit einer Adresse, wo ich mich melden konnte, wenn ich Hilfe benötigen würde. „Nun gehen Sie, Sie werden schon erwartet", sagte Edgar abschließend noch zu uns. Wieder nahmen wir in dem noch wartenden Kleinbus Platz. Lange winkten wir den beiden noch hinterher, bis wir sie aus den Augen verloren. „Gehen wir in unser neues Leben", sagte ich erleichtert zu Elke und nahm sie an der Hand. Da unsere Tochter sichtlich noch müde war und ihre Augen zufielen, nahm ich sie auf meine Arme. Gemeinsam gingen wir die Gangway hoch. Wir waren auf halber Höhe, als ein älterer Mann aus der Tür des Flugzeuges trat. Ich erkannte ihn sofort, es war Jakob, der über das ganze Gesicht strahlte und uns seine Arme entgegenstreckte. „Was habe ich mir für Sorgen um euch gemacht, ich hatte so große Bedenken, dass ihr das nicht schaffen werdet und die Stasi euch noch kurz vorm Ziel schnappen wird", erzählte Jakob aufgeregt. Man sah ihm die Erleichterung deutlich an. „Wir hatten sehr gute Agenten an unserer Seite, die alles bis ins kleinste Detail geplant hatten. Ohne ihre Hilfe hätten wir es sicher nicht geschafft", erklärte ich und versuchte, Jakob zu beruhigen. „Naja, es ist ja alles gut gegangen und ich bin sehr froh, dass ihr jetzt hier seid", sagte Jakob und schaute zu meiner Frau und dann zu meiner Tochter. „Entschuldigung, dass ich Sie nicht zuerst begrüßt habe", sagte Jakob und schaute meine Frau wieder an. „Ist schon okay, darf ich auch Jakob sagen?", fragte meine Frau und fügte hinzu: „Ich bin die Elke." „Ja, es wäre mir eine Ehre", erwiderte Jakob aufgeregt und nahm die ausgestreckte Hand meiner Frau gerne an. Nachdem sich die beiden herzlich begrüßt hatten, wandte sich Jakob an unserer Tochter. „Und wie heißt du?", fragte Jakob. „Ich heiße Silvia", antwortete unsere Tochter. „Ich freue mich, dich kennenzulernen", erwiderte Jakob und fügte hinzu: „Sag einfach Jakob zu mir." „Ihr könnt, wenn ihr wollt, sofort bei mir wohnen und gehört zu meiner Familie", sagte Jakob, der seine Freudentränen nicht mehr verbergen konnte. Auch wir konnten uns nicht mehr beherrschen, denn auch uns lief das Wasser aus den Augen. Noch immer standen wir mitten auf der Gangway, als ein junger Mann aus der Tür schaute. „Onkel! Nun lass doch die Leute endlich ins Flugzeug steigen." Ich erkannte ihn sofort, es war der Neffe von Jakob, den ich aus dem Gefängnis befreit hatte. „Ja, ja, du hast ja so recht, wir haben noch genügend Zeit, uns ausgiebig zu unterhalten", erwiderte Jakob und machte auf dem Absatz kehrt und forderte uns auf, ihm zu folgen. Gern ließen wir die letzten Stufen hinter uns, um in ein neues, hoffentlich besseres Leben zu gehen. Im Gehen sagte Jakob noch: „Ihr werdet staunen, wen ich alles mitgebracht habe." „Dann wollen wir die Überraschung nicht länger warten lassen", gab ich zur Antwort. Als wir das Flugzeug betraten, wurden wir auch schon auf das herzlichste mit Beifall begrüßt. Jakob drehte sich grinsend zu uns um und sagte: „Darf ich euch erst einmal miteinander bekannt machen. Mein lieber Peter, meinen Neffen, den Josef, hast du ja schon sehr gut kennen gelernt, aber deine Frau und deine Tochter kennen ihn noch nicht. Deshalb, meine Liebe Elke, möchte ich ihn dir vorstellen. Das ist mein lieber Neffe, der auch noch meine rechte Hand in meinen Unternehmen ist." „Warum noch?", unterbrach ich Jakob verwundert. Jakob schaute mich wieder grinsend an und sagte: „Denkst du, dass ihr umsonst bei mir wohnen werdet?" Ich verstand gar nichts mehr, in meinem Kopf kreiste es und meine Gedanken überschlugen sich. Jakob schaute mich immer noch grinsend an und sagte: „Beruhige dich und lasse dich überraschen, es wird ja alles gut." Nachdem er uns in seine Arme genommen hatte, erzählte er weiter: „Habt Vertrauen, so wie wir es zu dir, Peter, hatten, als es um unser Leben ging." Meine Frau schaute mich wieder mit großen Augen an, sie verstand nicht, was Josef mit seiner Aussage gemeint hatte. „Ach Schatz!", sagte ich und fügte hinzu: „Ich weiß, ich habe dir schon so viel erzählt, aber eben noch nicht alles. Wir haben ja jetzt sehr viel Zeit und wenn wir erst einmal in unserem neuen Zuhause angekommen sind, kann ich dir alles in Ruhe erzählen." „Ja Peter, ich weiß, ich bin immer so ungeduldig, aber ich hatte immer Angst um dich", sagte sie und schaute mich an. „Jetzt ist es ja vorbei, ich werde euch nie wieder verlassen und immer bei euch bleiben", versuchte ich, meine Frau zu beruhigen. Ich nahm meine Frau in die Arme und küsste sie zärtlich und gab meiner Tochter einen Kuss auf die Stirn. „Darf ich das junge Paar stören?", fragte Jakob und grinste uns wieder an. „Ja, ja, natürlich", sagten wir wie auf Kommando. „Ich war ja noch nicht ganz fertig und habe euch ja noch gar nicht meinen Freund und seine Frau vorgestellt. Darf ich euch bekannt machen?", sagte Jakob und zeigte auf die attraktive Frau, die sich im selben Moment von einem Sessel erhob und auf uns zukam. Meine Frau bemerkte meinen Blick und stieß mich mit ihrem Ellbogen in die Seite. Erschrocken schaute ich sie an und fragte: „Was ist, Schatz?"

Elke schaute mich nur grinsend an und zuckte unschuldig ihre Schultern. „Das ist die Sabine, eine gute Bekannte und sie wohnt mit ihrem Mann auch bei uns auf der Ranch", erklärte Jakob. „Das gibt es doch nicht, Sabine, was machst denn du hier?", fragte ich überrascht. „Ja, da staunst du, dass ich auch hier bin", antwortete Sabine. „Jetzt verstehe ich gar nichts mehr", erwiderte meine Frau. „Das glaube ich dir gerne", mischte sich nun Jakob ins Gespräch. „Für dich, meine liebe Elke, ist es sicherlich unverständlich, aber wir werden dir alles in Ruhe erklären", versuchte Jakob, meine Frau zu beruhigen. Sabine reichte zuerst meiner Frau die Hand und sagte: „Ich gehe davon aus, dass du nichts dagegen hast, wenn ich dir das du anbiete?" „Nein, ich habe nichts dagegen", antwortete meine Frau. „Ich bin die Sabine", sagte sie und reichte meiner Frau die Hand und fügte hinzu: „Jakobs Freunde sind auch meine Freunde." „Und ich bin die Elke", erwiderte meine Frau. „Wo ist denn dein Mann?", fragte ich Sabine. „Der fliegt die Maschine, aber ich werde ihn gleich holen, damit Elke ihn auch kennenlernt", antwortete sie und machte auf dem Absatz kehrt. Sie war nur ein paar Schritte gegangen, als uns auch schon Martin entgegenkam. „Wie habe ich mich auf diesen Tag gefreut!", sagte Martin und kam eiligen Schrittes auf uns zu. „Da bist du ja Schatz, ich wollte dich gerade holen! Darf ich dir Peters Frau vorstellen!", sagte Sabine. „Ja gerne", erwiderte Martin. „Das ist mein lieber Mann Martin", erklärte sie und nahm ihn an der Hand. „Er ist immer so schüchtern", sagte Sabine scherzend. „Aber wir tun ihm doch nichts", erwiderte Elke lächelnd zurück. Zögerlich streckte Martin die Hand nach Elke aus und sagte: „Ich bin Martin." „Ja, ich weiß, deine Frau hat es mir schon gesagt", erwiderte Elke lächelnd. Nachdem Martin meine Frau begrüßt hatte, schaute er mich an und sagte: „Ich glaube, nicht nur ich habe mir große Sorgen um euch gemacht. Ich bin so froh, dass ihr es geschafft habt, endlich hier zu sein." „Nun sollten wir aber endlich in Richtung Heimat fliegen", unterbrach Jakob die Unterhaltung und schaute Martin an und fragte: „Ist die Maschine startklar?" „Ja, von mir aus kann es jetzt losgehen", antwortete Martin und begab sich wieder ins Cockpit. „Wollen wir nicht noch gemeinsam ein Glas Sekt zur Begrüßung trinken?", rief Sabine Martin hinterher. „Später sehr gerne, aber nicht, wenn ich fliegen muss, mein Schatz", antwortete Martin und lief weiter. „Er hat ja recht", sagte Jakob und wandte sich an Sabine: „Hole bitte eine Flasche Schampus!" „Das habe ich mir gedacht und habe alles schon vorbereitet", erwiderte Sabine und lief eilig davon. Es dauerte auch nicht lange, bis sie mit einen Tablett Sektgläser und einem Glas Saft zurückkam. Sabine gab unserer Tochter den Saft und sagte: „Für dich, mein Engel." Mit beiden Händen hielt unsere Tochter das Glas fest und wollte gerade etwas trinken, als Sabine zu ihr sagte: „Warte bitte noch einen Moment, wir wollen doch alle zusammen auf unser neues Leben anstoßen. Wenn du natürlich großen Durst hast, darfst du schon jetzt etwas trinken. Wenn dein Glas leer ist, hole ich eben neuen Saft für dich." Jakob nahm das erste Glas Sekt und reichte es meiner Frau. Als jeder ein Glas in der Hand hielt, sagte Jakob: „Ich bin bestimmt nicht der beste Redner, aber ich möchte auf unsere gemeinsame Zukunft mit euch anstoßen. Ich hoffe, dass es euch bei uns gefällt und ihr euch wohlfühlen werdet." Nachdem sich alle zu geprostet hatten, wandte sich Jakob an uns und sagte nachdenklich: „Euch wünsche ich nur das Beste, lasst die Vergangenheit hinter euch und beginnt noch einmal von vorn. Ich werde alles unternehmen, dass ihr es auch gut bei mir haben werdet. Ich kann mir vorstellen, dass es am Anfang nicht gerade leicht für euch werden wird. Aber gemeinsam werden wir es schaffen."

In diesem Moment musste ich an meine liebe Mutter denken, die krank zu Hause alleine war. „Sie und meine beiden Brüder, was werden sie von mir denken?" Ich wurde in meinen Gedanken unterbrochen, als Jakob uns wieder zuprostete und fragte: „Ist alles in Ordnung, Peter?" „Ja, ja, ich musste nur an meine Mutter und an meine beiden Brüder denken", antwortete ich. „Das wird schon", sagte Sabine und wandte sich direkt an uns und sagte: „Setzen wir uns, damit Martin die Maschine starten kann." „Ja, Sabine, du hast ja recht, unterhalten können wir uns ja noch genug", erwiderte meine Frau und erfasste meine Hand und sagte zu mir: „Komm, großer Held, setzen wir uns, damit es endlich losgehen kann." Nachdem wir alle in den bequemen Sitzen Platz genommen und uns angeschnallt hatten, gab Sabine Martin ein Zeichen, der auch sogleich die Maschine startete. Auch Sabine setzte sich und schnallte sich an, als sich die Maschine langsam in Richtung Startbahn bewegte. Es dauerte auch nicht lange, bis die Starterlaubnis erteilt wurde und Martin zum Start ansetzte. Wir waren noch immer in Gedanken versunken, als Sabine sagte: „Ihr könnt euch jetzt wieder losmachen, wir haben unsere Flughöhe erreicht." Elke schaute mich an und nahm meine Hand, als sie sagte: „Ja Peter, auch ich habe gerade über unsere Zukunft nachgedacht." Zärtlich beugte sich Elke zu mir und küsste mich. „Seid ihr traurig?", fragte unsere Tochter. „Nein, mein Engel, wir sind nicht traurig, wir haben nur etwas nachgedacht", erwiderte Elke immer noch in Gedanken versunken. „Komm zu deinem Papa, meine Kleine, ich möchte dich drücken", forderte ich meine Tochter auf und streckte die Arme nach ihr aus. Unsere Tochter strahlte über das ganze Gesicht und kam auch gleich angerannt. Ich hob sie hoch und drückte und küsste sie. „Soll die Mama eifersüchtig werden?", fragte meine Frau unsere Tochter. Heftig schüttelte Silvia den Kopf und streckte die Arme nach der Mama aus. „Ist das schön mit anzusehen, wie eure Tochter euch und ihr sie liebt", sagte Sabine und fügte in Gedanken versunken hinzu: „Ja, ja, wir wollten mit Martin auch immer ein Kind haben, aber das ist uns leider nicht vergönnt gewesen." „Ich kann leider keine

Kinder bekommen", sagte sie traurig zu uns. „Ach Sabine, jetzt hast du ja auch unsere Tochter", erwiderte Elke. „Möchtest du auch mal zu Tante Sabine gehen?", fragte Elke unsere Tochter. Silvia schaute mich und dann die Mama an und sagte: „Muss ich?" „Nein, natürlich nicht, nur wenn du es willst", antwortete Elke. „Na gut", sagte unsere Tochter und fügte hinzu: „Na, ich glaube, die Tante ist traurig, ich werde sie trösten, so wie ich es immer bei dir gemacht habe, wenn Papa nicht da war." Augenblicklich liefen uns die Tränen über das Gesicht. Auch Sabine konnte die Tränen nicht mehr halten und machte auf dem Absatz kehrt. „Wohin geht die Tante Sabine?", fragte unsere Tochter. „Die Tante kommt gleich wieder", antwortete Elke und drückte Silvia an sich ran. Nach einer Weile kam auch Sabine wieder und sagte: „Eine Runde Taschentücher für jeden, der da mag." Jakob und Josef waren in der Zwischenzeit eingeschlafen und hatten von allem nichts mitbekommen. „Wollen wir den Onkel Martin besuchen gehen?", fragte Sabine unsere Tochter. „Oh ja", erwiderte Silvia begeistert. „Dann komm mit mir mit", sagte Sabine und streckte die Hand nach unserer Tochter aus. Begeistert lief Silvia zu Sabine und erfasste die ausgestreckte Hand. Gemeinsam liefen sie nach vorn und verschwanden hinter der Tür zum Cockpit. Lange schaute ich noch auf die Tür. Ich wurde aus meinen Gedanken gerissen, als meine Frau mich ansprach: „Hallo Schatz, an was hast du gerade gedacht?" „Ach, ich habe gerade nachgedacht, wie oft ich euch beide vermisst habe, wenn ich im Einsatz war", antwortete ich. „Ja ich weiß, wir haben dich auch sehr vermisst, aber das ist nun Vergangenheit und Gott sei Dank vorbei", sagte Elke zu mir. Zärtlich lehnte sie sich zu mir und kuschelte sich an mich. So müssen wir wohl eingeschlafen sein. Wir wurden erst wach, als uns Sabine vorsichtig an der Schulter rüttelte und sagte: „Aufwachen, wir sind gleich da!" „Wo ist unsere Tochter?", fragte Elke und schaute Sabine an. „Macht euch keine Sorgen, Silvia ist bei Martin und hat auf dem Sitz das Copiloten Platz genommen." „Kann da nichts passieren?", fragte Elke besorgt. „Nein, mach dir keine Sorgen, sie ist bei Martin sicher aufgehoben." „Dann bin ich aber beruhigt", erwiderte Elke erleichtert. In der Zwischenzeit waren auch Josef und Jakob aus ihrem Tiefschlaf erwacht und schauten immer noch müde zu uns rüber. „Alles okay?", fragte Jakob nach einer Weile besorgt. „Ja, es ist alles super", antwortete Elke und fügte hinzu: „Wir sind eben beide nur sehr aufgeregt." „Das kann ich auch verstehen, wer wäre es nicht, wenn man so weit von der Heimat entfernt ist und weiß, dass man nicht mehr dorthin zurück kann", antwortete Jakob nachdenklich. „So, meine Lieben", sagte Sabine und fügte hinzu: „Es ist so weit, wir haben unser Ziel erreicht und werden gleich zur Landung ansetzen. Also schnallt euch bitte an und drück die Daumen, dass alles gut geht." Erst jetzt schaute ich das erste Mal aus dem Fenster und sah nur Wasser. Nach einigen Minuten war endlich Land zu sehen. Es war schon später Nachmittag. Vorsichtig stupste ich Elke an und sagte: „Schau mal Schatz, ist das nicht eine herrliche Aussicht?" Jetzt sah auch Elke nach draußen und staunte über das farbenprächtige Neuseeland. „So etwas Schönes habe ich noch nie gesehen", sagte Elke begeistert und stieß mich an. „Schau doch mal! Die schöne Landschaft." „Ja, Elke, du hast recht, die Aussicht ist doch einmalig. Ich freue mich schon, hier zu wohnen", antwortete ich und nahm Elkes Hand und hielt sie ganz fest. „Endlich habe ich dich und unsere Tochter hat ihren Papa für immer", ergänzte Elke und küsste mich zärtlich auf den Mund. „Kopf hoch, Großer, es wird schon", sagte Elke, die meine leichte Aufregung spürte.

„Du hast ja recht, lassen wir die Vergangenheit hinter uns und fangen noch einmal von vorn an", erwiderte ich nachdenklich und lächelte Elke an.

Das Flugzeug begab sich in den Sinkflug, um zur Landung anzusetzen.

„Jakob, auf welchem Flughafen landen wir?", fragte ich. „Auf dem Airport Takaka, da wartet Werner mit dem Hubschrauber schon auf uns", erklärte er. „Mit dem Hubschrauber?", fragte Elke verblüfft. „Ja, wir werden mit dem Hubschrauber weiter zu unserer Ranch fliegen", antwortete Jakob mit einem Lächeln im Gesicht. „Ich bin aber noch nie mit dem Hubschrauber geflogen, da wird mir bestimmt schlecht werden", sagte Elke ängstlich. „Du brauchst keine Angst haben, Werner ist ein ausgezeichneter Hubschrauberpilot", sagte Jakob und versuchte, Elke zu beruhigen.

Nachdem Martin die Maschine sicher gelandet hatte, rollte er das Flugzeug auf der Start- und Landebahn wieder zurück. Die Bezeichnung Flughafen war wohl ein wenig übertrieben. Denn es gab nur eine Start- und Landebahn, an der ein größeres Gebäude errichtet wurde, das für die Abfertigung der Gäste und Flugbegleiter gebaut wurde. Martin stoppte die Maschine links neben dem Gebäude und machte die Motoren aus. Noch immer saßen wir wie angewurzelt auf unseren Sitzen, als die Tür zum Cockpit geöffnet wurde und unsere Tochter auf uns zu gerannt kam. „Mutti, Mutti, ich war bei Onkel Martin und was ich da alles gesehen habe!" „Beruhige dich erst einmal, mein Engel!", sagte Elke und nahm sie auf dem Schoß. „Da sind wir auch alle neugierig, was du uns zu berichten hast!", sagte Sabine und setzte sich zu uns. Auch Jakob, Josef und auch Martin, der in der Zwischenzeit eingetroffen war, hörten gespannt zu, was unsere Tochter alles erzählte. Ihre Augen strahlten, Hände und Beine durften beim Erzählen nicht fehlen. „Siehst du, mein Schatz, unserer Tochter gefällt es jetzt schon hier und sie ist so glücklich. So zufrieden habe ich sie in der vergangenen Zeit noch nicht erlebt", sagte Elke und küsste unsere Tochter auf die Stirn. „Jetzt werden wir auch noch mit dem Hubschrauber fliegen und du darfst, wenn du willst, wieder bei Onkel Martin sitzen. Hast du Lust?", fragte Jakob unsere Tochter. Silvias Augen glänzten und sie strahlte über das ganze Gesicht. Es war einfach wundervoll, unsere Tochter so glücklich zu sehen. Martin hatte in der Zwischenzeit die Tür geöffnet und schaute sich draußen um. Auch wir hatten uns erhoben und streckten gerade unsere müden Glieder aus, als ein Mann ans Flugzeug kam. „Habt ihr keine Lust, aus dem Flugzeug zu kommen, oder getraut ihr euch nicht?", fragte der Mann grinsend. „Werner, das ist aber schön, dass du schon hier bist, und ich dachte, wir müssen noch ein wenig auf dich warten!", begrüßte Jakob den Mann. „Darf ich euch miteinander bekannt machen?", sagte Jakob und fügte hinzu: „Das ist Werner, der auch bei mir angestellt es und meinen Hubschrauber fliegt." „Es freut mich, eure Bekanntschaft zu machen, Jakob und Josef haben ja schon viel von euch erzählt", sagte Werner und begrüßte zuerst meine Frau: „Ich bin Werner." „Und ich die Elke", sagte meine Frau schmunzelnd. „Und wer bist du?", fragte Werner und beugte sich zu unserer Tochter, die noch immer die Hand der Mama festhielt. „Ich heiße Silvia", antwortete sie etwas schüchtern. „Du bist aber eine kleine Süße!", sagte Werner und nahm sie auf den Arm. „Soll dir der Onkel Werner mal den Hubschrauber zeigen?" „Ja", rief unsere Tochter begeistert und strahlte über das ganze Gesicht. Werner nahm unsere Tochter an die Hand und lief die Gangway runter. „Lassen wir Werner nicht warten und gehen wir alle gemeinsam zum Hubschrauber. Kommt einfach hinter mir her", sagte Jakob. Im Gänsemarsch gingen wir Jakob hinterher. Von weitem sahen wir schon den Hubschrauber, es war eine Alouette III. „Das ist auch dein Hubschrauber?", fragte ich und schaute Jakob voller Bewunderung an. „Ja, das ist auch meiner und ab heute auch eurer", antwortete Jakob. „Ich habe ihn umspritzen lassen und auch das Innenleben ist völlig umgebaut worden", erklärte uns Jakob. Neugierig stiegen Elke und ich in den Hubschrauber ein. Werner und unsere Tochter unterhielten sich so intensiv, dass sie uns gar nicht bemerkten. „Darf man stören?", fragte Elke unsere Tochter. „Mutti, Mutti, du glaubst ja gar nicht, was mir der Onkel Werner alles schon gezeigt hat." „Das glaube ich dir gerne", antwortete Elke schmunzelnd. Elke schaute mich lächelnd an und fragte: „Hast du unsere Tochter schon mal so erlebt?" „Nein, nicht dass ich wüsste", antwortete ich lächelnd und küsste Elke auf die Stirn. „Möchtest du auch hier bei uns sitzen?", fragte Silvia ihre Mutter. „Ja, wenn Papa nichts dagegen hat, würde ich sehr gerne bei euch sitzen", antwortete Elke und begab sich gleich zu Werner und Sylvia nach vorn ins Cockpit. „Wir werden uns es hier gemütlich machen", sagte Jakob und zeigte auf die bequemen Sitze. „Es sind ja genügend Fenster, sodass wir auch von hier eine gute Sicht haben", sagte Jakob. „Ja, da hast du recht", bestätigte ich. In der Zwischenzeit machte Werner schon die Motoren an, damit sie waren liefen. Als Martin und Sabine nach wenigen Minuten des Wartens auch im Hubschrauber Platz genommen hatten, ging es endlich los. Langsam und vorsichtig hob der Hubschrauber vom Boden ab. „Du fliegst aber heute vorsichtig!", sagte Jakob. „Ich fliege ja nicht, Silvia und Elke haben den Steuerknüppel in der Hand", antwortete Werner lachend. „Dann brauche ich dich ja nicht mehr", sagte Jakob scherzend zu Werner. „Das kannst du mir aber doch nicht antun", sagte Werner erschrocken. „Natürlich nicht, war nur ein Scherz," sagte Jakob und grinste Werner an, der sich umgedreht hatte. „Ihr werdet entschuldigen, aber mein Arbeitsplatz ist gefährdet, wenn ich den Steuerknüppel aus der Hand gebe", sagte Werner lachend zu Silvia und Elke. „Aber eins muss ich euch lassen, dafür, dass ihr das erste Mal im Hubschrauber sitzt, könnt ihr beide schon sehr gut fliegen", fügte Werner hinzu. „So, nun wollen wir mal", sagte er und übernahm wieder den Steuerknüppel. Langsam setzte sich der Hubschrauber in Bewegung und wurde immer schneller. „Wie lange fliegen wir?", fragte Silvia. Knapp hundert Kilometer mit dem Hubschrauber, also noch zirka vierzig Minuten Flug, dann sind wir alle zu Hause", antwortete Werner. „Seid ihr schon gespannt, was euch erwartet und wo ihr wohnen werdet?", fragte Jakob uns. „Ja", erwiderten Elke und ich gleichzeitig und ich fügte hinzu: „Wir haben uns bisher nicht getraut, dich zu fragen." „Dann lasst euch überraschen, ihr werdet bestimmt nicht enttäuscht werden", sagte Jakob mit einem Grinsen im Gesicht. Viel zu schnell verging die Zeit beim Betrachten der schönen Landschaft. „Werner, fliege doch bitte eine Runde über das Anwesen", sagte Jakob. „Da fliegen wir schon seit zehn Minuten drüber", antwortete Werner. „Dann schaut aus dem Fenster, dann seht ihr euren Besitz", sagte Jakob zu uns. „Was, wie, unseren Besitz?", fragte ich und schaute Jakob verwundert an. „Ich habe dir doch versprochen, dass du und deine Familie fünfzig Prozent meines Erbes bekommen werdet. Es ist richtig, dass ich nicht erzählt hatte, wie viel das ist, aber das spielt auch keine große Rolle. Es ist genügend für uns alle da, so dass niemand neidisch zu sein braucht." „Vor allem, und das habe ich schon das Öfteren gesagt, wenn du uns nicht gerettet hättest, wäre mein ganzes Vermögen an andere Leute aufgeteilt worden. Und ich habe genug Vermögen, sodass es für uns alle bis an unser Lebensende reicht, auch für unsere Kinder ist dann immer noch genug da", erklärte Jakob. Wir überflogen Felder und Wiesen. Auf vielen Wiesen waren Schafherden und Rinder zu sehen. „Wann werden wir ankommen?", fragte Elke. „Es dauert nicht mehr lange, vor uns kann man schon die Koppeln sehen und dahinter befinden sich die Häuser", antwortete Werner auf Elkes Frage. „Einfach Wahnsinn. Und das gehört alles dir?", fragte ich Jakob ungläubig. „Naja, jetzt nicht mehr", antwortete Jakob und schmunzelte. „Jetzt besitze ich ja nur noch die Hälfte. Die andere Hälfte ist ja wie versprochen in eurem Besitz gegangen. Das Schriftliche hat schon mein Notar mit Einverständnis von Josef vorbereitet und wenn ihr das möchtet, wovon ich ausgehe, könnt ihr die Dokumente unterschreiben und dann ist das auch besiegelt und rechtskräftig", erklärte Jakob und schaute mich nachdenklich an. „Jakob, das musst du aber nicht machen, dass du und Josef uns die Hälfte eures Landes geben wollt", erwiderte ich. „Wie ich schon gesagt habe, stehe ich zu meinem Wort", sagte Jakob und fügte hinzu: „Das ist bei weitem nicht alles, was ihr bekommen sollt." „Es wird sicherlich noch einige Überraschungen für euch geben", erzählte Jakob und lächelte uns an. „Du machst uns aber neugierig", erwiderte Elke. „Lasst euch überraschen, ihr werdet schon bald sehen, was ich euch vorbereitet habe", fügte Jakob hinzu. Als Werner langsam über die Häuser und Stallanlagen flog, kamen von überall Leute aus den farbenfrohen Häusern und winkten uns freundlich zu. Ich war einfach sprachlos, so eine freundliche Begrüßung hatte ich nicht erwartet. Ich kam aus dem Staunen nicht mehr raus, die schönen Häuser, die wie ein kleines Dorf angeordnet waren. Die einzigartige Parkanlage mit den vielen alten Bäumen und dem gepflegten Rasen und dem Teich, in dem ein Springbrunnen plätscherte. Ich war so vertieft und begeistert von dem schönen

Anblick der Anlagen, dass ich das Rufen unserer Tochter gar nicht wahrgenommen hatte. „Ja, träumst du, Peter? Silvia ruft schon die ganze Zeit und du reagierst gar nicht", sagte Elke etwas verärgert zu mir. „Ich bin von der schönen Landschaft so begeistert und habe das Rufen gar nicht mitbekommen", antwortete ich und wandte mich an unsere Tochter: „Was möchtest du, Silvia?" „Papa, hast du auch die vielen Tiere und die schönen bunten Häuser gesehen?" „Ja, das habe ich, die Landschaft ist einzigartig, ich freue mich schon, hier zu wohnen", antwortete ich auf die Frage meiner Tochter. Ich hatte noch nicht zu Ende gesprochen, als Werner den Hubschrauber ganz sanft vor einer großen Villa landete. Werner stellte den Motor ab und Martin öffnete die Tür. Im Hubschrauber war es auf einmal ganz ruhig, keiner sagte etwas. Man hörte nur das leise Rauschen der Blätter von den Bäumen, die sich sanft im Wind hin und her bewegten. Martin, der gegangen war, nachdem er die Tür geöffnet hatte, kam zurück und fragte: „Ist mit euch etwas, oder warum kommt ihr nicht nach draußen?" Wir schauten uns alle an und mussten lachen. Als er von niemanden eine Antwort bekam, wandte er sich an unsere Tochter: „Silvia, wollen wir beide zum Haus gehen, ich werde dir da etwas zeigen?" „Ja, ja Onkel Martin, ich komme mit", antwortete unsere Tochter und lief eilig zur Tür. „Gehst du allein oder willst du nicht deine Mama und deinen Papa mitnehmen?", fragte Elke. „Nein, ich gehe mit Onkel Martin mit, bleibt ruhig sitzen", antwortete Silvia. „Ich glaube es nicht Peter? Sag doch auch mal was?", sagte Elke erstaunt und schaute mich hilflos an. „Was soll ich da machen?", antwortete ich und lachte meine Frau an und fügte hinzu: „Gewöhne dich daran, dass unsere Tochter langsam groß wird und schon selbst entscheiden möchte, was sie will." „Ich habe ja nichts dagegen, dass sie mitentscheiden möchte, was sie will, aber sie kann uns doch auch mal fragen", sagte Elke noch immer ungläubig zu mir. „Finde dich damit ab, dass unsere Tochter schon groß ist", erwiderte ich und lächelte sie an. Kopfschüttelnd schaute meine Frau unserer Tochter hinterher und sagte in Gedanken versunken: „Vor ein paar Stunden war das alles noch anders." „Ach Elke, ich bin doch auch noch da", sagte ich und nahm meine Frau in die Arme. „Ja, ja, so ist das eben mit den Kindern, wenn sie älter werden", sagte Sabine und streichelte Elke über das Haar. Nun meldete sich auch Jakob, der aufmerksam alles mit angehört hatte und sagte mit ruhiger Stimme: „Ihr braucht euch beide wirklich keine Sorgen, um eure Tochter zu machen, sie ist hier sicher und gut aufgehoben", und fügte hinzu: „Glaubt mir, euch wird es an nichts fehlen." „Ach, mein lieber Jakob!", sagte Elke und fügte hinzu: „Darum geht es ja nicht, es ist nur so schwer, loszulassen. Jeden Tag hatte ich sie um mich herum und alles musste ich ja selbst entscheiden, weil Peter nicht da war. Jetzt sind auch noch andere da und plötzlich stehe ich für unsere Tochter nicht mehr im Mittelpunkt. Das muss ich erst einmal verarbeiten." „Elke, das glaube ich dir, dass es für dich sehr schwer sein muss, aber wenn du siehst, wie glücklich deine Tochter ist, dann fällt es dir mit der Zeit nicht mehr so schwer", sagte Sabine und nahm Elke in den Arm und drückte sie. „So, nun lasst uns nach draußen gehen, da ist es viel schöner", sagte Jakob. „Recht hast du, Jakob", sagte ich und verließ den Hubschrauber. Alle anderen taten es mir gleich und stiegen auch aus. Vor der Villa versammelten sich immer mehr Leute, die uns freundlich mit Tüchern zuwinkten. „Seid ihr alle soweit?", fragte Jakob und schaute in die Runde. Alle nickten Jakob zu. Vier Männer brachten Tabletts, auf denen Sektgläser standen.

Nachdem die Sektgläser an alle Anwesenden verteilt wurden, trat Jakob vor, runzelte die Stirn, schaute uns an und begann mit einer Ansprache: „Ich heiße euch recht herzlich auf meinem bescheidenen Anwesen willkommen. Ich hoffe und wünsche mir, dass es euch hier gefallen wird und ihr bei mir ein neues Zuhause gefunden habt. Es soll euch an nichts fehlen, aber das Heimweh kann ich euch auch nicht abnehmen. Es wird euch manche Tage sehr schwerfallen, auch das ist etwas, mit dem ihr selbst klarkommen müsst. Ich weiß, dass ihr eure Freunde, Bekannten und Verwandten zurücklassen musstet, aber das Schicksal wollte es so. Es ist manchmal im Leben so schwer, einiges zu verstehen, aber irgendwann mit viel Geduld bekommt man manchmal eine Antwort. Ich wünsche euch nur das Beste und jetzt lasst uns gemeinsam das Glas auf euch erheben."

Jakob erhob das Glas und prostete uns zu. Wie auf Kommando nahm jeder einen Schluck aus seinem Glas. Wieder schaute uns Jakob nachdenklich an und sagte: „Lieber Peter, ich weiß, dass du es nicht gerne hörst, aber gestatte mir noch einmal, dir zu danken. Du hast uns einige Male das Leben gerettet und ohne deine Hilfe wären wir beide mit Josef nicht mehr am Leben. Ich mag gar nicht daran denken, wie uns der KGB gefoltert hat, um an unser Vermögen zu kommen. In Nordkorea war es im Gefängnis für uns sehr, sehr schwer, diese Schmerzen der Folter zu ertragen. Reichtum muss nicht immer etwas Gutes sein, Peter. Du siehst, was es einbringt, wenn man an die falschen Leute gerät. Ja, wir hatten viel Glück, dass du zum richtigen Zeitpunkt da warst und uns aus dem Gefängnis befreit hast. Denn wir hatten uns schon aufgegeben. Wir beide mit Josef wissen wohl, dass du für uns dein Leben aufs Spiel gesetzt hast und in diesen Moment nicht an dich und deine Familie dachtest. Für dich war es eine Selbstverständlichkeit und wichtig, uns zu befreien. Glaube mir, das hätte nicht jeder gemacht. Ich ziehe vor dem, was du für uns gemacht hast, den Hut. Ich habe dir ja schon einige Versprechung gegeben, die ich selbstverständlich auch einhalten werde. Lasst uns aber noch einmal auf euer neues Zuhause anstoßen."

Während er das sagte, rannen Jakob die Tränen über die Wangen. Auch wir waren von den herzergreifenden Worten von Jakob berührt.

Es verging einige Zeit, bis Jakob uns den Leuten vorgestellt hatte. Erst jetzt wurde uns bewusst, dass all diese liebenswerten Menschen Jakobs Angestellte waren. Für Jakob waren das aber keine Angestellten, sondern diese Leute betrachtete er auch als seine große Familie. Was für ein großes Herz Jakob hatte. Ich war sehr glücklich, dass ich mich so entschieden hatte und vor allem, dass meine Frau und meine Tochter bei mir waren. Natürlich konnte keiner sagen, wie es hier fern von der Heimat mit uns weitergehen wird. „Mit Jakobs Unterstützung und Hilfe werden wir das auch noch schaffen und hier unser Leben neu aufbauen", überlegte ich. Ich wurde in meinen Gedanken unterbrochen, als mich meine Frau lieb auf die Wange küsste. „Haben wir wieder etwas geträumt?", fragte Elke und schaute mich mit ihren schönen blauen Augen an. „Ach, mein Schatz", antwortete ich, „ja meine Gedanken sind ein wenig spazieren gegangen. Ich habe mir über unsere Zukunft Gedanken gemacht. Wir brauchen uns, glaube ich, keine weiteren Gedanken darüber zu machen, denn hier bei Jakob und seiner Familie sind wir sehr gut aufgehoben." „Ja, das ist richtig", sagte Jakob, der die ganze Zeit neben mir stand und alles mit angehört hatte. „Kommt her, meine Kinder", sagte Jakob und nahm uns beide in seine Arme. Während wir uns mit Jakob unterhielten, brachten Jakobs Leute unsere Sachen ins Haus. „Wo ist eigentlich unsere Tochter abgeblieben?", fragte ich und schaute besorgt zu Jakob. Jakob lächelte mich an und sagte in ruhigem Ton: „Mach dir um deine Tochter keine Sorgen, sie ist hier sicher." Ich schaute Jakob an und sagte: „Ich habe sie so lange nicht mehr bei mir gehabt, dass sie mir jede Minute fehlt und ich mir große Sorgen um sie mache." „Das glaube ich dir, lieber Peter, ja, das glaube ich dir, dass du sehr an deiner Tochter hängst, sie ist ja auch sehr süß, aufgeweckt und intelligent noch dazu. Ihr könnt wirklich stolz sein, so ein Kind zu haben", sagte Jakob und hatte wieder Tränen in den Augen.

„Nun lasst uns erst einmal ins Haus gehen." Jakob forderte uns auf ihm zu folgen. Elke nahm mich an die Hand und sagte: „Komm mein Schatz, schauen wir uns unser neues Haus an." Jakob drehte sich zu uns um und sagte lächelnd: „Nein, das ist mein Haus. Für euch habe ich ein anderes Haus einrichten lassen, lasst euch beide überraschen. Nun kommt rein, ich habe eine Kleinigkeit herrichten lassen." Sabine legte ihre Hand auf Elkes Schulter und sagte: „So, nun kommt, ich habe riesigen Hunger und kann nicht länger warten, dass ich etwas in den Magen bekomme." Elke schaute Sabine schmunzelnd an und erwiderte: „Nein, Hunger habe ich gar nicht, es liegt wohl daran, dass ich so aufgeregt bin." „Hast du Hunger?", fragte mich Elke. „Nein, auch nicht so richtig, in meinem Magen habe ich ein ungutes Gefühl", antwortete ich auf die Frage von Elke. Durch die Eingangstür betraten wir die Villa.

In den Innenräumen war das Haus mit freundlichen hellen Farben versehen worden. Im Eingangsbereich standen zwei Gruppen mit vielen Blumen und kleinen Bäumchen. Das Personal öffnete eine zweiteilige große Tür, in dem ein großer Tisch und Stühle zu sehen waren. In einer Ecke war ein langes Büfett aufgestellt. Jakob nahm an der Stirnseite des Tisches Platz und forderte uns auf, an seiner Seite Platz zu nehmen. Klaus, Sabine und Werner, die auch in zwischen eingetroffen waren, setzten sich uns gegenüber. „Darf ich was fragen, Jakob?", fragte Elke. „Ja, Elke, natürlich", antwortete Jakob. „Wo ist Josef, ich habe ihn, seitdem wir gelandet sind, nicht mehr gesehen?" Lächelnd schaute Jakob zu Elke und antwortete: „Josef muss noch einiges erledigen, sobald er damit fertig ist, kommt er auch zu uns. Ist damit deine Frage beantwortet, Elke?", fragte Jakob und schaute lächelnd zu Elke.

„Ja Jakob, ich habe mir um Josef Sorgen gemacht", antwortete Elke. „Das hat alles seine Richtigkeit, meine liebe Elke, aber es freut mich, dass du dich um Josef Gedanken machst. Genau das macht eine gute Familie aus, in der jeder sich um den anderen Sorgen macht, wenn einer mal nicht anwesend ist", fügte Jakob hinzu. In der Zwischenzeit waren auch die anderen Stühle von Jakobs Angestellten besetzt worden. Jetzt erhob sich Jakob und schaute in die Runde, ehe er zu reden begann: „Wir haben uns heute Abend aus einem besonderen Anlass zusammengefunden. Meine Lieben, ich möchte euch allen eure neuen Bewohner vorstellen. An meiner linken Seite, das sind Elke und Peter und die Kleine, das ist ihre Tochter Sylvia. Die beiden werden, nachdem sie eingearbeitet wurden, die gesamte Geschäftsführung übernehmen." Ich schaute ungläubig zu Elke, die mich auch fragend ansah. Beide schauten wir zu Jakob. Er hatte wohl mit unserer Reaktion gerechnet, denn er machte eine kurze Pause und sah uns beide schmunzelnd an.

„Ja, meine Lieben, so soll es sein", sagte Jakob und setzte seine Rede fort: „Das ist nur eine von vielen Überraschungen, die wir mit Josef für euch vorbereitet haben."

„Also, meine Lieben, selbstverständlich wird sich an den Tagesablauf hier nichts ändern und es wird wegen Euch auch keine Entlassungen geben.

Peter und Elke werden also die Geschäfte übernehmen, das heißt, dass alle Angestellten mit allen Sorgen und Fragen zu den beiden gehen können. Natürlich werde ich auch weiterhin hier sein und den beiden mit Tatendrang zur Seite stehen. Ihr werdet sicherlich fragen, warum ich nicht mehr die Führung übernehmen möchte. Ich bin nun auch nicht mehr der Jüngste und möchte die wenigen Jahre, die mir noch bleiben, in Ruhe genießen können. Josef wird weiterhin als Außenvertreter für unsere Firma agieren. Ich werde auch nicht weggehen, nein ich bleibe hier.

Von der Welt habe ich genug gesehen, sodass ich das Reisen nicht mehr brauche. Peter und Elke sind sehr nette Menschen, das werdet ihr ja bald selber feststellen. Dass es am Anfang immer etwas schwierig sein wird, kann sich wohl jeder denken.

Wir sind alle ein eingespieltes Team und jeder kennt seine Aufgaben, sodass es nicht nötig sein wird großartige Veränderung zu veranlassen. Aus persönlichen Gründen werde ich keine weiteren Ausführungen darüber machen, warum und wieso ich Peter und Elke als Teilhaber und Geschäftsführer einsetze. Nur so viel, mit wir meine ich Josef und mich, wir haben Peter unser Leben zu verdanken und das nicht nur einmal. Auch dafür möchte ich mich bei ihm noch einmal in aller Form bedanken. Was er für uns getan hat, hätte sonst keiner gemacht. Lasst uns das Glas erheben und auf Elke, Peter und Silvia anstoßen. Mögen die drei hier eine neue Heimat finden und glücklich werden."

Nachdem Jakob allen zuprostetet hatte und einen Schluck aus dem Glas nahm, setzte er sich wieder auf den Stuhl und schaute zufrieden und glücklich zu uns. Elke schubste mich an und flüsterte mir zu: „Jetzt musst du aber auch etwas sagen." Ich war nicht nur sehr müde von der anstrengenden Reise, nein ich war überwältigt von dem, was Jakob gerade zu uns gesagt hatte. Langsam erhob ich mich und schaute in die Runde. Alle sahen mich erwartungsvoll an und waren gespannt, was ich zu sagen hatte. Die Heimatsprache von Neuseeland, nein die beherrschte ich noch nicht. Deutsch verstanden nur Sabine, Martin, Werner und meine Frau. Da Josef die ganze Zeit Englisch sprach und auch ich die Sprache mit der Zeit gut beherrschte, hielt ich meine Ansprache auch in Englisch ab.

„Sehr geehrte Damen und Herren, oder darf ich Freunde sagen?" Alle nickten mir zu, mir fiel ein Stein von Herzen, als ich in die Gesichter der Leute schaute. So rein und ehrlich, wie sie mich erwartungsvoll ansahen, kann ich nicht mit Worten beschreiben. In den Augen sah ich keine Angst, nein nur endlose Liebe, die mir entgegengebracht wurde. Es gab mir ein Gefühl der Geborgenheit, wir in einer großen Familie, wo jeder für jeden da war. „Meine Lieben neuen Freunde, ich kann nicht in Worte fassen, was ich gerade empfinde. Ich möchte mich auch im Namen meiner Familie bei Jakob und Josef bedanken. Er hat so viel für uns gemacht und hat gerade gesagt, dass wir die Geschäftsführung übernehmen sollen, davon haben wir auch nichts gewusst. Aber wenn Jakob es möchte, werden wir es machen und uns hier als würdige Leiter der Firma einbringen. Keiner braucht um seinen Arbeitsplatz Angst haben, es bleibt alles so, wie es jetzt ist. Lasst uns das Glas auf unsere gemeinsame Zukunft erheben", sagte ich und erhob das Glas. Alle waren in der Zwischenzeit aufgestanden und prosteten uns zu. „Nun lasst uns etwas essen, wie ihr ja gesehen habt, ist das Büfett aufgestellt worden. Wer mag, kann sich dort bedienen, aber es kommen auch noch andere Speisen, die extra für den heutigen Tag anders zubereitet wurden", sagte Jakob und gab dem Koch, der die ganze Zeit an der Tür gestanden hatte, ein Zeichen. Augenblicklich wurden Servierwagen, die mit vielen Speisen gedeckt waren, ins Zimmer gefahren. Zwei Küchenhilfen mit Kochmütze brachten eine riesige verchromte Wanne mit Deckel in den Raum. Als der Deckel entfernt wurde, konnte man das Schaf sehen, das am Feuer gegrillt wurde. Ich weiß, dass wir noch kein

Schaf gegessen hatten und das auch nicht vorhatten. Aber jetzt war das was anderes, wir waren in einem Land, in dem das Schaf als ganz natürliche Nahrungskette und nicht als Delikatesse angesehen wurde. Der Duft erfüllte den ganzen Raum. Zuerst bekam Jakob ein Teller mit dem Fleisch vom Schaf. Dann bekamen wir und auch die anderen je einen Teller gereicht. Dazu wurde frisches Brot und Sauerkraut serviert. Als alle vor sich einen Teller stehen hatten, sagte Jakob: „So, nun lasst es euch alle schmecken." Meine Frau schaute zu mir und zuckte die Schultern, ich verstand und sagte leise zu ihr: „Probiere doch erst einmal, es wird dir sicherlich schmecken." Vorsichtig schnitt ich ein Stück Fleisch ab und kostete. Ich war begeistert, so etwas Gutes hatte ich schon lange nicht mehr gegessen. Jakob schaute schmunzelnd zu mir, als er sah, dass ich noch eine Portion bekam und sagte: „Peter das hast du wohl nicht gedacht, dass das Schaffleisch so gut schmecken wird." „Nein, da hast du recht, ich hätte es nicht für möglich gehalten, so ein eigener schöner Geschmack des Fleisches, einfach Klasse, das Gericht. Ich habe schon lange nicht mehr so gut gegessen", antwortete ich. „Wie schmeckt es dir, Elke?", fragte ich meine Frau und schaute sie besorgt an, als ich sah, dass sie in dem Essen stocherte. „Elke, du brauchst das nicht essen, wenn du nicht magst", sagte Jakob, der auch mitbekommen hatte, dass Elke es nicht schmeckte, und fügte hinzu: „Ich habe extra noch etwas anderes für diesen Fall zubereiten lassen." Jakob winkte dem Koch zu und gab ihm ein Zeichen. Der Koch machte sofort auf dem Absatz kehrt und kam gleich mit zwei Leuten mit abgedecktem Servierwagen zurück. Jakob schaute lächelnd zu Elke und sagte: „Das wird dir und Silvia sicherlich besser schmecken." Der Koch zog die weißen Tücher von den Servierwagen und grinste über das ganze Gesicht. Auf den Wagen waren deutsche Speisen zu sehen: Buletten, Schnitzel, Kartoffelsalat, Bockwurst, Eisbein, Zunge und Kassler. Unsere Herzen schlugen von dem Anblick der Speisen gleich viel höher. Elke schaute erst zu mir und dann zu Jakob und sagte: „Jakob, das glaube ich nicht, dass du das extra für uns zubereiten ließest." „Aber Elke, das kannst du mir ruhig glauben. Es ist mir doch bewusst, dass ihr die Speisen von hier noch nicht kennt und ihr euch erst langsam daran gewöhnen müsst", sagte Jakob und schaute Elke verständnisvoll an. „Elke, das schaffst du doch nicht alles mit Silvia, nicht wahr?", fragte ich. Bevor Elke mir antworten konnte, fragten auch Werner und Martin, ob sie auch etwas von den leckeren Speisen abbekommen könnten. „Wieder typisch Männer!", sagte Sabine und fügte lachend zu: „Sie denken doch nur an sich und ihren Magen und was die eigene Frau möchte, das interessiert sie dann nicht mehr." „Jetzt traue ich mich ja gar nicht mehr zu fragen, ob ich auch noch ein paar Happen von dem schönen Essen abbekommen kann", sagte ich und musste auch lachen, als meine Frau mich ansah. „Was wird mit dem anderen schönen Essen?", fragte Jakob. „Jakob, ich denke, wir werden alle so lange hierbleiben, bis wir alles aufgegessen haben", sagte ich und lächelte Jakob an. Jakob schüttelte nur lachend den Kopf und sagte: „Ja, ich verstehe euch, deshalb habe ich doch alles vorbereiten lassen, es sollte doch auch eine Überraschung für euch alle sein." „Das ist dir auch gelungen", erwiderte Elke, stand auf und ging zu Jakob und nahm ihn in die Arme und drückte ihn. „Zerdrücke mich nicht", sagte Jakob lächelnd zu Elke. Mein konnte ihm ansehen, dass er glücklich war. Obwohl Jakobs Angestellte von der Unterhaltung nicht viel verstanden, freuten auch sie sich und hatten Spaß. Silvia war inzwischen am Tisch eingeschlafen und hatte ihren Kopf auf den Tisch gelegt. Es wurde höchste Zeit, dass wir auch ins Bett kamen, zu anstrengend und stressig waren die letzten Stunden gewesen. Erst beim Anblick unserer Tochter, wie sie so friedlich schlief, wurde mir bewusst, dass ich auch sehr müde und kaputt war und mich nach einem Bett sehnte. „Jakob, wo kann ich Silvia zu Bett bringen?", fragte Elke. „Elke, ich werde es dir zeigen. Ich denke, dass ihr alle sehr müde sein werdet und euch nach einem Bett sehnt", sagte Jakob und erhob sich. Jakob gab seinen Angestellten noch einige Anweisungen und verabschiedete sich dann auch gleich von Sabine, Martin und Werner. Auch wir wünschten allen eine gute Nacht und folgten Jakob, der gerade aus der Tür ging. Unsere Tochter Silvia, die ich auf meinen Armen trug, schlief tief und fest und bekam von allem nichts mit. Wir folgten Jakob in die erste Etage, wo er uns zwei Zimmer zeigte. Elke zog Silvia vorsichtig die Kleider aus und legte sie ins Bett. Unsere Tochter schien in den Tiefschlaf gefallen zu sein, denn sie schlief fest und ließ sich auch dabei nicht stören. „Macht euch keine Sorgen wegen eurer Tochter, es wird ein Kindermädchen auf sie aufpassen, damit ihr euch morgen ausschlafen könnt", sagte Jakob zu uns. Nachdem Elke unserer Tochter einen Kuss auf die Stirn gab, streichelte ich ihr noch vorsichtig über das Haar. Elke machte das Licht aus und zog vorsichtig die Tür hinter sich zu. Wir wollten gerade in das andere Zimmer gehen, das sich gleich neben das Zimmer unserer Tochter befand, als das Kindermädchen die Treppe hochkam. Jakob erklärte ihr, was sie machen müsse und sagte zu uns: „Jetzt wird es aber auch Zeit für uns, ins Bett zu gehen, ich möchte gar nicht wissen, wie viele Stunden wir alle schon auf den Beinen sind." „Ja, Jakob, da hast du recht", sagte Elke und fügte hinzu: „Auch ich habe Mühe, die Augen aufzuhalten." „Dann kommt ihr beide mit, ich zeige euch, wo ihr schlafen könnt. Morgen werde ich euch euer eigenes Haus zeigen, in dem ihr, wenn ihr wollt, wohnen könnt", sagte Jakob und machte die Tür auf. Wir betraten ein wunderschönes großes Zimmer, das sehr modern eingerichtet wurde. Mein Blick fiel gleich auf die große Schlafcouch, die zum Schlafen fertig gemacht worden war. Jakob verabschiedete sich mit den Worten: „Schlaft euch erst einmal aus und macht euch keine Sorgen, ihr seid hier sehr gut aufgehoben." „Ja, Jakob, das wissen wir, wir wünschen dir auch eine gute Nacht und schlaf dich auch erst einmal richtig aus. Auch für dich war es sehr anstrengend gewesen", sagte ich und drückte ihn noch, bevor er ging. Da wir so müde waren, verzichteten wir auf das Duschen und fielen todmüde ins Bett. Wie lange wir geschlafen hatten, kann ich gar nicht mehr sagen. Die Sonne stand schon sehr tief und nur einzelne Strahlen durchdrangen das Fenster. Vorsichtig drehte ich mich um und betrachtete meine Frau, die immer noch fest schlief. Ich wollte sie auch gar nicht aufwecken, deshalb schlich ich mich ins Bad und ließ die Wanne volllaufen. Im Bad standen sehr viele Badezusätze, ich roch an den verschiedensten Flaschen und entschied mich für einen besonderen eigenen Duft. Nachdem ich mich rasiert hatte, stieg ich in die Wanne, die in der Zwischenzeit mit heißem Wasser vollgelaufen war und genoss das herrliche Bad. Der Wasserdampf beschlug die großen Spiegel und die Fensterscheiben. Ich hatte gerade meine Augen zugemacht, als ich hörte, dass die Badezimmertür leise aufging. Ich schaute zur Tür und sah meine Frau, die sich gerade zu mir neigte und mir einen Kuss geben wollte. „Das ist aber unanständig, ins Badezimmer zu kommen, wenn ein Mann in der Wanne liegt", sagte ich zu meiner Frau, mit einem breiten Grinsen im Gesicht. „Ich kann ja wieder rausgehen!", antwortete meine Frau schnippisch und ließ den Bademantel von ihrer Schulter fallen. „Was soll ich dazu sagen, ich kann dich doch nicht so ganz ohne Kleider gehen lassen", erwiderte ich und zog Elke sanft in die Wanne. Wie lange wir im Bad verbracht hatten, kann ich gar nicht mehr sagen. Ich weiß nur noch, dass es sehr schön war und dass ich so etwas eine lange Zeit vermisst hatte. „Wie wird es nun weiter gehen?", fragte Elke und schaute mich mit ihren schönen großen Augen erwartungsvoll an. „Das wird schon alles gut werden, mache dir um unsere Zukunft keine Sorgen", sagte ich und zog Elke noch dichter an mich ran. Unsere Lippen berührten sich, zärtlich streichelte ich Elke über das nasse Haar. „Wo ist unsere Tochter, was wird sie machen, ob sie schon nach uns gefragt hat?", fragte meine Frau. „Lass uns zu unserer Tochter gehen und selber nachschauen, wie es ihr geht!", schlug ich vor und erhob mich mit einem Ruck aus der Wanne. „Ja Peter, schauen wir selbst nach unserer Tochter, damit ich beruhigt bin", erwiderte Elke sichtlich erleichtert. Nachdem wir uns angezogen hatten, gingen wir gemeinsam die Treppe runter. Unten angekommen, schauten wir uns um. Keiner war mehr im Haus. Also verließen wir es, um draußen nachzuschauen. Auch draußen war niemand zu sehen. Wo waren denn alle? Auch kein einziger von den Angestellten lief draußen rum. „Wo sind denn die Leute alle hin?", fragte ich meine Frau, nun auch schon etwas beunruhigt. Elke schaute mich ebenfalls beunruhigt an und zuckte die Schultern. Von weitem hörten wir Stimmen. Wieder schauten wir uns fragend an. Die Stimmen kamen aus der Richtung des großen Stalles. Eilig liefen wir dorthin, um nachzuschauen, was da los war. Die großen Tore des Stalles waren weit geöffnet. Auch am Ende des Stalles standen die beiden großen Tore offen. Der Stall hatte einen großen breiten Mittelgang. Zu beiden Seiten waren Pferdegatter zu sehen, die aber nur zum Teil belegt waren. Schnellen Schrittes liefen wir in den Mittelgang in Richtung der jubelnden Menschenansammlung. Als wir uns näherten, sahen wir, dass hinter dem Gebäude eine große Pferdekoppel angrenzte. Unbemerkt näherten wir uns der Menschentraube. Alle freuten sich und jubelten den Kindern zu, die in einer Pferdekoppel auf Ponys um die Wette ritten. „Warum jubeln und klatschten die Leute hier?", überlegte ich. Vorsichtig drängelten wir uns nach vorn und sahen unsere Tochter und auch andere Kinder, die auf Ponys ritten. Verdutzt schauten wir uns an und verstanden die Welt nicht mehr. Leise flüsterte Elke mir zu: „Verstehst du das?" „Nein", sagte ich und schüttelte den Kopf. Mit Erstaunen sahen wir, dass unsere Tochter gerade wie wild an uns vorbeiritt. Beide schauten wir uns ungläubig an. Unsere Tochter, die doch eben erst angekommen war, ja und das Pony, als ob sie noch nie etwas anderes gemacht hätte. Die einheimischen Kinder hatten Mühe, hinter Silvia hinterher zu kommen. Am Ziel war ein weißes Band gespannt, dass das Pony, das unsere Tochter ritt, als erster zerriss. Martin lief eilig zu unserer Tochter und half ihr aus dem Sattel, drückte und küsste sie auf ihre Wange. Unsere Tochter strahlte über das ganze Gesicht und man konnte ihr ansehen, dass sie sehr glücklich war. „Schade, dass deine Eltern das nicht sehen konnten, wie du das Pony geritten hast", sagte Martin. Er wollte gerade mit unserer Tochter, die von den anderen Kindern umringt und bejubelt wurde, in Richtung Sabine und Jakob gehen, als meine Frau laut rief: „Doch, wir haben mit Stolz und Begeisterung gesehen, wie Silvia das Pony geritten hat und erster geworden ist." Mit einem Ruck drehte sich unsere Tochter zu uns um und lief auf uns zu. Wir hatten in der Zwischenzeit auch die Koppel betreten und liefen voller Stolz unserer Tochter entgegen. Wir drückten unseren Engel und küssten sie. „Ist ja gut, lasst mich ganz", rief unsere Tochter lachend. „Woher kannst du so gut reiten?", fragte ich. Lachend zuckte Silvia ihre Schultern. „Ich weiß auch nicht, ich habe mich einfach auf das Pony gesetzt und konnte es eben", antwortete sie lachend. Jetzt kamen auch Sabine, Martin, Werner und Jakob auf uns zu und gratulierten uns. „Ihr könnt stolz auf eure Tochter sein. Wie Silvia reiten kann, das hätten wir nie gedacht und auch nicht für möglich gehalten", berichtete Jakob. „Auch ich bin erstaunt, dass sie so gut mit dem Pony umgehen kann", erwiderte ich und fügte hinzu: „Ich verstehe nur nicht, dass sie so gut reiten kann, obwohl sie das noch nie zuvor gemacht hat?" Lächelnd schaute mich nun Elke an und beugte sich zu Silvia und fragte sie: „Wollen wir es Papa sagen?" „Was wollt ihr mir sagen?", fragte ich neugierig. Ich schaute fragend zu Silvia und dann zu Elke. Silvia schaute lachend zu ihrer Mutter und nickte ihr zu. „Das interessiert mich nun aber auch, woher die Silvia so gut reiten kann?", fragte Jakob und schaute zu Elke rüber. „Nein, ich habe nichts dagegen, dass ihr alle zuhört, wenn ich Peter das erzähle", sagte Elke. „Na gut", sagte Elke und begann zu erzählen: „Dann werde ich euch unser Geheimnis verraten. Immer wenn ich Zeit hatte, sind wir beide mit dem Fahrrad aus der Stadt gefahren und haben dort eine Pferdekoppel entdeckt. Begeistert schauten wir immer zu, wie die Erwachsenen und die Kinder Reitunterricht nahmen. Als wir wieder einmal so an der Koppel standen und interessiert dem Reitunterricht folgten, fragte uns der Reitlehrer, ob wir nicht auch Lust hätten, das Reiten zu erlernen. Ich konnte mich nicht sofort entscheiden, aber unsere Tochter war von dem Vorschlag so begeistert, dass sie mir keine Ruhe mehr gönnte. Auch das darauffolgende Wochenende fuhren wir wieder zu der Pferdekoppel und wurden schon sehnsüchtig von dem Reitlehrer erwartet. ‚Wie haben Sie sich entschieden?', wurde ich gleich gefragt. Ich schaute zu unserer Tochter und fragte sie, ob sie das Reiten erlernen wolle. ‚Wie kannst du noch Fragen?', antwortete sie und fügte hinzu: ‚Ja, natürlich möchte ich auch reiten lernen.' Nachdem mir der Reitlehrer einen annehmbaren Preis gemacht hatte, sagte ich auch zu. Silvia konnte auch gleich mit der ersten Stunde beginnen. Nach und nach kaufte ich ihr dann auch die passende Kleidung. Zuerst musste Silvia immer im Kreis reiten. Später erlernte sie das Voltigieren, das ist eine Grundausbildung des Reitens. Erst läuft das Pferd langsam, später aber im Galopp und Silvia musste auf dem Pferd Übungen absolvieren. Der Reitlehrer war so begeistert und fasziniert, wie Silvia das alles schaffte. Auch das Schrittreiten, Trab, Galopp und das therapeutische Reiten lernte Silvia sehr schnell. Der Reitlehrer und der Leiter des Gestüts waren stolz auf unsere Tochter und meldeten sie mit meiner Erlaubnis zum Reitturnier an. Ich war begeistert, Sylvia gewann gleich das erste Turnier in ihrer Altersklasse. Jetzt konnte ich auch nicht mehr anders und erlernte mithilfe unserer Tochter selber das Reiten. Einen noch besseren Reitlehrer als unsere Tochter konnte ich mir auch gar nicht vorstellen. Gemeinsam machten wir auch Reiterferien und Namen an Reiterspielen teil. Was hatte ich am Anfang für Schmerzen in meinen Beinen, ich konnte deshalb manche Nacht nicht schlafen. Silvia tröstete mich dann immer. Silvia war eine anerkannte Persönlichkeit und das nicht nur auf dem Gestüt. Als unsere Tochter auch noch das Dressurreiten gewann, konnte sie sich vor Angeboten nicht mehr retten. Der Gestütsleiter setzte sich ein, dass sie von Presse und Fernsehen in Ruhe gelassen wurde. Der Reitlehrer war ganz meiner Meinung, als ich sagte, dass ich nicht möchte, das Silvia noch zusätzlichen Stress in ihrem Alter ausgesetzt wird. Auch der Gestütsleiter hatte mich verstanden, denn eine bessere Schülerin konnte er auch nicht bekommen und zusätzliches Geld floss ja auch noch in seine Kasse. Der Geschäftsleiter schenkte unserer Tochter zu ihrem Geburtstag ein deutsches Pony. Nun konnte unsere Tochter nichts mehr aufhalten und sie erlernte alle Arten des Reitens, so auch das Westernreiten. Auch ich kann gut reiten und habe einige Arten bei unserer Tochter gelernt", sagte Elke stolz und schaute Silvia an. „Ja, Papa, das stimmt, du musst Mutti mal reiten sehen, die ist wirklich gut", bestätigte Silvia. Ich wusste gar nicht, was ich dazu sagen sollte, wie versteinert stand ich noch immer da, als mir Jakob auf die Schulter klopfte und sagte: „Peter, du kannst so stolz sein, so eine wundervolle Frau, vor allen so eine hübsche talentierte Tochter zu haben." „Glaube mir Jakob, ich bin stolz und sprachlos zugleich. Ja, ich bin so glücklich, die beiden endlich für immer wiederzuhaben", antwortete ich. „Nun werde ich auch ein Geheimnis lüften", sagte Jakob und schaute zu Sabine und Martin. Sabine lächelte und sagte: „Dann kommt mir alle hinterher, ich werde euch etwas zeigen, das euch vor allem Silvia erfreuen wird." Sabine nahm Silvia an die Hand und lief den Gang zurück. Auch wir machten alle auf dem Absatz kehrt und folgten den beiden. Jetzt nahm ich die vielen Pferdeboxen erst richtig wahr, in denen die Tiere untergebracht waren. In der Mitte des langen Ganges blieb Sabine an einem Gatter stehen und schaute Silvia an. „Ich habe die ehrenvolle Aufgabe, dir etwas zu zeigen", sagte sie und sah zu Jakob. Neugierig wollte Silvia in den Stall schauen, aber der Verschlag ließ ein Reinschauen nicht zu, da die Bretter zu dicht und auch so hoch angebracht waren. „Wie ich schon erwähnt habe", sagte Jakob, „möchten wir nun auch unser Geheimnis lüften."

„Ich muss euch sagen, dass ich mich über euch erkundigt habe. Das war kein Misstrauen, sondern ich wollte noch mehr von euch erfahren, um noch einiges für euch besorgen zu können. So erfuhr ich auch, wie gut Silvia das Reiten beherrschte und dass sie auch ein eigenes Pferd besaß. Es war wohl das Schwierigste, was wir, Sabine, Martin, Werner und meiner Wenigkeit, je gemacht haben. Aber ich möchte euch und vor allem Silvia nicht länger auf die Folter spannen. Martin, nun mach schon die Tür auf, ich glaube, da können es zwei nicht mehr erwarten!" Sabine wandte sich an Silvia und sagte: „Nun schau, mein Engel, du wirst schon lange und sehnsüchtig erwartet." Martin öffnete das Gatter. Silvia schrie auf und fing sofort an zu weinen. Vor uns stand ein stolzes Pony, das auch gleich auf Silvia zuging und sanft den Kopf auf Silvias Oberkörper legte.

Zärtlich streichelte Silvia ihr Pferd und legte ihren Kopf auf den des Pferdes. Immer noch kullerten die Freudentränen über ihre Wangen. „Ich brauche wohl nicht zu fragen, ob du dich freust, dass du dein geliebtes Pony wieder hast.", sagte Jakob. „Ja, Opa Jakob, ich freue mich und bin so froh, dass ich mein Pferd wieder habe." Silvia drehte sich um und lief auf Jakob zu, um ihn zu drücken. „Was hast du zu mir gesagt, Silvia?", fragte Jakob. „Opa", antwortete sie und fügte hinzu: „Du bist doch jetzt mein Opa!" „Ach Silvia, das ist das Schönste, was ich je in meinem Leben gehört habe. Ich bin ja so glücklich, dass ich dich und deine Eltern kennengelernt habe", sagte abschließend Jakob unter Tränen. „Wie habt ihr das nur geschafft, Silvias Pferd nach Neuseeland zu transportieren?", fragte Elke Jakob. Jakob runzelte die Stirn und begann zu erzählen: „Wie schon gesagt, war das ein schweres Unterfangen. Nach einem langen Gespräch mit dem Eigentümer das Gestütes und einem guten Angebot, das ich ihm machte, war er einverstanden, mir das Pferd zu verkaufen. Nun war aber noch der Transport und vor allem blieb die Frage, wie bekommen wir das Pony aus der DDR. Ich musste auch noch einen hohen Preis für die Ausführungsgenehmigung hinlegen. Dann war noch der Transport, aber ich habe ja gute Freunde. Mit Hilfe von Sabine und Martin ist es uns gemeinsam gelungen, das Pony gesund hierher zu bekommen. Vor allem war es wohl für uns das Schwierigste, es vor euch geheim zu halten. Das könnt ihr uns glauben, das war das Schwerste für uns. Schließlich wurde das Pferd in derselben Maschine transportiert, in der ihr auch hergekommen seid. Werner hat in der Zeit, als ihr geschlafen habt, das Pferd mit dem Hubschrauber hierhergebracht. Eine geeignete Transportkiste hatte ich schon vorher besorgt, die auch am Hubschrauber angehangen werden konnte. Aber abschließend kann ich euch sagen, dass sich das alles gelohnt hat und ich es für euch immer wieder machen würde. Der schönste Dank war, als Silvia zu mir mein Opa sagte und mich drückte. Da waren alle Strapazen mit einem Schlag gegessen. Ich habe jetzt euch und vor allem Silvia."

Immer wieder schaute Elke mich vor Staunen an und schüttelte ungläubig den Kopf, als Jakob das erzählte. „Wie sollen wir euch und vor allem dir danken, Jakob. Wir haben doch nichts mehr?", sagte Elke, der wieder Tränen über die Wangen liefen. „Komm einmal her zu mir, meine liebe Elke", sagte Jakob und streckte seine Arme nach ihr aus. „Warte, mein Schatz", sagte ich zu Elke und wischte ihr die Tränen ab. Nachdem ich ihr noch einen Kuss auf ihre Wangen gab, ging sie zu Jakob, der sie in seine Arme nahm. „Ich brauche kein Geld, nein, davon habe ich genug. Ich freue mich, dass ihr hier seid und zu unserer großen Familie dazugehört. Das ist für mich das größte Geschenk, das ihr mir geben konntet. Jetzt habe ich auch noch eine kleine Enkeltochter, auch wenn es nicht so richtig meine Enkelin ist, habe ich doch die Silvia in mein Herz geschlossen wie mein eigenes Fleisch und Blut. Mir war es leider durch die Umstände nicht vergönnt, selber eine Tochter oder einen Sohn zu haben. Ich habe auch schon Sabine, Martin und Werner in meine Familie aufgenommen. Jetzt wird meine Familie etwas größer, denn ich möchte auch euch in unseren Kreis mit aufnehmen", sagte Jakob. „Hat jemand auch für mich ein Taschentuch?", fragte Jakob. Alle streckten Jakob ein Taschentuch entgegen. Jakob war so gerührt, dass er gar nichts mehr sagen konnte. Nun machte sich auch Silvia bemerkbar und sagte: „Opa Jakob, darf ich dir auch mein Taschentuch geben?" Nun war es um Jakob geschehen, Tränen der Rührung flossen über seine Wangen. Silvia sagte: „Ich komme zu dir, damit ich dir deine Tränen abtrocknen kann." Es dauerte eine Weile, bis sich alle wieder gefangen hatten. „Was machen wir nun mit dir, meine liebe Elke?", sagte Jakob und fügte hinzu: „Jetzt hast du auch kein Pferd mehr." „Du hast ja auch genügend Kühe hier auf der Weide, da werde ich mir eben eine zum Reiten aussuchen", antwortete Elke scherzend. „Das wäre doch mal was", antwortete Sabine lachend. „Werner und Martin, wollen wir ihr mal was zeigen?" „Nun macht es doch nicht so spannend", erwiderte Sabine ungeduldig. Na gut, dann öffnet doch bitte die andere Pferdebox. Langsam öffnete Werner die Tür und Elke schrie vor Freude, als sie das Pferd

sah. „Das ist ja mein Pferd, das ich auch auf dem Gestüt hatte!",
stammelte sie unter Tränen und drehte sich zu Jakob um. „Ja
Elke, so ist das, nun bist du wieder eine stolze Besitzerin deines
eigenen Pferdes", sagte Jakob. „Nun ist es aber genug mit dem
Geheule", sagte Jakob scherzend, „Elke und Silvia haben jetzt
Verpflichtungen." „Wie wäre es, wenn ihr eure Pferde einmal
ausreiten würdet?", fragte Sabine. „Ja, sehr gerne", antworteten Silvia und Elke zu gleicher Zeit. „Wir haben aber keine Reit-
bekleidung!", sagte Elke. „Mein Kind, auch daran haben wir gedacht", antwortete Jakob und gab Sabine ein Zeichen. Sabine
lächelte und forderte Elke und Silvia auf, ihr zu folgen. „Das kann
ich alles noch gar nicht so richtig glauben", sagte ich und stand
noch immer da, als wäre das alles nur ein Traum, was ich gerade alles erlebte. Jakob musste mir angesehen haben, was gerade in mir vorging, denn er sagte zu mir: „Peter, ich bin sehr tief
in deiner Schuld, deshalb wollte ich mich auch bei dir für alles
bedanken was du getan hast. Ich weiß, dass du das nicht gerne hörst, aber wie ich schon des Öfteren gesagt habe: Das, was
du für uns gemacht hast, ist in der heutigen Zeit keine Selbstverständlichkeit. Ohne deinen Einsatz wären wir nicht mehr
am Leben." „Ich kann dazu auch nichts mehr sagen, ihr kennt
ja meine Meinung. Es war in den letzten Wochen etwas zu viel
für mich und ich muss das auch erst einmal verarbeiten", sagte
ich und schaute zu Jakob, der mir zunickte. „Wo ist eigentlich
Josef?", fragte ich Jakob. „Geschäfte, Geschäfte", antwortete
Jakob und fügte hinzu: „Josef ist in Amerika, um einige Verträge abzuschließen." „Wann wird er wiederkommen?", fragte
ich. Jakob machte ein nachdenkliches Gesicht, seine Stirnfal-
ten zogen sich zusammen, ehe er antwortete. „Ich hoffe, dass
er bald zurückkommen wird, es ging ihm nicht so besonders.
Er hatte Husten, Schnupfen und auch Fieber, als er losmusste."
„Ist er ganz allein unterwegs?", fragte ich besorgt. „Ja", antwortete Jakob und fügte hinzu: „Deshalb bin ich ja so beunruhigt."
„Wir können aber auch von hier nichts unternehmen, uns sind
die Hände gebunden und wir müssen abwarten, bis er sich mel-
det oder zurückkommt", erwiderte ich.

In der Zwischenzeit waren Elke, Silvia und Sabine zurückgekommen. Ich erkannte die beiden gar nicht mehr wieder. So schöne und elegante Bekleidung, die die beiden jetzt anhatten. Mit einem geübten Satz schwang sich Elke auf ihr Pferd, aber auch Silvia brauchte nicht lange, bis sie auf ihrem Pony saß. Ich staunte nicht schlecht, wie die beiden das machten. Langsam ritten sie aus der Stallanlage zur Koppel raus. Auch den Pferden konnte man es ansehen, dass sie ihre Besitzer wiederhatten. Bei den beiden hatten die Tiere es auch wirklich gut, denn ich konnte mir vorstellen, dass Elke und Silvia ihre Pferde verwöhnen würden. Nun liefen wir auch nach draußen, um Silvia und Elke beim Reiten zuzusehen. Es war eine Augenweide, zu sehen, wie sie das Reiten beherrschten, als ob sie noch nie etwas anderes gemacht hätten.

Ich konnte mir sicher kein Urteil über das Reiten bilden, aber wie sie auf ihren Pferden saßen, sah es für mich perfekt aus. Jakob schaute mich nachdenklich an und sagte: „Nun haben die beiden, so denke ich, ihren schönsten Wunsch erfüllt bekommen, aber du bist wieder zu kurz gekommen und hast nichts." „Wie kannst du nur so etwas sagen?", erwiderte ich. „Ich habe meine Frau und meine süße Tochter und das ist mir das Wichtigste, mehr brauche ich nicht, Jakob. Ja, und dann bist du und auch noch die lieb gewordenen Freunde hier. Was soll ich mir da noch wünschen, Jakob? Hast du nicht schon genug für uns getan? Irgendwann muss es auch mal genug mit der Dankbarkeit sein." „Das liebe ich so an dir, Peter, du bist immer so bescheiden und denkst nur an die anderen und zuletzt an dich", sagte Jakob und klopfte mir sanft auf die Schulter. „Sicherlich habe ich mir schon sehr viele Gedanken gemacht, wie es nun mit uns weitergehen soll und wovon wir leben werden. Wir sind doch noch jung und wollen nicht bis an unser Lebensende auf deine Kosten hier wohnen", sagte ich nachdenklich. Jakob schmunzelte, ehe er mir antwortete. „Ach Peter, du brauchst dir wirklich keine Gedanken über eure Zukunft zu machen, ihr drei habt bis zum Lebensende ausgesorgt." „Ich werde dir und deiner Familie morgen mein Unternehmen zeigen. Wenn ihr alles gesehen habt, werdet ihr über eure Zukunft keine Fragen mehr stellen", sagte Jakob und legte seine Hand wieder auf meine Schulter. „Da bin ich aber gespannt, was du für ein Unternehmen hast", antwortete ich und schaute Jakob an. Nun mischten sich auch Sabine und Martin ins Gespräch. „Da könnt ihr ruhig neugierig sein, wir brauchen aber auch Werner der uns fliegen wird, denn zu den Außenstellen wäre es viel zu weit zu Fuß", sagte Sabine. Martin und Werner nickten zustimmend mit dem Kopf. „Nun spannt mich nicht so auf die Folter", antwortete ich und fügte hinzu: „Ich kann es ja bis morgen gar nicht abwarten, denn neugierig bin ich ja auch." „Für heute ist es zu spät, das Gelände, das wir uns anschauen werden, ist viel zu groß. Auch wenn wir mit dem Hubschrauber unterwegs sind, ist das viel zu viel", erklärte Werner. „Na gut, dann müssen wir eben bis morgen noch abwarten", sagte ich. Ich kann gar nicht mehr sagen, wie lange wir die beiden beim Reiten zugesehen hatten, denn ich war stolz und begeistert und vergaß alles rings um mich. Nach einer langen Zeit kamen sie wieder zurück in den Stall geritten. Ihre Gesichter strahlten vor Glück. „Könnt ihr nicht mehr?", fragte ich die beiden. „Doch, schon, aber wir können euch doch nicht so lange hier alleine lassen", antwortete Elke und warf mir einen Handkuss zu.

Ich half meiner Tochter, vom Pony zu steigen, und drückte sie fest an mich. „Und wer hilft mir?", scherzte Elke und streckte ihre beiden Hände nach mir aus. „Ja, selbstverständlich helfe ich dir auch aus dem Sattel, mein Schatz", sagte ich und lief zu Elke. Sie ließ sich in meine Arme fallen. „Du hast ja Vertrauen, wenn ich dich jetzt nicht aufgefangen hätte?", scherzte ich. „Dann wäre ich auf dich drauf gefallen und du hättest ein Problem gehabt", antwortete sie. „Das können wir beide ja noch nachholen", sagte ich und lächelte Elke an. Ihre Gesichtsfarbe änderte sich schlagartig, als sie verlegen sagte: „Peter, du bist wieder unmöglich!" Ich liebte das so an meiner Frau, wie sie noch immer rot im Gesicht wird und immer noch verlegen ist, genauso wie ich sie damals kennengelernt hatte. „Drückst du mich nicht, Papa?", fragte Silvia und streckte ihre Hand nach mir aus. „Natürlich, mein Engel, komm zu mir damit ich dich auch drücken kann." Wie lange war mir das verwehrt, aber das ist ja nun vorbei. „Ich hoffe, dass unser Glück noch lange anhalten und unsere Liebe zueinander nicht vergehen wird", überlegte ich, während ich sie auf die Stirn küsste. „Es ist schon ziemlich spät geworden", sagte Jakob und fügte hinzu: „Lasst uns zurück ins Haus gehen, da können wir uns noch ein wenig unterhalten." „Das ist ein guter Vorschlag", erwiderte Elke. „Ich habe nämlich jetzt Hunger und etwas zu trinken wäre auch nicht schlecht." „Dann lasst uns gehen", sagte Jakob und machte auf dem Absatz kehrt. „Kommt ihr auch mit ins Haus?", fragte Jakob Sabine, Martin und Werner. „Nein Jakob", antwortete Werner. „Ich muss mich noch um den Hubschrauber kümmern und ihn auch noch für morgen auftanken." „Und ihr beide?", fragte Jakob und schaute fragend zu Sabine und Martin. „Es tut uns sehr leid aber wir müssen uns auch noch um unsere Tiere kümmern und unsere Runde machen", antwortete Sabine und schaute zu Martin, der zustimmend nickte. „Ihr habt ja recht, es hat ja jeder seine Aufgaben und Verpflichtungen und morgen sind wir ja wieder alle zusammen", sagte Jakob. Ich bemerkte etwas Trauriges in Jakobs Stimme, als er die Absagen von Sabine, Martin und Werner bekam. Als die drei sich von uns verabschiedet und sich schon ein ganzes Stück von uns entfernt hatten, sagte Jakob nachdenklich zu uns: „Ich verstehe ja, dass die drei auch ihre Aufgaben haben, aber ich habe sie doch auch sehr liebgewonnen. Seit dem Tod meiner Frau fällt es mir sehr schwer, allein zu sein." „Aber Opa Jakob, du hast doch jetzt mich", sagte Silvia und streckte ihre Arme nach Jakob aus. Jakob schossen sogleich die Tränen in die Augen, als er das hörte und er sagte: „Silvia du bist mein schönstes Geschenk und ich bin froh, dass es dich und deine Eltern gibt." Jakob bückte sich und drückte Silvia und gab ihr einen Kuss auf ihre Wangen. Nachdem sich Jakob etwas gefangen hatte, sagte ich: „Ich habe mich noch nie getraut zu fragen, warum du alleine bist. Mir ist es nur immer aufgefallen, dass du deine Frau nie erwähntest und es immer vermieden hast, von ihr zu sprechen." „Lasst uns ins Haus gehen, da können wir uns über alles weitere unterhalten", antwortete Jakob. „Okay", sagte ich und nahm Elke und Silvia an die Hand und folgte Jakob, der vorneweg ging. Ich schaute auf die Uhr, wie doch die Zeit vergangen war. Es war tatsächlich schon 19:00 Uhr und es fing auch an, dunkel zu werden. Als wir im Haus waren, wurden wir auch gleich von dem Personal freundlich empfangen. „Das Essen ist angerichtet!", sagte eine Bedienstete und forderte uns auf, ihr zu folgen. Wieder hatten die Angestellten ein Buffet mit den schönsten Speisen und Getränken aufgestellt. „Das geht doch nicht jeden Tag so weiter?", fragte ich Jakob. „Ja, warum nicht!", antwortete er. „Das wird doch mit der Zeit viel zu teuer und eine Scheibe Brot, Wurst oder Käse würden auch reichen", sagte ich. Jakob schaute mich lächelnd an, als er sagte: „Ich freue mich, dass du ans Sparen denkst. Aber glaube mir, ihr müsstet über 1000 Jahre alt werden, wenn ihr alles, was euch ab morgen gehören wird, in Speisen und Getränke umsetzen würdet." „Du machst mich immer neugieriger!", sagte ich zu Jakob. Jakob lächelte mich nur an und erwiderte: „Lasst euch einfach überraschen." „Nun kommt mit, wir werden etwas essen und danach werden wir uns unterhalten", sagte Jakob zu uns und ging zum Buffet. Nachdem wir uns gestärkt und Silvia ins Bett gebracht hatten, trafen wir uns im Kaminzimmer. Wir nahmen alle in den bequemen Sesseln Platz, die vor dem Kamin standen. Es war sehr schön, am offenen Kamin zu sitzen und in das Feuer zu schauen. So saßen wir eine ganze Weile, ohne dass jemand etwas sagte. Meine Frau rückte ihren Sessel ganz dicht zu mir und streichelte mir liebevoll über den Kopf. In Gedanken versunken schaute uns Jakob, der gegenüber saß, zu. Ich schaute Elke an und küsste sie auf die Wange. „Wie war das nun mit deiner Frau?", fragte ich Jakob vorsichtig. Nachdenklich schaute er uns beide an und runzelte wieder die Stirn.

Ich hatte das schon einige Male von ihm gesehen, wenn er über etwas redet, was ihm schwerfällt.

„Es fällt mir noch immer nicht leicht, darüber zu sprechen. Auch wenn es schon so lange her ist, ist es mir, als ob es gestern gewesen wäre", sagte Jakob und lehnte sich zurück in seinen Ohrensessel. Elke stand auf und holte für Jakob einen gepolsterten Hocker, damit er seine Beine hochlegen konnte. „Oh, das ist aber nett von dir", sagte Jakob und zog Elke an sich ran. „Danke, mein Kind, wie habe ich das die ganzen Jahre vermisst. Ein bisschen verwöhnt zu werden, das tut mir so gut", sagte Jakob, und hatte wieder Tränen in seinen Augen. Elke reichte ihm ein Taschentuch und streichelte ihm liebevoll über sein graues Haar. Nachdem sich Elke wieder zu mir gesetzt hatte, begann Jakob weiter zu erzählen:

„Es war vor 23 Jahren, ich war gerade 50 Jahre alt geworden. An diesem Tag unternahmen wir eine Tour ins Gebirge und ließen das Auto an einer Gebirgskette stehen und kletterten dann auf den Berg hinauf. Wie oft haben wir das gemacht und es ist nie etwas passiert. Immer wenn ich mal zu Hause war, haben wir die Zeit genutzt, sind dann auf dem Berg geklettert, um von oben die Landschaft beobachten zu können. Die Aussicht ist von da oben einmalig und nicht mit Geld zu bezahlen. Stundenlang haben wir da oben zugebracht.

So sind wir nebeneinander gesessen und haben die unbeschreiblich schöne Landschaft beobachtet.

Als wir oben angekommen waren, setzten wir uns wie immer auf die Bank, die ich extra für uns festmontieren ließ. Meine Frau packte den Kaffee und den Kuchen aus und wir ließen es uns schmecken. Das Wetter spielte auch mit, obwohl es Herbst war, schien die Sonne noch ziemlich kräftig. Auf den höhergelegenen Bergen lag schon Schnee. Wir saßen so einige Zeit und schauten in die Ferne. Wir bemerkten nicht, dass sich hinter uns ein Unwetter zusammenbraute. Der Wind wurde auf einmal immer kräftiger und es fing plötzlich an zu schneien.

Als wir das bemerkten, packten wir eilig alles zusammen. Der Schnee und der Wind wurden immer stärker. Von einer Minute auf die andere wurde das Wetter schlechter. Der Schnee wurde immer dichter und wir konnten den schmalen Weg, der nach unten ging, nicht mehr sehen. Vorsichtig tastete ich den Weg mit einem Stock ab. Meine Frau war immer dicht hinter mir und hielt sich bei mir fest. Ich hatte bis dahin noch nie so viel

Angst um mich und meine lieben Frau gehabt. Plötzlich rutschte ich aus. Meine Frau hielt sich an meinen Gürtel fest. Langsam rutschten wir beide auf den Abhang zu. In letzter Minute konnte ich mich an einer Felsspalte festhalten. Meine Frau hing über dem Abhang und hatte Mühe, sich bei mir festzuhalten. Ich verkeilte meine Hand in die Felsspalte. So hingen wir beide nur an meiner Hand. Die Schmerzen waren unerträglich und ich wusste, dass ich das nicht mehr lange aushalten würde. ‚Du musst es schaffen, dich alleine an mir hochzuziehen', sagte ich zu meiner Frau. ‚Ich kann mich nicht mehr lange an den Felsen festhalten.' Meine Frau sagte, dass ihre Finger steif sind und sie kein Gefühl mehr in den Gliedern hat. ‚Ich werde jetzt loslassen, damit du, Jakob, weiterleben kannst', sagte sie. ‚Nein, das machst du nicht, ich brauche dich doch so sehr. Wie soll ich denn ohne dich weiterleben. Ich mache mir dann das ganze Leben Vorwürfe und werde mein Leben lang nicht mehr glücklich werden', sagte ich zu ihr. ‚Nein', sagte sie, ‚das brauchst du nicht, ich liebe dich so sehr.' ‚Ohne Hilfe werden wir beide sterben und das möchte ich nicht', sagte sie. In der Zwischenzeit war so viel Schnee gefallen, dass wir beide völlig mit Schnee bedeckt waren. Im Inneren wusste ich, dass das eine aussichtslose Situation war, in der wir uns beide befanden. Unsere beiden Leben hing an meiner Hand und ich konnte nicht mehr sagen, wie lange ich die Schmerzen ausgehalten habe. Auch meine Glieder wurden steif und die Kälte kroch durch meine Kleidung. Wie lange wir so verbrachten, kann ich wirklich nicht mehr sagen. Mir kam es vor wie eine Ewigkeit. ‚Ich kann nicht mehr', sagte meine Frau. Ich versuchte noch, sie mit der anderen Hand zu halten, aber sie ließ los. Ich schrie und konnte es nicht fassen, dass ich meine Frau verloren hatte. An dieser Stelle ging es etwa 300 Meter in die Tiefe. Ich versuchte, mich nach oben zu ziehen. Nach einigen Versuchen schaffte ich es schließlich. Wie lange ich nach unten gebraucht habe, kann ich nicht mehr sagen. Ich setzte mich ins Auto und fuhr eilig nach Hause, um Hilfe zu holen. Gemeinsam suchten wir meine Frau und fanden sie dann auch endlich. Sie war auf einen Felsen gestürzt und hatte keine Chance, das zu überleben. Eine Welt ist in diesem Moment in mir zusammengebrochen, als ich sie so blutüberströmt liegen sah. Die Rettungskräfte haben dann meine Frau geborgen und mitgenommen. Ich wollte nicht mehr leben und habe mit Selbstmordgedanken gespielt. Die Beerdigung meiner Frau war noch einmal sehr schlimm für mich. Am Grab zu stehen und einem geliebten Menschen für immer Lebewohl zu sagen, ist etwas, was ich niemandem wünsche. Leider hatten wir keine eigenen Kinder, weil meine Frau keine bekommen konnte. Sicher wir waren die ganzen Jahre auch ohne Kinder glücklich, aber mit dem Alter fehlte uns doch der Nachwuchs. So holte ich meinen Neffen Josef zu mir und gab ihm auch Arbeit. Seine Eltern waren bei einem Schiffsunglück ums Leben gekommen. Er übernahm, wie ihr schon wisst, die Geschäfte nach außen. Seine Aufgabe war es, Verträge und Kunden zu beschaffen. Er ist sehr viel unterwegs, kann sich aber die Zeit selber einteilen. Er liebt das Reisen und die Unabhängigkeit. Ich hänge mich da auch nicht rein und lasse ihm freie Hand. Obwohl wir keine Kunden mehr brauchen und jahrelange treue Stammkunden haben, ist er noch immer unterwegs. Das wollte ich euch erzählen", sagte Jakob und schaute uns beide nachdenklich an.

Ich wusste gar nicht, was ich zu dem Gehörten alles sagen sollte. Zu überwältigend war das, was Jakob alles durchgemacht hatte. „Es tut mir so leid", sagte ich und fügte hinzu: „Wie gerne hätten wir deine Frau kennengelernt. Sie muss etwas ganz Besonderes gewesen sein, dass du immer noch so lieb von ihr sprichst." „Ja", sagte Jakob, „das war sie, sie war etwas ganz Besonderes." „Das Bild über dem Kamin, das ist sie", sagte Jakob und schaute zum Kamin. Auch Elke und ich betrachteten das Bild genauer. Auf dem Bild war eine schlanke hübsche Frau zu sehen. Ihre langen blonden Haare reichten bis auf ihre Schultern. Ich schaute zu Elke und betrachtete sie. Die Ähnlichkeit mit der Frau auf dem Bild war erschreckend. Ich schaute zu Jakob und sagte: „Jakob, deine Frau sieht ja fast genauso aus wie meine Frau." „Ja, richtig Peter, aber du brauchst dir deshalb keine Gedanken zu machen. Das ist deine Frau und ich fühle mich in eurer Nähe sehr wohl. Ich bin so glücklich, dass ich euch jetzt habe und vor allem eure Tochter, die wie ein eigenes Kind zu mir ist. Was könnte ich mir noch wünschen, jetzt habe ich alles", sagte Jakob glücklich. „Oh, es ist aber schon spät", sagte Jakob nachdenklich und fügte hinzu: „Ich werde euch beide nun alleine lassen und mich zu Bett begeben. Ich wünsche euch beiden noch eine schöne Nacht und vor allem schöne Träume. Morgen wird ein langer und anstrengender Tag für uns werden. Wir sehen uns dann zum Frühstück um 8:00 Uhr." Elke und ich standen beide auf und verabschiedeten uns von Jakob. „Wollen wir noch einen Moment hier am Kamin bleiben?", fragte ich Elke. „Ja Peter, lege doch bitte noch etwas Holz auf und lass es uns noch ein wenig gemütlich machen", sagte Elke und schaute mich mit ihren großen blauen Augen an. Ich liebte diesen Blick meiner Elke, dem man nicht widerstehen konnte. Wie Butter schmolz ich in Elkes Händen dahin. Zärtlich streichelte ich ihr Haar und küsste sie auf den Mund. Elke erwiderte meinen Kuss und zog mich noch dichter ran. So verbrachten wir noch einige Zeit am Kamin und ließen so den Abend ausklingen.

Es war so gegen 7:30 Uhr, als unsere Tochter zur Tür reinkam. „Darf ich noch ein paar Minuten zu euch ins Bett?" „Na los, Silvia, auf was wartest du noch", sagte Elke. Mit einem Satz war Silvia zu uns ins Bett gesprungen und machte es sich zwischen uns gemütlich. „Hast du gut geschlafen?", fragte ich Silvia. „Ja Papa, das habe ich." „Wir können aber nicht mehr lange im Bett bleiben, denn wir sollen doch heute pünktlich um 8:00 Uhr zum Frühstück erscheinen", sagte Elke und kroch aus dem Bett, um zur Toilette zu gehen. „Wie gefällt es dir hier, Silvia?", fragte ich. Als mich meine Tochter mit ihren großen Augen ansah musste ich schmunzeln und dachte, genau dieselben schönen Augen wie meine Elke. „Was für eine Frage, Papa, es ist hier wunderschön", antwortete sie. „Jakob ist auch so nett und wie ein richtiger Opa zu mir. Und vor allem habe ich mein geliebtes Pony wieder, das ist so schön und ich freue mich so darüber." „Darf ich dir ein Geheimnis verraten, Silvia?", fragte ich meine Tochter. „Oh ja, Papa!", antwortete sie. Wieder schaute sie mich mit ihren schönen großen Augen erwartungsvoll an. „Jakob hat sich riesig gefreut, als du ihn mit Opa angesprochen hattest", erzählte ich. „Ja, ehrlich?", fragte Silvia. „Ja", antwortete ich. „Es ist doch auch mein Opa, Papa, nicht wahr?", fragte Silvia. „Ja, Silvia, jetzt ist das auch dein Opa und Jakob ist wirklich ein guter lieber Mensch. Da hast du aber großes Glück gehabt", sagte ich. „So richtig verstehe ich das nicht, dass wir von zu Hause weg mussten, und dann auch noch so schnell und heimlich", sagte Silvia zu mir. „Mein Kind, wenn die Zeit gekommen ist, werde ich dir alles erklären, damit du es auch verstehen kannst", antwortete ich. „Ja Papa, es ist ja auch nicht so schlimm. Hauptsache, du bist nun immer bei uns und musst von uns nicht mehr weg. Das wünsche ich mir so sehr, Papa", sagte Silvia und rückte noch näher an mich ran, drückte und küsste mich. „Darf ich das Paar stören?", fragte Elke, die gerade aus dem Bad kam und fügte lachend hinzu: „Hat einer von euch auf die Uhr geschaut? In zehn Minuten sollen wir unten am Frühstückstisch sitzen und ihr beide kommt nicht aus dem Bett." „Mutti, es ist doch schön, hier bei Papa im Bett zu liegen", antwortete Silvia. „Ich weiß, mein Kind, ich liege auch sehr gerne neben Papa", erwiderte Elke. „Die Chefin ruft! Dann müssen wir hören", sagte ich zu Silvia. „So muss es auch sein", erwiderte Elke lächelnd.

Pünktlich um 8:00 Uhr betraten wir das Zimmer, wo der Frühstückstisch schon gedeckt war. Alle saßen schon am Tisch und warteten sehnsüchtig auf uns. „Seid ihr nicht aus den Federn gekommen?", fragte Sabine. „Bei der herrlichen Ruhe hier, da kann man schlafen und bekommt gar nicht mit, dass es schon so spät ist", antwortete Elke. „Ist nicht so schlimm, ihr seid ja noch pünktlich zum Frühstück erschienen", sagte Jakob lächelnd. „Dann lasst es euch schmecken", sagte Werner, der gerade mit einem Tablett mit heißen Würstchen zur Tür reinkam. Nach dem Frühstück trafen wir uns alle vor dem Haus, wo schon zwei Autos auf uns warteten. „Wie es nun der Ablauf?", fragte ich Jakob. „Wir werden zuerst mit den Autos zum Hubschrauber fahren und dann mit dem Hubschrauber weiterfliegen", erklärte Jakob uns. „Okay", sagte ich. Natürlich waren wir sehr aufgeregt und neugierig zugleich, was uns Jakob alles zeigen wollte. „Kommt ihr alle mit?", fragte ich Sabine und Martin. „Ja Peter, wir wollen doch auch eure großen Augen sehen", erwiderte Sabine lächelnd. „Jetzt bin ich aber neugierig", erwiderte ich. „Dann lasst euch überraschen", sagte Jakob. Nachdem wir alle in den Autos Platz genommen hatten, ging es auch schon los. Hinter dem Pferdestall und der angrenzenden Koppel, die wir gestern schon gesehen hatten, war ein breiter Sandweg, der an einer weiteren großen Koppel vorbeiführte. Nachdem die Autos hielten, stiegen wir aus. Auf der riesigen Weide, die mit Draht umzäunt war, standen unzählige Rinder. Es war unmöglich, bis ans Ende der Koppel zu sehen, viel zu groß war das Gelände. „Was schätzt ihr wie viele Rinder hier auf der Koppel stehen?", fragte uns Jakob. „Da habe ich überhaupt keine Ahnung", sagte ich und schaute hilflos zu Elke. „Ich schätze, dass es zirka 3 000 Rinder sind", antwortete Elke. „Nein, das sind 5 000 Rinder und die gehören alle Sabine und Martin", erklärte Jakob. „Was macht ihr beiden mit so vielen Rindern?", fragte ich. „Züchten und verkaufen", antwortete Sabine und fügte hinzu: „Von irgendetwas müssen wir doch auch Leben und die Rinder sind in diesem Land genau das Richtige für uns." Jakob schaute auf die Uhr und sagte: „Werner, es ist jetzt schon 10:00 Uhr und wir haben uns noch nicht mal ein Drittel von dem Geplanten ansehen können. Wir werden jetzt umdrehen und mit dem Hubschrauber weiterfliegen." „Ich habe nichts dagegen, so können wir über die Weiden fliegen und uns alles von oben anschauen", schlug Werner vor. „Dann lasst uns alle wieder in die Autos einsteigen und zurück zum Landeplatz fahren", sagte Jakob. Nachdem wir den Hubschrauberlandeplatz erreicht hatten und Werner den Hubschrauber überprüft und die Rotoren angestellt hatte, stiegen wir alle ein. „Dann kann es jetzt losgehen", sagte Werner, nachdem wir alle Platz genommen hatten. Langsam erhob sich der Hubschrauber in die Luft. Werner steuerte den Hubschrauber wieder in die Richtung, wo wir gerade mit den Autos gestanden hatten. Von hier oben konnten wir die gesamten Koppeln betrachten. Überall standen Rinder und hinter der ersten Koppel, die Sabine und Martin gehörte, folgte gleich eine weitere. Auf dieser standen unzählige Schafe. „Wem gehören diese Schafe?", fragte Elke. „Diese Schafe waren mal meine", antwortete Jakob. „Wieso waren es deine Schafe? Und wem gehören sie jetzt?", fragte ich verwundert. „Diese Schafe haben ab heute einen neuen Besitzer, die gesamten Tiere gehen jetzt in euren Besitz über", erklärte uns Jakob. Mir fiel die Kinnlade herunter, als er das sagte. „Wie viele Schafe werden das sein, Jakob?", fragte Elke. „Genau kann ich das gar nicht sagen, wie viele Tiere das sind", antwortete Jakob nachdenklich und fügte hinzu: „Ich glaube nach der letzten Zählung waren es insgesamt 8 000 Tiere." Jetzt überflogen wir wieder eine andere Koppel, auf der sehr viele Rinder weideten. „Ich getraue mich gar nicht mehr zu fragen, wem diese Rinder gehörten, Jakob!", sagte ich. Langsam drehte er den Kopf zu mir, sah mich nur grinsend an und sagte: „Meine Rinder sind das nicht! Die gehören jetzt euch." „Um Himmels willen, so viele Tiere, wie sollen wir denn das alles schaffen", sagte Elke ratlos. „Mach dir darüber keine Gedanken Elke, dass werden eure Angestellten für euch erledigen", erwiderte Jakob. „Wie viele Angestellte betreuen denn die Tiere?", fragte ich. „Genau kann ich dir das nicht sagen Peter, ich kümmere mich nicht darum. Für die Buchhaltung habe ich extra Leute eingestellt und die sind wirklich gut darin", erklärte Jakob. „Im Übrigen kümmere ich mich am allerwenigsten um die Geschäfte, das könnt ihr ja jetzt übernehmen", sagte Jakob nachdenklich. Wir flogen nun schon zirka 30 Minuten über Weiden und Koppeln, in denen Schafe und Rinder weideten. Ich konnte es einfach nicht fassen, dass die vielen Tiere jetzt uns gehören sollten. Eine Vorstellung hatte ich zu diesem Zeitpunkt überhaupt noch nicht. Ich wusste auch nicht, was das hieß, ein Schaf- und ein Rinderzüchter zu sein. Werner machte mit dem Hubschrauber nun eine Kurve und flog in Richtung Meer, das von hier oben durch die gute Sicht zu erkennen war. „Hast du auch eine Pferdezucht, Jakob?", fragte ich. „Ja Peter, die habe ich mit Sabine, Martin und Werner gemeinsam", antwortete Jakob auf meine Frage.

„Wo sind die Tiere untergebracht?", fragte ich weiter. „Einen Stall mit der dazugehörigen Koppel habt ihr ja schon gesehen. Die anderen zwei Stallanlagen befinden sich etwas abseits von dem Hauptquartier", erklärte Jakob. Jakob schaute wieder auf die Uhr und gab Werner ein Zeichen. „Wo geht es jetzt hin?", fragte ich neugierig. Jakob schaute mich an und grinste nur. „Ist das richtig Elke, dass Peter sehr gerne angelt?" „Ja, Jakob, das hat er immer gemacht, wenn er zu Hause war und Zeit dafür hatte", antwortete Elke. „Wir werden nun zum Hafen fliegen und von dort eine Schiffsfahrt unternehmen", erzählte Jakob. Meine Freude konnte ich nicht mehr verbergen, denn eine Schifffahrt war für mich das Schönste. Bevor ich zur Armee eingezogen wurde, habe ich heimlich die Fahrerlaubnis für Motorboote abgelegt.

Leider hatte ich keine Gelegenheit mehr, selber ein Boot zu fahren.

Ich war aufgeregt wie ein kleines Kind zu Weihnachten, wenn es die Geschenke gab. Das Meer kam immer näher und ich konnte schon den großen Yachthafen sehen. Werner sprach über Funk mit dem Hafenmeister und bestellte einen Kleinbus, der uns abholen sollte. Nachdem Werner den Hubschrauber auf einer Wiese landete und den Rotor abschaltete, stiegen wir alle aus. Wir mussten auch nicht lange warten, bis der Kleinbus eintraf. „Silvia, du hast die ganze Zeit überhaupt noch nichts erzählt!", sagte Jakob und fragte: „Ist alles in Ordnung mit dir?" „Aber ja, Opa Jakob, mir geht es gut. Ich kann aber nicht verstehen, dass all die Tiere jetzt uns gehören sollen?", antwortete Silvia auf die Frage von Jakob. „Ich glaube, auch deine Eltern können das noch nicht so richtig glauben, Silvia, dass sie ab heute Schaf- und Rinderzüchter sind", antwortete Jakob grinsend. „Ja, das ist wohl richtig, auch wir können das noch gar nicht glauben, dass du uns das alles geschenkt hast", erwiderte Elke nachdenklich. „Ich kann dazu auch nichts mehr sagen, außer Danke schön, mein lieber Jakob. Das ist viel zu viel für uns und ich bin völlig überwältigt, was du uns alles gegeben hast", sagte ich und reichte Jakob meine Hand. „Ich sage auch nichts mehr", antwortete Jakob und nahm meine ausgestreckte Hand. „Darf ich dich auch mal drücken?", fragte Silvia. „Ja, natürlich", antwortete Jakob und hob Silvia zu sich hoch. „Du bist aber schwer!", sagte Jakob. „Ich bin ja auch schon groß, Opa Jakob", antwortete Silvia. „Das ist wohl wahr", sagte Jakob. Silvia legte liebevoll die Hände um Jakobs Hals und drückte ihn.

„Ist das schön, dass ich das noch erleben darf, dass ich von einer schönen Frau gedrückt und geküsst werde, man kann sich schnell daran gewöhnen", sagte Jakob überglücklich.

„Bevor ich wieder anfange zu heulen, lasst uns lieber in den Bus einsteigen", schlug uns Jakob vor. Nachdem wir alle in den Kleinbus platzgenommen hatten, fragte ich Martin: „Auch du und Werner haben die ganze Zeit noch gar nichts gesagt?"

„Glaub mir, Peter, wir freuen uns auch alle, dass ihr drei hier bei uns seid und dass die Tiere in guten Händen sind", antwortete Werner. „Dass Jakob euch so viel geschenkt hat, darüber freuen wir uns und haben auch keinen Grund, neidisch auf euch zu sein. Wir haben ja auch genug von Jakob bekommen. Wir alle freuen uns für euch von ganzem Herzen", sagte Sabine und drückte uns. „Ich habe schon ein schlechtes Gewissen gehabt", erklärte ich und fügte hinzu: „Ich hoffe, dass unsere Freundschaft nicht darunter leiden wird und wir wegen der vielen Geschenke von Jakob Freunde bleiben können." „Uns wirst du so schnell nicht mehr los", scherzte Sabine, die mir in die Seite boxte. „Dann bin ich aber froh!", sagte ich sichtlich erleichtert.

Der Bus hielt vor einer großen weißen Yacht. „So, ihr Lieben, jetzt sind wir da und können alle aussteigen", forderte Jakob uns auf. Nachdem wir auf dem Kai standen, fragte Silvia: „Opa Jakob, mit welchem Schiff werden wir fahren?" „Wir stehen genau davor, mein kleiner Engel", antwortete Jakob. Ich schaute ungläubig zu Elke, die meine Hand nahm und mich ansah. „Hast du die Yacht heute extra für uns gechartert, Jakob?", fragte ich. „Nein, ihr Lieben, das habe ich nicht", antwortete Jakob lachend.

Die Yacht, die vor uns stand, war zirka fünfundzwanzig Meter lang und sah wie neu aus.

„Kommt, lasst uns an Bord gehen", forderte Jakob uns auf. An der Gangway hatten sich in der Zwischenzeit vier Matrosen und ein Kapitän eingefunden, die uns beim Betreten der Yacht begrüßten. „Alles okay?", fragte Jakob den Kapitän. „Wie Sie es gewünscht haben, habe ich alles vorbereiten lassen", berichtete der Kapitän. „Okay, dann ist ja alles bestens", sagte Jakob und fügte hinzu: „Zuerst wird der Kapitän uns das Schiff etwas genauer zeigen."

Ich kam aus dem Staunen nicht mehr raus, so ein schönes Schiff hatte ich zuvor noch nie gesehen. Mein größter Traum war es immer, ein Hausboot zu besitzen, um mit meiner Familie gemeinsam die Ferien zu verbringen. Aber ich wusste auch, dass ich mir das von meinem Gehalt nie leisten konnte und dass das immer ein Traum bleiben würde. Nachdem wir uns die Yacht angeschaut hatten, fragte Jakob: „Wie gefällt euch das Boot?" „So etwas Schönes habe ich noch nie zuvor gesehen, Jakob", sagte Elke und sah mich begeistert an. „Ja, ich kann Elke nur zustimmen, so ein Boot ist schon immer mein Traum gewesen, aber ich weiß auch, dass ich mir so etwas nie leisten kann", sagte ich nachdenklich. Jakob grinste uns an und sagte zu uns: „Ich weiß Peter, dass es dein größter Traum ist, so eine Motoryacht zu besitzen und mit deiner Familie die Zeit verbringen zu können." „Ach Peter, ich werde dir und der lieben Elke etwas verraten! Wir, das sind Sabine, Martin, Werner, Josef und ich, wir haben die Yacht für euch ausgesucht", berichtete Jakob und fügte hinzu: „Diese wunderschöne neue Yacht gehört ab sofort euch." „Ich weiß, Peter, dass du vor einiger Zeit erfolgreich den Bootsführerschein abgelegt hast. Der Kapitän wird euch zeigen, wie das Boot bedient wird und was alles zu beachten ist. Dazu werden wir jetzt ein paar Tage raus aufs Meer fahren, damit ihr das alles erlernen könnt. Die gesamte Besatzung ist auch ab sofort dir und Elke unterstellt. Ihr braucht euch um nichts mehr zu kümmern, das besorgen ab jetzt alles eure Angestellten für euch. Ihr braucht nur zu sagen, wo ihr hinwollt und was ihr für Wünsche habt, mehr nicht", erklärte uns Jakob. „Das kann doch nicht euer Ernst sein, dass ihr uns das wunderschöne Boot so einfach schenkt?", sagte ich ungläubig und konnte es immer noch nicht fassen. „Warum denn nicht?", erwiderte Jakob und erzählte weiter: „Mach dir nicht so viele Gedanken wegen des Geldes, es ist ja alles bezahlt. Wenn wir von der Tour zurück sind, werden wir euch noch etwas zeigen, was euch sicherlich noch einmal die Sprache verschlagen wird." „Ach Jakob, ich glaube auch in Namen von Peter zu sprechen. Wir sind jetzt schon überwältigt und sprachlos und können es nicht fassen, was ihr uns alles jetzt schon gegeben habt", sagte Elke sichtlich beeindruckt. Silvia schaute mich die ganze Zeit an und schüttelte nur den Kopf. „Ich weiß, mein Engel, dass du das auch nicht verstehen kannst, was hier alles geschieht", sagte ich und nahm ihre Hand. Im Salon hatten die Angestellten ein Buffet mit Getränken aufgestellt. Gemeinsam betraten wir den Raum und stießen alle mit Sekt auf unser neues Boot an. Der Kapitän fragte mich, ob wir soweit wären und wo es denn hingehen solle. „Guter Mann! Ich habe überhaupt keine Ahnung und kenne mich hier auch noch nicht aus. Ich kann Ihnen beim besten Willen nicht sagen. Ich weiß nicht mal, wo wir hier sind, geschweige denn, wo es hingehen soll", antwortete ich ratlos. Nun mischte sich Jakob ins Gespräch und gab dem Kapitän Anweisungen.

Die ersten beiden Tage war ich seekrank, mit mir war gar nichts los. Tabletten, Tropfen, es half alles nichts, ich musste mich die ganze Zeit hinlegen, bis ich mich so langsam an das Schaukeln des Schiffes gewöhnt hatte. Nach dem dritten Tag konnte ich das erste Essen wieder zu mir nehmen. Was musste ich mir anhören: „Yachtbesitzer und nicht seetauglich!" Natürlich war das alles nur Spaß, aber mir war in den beiden Tagen alles vergangen. In den darauffolgenden Tagen war es umso schöner und mir war gar nicht mehr übel. Ich hatte mich an das ständige Schaukeln des Bootes gewöhnt. Elke und Silvia machte das überhaupt nichts aus. Im Gegenteil, je mehr die Yacht schaukelte, desto mehr freuten sie sich darüber. Ich hatte ja schon einige Landschaften in den verschiedenen Ländern gesehen, aber Neuseeland mit der einzigartig schönen Natur war das Beste, was ich je zu Gesicht bekommen hatte. Die Tage vergingen wie im Fluge. Nun wusste ich dank des Kapitäns, wie ich das Schiff sicher steuern konnte. Es gab so viel Neues zu bestaunen, dass es unmöglich ist, auf alles genau einzugehen. Ich kann nur sagen, dass das die schönsten gemeinsamen Tage waren, die ich bis dahin mit meiner Familie erlebt hatte. „Schade, dass die Zeit so schnell vorübergegangen ist", sagte ich, als wir wieder von Bord gingen. „Das ist doch kein Abschied für immer", sagte Jakob, als er die Traurigkeit in meiner Stimme hörte. „Diese Yacht und auch die Mannschaft werden immer, wenn ihr es möchtet, für euch da sein", erklärte Jakob und lächelte. Der Kleinbus brachte uns wieder zum Hubschrauber zurück. Nachdem Werner die Maschine warmlaufen ließ und wir wieder Platz genommen hatten, flogen wir wieder zurück zur Ranch. Zehn Tage waren wir mit der Yacht unterwegs. Es waren die schönsten zehn Tage, die ich je mit meiner Familie zusammen war.

Da wir uns die ganze Zeit nur in Englisch unterhielten, hatten Silvia und Elke von den Gesprächen nicht viel verstehen können. Ich musste ständig jede Unterhaltung übersetzen. Nach zehn Tagen Aufenthalt auf unserer Yacht konnten Elke und auch Silvia sich schon ein wenig in der englischen Sprache verständigen. Ich staunte nicht schlecht, wie sich Silvia mit Jakob unterhielt. Jakob sagte nur: „Ich habe von Anfang an gewusst, dass Silvia ein Naturtalent ist."

Nach dem wir alle aus dem Hubschrauber gestiegen waren, sagte Jakob lächelnd zu uns: „Glaubt nur nicht, dass ihr drei bei mir ständig wohnen könnt. Wir haben euch ein neues Haus bauen lassen. Deshalb mussten wir für zehn Tage verschwinden, damit ihr nicht gleich mitbekommt, wie das Haus errichtet wurde." „Nein, das ist jetzt aber nicht euer Ernst!", riefen Elke und ich gleichzeitig. „Habt ihr gedacht, dass ihr drei die ganze Zeit bei mir wohnen könnt? Zugegeben, ich hätte ja nichts dagegen gehabt, aber es ist doch viel schöner, wenn jeder sein eigenes Haus hat", berichtete Jakob grinsend.

„Ich sage nun dazu gar nichts mehr", sagte ich und schüttelte nur den Kopf. „Aber eine Frage hätte ich noch?", sagte ich und schaute abwechselnd zu Sabine, Werner und Martin. „Ja Peter, frag ruhig", sagte Jakob gelassen. „Habt ihr im Lotto gewonnen oder wo habt ihr das viele Geld her?" „Ich kann euch das erklären", sagte Jakob, „aber fahren wir doch erst einmal zu eurem neuen Haus." Nach dreißig Minuten Fahrt hielten wir an einem prächtigen zweistöckigen Holzhaus an. Uns blieb der Mund offenstehen, als wir das Haus sahen. Ich schaute Elke ungläubig an und sagte: „Das ist doch nicht etwa unser Haus?" „Na, was denkst du denn, wem das Haus sonst gehört?", sagte Jakob grinsend und fügte hinzu: „Einrichten müsst ihr es allerdings alleine, denn jeder hat da seinen eigenen Geschmack." „Einen Garten und den Swimmingpool müsst ihr euch auch noch anschaffen, wenn ihr es wollt", ergänzte Jakob und schaute uns wieder grinsend an. „Wovon sollen wir das alles bezahlen Jakob?", fragte ich. „Bis jetzt haben wir uns noch nichts verdienen können und ein Konto haben wir auch noch nicht, wo etwas Geld drauf ist", fügte ich besorgt hinzu. „Ach Peter, darüber mache dir mit deiner Elke keine Sorgen. Morgen zeige ich euch noch etwas und dann werdet ihr euch beide keine Sorgen mehr darüber machen, wie ihr etwas bezahlen werdet", erklärte Jakob und nickte uns zu. Nachdem wir das Haus betrachtet hatten und aus dem Staunen nicht mehr herauskamen, stiegen wir wieder in die Autos und fuhren wieder zurück zu Jakobs Haus. Wieder wurden wir von den Angestellten sehr herzlich empfangen. Der große Tisch im Esszimmer war wieder mit den besten Speisen und Getränken reichlich gedeckt worden.

Die vergangenen Tage waren sehr anstrengend, so dass wir uns nach dem Essen verabschiedeten und uns ins Bett legten. Als wir im Bett lagen und die vergangenen Tage Revue passieren ließen, fragte mich Elke: „Wie soll das nur noch weitergehen? All das, was Jakob, Sabine, Werner und auch Martin uns alles geschenkt haben, können wir doch niemals wieder gutmachen?" „Mein Schatz, ich verstehe das auch nicht und wenn das so weitergeht, bekomme ich noch Depressionen", antwortete ich und fügte hinzu: „Sicherlich habe ich den Jakob und Josef zweimal das Leben gerettet, aber das ist doch noch lange kein Grund, dass sie uns ihr Vermögen geben." Ich rückte noch näher an Elke ran und küsste sie zärtlich. „Hättest du das jemals gedacht, dass es uns mal nach Neuseeland verschlagen wird?", fragte Elke. „Nein mein Schatz, nicht einmal in meinen kühnsten Träumen habe ich je an so etwas gedacht", antwortete ich. „Was wird eigentlich mit unserer Tochter, sie muss doch die Schule weiter besuchen?", fragte Elke besorgt. „Ich staune über Silvia, so schnell wie sie die Sprache erlernt und dass sie sich schon unterhalten kann, ist bewundernswert", sagte Elke nachdenklich zu mir. „Ja, das habe ich auch schon gedacht", antwortete ich und fügte hinzu: „Ich werde mich morgen mit Jakob darüber unterhalten, ob es hier in der Nähe eine Schule gibt und ob Silvia dort hingehen kann." „Es ist schon spät, mein Schatz, lass uns etwas schlafen", schlug ich vor und gab Elke einen Kuss auf den Mund.

Eng umschlungen schliefen wir glücklich ein. Pünktlich um 8:00 Uhr wurden wir von unserer Tochter geweckt. „Aufstehen, ihr Schlafmützen!", rief sie. „Wie spät ist es?", fragte ich und schaute auf den Wecker. Ich erschrak. Sollten wir nicht um 8:00 Uhr zum Frühstück unten sein? Jetzt hieß es sich beeilen und schnell nach unten gehen.

Noch ganz verschlafen betraten wir das Esszimmer. Mit einem Grinsen wurden wir empfangen und Jakob sagte: „Ihr braucht euch beide nicht zu entschuldigen, bei der Ruhe hier kann man den ganzen Tag schlafen!" „Ja, Jakob, das ist wohl so, wir müssen uns erst einmal an alles gewöhnen", antwortete Elke. Nachdem wir alle mit dem Frühstück fertig waren, sagte ich zu Jakob: „Elke und ich haben uns gestern Abend noch ein wenig unterhalten. Wir möchten dich fragen, wie es nun mit uns weitergeht und vor allem machen wir uns auch Sorgen wegen der Silvia! Unsere Tochter muss doch auch noch weiter die Schule besuchen."

Nachdenklich schaute uns Jakob an und sagte: „Da habt ihr beide recht." „Natürlich muss die Silvia weiter zur Schule gehen, darum hat sich Sabine schon gekümmert. Sie hat auch schon mit der Verwaltung gesprochen und geklärt, dass Silvia einen Platz in der Schule bekommt. Silvia kann schon in der kommenden Woche zur Schule gehen. Sabine wird mit ihr am Donnerstag zur Schule fahren, damit sie weiß, wo sie hingehen muss. Das einzige Problem wird sein, dass Silvia noch nicht alles verstehen wird. Deshalb habe ich einen Dolmetscher für Silvia organisiert, der die ersten Wochen bei ihr bleiben wird, bis sie sich sicher verständigen kann", erklärte Jakob. „An was du alles denkst!", sagte ich zu Jakob, der mich nur anlächelte.

„Was ist heute alles geplant?", fragte ich und schaute in die Runde. Werner, der gerade noch einen Kaffee eingegossen hatte, drehte sich grinsend um und antwortete: „Wir werden heute noch einmal mit dem Hubschrauber eine Runde fliegen und uns noch einiges anschauen." „Wir kommen aber heute nicht mit", sagte Sabine und fügte hinzu: „Wir müssen uns heute mit Martin um unsere Tiere kümmern und haben auch noch einiges zu erledigen." „Das ist schon okay", sagte Jakob verständnisvoll. Nachdem wir uns von Sabine und Martin verabschiedet hatten, gingen wir auch nach draußen und stiegen in die Autos ein. Werner, der am Steuer saß, schaute Jakob an und fragte: „Jakob, fliegen oder fahren wir heute?" Nachdenklich schaute Jakob zu uns und sagte: „Ich glaube, es wird besser sein, wenn wir den Hubschrauber nehmen, sonst werden wir es heute nicht schaffen." „Wo geht es heute hin?", fragte Elke. „Heute werden wir uns zwei Bergwerke ansehen", sagte Jakob grinsend zu uns. Es dauerte auch nicht lange, bis wir am Hubschrauberlandeplatz ankamen. Nachdem Werner den Hubschrauber aus der Halle gezogen und gestartet hatte, stiegen wir ein und nahmen Platz. So langsam gewöhnten wir uns an das Fliegen, denn ich hatte nicht mehr dieses Kribbeln in der Magengegend. Nach 40 Minuten Flug mit dem Hubschrauber überflogen wir ein terrassenförmiges Bergwerk. „Jakob, was ist das für ein Bergwerk?", fragte ich. „Das gehört mir, das werden wir uns jetzt genauer anschauen", antwortete Jakob gelassen. Man konnte vom Hubschrauber aus das riesige Bergwerk, in dem ein reges Treiben herrschte, genau betrachten. Werner landete den Hubschrauber vor einem großen Holzhaus, aus dem auch gleich zwei Männer auf uns zuliefen. Nachdem Werner den Rotor abgeschaltet hatte und wir aus dem Hubschrauber gestiegen waren, wurden wir auch gleich freundlich von den beiden Männern begrüßt.

Ich erkannte Jakob gar nicht wieder, streng und bestimmend gab er einige Anweisungen. Die beiden Männer widersprachen nicht und liefen wieder in das Haus zurück. Auch wir betraten das Holzhaus und nahmen in einem großen Raum Platz. Jakob hatte wohl noch einiges zu klären, denn er betrat erst nach 10 Minuten das Zimmer, wo wir schon ungeduldig auf ihn warteten. „Es ist nun an der Zeit, euch reinen Wein einzuschenken", sagte Jakob nachdenklich und setzte sich zu uns. Ich schaute zu Werner, der seine Schultern hob und keine Miene verzog. „Was wird uns der Jakob nun erzählen?", überlegte ich. Auch Elke, die neben mir saß, schaute ratlos zu mir. Jakob, der uns beobachtet hatte, sagte: „Ich werde euch nun nicht länger auf die Folter spannen und euch alles erklären: Diese Miene ist schon sehr lange in unserem Familienbesitz und es gibt auch noch eine kleinere. Hier wird Gold abgebaut. Wie ihr ja schon gesehen habt, ist das sehr aufwendig und man benötigt dazu viel Technik. Aber auch die Technik muss bedient werden, so dass hier und in dem kleineren Bergwerk insgesamt 400 Leute beschäftigt sind. Dazu kommen auch noch die Sicherheitsleute, ohne die es nicht geht. Der Verkauf von Gold liegt derzeit im Jahr bei etwa 400 Millionen." Ich war gerade im Begriff, mich zu erheben, aber als Jakob die Zahl von 400 Millionen erwähnte, fiel ich wie ein Stein wieder auf den Sessel zurück. Elke, die weiß im Gesicht wurde, sah Jakob ungläubig an und fragte: „Hast du gerade 400 Millionen gesagt?" „Ja, Elke, das habe ich", antwortete Jakob gelassen, lehnte sich in seinen Sessel zurück und sagte: „Da ihr ja gerade so schön gemütlich sitzt, werde ich euch noch etwas verraten: Ihr, Elke und Peter, seid ab sofort zu einem Drittel Teilhaber dieser Miene. Die andere Miene teilen sich die Sabine, Martin und Werner. Ihr seht es ist genügend für alle da und es braucht keiner auf den anderen neidisch zu sein. Ihr habt nicht viel zu tun, denn es läuft alles fast von selbst. Sicher hatten wir die ersten Jahre auch unsere Schwierigkeiten gehabt, aber durch die strenge Auswahl der Angestellten und des Sicherheitspersonals ist alles bestens geregelt. Wichtig sind klare Anweisungen und ein sicheres Auftreten den Angestellten gegenüber. Das andere kommt dann alles vom selbst. Entscheidungen werden wir immer gemeinsam besprechen und beschließen." „Habt ihr schon einmal Goldbarren in der Hand gehabt?", fragte uns Jakob. „Natürlich nicht", sagten Elke und ich zu gleicher Zeit. „Dann kommt mit, ich werde euch alles zeigen", forderte Jakob uns auf. „Zuerst werde ich euch den verantwortlichen Ingenieur vorstellen", sagte Jakob. Jakob rief einen Namen, die Tür öffnete sich auch gleich und die beiden Männer, die uns schon am Hubschrauber begrüßt hatten, traten ein. Nachdem Jakob uns vorgestellt hatte, zeigten die beiden uns das gesamte Bauwerk. Nicht einmal in meinen kühnsten Träumen hatte ich mir so etwas vorstellen können.

Bis dahin wusste ich noch nicht, wie schwierig es war, Gold zu bergen, bis es als Baren gegossen werden konnte.

Aber das war mir im Moment auch egal, denn wir waren jetzt Teilhaber einer Goldmine. Als wir wieder im Hubschrauber Platz genommen hatten, kreiste es in meinem Kopf. Ich konnte das alles gar nicht verarbeiten, es war einfach zu viel für mich. Unvorstellbar, ich konnte meine Freude nicht länger verbergen und schrie vor Glück. Auch Elke ging es so wie mir und sie drückte Jakob herzlich. Elke wollte ihn gar nicht mehr loslassen, bis er sagte: „Elke, es ist ja gut, lass mich ganz, ich werde doch noch gebraucht." „Nein Jakob", sagte ich lachend und fügte hinzu: „Da musst du jetzt durch und dir das gefallen lassen." Auch ich drückte Jakob herzlich und wollte ihn auch nicht mehr loslassen.

„Morgen werden wir noch die nötigen Formalitäten erledigen. Sabine und Martin haben das alles schon in die Hand genommen und ihr braucht, wenn ihr wollt, nur noch unterschreiben", erklärte uns Jakob.

Als wir wieder alleine waren, sagte ich zu Elke: „Jetzt wird mir auch so manches klar und ich kann es jetzt verstehen." „Was kannst du verstehen?", fragte Elke und schaute mich mit ihren schönen blauen Augen an. „Woher Jakob so viel Geld hat und wovon sie uns das alles geschenkt haben", sagte ich nachdenklich. „Aber das ist doch viel zu viel, was Jakob uns gegeben hat", antwortete Elke. „Ja, Elke, aber Jakob weiß schon, was er tut und hat sicher alles mit Sabine, Martin und Werner abgesprochen", antwortete ich.

Dank der Hilfe von Sabine, die von Inneneinrichtung viel Ahnung hatte, konnte unser Haus nur in zehn Tagen fertiggestellt werden.

Damit wir nicht zu viel in unserem Haus zu tun haben und uns um die geschäftlichen Dinge kümmern konnten, organisierten Jakob und Sabine auch noch Personal für uns. „Am Wochenende, wenn ich dann noch Zeit habe, koche ich alleine", sagte Elke zu mir. „Ja, mein Schatz, wenn du dann noch Zeit hast", sagte ich grinsend zu ihr. „Peter, was gibt es da zu grinsen, ich koche sehr gerne für meine Familie", antwortete sie ärgerlich. „Aber ja, das weiß ich doch mein Schatz", sagte ich und versuchte, sie zu beruhigen. „Ich dachte nur, wenn wir die ganze Woche mit geschäftlichen Dingen zu tun haben, werden wir es uns am Wochenende auf unserer Yacht gemütlich machen", sagte ich. „Die ersten Wochen wird das wohl nichts werden mit der Yacht, denn hier im Haus gibt es noch einiges zu tun", antwortete Elke. „Aber das kann doch auch das Personal für uns erledigen", bemerkte ich. „Das könnte dir so passen, das ist jetzt unser Haus und da machen wir das alleine." „Jawohl! Mein kleiner General", antwortete ich und nahm Elke in meine Arme.

Jakob führte uns in die laufenden Geschäfte ein. Es war für uns eine große Umstellung, weil wir von so etwas ja keine Ahnung hatten. Viele Tage mussten wir Akten wälzen. Jakob und Sabine erklärten uns alle Einzelheiten. Uns rauchte abends der Kopf vor Anstrengung. Nach einigen Wochen konnten wir auch schon einiges selbst erledigen und veranlassen. Sabine und Jakob waren immer da, wenn wir sie brauchten. Werner flog uns zu Konferenzen und Kundengesprächen.

So vergingen einige Wochen und wir bemerkten gar nicht, wie schnell die Zeit verging. Nach einigen Monaten waren wir so weit, dass wir die Geschäfte auch schon alleine führen konnten. Um Silvia brauchten wir uns keine Gedanken mehr zu machen. In der Schule war sie mit Abstand die beste Schülerin. Sie war in der Schule nicht nur bei den Lehrern, sondern auch bei ihren Mitschülern sehr beliebt, weil sie sich auch für andere einsetzte. Silvia brachte sehr oft auch ihre Freunde mit nach Hause. Sie unternahm mit ihren Mitschülern Wanderungen und beschäftigte sich in ihrer Freizeit mit den Pferden. Auch wir schlossen schnell Freundschaften und besuchten sehr viele Menschen, um sie besser kennenzulernen. Wir fühlten uns nach einiger Zeit schon heimisch und vermissten unsere Heimat nicht mehr. Die Geschäfte liefen gut und wir konnten nun öfters mit der Yacht raus aufs Meer fahren.

Es war an einem Wochenende im Juni, als wir wieder mit unserer Yacht unterwegs waren. Wir hatten gerade zu Mittag gegessen und uns auf unsere Liege bequem gemacht, als das Telefon klingelte. Ich nahm den Hörer und schaute auf das Display, es war Sabine. „Sabine, was hast du auf dem Herzen?", fragte ich. „Ach Peter, ich weiß ja, dass ihr weit draußen auf dem Wasser seid, aber es ist etwas Schlimmes geschehen", erzählte Sabine schluchzend. „Sabine beruhige dich erst einmal und erzähle mir dann alles", forderte ich sie auf. Nach einer kurzen Pause begann Sabine zu erzählen. Sie erzählte, dass Jakob wegen eines Herzinfarktes mit dem Hubschrauber ins nahegelegene Krankenhaus geflogen wurde. „Wie geht es ihm?", fragte ich besorgt. „Ach Peter, der Arzt hat vor einer Stunde angerufen, dass Jakob gerade eingeschlafen ist. Er ist nicht einmal an seinem Krebs, sondern an einem Herzversagen gestorben." „Nein, das kann ich gar nicht glauben", stammelte ich und ließ fassungslos den Hörer fallen. Mir wurde schwindlig und es drehte sich alles um mich. Elke kam gerade wieder auf Deck und fragte, wer denn angerufen hatte. Ich war nicht in der Lage, etwas zu sagen, und schüttelte nur den Kopf und stammelte nur: „Jakob." „Was ist mit Jakob?", fragte Elke wieder. „Der Jakob", stammelte ich wieder, und wieder war ich nicht in der Lage, zu erzählen was Sabine mir am Telefon gesagt hatte. „Dann muss etwas Schlimmes passiert sein", sagte Elke und nahm den Telefonhörer selbst in die Hand. Als Elke von Sabine erfuhr, was mit Jakob passiert war, setzte sie sich kopfschüttelnd die Liege. Auch ihr erging es wie mir, schlecht und schwindlig war ihr zumute.

Alles drehte sich um sie. Hilflos schaute sie mich an und schüttelte fassungslos den Kopf.

Wir wussten alle, dass Jakob schwer krank war und nicht mehr lange zu leben hatte. Aber jeder hatte es die ganze Zeit verdrängt und nicht allzu ernst genommen. Nun war es so weit, dass Jakob seiner schweren Krankheit erlegen war. Vorwürfe brauchten wir uns nicht zu machen, denn jede freie Minute hatten wir mit Jakob verbracht. Ihm hatten wir alles zu verdanken, was wäre aus uns geworden, wenn uns das Schicksal nicht mit ihm zusammengeführt hätte?

Jakob, der im Hintergrund immer alles überwacht und kontrolliert hatte, war nicht mehr für uns da. Wir mussten nun alleine alle Geschäfte erledigen und leiten.

Der liebe Jakob, der immer für uns da war und nie von unserer Seite wich, ist nun für immer von uns gegangen.

Es folgten sehr anstrengende und nervenaufreibende Tage. Wir waren alle mit den Nerven am Ende. Nicht nur die Trauerfeier, auch noch alle Geschäfte, die Jakob geführt hatte, mussten ab sofort von uns bewältigt werden. Josefs Neffe, den Werner mit dem Flieger in den USA abgeholt hatte, brach auch zusammen, als er in Jakobs Wohnhaus stand. Eine Woche später wurde Jakob im Familiengrab beigesetzt. Am schlimmsten erging es unserer Tochter Silvia. Sie konnte es nicht überwinden, dass ihr Opa Jakob nicht mehr für sie da war. Sie hatte immer so einen engen und innigen Kontakt zu ihm gehabt. Jede freie Minute war sie bei ihrem geliebten Opa Jakob. Gerade in der letzten Zeit verbrachte sie sehr viel Zeit mit ihm. Wie oft hatte sie auch die halbe Nacht bei ihm an seinem Bett gesessen, um ihn zu trösten. Es zerriss uns das Herz, sie jetzt so leiden zu sehen, aber wir konnten sie auch nur trösten. Werner und Sabine nahmen sie sehr oft mit dem Hubschrauber mit, wenn sie unterwegs waren, damit sie auf andere Gedanken kam.

Zehn Tage nach der Beerdigung war die Testamentseröffnung. Alle saßen wir an dem großen Eichentisch des Notars. Josef schaute mich an und nickte mir und Elke zu. Ich fragte mich, was dies zu bedeuten hatte. Wusste er, was in dem Testament stand? Oder wollte er uns nur beruhigen? Ich wusste es nicht und musste mich genauso wie Elke überraschen lassen. Der Notar öffnete das Testament und entnahm das Schreiben. Er hielt ein weißes Papier in seinen Händen und schaute zu uns rüber. „Warum sah uns der Notar so an?", überlegte ich, „stimmt etwas mit uns oder dem Testament nicht?" Sein Blick suchte Josef, der dem Notar zu nickte. „Also wusste Josef, was in dem Testament stand", dachte ich und suchte den Blickkontakt mit Elke. Unsere Blicke trafen sich, Elke zuckte die Schultern und schaute mich fragend an. Nun schaute der Notar zu Sabine und Werner, die uns gegenübersaßen. Auch sie schauten zu uns und lächelten uns zu. „Ja, weiß denn jeder außer mir, was in diesem Testament steht?", fragte ich mich. Noch einmal schaute der Notar in die Runde und begrüßte uns zur Testamentseröffnung. „Werte Anwesende, ich verlese den letzten Willen von Jakob: Meinen ganzen Besitz soll Peter und Elke Erben. Das Barvermögen soll Silvia bekommen." Silvia und Elke schauten mich fragend an. Ich zuckte die Schultern und schaute fragend zu Josef, der mir aber nur zulächelte. Der Notar bat um Aufmerksamkeit und fuhr mit dem Testament fort: „Meine Begründung: Ich habe das alles mit meinen Neffen Josef abgesprochen und bin zu diesem Entschluss gekommen. Elke und Peter, die mir ans Herz gewachsen sind, habe ich mein ganzes Leben zu verdanken. Seitdem ich Silvia kenne, hat sich mein Leben verändert und ich bin ein ganz anderer Mensch geworden. Durch Silvia habe ich wieder einen Sinn in meinem Leben gefunden. Ich weiß, dass Silvia mich vermissen wird, aber so schlimm es ist, das Leben muss weitergehen. Wir alle müssen einmal von dieser Erde gehen, keiner kann hierbleiben. Ihr werdet euch fragen, warum ich Josef, Sabine und Werner in meinem Testament nicht berücksichtigt habe. Doch, das habe ich, Werner bekommt einen neuen Hubschrauber mit einer nicht unerheblichen Geldsumme, so dass er alle laufenden Kosten abdecken kann. Für Sabine habe ich eine stattliche Summe Geld bei der Bank hinterlegt, so dass sie und Martin bis zum Lebensende auskommen werden. Josef hat auf sein Erbe verzichtet, aber auch für ihn habe ich trotzdem eine nicht unerhebliche Geldsumme auf der Bank hinterlegt. Ich wusste schon lange, dass mit mir etwas nicht stimmt und dass ich unheilbar krank bin. Ich wollte euch aber nichts sagen, um euch nicht zu beunruhigen. Am schlimmsten wird es wohl für meine kleine Silvia sein. Mit der Zeit wird sie mich zwar nicht vergessen, aber ihr Seelenschmerz wird etwas leichter werden. Immer, wenn sie traurig sein wird, kann sie sich an die schönen gemeinsamen Stunden mit mir erinnern.

Es ist doch schön, wenn man in Liebe auseinandergeht. Ich wünsche euch allen ein schönes und langes Leben, möget ihr alle immer zusammenhalten, so wie ich es euch vorgelebt habe. Nur wenn man sich versteht und der eine für den anderen da ist, ist das Leben auch lebenswert. Noch einmal möchte ich mich bei allen für die schöne Zeit bedanken, die ich mit euch verbringen konnte. Es war für mich so schön, euch alle kennengelernt zu haben. Ich habe keine Minute davon bereut. Ihr alle müsst nun ohne mich auskommen, aber denkt daran, immer den Kopf hoch, es gibt für alles eine Lösung. Dieses Testament habe ich im vollen Bewusstsein niederschreiben lassen.

Mit freundlichen Grüßen, Jakob.“

Der Notar schaute in die Runde und fragte: „Nehmt ihr das Erbe an?“

Elke und ich sahen uns an und bestätigten die Annahme des Erbes.

Silvia saß immer noch wie gelähmt in ihrem Stuhl. „Bist auch du bereit, das Erbe von deinem lieben Jakob anzunehmen?“, fragte der Notar noch einmal. Silvia nickte nur stumm und kämpfte weiter mit den Tränen. Als wir gerade im Begriff waren, den Raum zu verlassen, sagte der Notar: „Ach ja, da war ja noch ein Brief und ein Zusatz im Testament, den ich verkündigen sollte.“ Nachdem wir wieder auf den Stühlen Platz genommen hatten, ging der Notar zu seinem Tresor und entnahm einen Umschlag. Als er sich wieder auf seinen Stuhl setzte, riss er den Umschlag auf und las uns vor, was dort geschrieben stand: „Liebe Silvia, ich weiß, dass du die Pferde liebst und sehr gerne ein eigenes

Gestüt haben wolltest. So weiß ich auch, dass du sehr gern auf dem Wasser bist und ein eigenes Schiff besitzen würdest.

Leider kann man im Leben nicht alles bekommen, Silvia, aber du kannst es. Denn ich erfülle dir diese Wünsche zu deiner Volljährigkeit. Schade, dass ich das nicht mehr miterleben kann. Bitte denk immer daran, auch wenn ich nicht mehr auf dieser Erde bin, werde ich immer in deinem Herzen sein. Ich hoffe, dass ich dir, liebe Silvia, eine Freude machen konnte."

Ungläubig schaute Silvia zu uns und dann zum Notar. Der Notar sah Silvias fragenden Blick. „Ja, Silvia, es stimmt, das war Jakobs letzter Wunsch." Wieder liefen Silvia die Tränen über die Wangen. Elke nahm sie in die Arme und versuchte sie zu trösten. „Ach, mein kleiner Engel, komm doch auch einmal zu mir, ich möchte dich an mein Herz drücken", sagte Sabine, die auch mit den Tränen kämpfte und streckte die Arme nach Silvia aus. Silvia schaute Elke an, die ihr zulächelte und mit dem Kopf nickte. Elke und ich wussten, dass auch Silvia eine sehr enge Verbindung mit Sabine und Werner eingegangen war. Die beiden hatten keine eigenen Kinder. Und Silvia betrachtete unsere Tochter wir ihr eigenes Kind. Es war schon manchmal sehr schwierig, das zu akzeptieren. Aber andererseits war ich froh, stolz und glücklich, dass Silvia so beliebt war. Zugegeben, ein bisschen waren ich und Elke eifersüchtig, aber wir wussten ja, dass Silvia uns über alles liebte.

Es dauerte auch nicht lange und der Alltag hatte uns wieder voll im Griff.

Die Geschäfte liefen gut und wir hatten kaum Zeit für uns. Nur das Wochenende ließen wir uns nicht nehmen. Wenn wir die meiste Zeit mit dem Geschäftlichen zu tun hatten, verbrachten wir die Freizeit mit Sabine und Werner auf unserer Yacht. Silvia, die in der Zwischenzeit volljährig geworden war, hatte jetzt andere Interessen. Natürlich konnte sie noch nicht allein mit der Yacht herausfahren. Ich besorgte für Silvia einen Kapitän und eine ausgesuchte Besatzung, auf die man sich verlassen konnte. Sie studierte Sprachwissenschaften in den USA. Die Jahre des Studiums vergingen sehr schnell, sie hatte alle

Prüfungen mit Ausgezeichnet abgelegt und bekam in der Botschaft eine Anstellung. Leider war Silvia immer lange unterwegs und nur noch selten bei uns zu Hause. Immer, wenn sie nicht da war, vermissten wir sie alle, uns fehlte ihr herzliches Lachen und ihre stets gute Laune.

Die Jahre gingen ins Land und es kam, was kommen musste. Ich hatte es immer befürchtet, dass mich die Vergangenheit irgendwann einholen würde. Wir wollten gerade wie an jedem Wochenende mit Sabine und Werner in den Hubschrauber steigen und zum Hafen fliegen. Um wie an jedem Freitag mit der Yacht aufs Meer fahren, als vor unserem Haus ein Polizeiauto hielt.

Der Rancher, den wir mit der Zeit sehr gut kannten, und zwei Herren in Zivil stiegen aus dem Auto aus und fragten nach uns. „Sind Sie Elke und Peter Neumann?", wurden wir von dem Herrn in Zivil gefragt. „Das ist richtig", antworteten wir verwundert. „Was ist passiert, dass Sie selber kommen? Sie hätten doch auch anrufen können?", fragte ich. „Nein", erwiderte der Mann in Zivil. „Wir möchten uns erst einmal vorstellen. Das ist der zuständige Rancher, den sie bereits kennen. Und wir beide sind vom Staatsschutz." Ich schaute Elke, Sabine und Werner an und zuckte meine Schultern. Ich ahnte nichts Gutes und fragte noch einmal: „Was wollen Sie nun von uns?" „Können wir in Ruhe miteinander reden?", antwortete der Herr in Zivil. „Ja natürlich", antwortete ich. „Gehen wir doch rein", sagte ich und bat die Herren, mit ins Haus zu kommen. „Wann haben Sie das letzte Mal etwas von ihrer Tochter gehört?", fragte uns der Mann vom Staatsschutz. „Ehrlich gesagt wollten wir uns alle heute am Hafen treffen und ein gemeinsames Wochenende auf unserer Yacht verbringen", antwortete ich nervös. „Nun erzählen Sie endlich, was los ist", forderte ich ihn energisch auf. „Na gut", sagte er und begann zu erzählen: „Seit einiger Zeit beobachten wir eine Gruppe Einwanderer, die kürzlich einen Antrag auf Wohnrecht gestellt hatte. Die vier Männer sind aus der ehemaligen DDR mit einer Reisegruppe zu uns gekommen und hatten sich entschieden, hier zu bleiben." „Bis dahin war auch nichts Verdächtiges. Bis wir ein Telefongespräch mitschneiden konnten. Mit diesem Telefongespräch konnten wir die ganze Zeit nichts anfangen. Der Zufall wollte es wohl, dass wir hier den zuständigen Beamten befragen konnten und er uns die erhoffte Auskunft geben konnte. Das Telefongespräch kam aus der DDR von einem für uns noch unbekannten Mann. Aber hören Sie sich es bitte selbst an und sagen Sie uns, ob Sie etwas damit anfangen können", sagte er und gab seinem Kollegen ein Zeichen. Der Beamte griff in seine Tasche und holte ein Diktiergerät raus. Er drückte auf Play und stellte das Gerät auf den Tisch.

Es war eine männliche Stimme zu hören. Ich erkannte die Stimme sofort. Aber ich ließ mir noch nichts anmerken und hörte erst einmal zu:

„Ich hoffe, dass ihr vier gut angekommen seid und eine Aufenthaltsgenehmigung bekommen habt. Verhaltet euch bitte ruhig, damit keiner einen Verdacht schöpft. Wenn man euch dann eine Unterkunft zugewiesen hat, erkundigt euch, wo sich Peter Neumann aufhält. Entführt seine Tochter und erpresst ihn, so wie wir es abgesprochen haben. Die Unterkunft für die Tochter ist vorbereitet, der Hubschrauber steht auch schon bereit."

Fassungslos saß ich wie angewurzelt auf meinem Stuhl und plötzlich kamen in mir die alten Erinnerungen hoch. Ich war kaum in der Lage, klar zu denken.

Wut stieg in mir hoch. „Werde ich meine Vergangenheit nie los? Können die mich nicht einfach in Ruhe lassen? Was habe ich denn getan, dass sie mich nach Jahren immer noch verfolgen und warum ziehen sie da meine Familie auch noch mit rein? Können sie nicht einfach zu mir kommen und sagen, was sie von mir wollen?"

Ich hatte Fragen über Fragen, die ich aber noch nicht beantworten konnte. Ich werde niemals zulassen, dass meine Tochter entführt werden soll.

Ich wurde in meinen Gedanken unterbrochen, als der Beamte mich fragte: „Herr Neumann, können Sie mit der Aufzeichnung etwas anfangen, haben Sie eventuell die Stimme wiedererkannt?" „Ja, damit kann ich etwas anfangen und die Stimme habe ich auch wiedererkannt", antwortete ich und hatte Mühe, meine Wut zu unterdrücken. „Dann klären Sie uns doch bitte auf? Oder möchten Sie sich mit mir alleine unterhalten?", wurde ich gefragt. „Nein, das ist schon okay", antwortete ich.

„Ich habe vor den hier Anwesenden keine Geheimnisse, sie wissen über mich bestens Bescheid."

In Kurzform erzählte ich, was die beiden vom Staatsschutz wissen wollten.

Als ich mit meinen Ausführungen fertig war, schaute mich der Beamte nachdenklich an und sagte nach einer kurzen Pause: „Jetzt kann ich so einiges verstehen und einordnen." „Ich weiß nur noch nicht genau, wie wir weiter verfahren sollen", sagte er nachdenklich. „Ist der genaue Standort der vier Männern bekannt?", fragte ich. „Ja", sagte er knapp. „Dann kann es doch nicht so schwer sein die Leute weiter überwachen zu lassen", sagte ich. „Bitte unterrichten Sie mich über jeden Schritt, den die Männer planen und vorhaben", bat ich die beiden vom Staatsschutz. „Das wird sich machen lassen", antworteten sie. „Wenn sich etwas in der Sache ereignen sollte werden wir Sie unverzüglich informieren", sagten sie und erhoben sich.

Nachdem wir uns von allen verabschiedeten, gingen wir wieder zurück ins Zimmer und setzten uns alle wieder an den Tisch. Keiner sagte etwas, das Schweigen war unerträglich. Nach einer Zeit brach Elke das Schweigen und fragte in den Raum: „Was wollen wir nun unternehmen? Wir können doch nicht zusehen, wie unsere Tochter entführt wird?" Fragend schaute sie mich an. Langsam erhob ich mich und nahm sie in meine Arme, um sie zu beruhigen. „Mein Schatz, ich werde nicht zulassen, dass unserem Engel etwas passiert. Ich muss nur überlegen, wie wir das am besten anstellen werden", sagte ich und schaute zu Sabine und Werner, die mir zunickten. „Wenn ihr uns braucht, dann werden wir selbstverständlich immer für euch da sein", sagten die beiden. „Zuerst müssen wir rausbekommen, wo sich Silvia zurzeit aufhält, wenn wir es wissen, dann wird sie Werner mit dem Hubschrauber abholen", schlug ich vor. Alle waren jetzt meinem Vorschlag einverstanden. Elke nahm das Telefon und wählte Silvias Telefonnummer und stellte es auf laut, sodass wir alle mithören konnten. Das Telefon klingelte einige Male, aber Sylvia meldete sich nicht.

„Hatten die Männer unseren Engel schon in ihre Gewalt genommen? Oder warum geht sie nicht ran?" Meine Gedanken überschlugen sich wieder. Elke wollte gerade auflegen, als sich eine männliche Stimme am Telefon meldete. „Bei Neumann!" Elke fragte nach Silvia. „Nein, Silvia können Sie im Moment nicht sprechen", antwortete der Mann am Telefon. „Warum nicht?", fragte Elke. Sie sah mich hilflos an und zuckte die Schultern. Eilig nahm ich den Hörer in die Hand und fragte noch einmal energisch: „Warum können wir unsere Tochter nicht sprechen?" „Na, ja, weil sie gerade unter der Dusche steht", stotterte der Mann am Telefon. Uns fiel ein riesiger Stein von Herzen.

Ich konnte ein Lächeln nicht unterdrücken und nahm meine Elke in die Arme. Sabine und auch Werner freuten sich mit uns. Ihnen war die Erleichterung anzusehen. Aus dem Telefon war ein leises „Hallo, hallo" zu hören. „Ach ja, der junge Mann ist ja noch am Telefon", sagte ich laut und nahm den Hörer wieder in die Hand. „Sind Sie der Freund von Silvia?", fragte ich. „Ich weiß es nicht so genau", antwortete er schüchtern. „Wieso wissen Sie das nicht?", fragte ich verwundert. „Wenn Sie nicht der Freund sind, wir sind sie dann?", fragte ich weiter. „Sylvia und ich sind noch nicht lange zusammen", gab er zögerlich zur Antwort. „Gehen Sie bitte zu Silvia und geben Sie ihr das Telefon", forderte ich den jungen Mann auf. „Ich werde es versuchen", antwortete er. Man konnte hören, wie er an eine Tür klopfte und nach Silvia rief. „Silvia, deine Eltern wollen dringend mit dir sprechen!", rief er. „Ja okay, sage ihnen, ich rufe zurück", antwortete sie. „Nein, junger Mann, ich möchte mit meiner Tochter sofort sprechen", sagte ich energisch. „Silvia, dein Papa möchte dich sofort sprechen", wiederholte er. Silvia sagte nur: „Okay, wenn es denn sein muss, aber ich muss mir erst etwas überziehen." Mir kam die Zeit des Wartens wie eine Ewigkeit vor, bis wir hörten, wie ein Schlüssel im Schloss gedreht wurde und Silvia den jungen Mann fragte: „Wo bist du denn mit dem Telefon?" „Na hier", kam prompt die Antwort! „Dann komm doch her oder soll ich, nackt wie ich bin, durch die ganze Wohnung laufen?" „Ja ich komme", antwortete der junge Mann wieder. Endlich konnten wir persönlich mit Silvia sprechen. „Was gibt es denn so dringend, Papa, dass ich nicht einmal in Ruhe duschen kann?", fragte sie. „Silvia hast du die Möglichkeit, von einem anderen Handy zu telefonieren?" „Warum sollte ich das?", fragte Silvia verwundert. „Kind, bitte frage nicht, ich kann dir später alles erklären", antwortete ich bestimmend. „Okay", sagte sie, „ich rufe dich gleich zurück." „Warte bitte, Silvia!" „Was ist denn noch Papa?", fragte sie. „Bitte ruf nicht von deiner Wohnung aus an, sondern irgendwo außerhalb des Hauses", bat ich. „Papa, du wirst schon wissen, was du von mir verlangst", sagte sie und legte auf.

Wieder mussten wir warten, bis das Telefon endlich klingelte. Obwohl wir auf einen Anruf gewartet hatten, erschrak ich und zuckte zusammen, als das Telefon klingelte und Silvia sich meldete. Eilig nahm Elke den Hörer in die Hand und fragte aufgeregt: „Silvia, bis du das?" „Ja, Mama, was ist denn so Schlimmes passiert? Es muss doch was Wichtiges sein, denn sonst wäre doch Papa nicht so aufgeregt gewesen", erwiderte Silvia. „Mein Kind, ich will nur wissen, ob es dir gut geht." „Ja Mama, warum soll es mir denn schlecht gehen?", antwortete sie. „Dann bin ich ja beruhigt", sagte Elke und fügte hinzu: „Silvia, höre bitte genau zu, was dir Papa jetzt sagt und mache alles genauso, wie er es dir erklärt. Wirst du mir das versprechen, Silvia?" „Mama, du machst mir Angst! Was ist denn passiert Mama?", fragte Silvia noch einmal. „Kind, das wird dir nun Papa genau erklären, ich gebe nun den Hörer an Papa weiter", sagte Elke unter Tränen. „Silvia, ich hoffe, es geht dir gut?" „Ja Papa, das habe ich doch schon der Mama gesagt. Nun sage doch endlich was los ist." „Silvia, ich habe aber noch einige Fragen, die du ehrlich beantworten musst." „Papa, habe ich euch schon einmal belogen?" „Ach Silvia, das wollen wir lieber jetzt nicht auswerten, aber es gibt da etwas, was wir gemeinsam klären müssen." „Nun sag es schon Papa, ich platze sonst vor Neugierde", erwiderte Silvia scherzend. „Von wo rufst du jetzt an?", fragte ich.

„Daddy, so wie du es verlangt hast, stehe ich hier vor dem Eingang des Hotels", antwortete sie. „Okay", erwiderte ich und fragte weiter: „Wo genau bist du jetzt?" „Aber Daddy, hast du das vergessen? Wir wollten uns doch am Hafen treffen, wo eure Yacht liegt. Ich bin im Hotel gegenüber vom Jachthafen", erklärte Silvia. „Ja, ja, Silvia, ich weiß, aber ich wollte nur noch mal nachfragen, es hätte ja auch etwas dazwischenkommen können", antwortete ich. „Was sollte schon dazwischenkommen?", fragte sie unsicher. Ich gab ihr darauf keine Antwort. „Werner und ich werden dich jetzt mit dem Hubschrauber abholen", erklärte ich bestimmend. „Okay, ich werde nicht länger fragen, du weißt schon, was du machst, es wird schon alles richtig sein", erwiderte sie. „Sag aber niemandem, wo du hingehst und was wir gerade besprochen haben", bat ich sie. „Ja Papa, ich bin doch ein braves Mädchen", scherzte sie. „Okay, Silvia rühre dich nicht vom Fleck, bis wir dich abholen", sagte ich noch und legte den Hörer auf.

Ich wusste, dass ich mich auf Silvia verlassen konnte und dass sie das machen würde, was ich ihr gesagt hatte. „Werner, bist du soweit? Wir können nun Silvia abholen, beeilen wir uns", sagte ich und schaute zu Werner rüber. „Ja, ja, von mir aus kann es losgehen", antwortete er und erhob sich. Nachdem wir uns verabschiedeten und die Frauen uns noch Glück wünschten, flogen wir los. Es war ein Glück, dass das Hotel einen Hubschrauberlandeplatz auf dem Dach hatte und wir nach zirka 20 Minuten Flug landen konnten. Werner hatte uns schon während des Fluges beim Hotelbesitzer angemeldet. Auf ihn konnten wir uns verlassen, denn schließlich hatten wir den Hotelbesitzer schon oft aus der Patsche helfen können.

Vorsichtig landete Werner den Helikopter auf dem Hoteldach.

„Warte hier auf uns und lass den Rotor weiterlaufen", forderte ich Werner auf und sprang eilig aus dem Helikopter. Wie von der Tarantel gestochen rannte ich die Treppe runter. Ich nahm gleich drei Stufen auf einmal. Den Fahrstuhl wollte ich aus Sicherheitsgründen nicht nehmen. Endlich kam ich im Foyer des Hotels an und fragte an der Anmeldung nach meiner Tochter. Aber ich bekam nur ein Achselzucken als Antwort. So schnell ich konnte, rannte ich in den Keller und schaute mich nach rechts und links um. Plötzlich hörte ich ein leises Wimmern. „War das meine Tochter? Das kann doch nicht sein?" Nun hörte ich noch genauer hin und erkannte die Stimme, die mir so vertraut war. „Tatsächlich, die Stimme musste meiner Tochter gehören", schoss es mir in den Kopf. Wieder überschlugen sich meine Gedanken und ich überlegte, wie ich ihr am schnellsten helfen konnte. Dann hörte ich eine männliche Stimme, die energisch auf Deutsch sagte: „Nun hör endlich auf zu heulen, sonst verpasse ich dir noch eine Kugel." Jetzt wusste ich, dass ich schnell und überlegt handeln musste. Eilig schaute ich mich um und entdeckte eine Wäschekammer. Schnell rannte ich dorthin und zog mir einen weißen Kittel über. Dann nahm ich mir einen Wäschewagen, der im Kellergang stand. Vorsichtig und langsam schob ich den Wäschewagen vor mir her, bis ich an der Tür ankam, wo ich die Stimmen gehört hatte. „Was mache ich nun?", fragte ich mich. „Ist es nur ein Mann oder halten sich mehrere Leute in den Raum auf? Sind die Leute bewaffnet? Ist der Raum durch andere Räume geteilt? Wie ergeht es meiner Tochter?" Ich hatte Fragen über Fragen, die ich aber in diesem Moment nicht beantworten konnte. „Ich würde mir ein Leben lang Vorwürfe machen, wenn die Rettungsaktion schief gehen würde", überlegte ich.

Den Wäschewagen ließ ich stehen und schlich mich vorsichtig wieder zur Treppe zurück. Ich wollte gerade die Treppe raufrennen, als mir zufällig ein Kellner über den Weg lief. Der Kellner erkannte mich und wollte mich gerade lautstark begrüßen. Schnell nahm ich meinen Zeigefinger und hielt ihn auf meinen Mund. Erstaunt sah er mich an, hob die Schultern und nickte mir zu. Leise sagte ich zu ihm: „Ich brauche dringend eine Perücke und vor allem Schminke." Ohne zu fragen nickte mir der Kellner zu und gab mir ein Handzeichen, dass ich ihm folgen sollte. Nachdem wir in einen nahegelegenen Raum ankamen, erklärte ich ihm die Situation. „Soll ich die Polizei rufen?", fragte er mich. „Nein", antwortete ich kurz. „Ich brauche dringend eine Perücke, etwa Schminke und vor allem einen Spiegel, damit ich mein Äußeres so verändern kann, dass ich nicht sofort erkannt werde", erklärte ich dem Kellner. „Das wird sich machen lassen, denn zufällig ist ein Maskenbildner im Hotel, der so etwas haben müsste." Mir fiel ein Stein vom Herzen. „Das ist genau, was ich jetzt brauche", erwiderte ich und fragte: „Wie schnell können Sie mir alles besorgen?" „Ich denke, dass Sie alles in fünf Minuten haben werden", antwortete der Kellner. „Ich werde Sie für ihre Mühe reich belohnen", sagte ich. „Ist schon gut", sagte er und ging schnell aus der Tür. Mir kam die fünf Minuten wie Stunden vor. Die Zeit wollte gar nicht vergehen, immer wieder schaute ich auf meine Uhr. Endlich öffnete sich die Tür und der Kellner brachte das Gewünschte. „Kann ich Ihnen helfen?", fragte er. „Ja, das können sie", sagte ich, „gehen Sie bitte in den Keller und beobachten Sie den Flur, ob sich dort etwas ereignet." „Ja, das werde ich machen", erwiderte er und verschwand. Eilig setzte ich mir die Perücke auf und schminkte mich in Windeseile. Nach wenigen Minuten war ich fertig und verließ den Raum, um in den Keller zu gehen. Der Kellner erwartete mich schon ungeduldig und flüsterte mir zu: „Ich habe niemanden gesehen, nur ein leises Weinen habe ich gehört." Ich nickte und bat den Kellner noch zu bleiben, bis ich wieder aus der Tür gekommen bin. „Bitte holen Sie Hilfe, wenn Schüsse fallen sollten", sagte ich zu dem Kellner. Er nickte mir zu, drückte mir die Hand und sagte leise: „Ich wünsche Ihnen und ihrer Tochter viel Glück." „Danke schön", sagte ich ebenso leise und nickte ihm zu. Eilig postierte ich mich wieder vor der Tür und lauschte. Es war nur das leise Weinen meiner Tochter zu hören. Ich wollte gerade anklopfen, als ich eine Stimme von drinnen hörte: „Was ist denn nun, hast du den Vater schon angerufen?" „Nein", antwortete eine zweite Stimme. „Dann mach das sofort oder denkst du, wir werden hier noch lange unbemerkt bleiben können?" „Hast du die Telefonnummer?", fragte wieder der eine. „Was glaubst du denn, denkst du, ich habe mich nicht darauf vorbereitet!", erwiderte der andere. „Okay, ich gehe jetzt telefonieren, hier unten habe ich keinen Empfang", kam die Antwort. Schnell versteckte ich mich hinter dem Wäschewagen, der immer noch im

Gang stand. Die Tür wurde aufgerissen und ein Herr im Anzug betrat den Kellergang. Ich erkannte ihn sofort, das war der ehemalige Versicherungsvertreter, bei dem ich damals die Unterlagen für den Auftrag in Nordkorea abholen musste. Mir fiel es wie Schuppen von den Augen. Er hatte mir das Geld für meine Kollegen, die ich aus dem Gefängnis befreien sollte, nicht geben wollen. „Aber wer war der andere, der sich noch im Raum befand?", fragte ich mich. „Zuerst musste ich den Vertreter unschädlich machen", schoss es mir durch den Kopf. Eilig ging er an mir vorbei, ohne mich zu bemerken. Leise wie eine Katze schlich ich ihm hinterher, fasste an seinen Kopf und drehte ihn mit einen kräftigen Ruck nach rechts. Wie vom Blitz getroffen, fiel er geräuschlos in meine Arme. Nachdem ich den Vertreter in den gegenüberliegenden Wäscheraum gezogen hatte, schlich ich mich wieder zurück zur Tür, hinter der meine Tochter gefangen gehalten wurde. „Ich muss alles auf eine Karte setzen", überlegte ich und klopfte an die Tür. Von drinnen war wieder eine Stimme zu hören, die schnell näherkam. „Hast du schon wieder etwas vergessen! Nichts kannst du, dann muss ich wohl auch wieder alles alleine machen", schimpfte der Mann. Die Tür wurde aufgerissen und ein Mann, den ich auch nicht von früher kannte, schaute mich ungläubig an. Ehe er etwas sagen konnte, packte ich ihn und schleuderte ihn mit voller Wucht an die gegenüberliegende Wand. Wie ein nasser Sack rutschte er langsam mit dem Gesicht an der Wand herunter und blieb besinnungslos liegen. Der Kellner, der das alles aus sicherem Abstand beobachtet hatte, schaute mich ungläubig an. Ich winkte ihm zu und forderte ihn mit Handzeichen auf, in seinem Versteck zu bleiben. Nachdem ich den Mann gefesselt und geknebelt hatte, versteckte ich ihn auch im Wäscheraum. Vorsichtig ging ich wieder zurück und näherte mich wieder der Tür, die immer noch halb offenstand. Wieder hörte ich meine Tochter, die leise vor sich hin weinte. „Martin, wer ist an der Tür?", fragte eine Stimme. „So ein Mist", dachte ich, „da ist noch einer." Schnell versteckte ich mich wieder in dem gegenüberliegenden Waschraum, in dem ich auch die anderen beiden Entführer versteckt hatte. Da hatte ich noch einmal Glück gehabt, denn ich hatte gerade die Tür geschlossen, als sich die Stimme wieder hörte. Ich schaute durch das Schlüsselloch. Von meinem Versteck konnte ich die gegenüberliegende Tür genau beobachten. Ich sah, wie ein großer dunkelhaariger Mann an der Tür stand, er schaute nach rechts und links. „Wo bist du hingegangen, Martin?", fragte er und wartete einen Augenblick auf eine Antwort. Nachdem er keine Antwort bekam, verschloss er kopfschüttelnd die Tür von innen. Leise öffnete ich wieder meine Tür und schaute mich vorsichtig um. Nein, es war niemand zu sehen. Auf Zehenspitzen näherte ich mich wieder der gegenüberliegenden Tür und klopfte. „Jetzt reicht es mir aber!", hörte ich den Mann schimpfen. „Bin ich hier der Pförtner?", schimpfte er weiter. Ich hörte, wie sich der Schlüssel im Schloss drehte. Mit einem Ruck wurde die Tür aufgerissen. Erstaunt schaute er mich an und fragte: „Was willst du hier, alter Mann?" „Ich bringe die bestellte Pizza", sagte ich spontan. „Pizza?", fragte er verwundert. „Wer hat hier eine Pizza bestellt", murmelte er vor sich hin. Nun wusste ich, dass er alleine war, denn sonst hätte er ja in den Raum gefragt, wer diese Pizza bestellt hatte. Ich versetzte ihm einen Schlag auf den Kehlkopf. Mit dem nächsten Schlag schickte ich ihn ins Land der Träume. Ich fing ihn auf und legte ihn geräuschlos auf den Flur. „Das fehlte mir auch noch", dachte ich, als ich den Mann am Boden liegen sah, der einen Herzanfall bekam. Ich fühlte seinen Puls, der wie verrückt raste. Er schnappte nach Luft wie ein Fisch auf dem Lande. Plötzlich riss er die Augen auf und sein Brustkorb bewegte sich nicht mehr. Der Mann schien tot zu sein. Ich hatte auch keine Lust, mich um die Gesundheit des Mannes zu kümmern, der vor einigen Minuten noch meine Tochter erschießen wollte. Deshalb ließ ich den Mann auf dem Flur liegen und betrat vorsichtig den Raum. Ich hatte Glück, dass sich niemand weiter in dem Raum aufhielt. Ich schaute in jede Ecke und entdeckte endlich Silvia; sie war mit einem Bettlaken abgedeckt worden. Eilig entfernte ich das Laken von meinem Kind. Sie war an einen Stuhl gefesselt, ihren Mund hatten die Verbrecher mit Klebeband zugeklebt. Es zerriss mir das Herz, meine Tochter so zu sehen. „Mein Engel", sagte ich und fügte hinzu: „Es ist alles vorbei, ich werde dir jetzt das Klebeband abnehmen." Meine Tochter nickte nur. Vorsichtig riss ich das Band von ihrem Gesicht und zerschnitt die Fesseln. Von mir fiel eine Riesenlast, ich hatte meinen Engel wieder. Silvia brach in Tränen aus und war nicht mehr in der Lage, etwas zu sagen. Ich streichelte ihr liebevoll über den Kopf, küsste und drückte sie.

Fragend schaute sie mich an. „Warum Papa? Nur weil wir etwas Geld haben, werde ich entführt?", flüsterte sie leise. „Nein Silvia", sagte ich und fügte hinzu: Diesmal nicht du hast mit dem alles nichts zu tun. Das sind ehemalige Staatssicherheitsbeamte der DDR, mit denen ich früher zu tun hatte." „Glaub mir Silvia, die werden uns nichts mehr tun, dafür werde ich sorgen", antwortete ich. Silvia schaute mich an und nickte mir zu. „Ich werde nicht mehr zulassen, dass dir oder Mama etwas geschehen wird", versprach ich meiner Tochter. „Nun müssen wir aber raus. Mama wird schon auf uns warten", sagte ich und nahm Silvia unter den Arm. Beim Anblick des Mannes im Flur zuckte Silvia zusammen. Ich drückte sie noch fester an mich und sagte: „Mein Engel, der wird dir nichts mehr tun, der ist tot." Mit weit aufgerissenen Augen schaute sie mich ungläubig an. „Und die anderen?", stammelte Silvia. „Nur einer lebt noch", antwortete ich und streichelte ihr über den Kopf.

Als der Kellner uns beide sah, kam er eiligen Schrittes auf uns zugelaufen und sagte: „Das glaubt mir niemand, was ich gerade mit eigenen Augen gesehen habe." „Unterstehen Sie sich, etwas von dem, was Sie gerade gesehen haben, zu erzählen", drohte ich. Ängstlich nickte er und fragte: „Was wird nun mit den Männern, die sie hier in der Kammer eingesperrt haben? Und vor allem, was wird mit dem Toten hier?" Er zeigte auf den leblosen Körper, der immer noch im Kellergang lag. „Machen Sie sich darum keine Gedanken, die werden wir alle mitnehmen", sagte ich zu ihm. „Okay, dann bin ich ja beruhigt", sagte er sichtlich erleichtert. „Wenn jemand fragen sollte, was sich hier abgespielt hat, dann wissen Sie von nichts! Haben Sie verstanden?", fragte ich. „Ja, ist schon gut, ich habe es verstanden", antwortete er ängstlich. „Gibt es hier im Keller einen Fahrstuhl, der bis zum Dach fährt?", fragte ich den Kellner. „Ja", sagte er und zeigte auf eine Nische. „OkayW, erwiderte ich. „Dann helfen Sie mir bitte, die Männer in den Fahrstuhl zu bringen, ehe hier noch jemand runterkommt und uns bemerkt", erklärte ich. Der Kellner nickte mir zu. Eilig holten wir den Wäschewagen und legten die Männer darin ab, deckten sie mit Wäsche zu und schoben ihn in dem Fahrstuhl. Dann ging ich zurück, um Silvia zu holen. Sie hatte sich im Zimmer auf einen Stuhl gesetzt und auf mich gewartet. „Es wird Zeit, dass wir nach Hause fliegen." Da Silvia immer noch viel zu schwach war, um selbst laufen zu können, nahm ich sie auf meine Arme und trug sie zum Fahrstuhl. „Wahrscheinlich hatte man ihr ein Beruhigungsmittel verabreicht", überlegte ich. Nachdem wir alle im Fahrstuhl waren, fuhren wir zum Dachgeschoss, wo sich der Hubschrauberlandeplatz befand. Es dauerte auch nicht lange, bis wir das Dachgeschoss erreichten, wo wir von Werner in Empfang genommen wurden. „Mir fällt ein Stein von Herzen, dass ihr beide gesund wieder hier seid", sagte Werner und schaute uns erleichtert an. „Was haben sie nur mit dir gemacht?", fragte Werner und schaute Silvia mitleidig an. „Für Erklärungen haben wir keine Zeit", antwortete ich und bat Werner, Silvia in den Hubschrauber zu bringen. Werner nickte nur und folgte wortlos meinen Anweisungen. „Kommt schon", forderte Werner uns auf, der beim Hubschrauber stehen geblieben war. „Nein, wir müssen noch die Männer mitnehmen", erklärte ich. „Was für Männer?", fragte er und schaute mich fragend an. Ich zeigte wortlos auf den Wäschewagen. Werner verstand nicht und kam auf mich zu. „Ich kann dir das jetzt nicht erklären", sagte ich und schob den Wäschewagen aus dem Fahrstuhl. „Peter, manchmal werde ich aus dir nicht schlau", sagte Werner und half mir, den Wäschewagen zum Hubschrauber zu schieben. Nachdem ich die Wäsche von den Männern genommen hatte, schaute mich Werner ungläubig an. „Ist der tot?", rief Werner erschrocken. „Ja", antwortete ich und fügte hinzu: „Werner, vertraue mir, ich weiß was ich tue." „Wir müssen die Männer mitnehmen", erklärte ich. Wieder schaute mich Werner kopfschüttelnd an. Nachdem wir die Männer im Hubschrauber gelegt hatten, flog Werner los. Er meldete sich beim Hotelbesitzer wieder ab und wünschte ihn noch einen schönen Tag. Fragend schaute mich Werner an. Ich musste schmunzeln und sagte: „Werner, habe Geduld, ich erkläre dir alles später." Werner zuckte die Schultern und nickte mir zu. Ich drehte mich zu Silvia um, die in der Zwischenzeit eingeschlafen war. Sie sah aus wie ein Engel, ich hätte mir ein Leben lang Vorwürfe gemacht, wenn ihr etwas passiert wäre. Werner schaute mich an und sagte: „Peter ich bin so froh, dass alles jetzt vorüber ist." „Nein mein lieber Werner, es ist noch lange nicht vorbei, wir haben noch einiges vor", erklärte ich. Fragend schaute mich Werner wieder an. Ich schüttelte nur den Kopf und klopfte zur Beruhigung auf seine Schulter.

Werner landete wieder vor unserem Haus, wo wir schon sehnsüchtig von Elke und Sabine erwartet wurden. Eilig stieg ich aus dem Hubschrauber und versuchte, Silvia zu wecken. „Aufstehen, wir sind jetzt zu Hause", sagte ich leise und küsste sie auf die Wange. Langsam öffnete sie die Augen und strahlte mich an. Ich war in diesem Moment der glücklichste Mensch. Elke und Sabine warteten ungeduldig auf Antworten. „Silvia!", rief Elke und streckte die Arme nach ihr aus. Langsam hob Silvia den Kopf und schaute zu ihrer Mutter. „Gehen wir zur Mama", sagte sie zu mir. „Ja, ja, mein Kind", erwiderte ich und half Silvia aus dem Hubschrauber zu steigen. Elke und Sabine hakten Silvia ein und brachten sie ins Haus. „Werner, du wartest hier!", sagte ich und lief den dreien ins Haus hinterher. „Elke, wir müssen noch einmal los, wir haben noch etwas zu erledigen", sagte ich und machte auf dem Absatz kehrt. Elke rief mir noch hinterher, dass wir auf uns aufpassen sollen. Ich wusste, dass sie sich Sorgen um uns machte, aber ich wollte und konnte ihr jetzt nicht alles erklären, denn wir mussten uns beeilen. Eilig stieg ich wieder zu Werner in den Hubschrauber und gab ihm ein Zeichen, dass er losfliegen sollte. „Wohin soll ich fliegen?", fragte mich Werner. Ich schaute auf meine Uhr und überlegte kurz, ehe ich antwortete: „Werner, in der Mine wird jetzt keiner mehr sein, was hältst du davon, wenn wir dort hinfliegen?" „Ja, von mir aus Peter, denn irgendwo müssen wir ja die Toten beiseiteschaffen", antwortete Werner. „Okay, machen wir es so", erwiderte ich nachdenklich und fügte hinzu: „Aber was machen wir mit dem anderen?" „Den müssen wir ja auch noch loswerden? Bei der Polizei können wir ihn auch nicht mehr ausliefern, er könnte uns womöglich noch schwer belasten." „Ja, Peter, das können wir nicht machen, den müssen wir für immer verschwinden lassen", schlug Werner vor und schaute mich nachdenklich an. Von hinten war ein leises Stöhnen zu hören. Ich drehte mich um und sah, dass der Entführer wieder zu sich kam. Wahrscheinlich hatte er unser Gespräch mitgehört und hatte Angst um sein Leben. Natürlich hatte ich Mitleid mit ihm, aber was sollte ich denn jetzt machen? Schließlich wollte er meiner Familie etwas antun. Das konnte und wollte ich nicht ungestraft lassen. „Die Toten müssen wir entsorgen, das geht nicht anders und über sein Schicksal mussten wir noch entscheiden", überlegte ich. „Werner!" „Ja", antwortete er und schaute mich fragend an. Ich hatte eigentlich vor, den Verbrecher auch in den Steinbrecher zu werfen, aber ich denke, wir werden ihn auf einer kleinen Insel absetzen und ihm sein jämmerliches Leben schenken", schlug ich vor. „Soll das Schicksal über ihn entscheiden und wir machen uns die Finger nicht wegen diesem Kerl schmutzig", sagte ich zu Werner. „Ja, das ist ein guter Vorschlag, Peter, so machen wir das", antwortete Werner. „Also sehen wir zu, dass wir es hinter uns bringen", sagte ich und lehnte mich wieder zurück in meinen Sitz. Es dauerte nicht lange, bis wir in der Goldmine ankamen. Werner flog erst einmal über die Mine, um sich zu vergewissern, dass sich auch niemand mehr auf dem Gelände aufhielt. Nur das Wachpersonal entdeckte uns und winkte uns zu. „Mist", dachte ich, „an diese Wachleute hatte ich nicht mehr gedacht." Meine Gedanken überschlugen sich, bis mir eine Idee kam. „Werner, flieg bitte direkt über den Trichter des Steinbrechers", sagte ich zu ihm. Wieder schaute mich Werner ungläubig an und fragte: „Peter, du willst doch nicht etwa die Kerle da reinwerfen?" „Werner, wenn du eine andere Lösung weißt, dann sag es mir bitte", antwortete ich und fügte hinzu: „Wir müssen die Kerle für immer loswerden und alle Spuren verwischen. Das geht nun mal am besten in dem Steinbrecher." „Wie wäre es, wenn wir den anderen auch gleich mit reinwerfen, dann hätten wir für immer Ruhe", erklärte ich und zwinkerte Werner zu. Werner sah mich an und musste schmunzeln. Von hinten war wieder ein Stöhnen und Jammern zu hören. „Wenn du nicht still bist, dann werfen wir dich rein", rief ich energisch. Werner schwebte in der Zwischenzeit über dem Trichter des Steinbrechers. Ich ging zur Tür und machte sie auf. Mein Blick fiel in den großen Trichter des Steinbrechers, der sich direkt unter uns befand. Dann zog ich den ersten leblosen Körper zur Tür und ließ ihn in den Trichter des Steinbrechers fallen. Den zweiten entsorgte ich genauso. „So, mein Freund, nun bist du an der Reihe", sagte ich und schaute den ängstlichen Mann an. Mit weit aufgerissenen Augen sah mich der Entführer an. Die Angst stand ihm ins Gesicht geschrieben, als ich mich ihm näherte, schüttelte er ängstlich den Kopf und versuchte zu schreien. Da er noch immer geknebelt und gefesselt war, gelang es ihm aber nicht. Ich zerrte ihn zur Tür und fragte: „Willst du nun reden?" Ich hörte nur ein Stammeln. Mit einem Ruck zog ich ihm das Klebeband vom Mund und wiederholte meine Frage. Er nickte wie wild mit dem Kopf. „Na gut", sagte ich und gab Werner ein Zeichen, dass er noch eine Weile über den Trichter schweben sollte. „Nun zu dir", sagte ich und schaute den Mann wieder an. „Meine Tochter habt ihr zu dritt entführt. Ich will nun von dir wissen, wer dein Auftraggeber ist." „Ich kenne die Person nicht, wir haben den Auftrag telefonisch bekommen", antwortete er bereitwillig. „Okay, wenn du nicht reden willst, dann werfe ich dich jetzt in den Trichter." Ich zog ihn weiter zur Tür, so dass er halb aus dem Hubschrauber hing und in den Trichter schauen konnte. Er schrie vor Angst und gab mir ein Zeichen, dass er reden will. Nun zog ich ihn wieder in den Hubschrauber zurück und wiederholte meine Frage. Nach dem er mir erzählte, wo wir den Auftraggeber finden, sagte ich zu Werner: „Was sollen wir nun mit ihm machen?" „Bitte töte mich nicht", flehte er mich an. „Natürlich wollte ich ihn nicht umbringen und wegen ihm zum Mörder werden", überlegte ich. „Werner, flieg bitte zum Verwaltungsgebäude und warte mit dem Hubschrauber dort auf mich", sagte ich. Eilig kontrollierte ich die Fesseln und klebte den Mund wieder zu. Als Werner den Hubschrauber vor dem Verwaltungsgebäude landete, kamen auch gleich die Wachleute auf uns zu gelaufen. „Ist etwas passiert?", fragten sie mich. „Nein", sagte ich, „wir haben nur einen Kontrollflug gemacht und unter anderem festgestellt, dass der Steinbrecher noch voll ist. Habe ich nicht ausdrücklich angewiesen, dass Sie das kontrollieren sollen!" „Ich möchte nur mal wissen, wofür ich euch bezahle!", schimpfte ich weiter. „Machen Sie sofort den Brecher an, denn ich habe auch gesehen, dass das Band noch voller Steine ist! Lassen Sie den Brecher so lange laufen, bis das Band leer ist, haben Sie verstanden?", sagte ich energisch. Verwundert schaute mich der Wachmann an, so hatte er mich noch nicht erlebt. „Ist schon gut", sagte ich und fügte hinzu: „Ich habe mich nur geärgert, dass man meine Anweisungen nicht befolgt." Der Wachmann machte auf dem Absatz kehrt, rannte zum Schaltschrank und schaltete den Brecher und die Bänder ein. Ein ohrenbetäubender Lärm breitete sich in der Mine aus. Wie von Geisterhand fing es plötzlich an, in Strömen zu regnen. „Das ist ein Glück", überlegte ich, „denn so würde auch das Blut von den Bändern gewaschen werden und keiner konnte dann die Spuren der beiden entdecken." „So kann man uns nichts beweisen und wir sind sauber", überlegte ich weiter. Wir warteten, bis keine Steine mehr auf dem Band lagen. Erst dann gab ich dem Wachmann das Zeichen, dass er alles wieder abstellen sollte.

Nachdem ich wieder im Hubschrauberplatz genommen hatte, flog Werner noch einmal über den Trichter des Steinbrechers. Die Walzen des Brechers hatten ganze Arbeit geleistet und alle Spuren vernichtet. Von den beiden Männern war nichts mehr zu sehen und der Regen hatte alles sauber gewaschen. Werner flog bis ans Ende des Förderbandes, wo die zerbrochenen Steine in einer stillgelegten Mine als Füllmaterial ihre Verwendung fanden. Auch hier war nichts mehr zu sehen. Die beiden Männer waren unter hundert Tonnen verkleinerten Steinen vergraben. Werner nickte mir zu und steuerte den Helikopter im Tiefflug in Richtung Küste. „Weißt du schon, wo wir den Kerl loswerden können?", fragte ich. „Ja Peter, da weiß ich eine Stelle, wo niemand hinkommt", antwortete Werner über Mikrofon. Weit draußen auf dem Meer befand sich eine Insel, die unter Naturschutz stand und deren Betreten strengstens verboten war. Nach einer Stunde Flug erreichten wir die kleine Insel, die nicht größer als einen halben Quadratkilometer war. Die Insel war weit entfernt von der üblichen Schifffahrtslinie. Bei dieser Insel konnten wir sicher sein, dass hier keiner vorbeikommen würde. Schnell packte ich noch einige Werkzeuge und andere Sachen, die er für das Überleben brauchte, zusammen, und verstaute alles in einem Rucksack. Nachdem Werner den Hubschrauber sicher auf der Insel gelandet hatte, zerrten wir den Entführer raus und nahmen ihm die Augenbinde und die Fesseln ab. Schnell sprangen wir wieder in den Helikopter und Werner hob wieder ab. Wir beobachteten den Mann, wie er wild mit den Händen ruderte und uns hinterherrannte. Das alles ließ mich in diesem Moment kalt, denn er hatte meine Tochter entführen wollen. Werner schaute mich nachdenklich an, ich wusste was er mir sagen wollte, zu lange kannten wir uns. „Werner, mach dir keine Gedanken, wir haben ihm sein Leben geschenkt. Nun soll das Schicksal über ihn entscheiden", sagte ich und klopfte Werner beruhigend auf die Schulter. Werner nickte mir zu und flog wieder zurück zur Ranch. Ich wusste, dass er sich noch lange über den Mann Gedanken machen würde und sich ständig fragte, was aus ihm geworden ist. Nachdem wir wieder zurück zur Ranch geflogen waren, wurden wir auch gleich von Elke und Sabine empfangen. Elke überschüttete uns mit Fragen. Sabine drückte sie beruhigend und sagte: „Elke, lasst doch die Männer erst einmal ins Haus kommen, dann werden sie uns alles erzählen." „Ich kann es aber nicht erwarten", erwiderte Elke ungeduldig. Gemeinsam gingen wir ins Haus und setzten uns auf die Terrasse, wo uns Sylvia schon ungeduldig erwartete. Ich nahm sie in meine Arme und sagte:

„Mein Engel, jetzt ist alles vorbei." „Papa, kann ich dir eine Frage stellen?", fragte Silvia und schaute mich erwartungsvoll an. „Aber mein Kind, du kannst mich alles fragen", erwiderte ich und nahm ihre Hand. Elke hatte inzwischen Wein aus dem Keller geholt und schenkte ein. Dann erzählte ich Elke und Sabine, wie wir Silvia befreiten und die beiden toten Männer in den Steinbrecher geworfen hatten. Von dem Mann, den wir auf der Insel abgesetzt hatten, erzählte ich nichts. Womöglich hätten sie sich noch Gedanken und mir Vorwürfe gemacht.

Als ich mit meinen Ausführungen fertig war, schauten mich die Frauen mit weit aufgerissenen Augen an. Es dauerte nicht lange, bis ich sie wieder beruhigen konnte.

Nach einiger Zeit hatte uns der Alltag wieder. So gingen die Jahre ins Land und das Geschehene war vergessen und verdrängt. Wie jedes Wochenende fuhren wir mit der Yacht raus aufs Meer. Wir waren erst ein paar Meilen gefahren, als mir am Steuer schwarz vor Augen wurde. Ich hatte Schweißausbruch und mein Herz fing wie wild an zu rasen. Da sich Silvia und Josef im Ausland aufhielten und auch telefonisch nicht zu erreichen waren, rief Elke den Seenotrettungsdienst an. Auch Werner und Sabine waren zurzeit im Urlaub. Nachdem Elke dem Notarzt am Telefon alles erklärte, dauerte es auch nicht lange bis der Hubschrauber über unserer Yacht schwebte. Ich wurde mit dem Rettungskorb in den Helikopter gezogen. Erst als sie mich sicher verstaut hatten, flog der Pilot den Hubschrauber ins nahegelegene Unfallkrankenhaus. Dort angekommen, wurde ich sofort zur weiteren Untersuchung in die Notaufnahme gebracht. In der Notaufnahme wurde festgestellt, dass ich einen Herzinfarkt bekommen hatte. Ich musste für drei Wochen zur Beobachtung im Krankenhaus bleiben. Da die Blutwerte auch nach weiteren drei Wochen noch immer nicht besser wurden, musste ich wieder zur Kontrolle ins Krankenhaus eingeliefert werden. Nach vielen Untersuchungen und Arztgesprächen stand fest, ich hatte Leberkrebs. Für mich brach eine Welt zusammen und meine Gedanken überschlugen sich. Ich hatte in meinem Leben nie geraucht und auch nicht getrunken. „Was sollte nun werden?

Wie sollten Elke und Silvia ohne mich auskommen? Jetzt, wo wir uns mit Jakobs Hilfe eine gute Existenz aufgebaut hatten, sollte ich nicht mehr lange am Leben bleiben?" „Ich wollte nicht sterben, nein, jetzt noch nicht", überlegte ich. Tagelang lag ich im Bett und konnte nicht einschlafen. Ich überlegte und grübelte nur. Wie in einem immer wiederkehrenden Film sah ich jede Nacht, was ich alles erleben musste.

Die Erinnerungen ließen mir keine Ruhe mehr. Immer wieder musste ich daran denken, wie ich damals in der DDR gelebt hatte. „Was wird wohl aus Regina und Klaus geworden sein und vor allem aus meiner Mutter?" „Dass meine Mutter noch lebt, wusste ich, denn ich hatte ständigen Kontakt über einen Mann, der auch in der Stadt wohnte. Der Mann erzählte mir alles über meine Mutter, nur einen direkten Kontakt mit ihr traute ich mich nicht. Das Leben meiner Familie und Freunde wollte ich nicht aufs Spiel setzen. Deshalb war es auch zu gefährlich, mit euch, liebe Regina und Klaus, Kontakt aufzunehmen. Vielleicht war es nicht richtig von mir, euch, ohne etwas zu sagen, im Stich zu lassen, aber was sollte ich denn machen? Ich musste damals erst einmal an meine Familie denken und sie in Sicherheit bringen."

„Silvia, die von meinem Zustand noch nichts wusste, hielt sich immer noch mit Josef im Ausland auf. Elke hatte einige Male vergeblich versucht, sie zu erreichen.

Meine Sehnsucht nach meiner Mutter und meinen lieben Freunde Regina und Klaus wurde immer stärker. Ich hatte so ein großes Verlangen, sie wiederzusehen, koste was es wolle. Da mir nicht mehr viel Zeit blieb, sprach ich mit meiner lieben Elke und mit Sabine und Werner über meinen Wunsch. Die drei waren sofort begeistert und leiteten alles Nötige in die Wege. Wie soll es aber dann weitergehen?", wurde ich gefragt. „Ich sagte Ihnen, dass ich mit euch sprechen werde und euch anbieten würde, hier zu wohnen. Für ein Grundkapital würde ich auch sorgen", erklärte ich den beiden Frauen. Werner sagte nur, dass ich es selbst wissen müsse, denn schließlich hatte uns ja Jakob auch damals allen geholfen. Die beiden Frauen nickten Werner zu. Elke leitete alles ein und Sabine half ihr dabei. Auch Werner saß nicht untätig herum, sondern besorgte alle Adressen und Telefonnummern von den auswärtigen Ämtern. Mir ging es von Tag zu Tag immer schlechter, so dass Eile geboten war. Ständig schlief ich wegen der starken Medikamente im Gespräch ein. Ich wusste zu dieser Zeit ja nicht, dass Elke, Sabine und Werner alles schon in die Wege geleitet hatten.

Wie habe ich mich gefreut, als die drei mir berichteten, dass alles vorbereitet war und ihr nur noch hier zu mir kommen braucht. Ich war überglücklich und freute mich schon über ein Wiedersehen. Auch wenn ihr so einiges mitmachen musstet, seid ihr doch gesund hier angekommen. Es ist alles in die Wege geleitet worden, dass ihr, wenn ihr wollt, ein neues Zuhause hier auf der Ranch haben werdet.

Ich bin nur sehr, sehr, traurig, dass mein kleiner Engel in meiner letzten Stunde nicht bei mir sein kann. Wie hätte ich mich gefreut, sie noch einmal in meine Arme zu nehmen. Aber es soll wohl so sein, dass sie mich nicht mehr in meinem Zustand sehen muss."

Peter lag nun ganz still und holte tief Luft, bis er wieder anfing zu reden. Liebevoll schaute er seine Mutter an und sagte: „Es tut mir wahnsinnig leid, was ich dir angetan habe, aber Mutter, glaube mir, es ging nicht anders und wenn du genau zugehört hast, was ich alles erlebt habe, kannst du mein Handeln vielleicht verstehen."

„Ich kann es nun leider auch nicht mehr ändern, auch wenn ich es wollte", sagte Peter und machte die Augen vor Anstrengung wieder zu. Man sah ihm an, dass er Mühe hatte, weiterzureden. Er redete außer kleiner Zwangspausen schon einige Tage lang, um uns seine Geschichte zu erzählen. Er wusste, dass ihm nicht mehr viel Zeit blieb. Nachdem er uns auch noch alles Nötige gesagt hatte, fielen Peters Augen vor Erschöpfung zu. Wieder sprang der Arzt auf, wie er es unzählige Male gemacht hatte, als Peter seine Geschichte erzählte. Der Arzt gab Peter noch eine Spritze und sagte zu uns, dass es jetzt mit Peter zu Ende gehen würde. Wir hatten uns alle gerade erhoben, als ein Hubschrauber eilig vor dem Haus landete. Eine hübsche junge Frau rannte zum Haus und kam schnellen Schrittes zu uns auf den Balkon gerannt.

Peter öffnete die Augen und versuchte zu lächeln. Tränen liefen ihm über sein Gesicht. „Papa, Papa, ich war mit Josef in der USA und mein Telefon war defekt. Ich habe es erst gestern bemerkt und mir sofort ein neues Handy geholt. Als ich die SMS von Mama gelesen hatte, bin ich mit Josef sofort hierher geflogen."

Über Peters Gesicht liefen Tränen. Er versuchte, seine Arme zu heben, aber war dafür zu schwach. Sylvia beugte sich zu ihm und drückte und küsste ihn liebevoll.

„Mutti wird dir alles erzählen", flüsterte er leise und drückte Silvias Hand mit letzter Kraft. Wieder schaute der Arzt besorgt nach Peter. Wir wussten nun Bescheid, dass Peter nur noch wenige Minuten zu leben hatte. Weinend verabschiedeten sich alle außer Elke und Silvia von Peter.

„Es ist schön, dass wir drei bis zum Schluss allein sind", sagte Peter, der sichtlich Mühe hatte zu sprechen. „Elke, gib bitte meiner Mutter und auch Klaus und Regina alles, wie wir besprochen haben", sagte Peter, dessen Stimme immer leiser wurde. „Mach dir darüber keine Gedanken, mein Schatz", erwiderte Elke. Silvia und Elke setzten sich auf das Bett von Peter und hielten liebevoll seine Hand. Vorsichtig streichelte Elke über Peters Haar. Silvia legte ihren Kopf auf die Brust ihres Papas. Es dauerte nicht lange, bis Peters Brustkorb sich nicht mehr bewegte. Erschrocken schubste Silvia ihre Mutter an. Elke nickte Silvia zu. Mit Tränen in den Augen schaute sie zu ihrer Tochter. Nachdem sich beide von Peter verabschiedeten, gaben sie dem Arzt ein Zeichen. Der Arzt untersuchte ihn noch einmal, konnte aber nur noch den Tod von Peter feststellen. Langsam gingen sie ins Wohnzimmer, wo die anderen schon auf die beiden warteten. Es war nicht nötig, etwas zu sagen, man sah ihnen an, dass Peter von den Schmerzen erlöst wurde.

Peter hatte immer den Wunsch, auf See bestattet zu werden. So kam der Tag, wo Peter die letzte Ruhe finden sollte. Wir wurden mit Bussen von der Ranch abgeholt und wurden zu der

Yacht von Peter gefahren. Es war ein sehr schöner Tag, die Sonne schien, es war keine Wolke am Himmel zu sehen. Wir fuhren an Peters Lieblingsplatz, wo er immer geankert hatte, um die Haie beobachten zu können. Das Meer war spiegelglatt, als der Bestatter die Urne ins Meer gleiten ließ. Die mitgebrachten Blumen warfen wir an Peters letzte Ruhestelle. Der Käpten fuhr noch einmal eine Runde. Mit gesenkten Häuptern wurden wir wieder zur Ranch gefahren.

Elke und Silvia fragten uns, ob wir hier auf die Ranch bleiben würden. Da wir in die DDR nicht mehr zurückwollten, stimmten wir zu.

Peters Mutter und auch wir hatten ein neues Zuhause in Neuseeland auf Peters Ranch gefunden.

Silvia half ihrer Mutter bei den Geschäften und verließ Neuseeland nicht mehr.

ENDE

Der Autor

Horst Raeder wurde 1955 in Forst/Lausitz geboren. Er ist gemeinsam mit zwei Brüdern bei
seiner Mutter aufgewachsen. Seine Ausbildung
umfasst die Polytechnische Oberschule. Danach
war er Facharbeiter für Textiltechnik, Verkäufer im
Einzelhandel und Lagerbereichsleiter für delikate
Erzeugnisse. Seit 1985 befindet er sich in Rente.
1979 erlitt er an der Grenze in Berlin einen schweren Unfall und lag fast zwei Jahre im Krankenhaus
der damaligen Volkspolizei (VP). Danach konnte er
seinen rechten Arm kaum noch gebrauchen.
Zu seinen Lieblingsbeschäftigungen gehörte neben
dem Schreiben das Musizieren und das Angeln.
Er legte die Prüfung für den Fischereischein B
ab und wird vom Anglerverband Brandenburg für
die Bewirtschaftung der umliegenden Gewässer
eingesetzt. Seit 2001 ist er Kreisgewässerwart.
Sein bisheriger schriftstellerischer Werdegang umfasst das Verfassen von Texten für Schlagersänger
sowie von Gedichten und Kindererlebnissen.